谨以此书献给养育我的那方山水那方人

钟平 著

陕西师范大学出版总社有限公司

西安

图书代号：SK13N1261

图书在版编目（CIP）数据

塬上 / 钟平著. —西安：陕西师范大学出版总社有限公司，2013.12
　　ISBN 978-7-5613-7547-1

　Ⅰ.①塬… Ⅱ.①钟… Ⅲ.①长篇小说－中国－当代 Ⅳ.①I245.5

中国版本图书馆CIP数据核字（2013）第271798号

塬　上

钟平　著

出版统筹/	刘东风
组稿编辑/	郭永新
责任编辑/	彭　燕
封面设计/	门乃婷工作室
排版设计/	三思堂
出版发行/	陕西师范大学出版总社有限公司
	（西安市长安南路199号　邮编 710062）
网　　址/	www.snupg.com
印　　刷/	西安市建明工贸有限责任公司
开　　本/	720mm×1020mm　1/16
印　　张/	25
插　　页/	3
字　　数/	350千
版　　次/	2013年12月第1版
印　　次/	2013年12月第1次印刷
书　　号/	ISBN 978-7-5613-7547-1
定　　价/	49.80元

读者购书、书店添货或发现印刷装订问题，请与本公司营销部联系、调换。
电话：（029）85307864　85303629　传真：（029）85303879

目 录

引 子 / 001

第一章　梦中朱鹮 / 005

原生茂梦里晃过翱翔天空的红嘴鸟，顿时神清气爽，仿佛找到了童稚般放飞的感觉。保护区还在筹建中，朱鹮放飞不过是个计划，可离休赋闲的老子比任上奔波的儿子还要上心。朱鹮是传说中的朱雀，还是老辈人提说过的白雀？肯定是白雀，错不了。依据是从老宅子废墟里挖出的那块铭刻天人谶言的镇宅石。

第二章　清明时节 / 033

刘亦然在煤炭局时，任万能托他办事，给了他一笔钱，他推辞不要，人家放下就走，他心里不安了好一阵，隐隐自责，却也初尝甜头。他来华塬当县长后，任万能又送来一笔钱，他也收了。前任书记曾智拆除了小水泥厂，任万能擅自建十万吨生产线，他没阻止，等到任万能再次找个说头送钱的时候，他便有点心安理得了。

第三章　东河风波 / 061

"豹子刘"劝任万能，你笼笼里的馍，别人想隔着桌子抓，抓不到。前头的人越是不顺当，越说明东河的资源是老天爷留给你的。占住这块资源，往后马鬐梁保护区里的煤田还不都是你的？就算保护区资源拿不到手，地底下胡日鬼，东挖挖西采采，还不够你折腾几十年？一席话，说得任万能铁了心孤注一掷。

第四章　峰回路转 / 091

原尚武为保护区征地手续的事找过刘亦然几回,刘亦然嘴上说没问题,可就是不解决问题,原尚武十分恼火。要是搁在部队里,他早都针尖对麦芒地杠上了,可在地方上,推诿扯皮,绕来绕去是常有的事。跟刘亦然几番较量,他领教了部队与地方行事方式的明显差异。

第五章　雾里看花 / 121

刘亦然突然停住脚,猛地转身把同雯雯拉在怀里,亲她的香唇。同雯雯扛不住了,不再半推半就,而是有来有往,干柴烈火般地深吻成一团。正热烈时,刘亦然突然停住,拉着同雯雯朝别墅奔去,进门上楼梯时,刘亦然又是一阵狂吻,同雯雯软瘫了,刘亦然一使劲抱起她,直上二楼,破门而入……

第六章　情归故里 / 149

哥,你别说了。尚青捂着脸扭头往一边走了走,坐在大石头上,呜呜地哭了起来。康文跟过去坐在旁边,心如刀绞,凄然泪下。他掏出纸巾递给她,她把头靠在他肩膀上,哭得更伤心了。哭声回荡在山谷里,就像刮起一阵忧伤的山风,下起一阵悔怨的山雨。尚青三十年的悲情一瞬间爆发,宛如山洪一泻而下。

第七章　暖冬微澜 / 177

刘亦然父亲的丧事在矿上办理,前去吊唁的汽车来往不断。吹鼓手吹吹打打,声嘶力竭,空气中飘荡着一股亡魂飘零、悲魂号啕的哀伤。寒风中的花圈堆嗖嗖作响,一个个醒目的"奠"字凝重肃穆。身穿丧服的刘亦然很忙,不停地出出进进,迎来送往,不像悲痛欲绝的孝子,倒像个帮人料理丧事的大总管。

第八章　云谲波诡 / 205

　　原尚武悟出来了，人对自然的依赖，才是永恒不变的；人与自然的关系，才是永恒的，超越了国家、政党、民族、信仰，乃至一切意识形态。无论是共产党，还是其他党派，无论是在大陆，还是在台湾，无论是中国，还是外国，无论是死了，还是活着，谁都离不开脚下的土地，头顶上的天！

第九章　黑马扬蹄 / 231

　　县上来了个姓原的新书记，上任就先把环保局局长免了。消息不胫而走，越传越邪乎。有人说孙利拎着礼物去见新书记，被新书记从办公室赶了出来。也有人说，孙利没拎东西，送的是装钞票的大信封。还有传言说，孙利也找过新县长，为他的被停职鸣冤叫屈，结果也碰了一鼻子灰……

第十章　男女之间 / 259

　　康文突然停下脚步，一把把她揽在怀里，死死地抱住，尚青哭了，心酸而幸福的泪水夺眶而出。康文要吻她，却被她推开了说，哥，我都人老珠黄了。康文情真意切地说，在我心中，你永远年轻漂亮。尚青终于送上了深深的吻，这是一个迟来的吻，一个意味深长的吻！尚青暗自拿定主意，尽快和那人做个了断。

第十一章　欲海沉浮 / 289

　　黎明时分，消停了几天的老豹子突然又发出刺耳的哀嚎声，声音撕破夜空，回荡山谷。村里的狗没完没了地狂吠，被窝里的人们被惊醒了，不寒而栗，惶恐不安，预感到要发生什么事。随着老豹子最为惨烈而绵长的一声嗥叫，地下传出一阵沉闷的炮声，山野间顷刻恢复了死寂，这里的黎明又静悄悄的了。

第十二章　祸起萧墙 / 317

尚武把材料细细地看了一遍，大笔一挥，批示道，县纪检委、监察局联合办理，一查到底，绝不姑息迁就。随即，他把纪委书记跟反贪局长叫来当面布置。纪委书记连忙说，原书记，我正准备给你汇报哩，举报人我们见过了，材料也收到了，可牵扯到刘秘书长，我们有些吃不准……

第十三章　多事之秋 / 345

原尚武一路上闷闷不乐，他纠结着孙利的事，他觉得，班子里有不同看法，这很正常，但是，把会上强调了不得外传的事传出去，这就很不正常了。这要是在部队上，犯在他手里，非得一查到底，严肃处理。然而，这是地方上，什么组织纪律呀，原则呀，说起来像一块铁，做起来却似乎像一坨泥。

第十四章　天地良心 / 373

刘亦然把海空赠的那幅《插秧歌》挂在墙中央，没事时瞅着发呆，琢磨着"患得患失皆空，平心静气养神"的话。站长说，来年插秧时朱鹮就来了，刘亦然等着插秧时，现场感悟墙上那幅墨宝的含义。从院子后门出去，山道弯弯，林荫如伞，刘亦然每天坚持在这儿爬山，一天比一天远，但还没爬到断欲崖。

尾　声 / 390

引　子

　　十好几年前，原生茂从城里搬到山里那阵儿，不少人匪夷所思。

　　渭北高原的华塬县，山脉横贯、河流切割，有山有川有塬。河流出山，川道宽了，山脊下落，延伸成塬，长长的塬。沮河为华塬最大的河，沮河下游川道也算是最富庶的川道。县城坐落在两河交汇处，城西为沮河，城东有漆河，漆、沮两河绕城合流，更名石川河，流出县界。华塬人以"后山""塬上""河里"区分山塬川。后山山清水秀，可交通闭塞，耕作艰苦，生活条件不如塬上；塬上眼界开阔，土地宽绰，而靠天吃饭的旱地，不及引水灌溉、旱涝保收的河里。人老几辈了，华塬人惯于出山下塬进城，往低处、好处走。比如，河里女嫁城里，塬上女嫁河里，后山女嫁塬上。后来沮河修了水库，塬上旱地变水浇地，河里女子这才肯上塬了。

　　华塬有句老话，宁朝南走一天，不朝北挪一砖。县城位于县境最南端的沮河尽头，而原生茂老家原家滩在沮河源头，华塬最北边。从部队转业的原生茂当过公社主任、乡镇书记、县上的局长，上世纪八十年代末，从县人大副主任的位子上退下来，在华塬也是有身份的人。无论是原家滩山民、尚家堡村民，还是县上干部，都觉得原生茂的做法不可思议。原家滩人不解，干了一辈子革命，咋不在城里享清福？城里要啥有啥，在山里生病住院还得去城里，多不方便！尚家堡人诧异，嫌城里嘈杂想图清闲，咋不搬回塬上？塬上多豁亮，自家下地窑多雅静！县上干部一片哗然，这老头儿疯了？咋要搬到后山？这不把儿女们拖累了？那年月改革开放，春潮涌动，人心萌动，在乡镇、农村工作的人都想出山下塬进城，都不愿在山区、在农村待，五光十色的精彩城里才有。原生茂有一儿一女，儿子原尚武在部队，女儿原尚青原来在县财政局，后调到原家滩镇财政所，听说是本人要求去的。人们为原生茂如花似玉的女儿原尚青惋惜，大学刚毕业，分了个好单位，还没来得及找对象谈恋爱，县上几个瞄上她的年轻人也还没来得及动作，就看着她扬长而去，只能惋惜不已。

原生茂重情义。他十六岁就跟南下部队走了，在朝鲜战场上立过战功。赴朝参战时，他跟尚家堡的尚虎在一个部队，两人是同乡战友，关系密切，尚虎为救他身负重伤，临终时托付他照顾家人。原生茂带着尚虎骨灰回来，跟尚虎的妹妹完婚。为了照顾岳父母，原生茂转业后住在尚家堡下地窑里，直到给二老送了终，为女儿尚青上高中，才把家搬到城里。原生茂在部队是营职，转业时是科级，干到头才熬到了县级，但级别不高资格老，在县上口碑还不错。不过，离休前两三年，老头儿脾气古怪了，牢骚满腹，看不惯社会上的事，办了离休手续。县上让他在老干部光荣院安家，他婉言谢绝，声称老伴哮喘病严重，受不了被粉尘污染的空气环境。其实，原生茂内心深处还有缘由，有些事与其看不惯，不如看不见，隐居深山、远离喧嚣才好。据说，老头儿傍晚坐在沮河滩抽了一包烟，纠结了半晚上，才做出这个艰难决定的。打小离开老家，原生茂想原家滩了，想那里的山，那里的河。倘若哗啦啦的河水从脚下流过，也许老人家还能好受些，可眼前河床干涸，成了一片乱石滩。当年，原生茂在塬上当公社书记时，带队参加过沮河水库大会战，曾为引水上塬兴奋不已。水上塬了，河道却少了长流水，眼前的情景让原生茂困惑甚至难堪，怎么一切都面目全非了？

从县城东沿漆水逆流而上，便是素有西北煤炭建材重镇之称的锦阳市。县市之间不仅是隶属关系，华塬简直就是锦阳的缩影。后山有煤，前山有石灰石，上世纪八十年代，乡镇企业兴起，开煤矿、烧白灰、建水泥厂，煤炭、建材业大干快上，却也搞得乌烟瘴气。锦阳被媒体称为"卫星看不见的城市"，华塬也好不到哪儿去，水泥粉尘污染严重，一年四季见不到蓝天白云。自从搬到城里，老伴哮喘病越来越严重了，这让原生茂很是难受。华塬川道盛产优质秦椒，用于出口国外，后来却被检验出有水泥所含成分。原生茂在川道当公社副主任时，曾经为秦椒种植付出过心血，听说水泥粉尘污染了辣椒，外商不要了，原生茂心疼了好一阵子。他抱怨环境污染、百姓遭殃，也指责一些人向钱看、追求物质、攀比炫富、道德堕落……他看不惯社会现状，也有人嫌他跟不上潮流，背地里叫他"老愤青"。此话传到县委组织部部长曾智耳朵里，曾智在干部会上严词正告，人家老同志发牢骚，讲的也不无实情，忧国忧民忧环境，有什么不好？叫人家"老愤青"？查一查谁说的！一下子把众人口堵住了。原生茂是曾智、康文他们插队下乡时的房东，曾智的入党介绍人，当年，也是他推荐这两名知青上大学的。这一点，文化馆的柯云知根知底。那天坐在台下听曾智训话，他抿嘴偷着笑，嘿嘿，别把辣椒不当菜！

柯云跟原尚青打小同窗就读，她也是他曾暗恋心仪过的人。柯云对原生茂的逆流而上倒也能理解，可后来听说尚青从财政局调到原家滩财政所，柯云禁不住吃了一惊，叫苦不迭。他心想，省城不留回县城，城里不待钻山里，尚青咋能一错再错？这下子怕是掉进窟圈里了。时间一长，原生茂父女远走山后，像一阵风似的过去了。柯云默默地关注着他们，也去看望过他们。果真被他言中了，原生茂倒是过得舒心自在，可尚青却像落架的凤凰，到了谈婚论嫁的年龄，没有挑挑拣拣的择偶环境，稀里糊涂地跟镇邮电所一职工结了婚生了女儿。后来，柯云听说尚青当了财政所所长，而她的另一半不满现状，辞职下海，跟朋友上陕北神府煤田办矿去了。此时，柯云已办了停薪留职，进了袁耀辉的水泥厂。男人不甘寂寞想折腾，柯云十分理解，可撇下孤儿寡母，太为难尚青了。柯云一声叹息，思前想后，还是给他的恩师、省报新闻部主任康文说了这事，但想着以前康文也没把尚青留下来，柯云也不好多问了。

俗话说，前三十年看父敬子，后三十年看子敬父。多年后，原尚武转业任了市林业局副局长，负责筹建原家滩自然保护区，华塬人又想起原生茂父女来了。有人感慨儿子比老子强，原尚武是正团职转业，安排了实职，又被委以重任。不过，也有人猜测是曾智暗中帮的忙，曾智历任市委组织部副部长、部长、华塬县县委书记，如今已身居市委常委、副市长。对建自然保护区这事儿，县环保局局长吴栓牢不以为然，一片荒林，一张白纸，建个保护区不是那么容易的，没有金刚钻，哪敢揽瓷器活儿？

后山要建自然保护区，华塬城里人无暇顾及。水泥企业越做越大，治理了反弹，反弹了治理，粉尘污染愈演愈烈，深受其害的人们越来越意识到，生态环境保护迫在眼前，迫在身边，他们对水泥企业污染治理充满期待，谁还关心沮河上游建自然保护区的事？不过，保护区放飞朱鹮计划倒是令柯云和他的摄影好友们为之一振。

原尚武回地方上工作，给了父母意外的惊喜。儿子要建保护区，要放飞朱鹮，原生茂兴奋不已。父与子，兄与妹，一家人同怀朱鹮之梦。可藏在尚青内心深处的，却是一段剪不断理还乱的情愫。

第一章　梦中朱鹮

原生茂从县人大副主任的位子上退下来，受不了县里被水泥粉尘污染的空气，带着老伴回到了塬上。吃茶、种菜，与朱雀寺的海空法师下棋、闲聊，还操心着要放飞梦里见过的朱鹮。

塬上的四季都是美丽的，但最让原尚青迷恋的，是年少时知青康文、曾智住在外婆家下地窑的时光，她在那里留下了童年，也留下了懵懂少女情。对于康文，她有过甜蜜，有过纠结，有过追求，但最终，却只是揪心的疼痛，就如父亲梦中的朱鹮，从未真正放飞。

1

原生茂老人天亮梦醒，闭目侧卧，眼前晃过翱翔天空的红嘴鸟，顿时神清气爽，仿佛找到了童稚般放飞的感觉。

保护区还在筹建中，朱鹮放飞不过是个计划而已，可离休赋闲的老子比任上奔波的儿子还要上心。红嘴鸟是朱鹮？是传说中的朱雀？还是老辈人提说过的白雀？肯定是白雀，错不了。原生茂认为，朱鹮即白雀，依据是从老宅子废墟里挖出的那块镇宅石，铭刻天人谶言的镇宅石。

清明将至，日和风爽。这一天，原生茂心情出奇地好，黎明即起，洗漱完毕，活动活动筋骨，打了一会儿太极拳，换下运动服，擦洗完毕，坐上餐桌。尚青母亲打扫完庭院，伺候老伴用罢早餐，又忙着洗洗涮涮去了。原生茂看完报纸，喝淡了一壶茶，独自出了门。瞅着他衣帽整齐的背影，忙着为清明祭祖剪长钱的老伴一脸狐疑，心里想，说是上朱雀寺，咋又朝后滩走了？

原家滩有前滩、后滩和上滩之分。当地人称为滩的，便是现在人称的湿地。后滩和上滩群峦环抱，内大外小中间细，呈倒葫芦状，又称葫芦峪。葫芦峪一带是典型的丹霞地貌，森林植被得天独厚。后滩与上滩之间，横着一道十多丈高的红褐色石崖，红崖青山绿水，风景十分秀美。崖间形成一帘数米宽的瀑布，冬天冰柱连天，夏日飞流直下，四季气象万千。葫芦峪里溪流交织，水草茂密，别有一番景致。在原生茂爷爷的爷爷那阵，后滩被四川移民修成水田，种上了水稻。面积比后滩大得多的上滩，由于天堑阻隔，人迹罕至，反倒保留住了一片原生态的纯洁之地。

据专家勘证，渭北高原沮河的源头在葫芦峪。如此而论，原家滩便是沮河流域最北边的村落。住家户集中在前滩，也就是葫芦峪的峪口。河西叫西寺，河东镇政府所在的地方叫东寺。西寺村有无寺院，尚待考证，东寺背后山脊梁上的朱雀寺已有上千年历史了。日头照上朱雀寺的金色屋顶，照上红褐色的山崖。晨雾漫过山崖下背阴之处苍茫起伏的松树林，山风裹着万木复苏的清新，一夜寒露的凉爽，迎面而来。

原家滩因原姓原住民得名。原生茂在西寺祖上老宅基地建房安居，一晃十多年。也许正如柯云戏称的采了天地之精华，老人家年过七旬，耳不聋，眼不花，腿脚利索，有点儿鹤发童颜的福翁相，在清静淡泊之中，算是把世事人生看透了。他这天出了门，仰头张望自家房后水渠畔的老橡树，心里寻思道，真要把朱鹮引来了，会不会在老橡树上筑巢？原生茂不改当年军人做派，腰板笔直，步履刚劲。他沿水渠走走瞧瞧，寻思着从溪水中能不能找到小鱼小虾什么的。

关中人习惯称渭河以南的秦岭山脉为南山，北边的桥山山脉为北山。老人瞅了瞅背阴处残留的冰盖子，心里担忧，南山鸟能不能适应北山的气候环境？他喃喃自语，这儿冬天冷。忽然又一想，这里从前不是也有过红嘴鸟吗？我咋糊涂了？老人家兴致勃勃，终于在背风向阳的小溪里找到了越冬苏醒的泥鳅，还在汩汩水泉的涟漪中看到了小虾米。呵呵，红嘴鸟不愁没食吃了！原生茂颇有收获，兴冲冲地过河，从东寺西侧山坡羊肠小道朝朱雀寺而去。

有多日没见朱雀寺方丈海空法师了，平时原生茂都先过河到东寺，从镇东头进入朱雀寺山门，沿青石阶拾级而上。这回惦记着为红嘴鸟找食，才从后滩抄近路上山的。阴坡羊肠小道上残留着积雪冻冰，又陡又滑，老人走着有些费劲，不一会儿便气喘吁吁，浑身冒汗了。终于爬到两条道交会处，原生茂歇了片刻，正要上路，发现有人从旁边台阶路上穿过，身子被灌木丛遮掩着，他瞥了一眼，便瞥见了两个熟悉的面孔。矮胖子是华塬的大老板任万能，原生茂连他老子都认得清楚。戴眼镜的瘦高个儿面熟，一时想不起是谁。原生茂瞅着他们的背影纳闷儿。忽然，瘦高个儿被石阶绊了个趔趄，任万能慌忙上前搀扶说，刘县长小心，小心。原生茂恍然大悟，原来是华塬县长刘……刘亦然……电视上见过的。

朱雀寺香火旺盛，历史久远。络绎不绝的香客来求财祈福、驱病消灾、升迁问道。老板陪县长，也不外乎于此。任万能常来许愿还愿，原生茂与海空闲聊时提起过，却从未照过面。

原生茂无意中碰上任万能，勾起隐隐不快的往事，有点扫兴。有了心事，老头儿扭头沿大道怏怏而下，忽然觉得有话给女儿说，又不愿进镇政府院子，犹犹豫豫地在山脚下转悠了一阵子。

2

原尚青当年出现在原家滩时，镇上人都惊呆了。尚青皮肤白，人苗条，端庄文气，气质不俗，那天又穿着一条淡紫色的连衣裙，让镇上人们眼前一亮，开了眼界。

如今虽说年近四十，尚青风韵不减当年，人们还像从前那样，见了面跟她多聊几句、多看几眼。人们曾经为她惊叹、为她惋惜过，觉得她不属于这里，如今却以她为荣。在山民心目中，尚青灵动的身影就像沮河源头一道亮丽的风景。

尚青已经完全融入这个青山绿水、民风淳朴的环境了。她跑遍了原家滩的山村，跟村干部、山民们一团火热。人们尊重她、关照她，虽多少有点怜香惜玉的同情，但更多的是因为尚青做事认真，又待人亲和，乐于助人，从前财政所收税收费那阵儿，只要尚青出面，没有收不回的税费、摆不平的事。如今农业税免征了，国家给农民发粮食综合补贴，发退耕还林补贴。乾坤扭转，财政所职能转变了，收钱的变成发钱的，成了香饽饽。尚青当了所长，她群众基础好，言语不多，却一字千金，山民们领取补贴出了差错、有了疑问，都找她解决，镇上的人也乐意求她帮忙。

财政所在镇政府大院里，三个人只有一间办公室。原生茂背着手进了院子，尚青瞅见了，连忙出门迎上前问，爸得是上山了？这么早就下来了？

原生茂不接话茬，面色凝重地问道，这会儿有空没有？不等尚青回答，又吩咐，回你家，我有话说。语落转身向镇东头走去。

尚青家在镇东头，小镇街短，转眼即到。原生茂径直进了屋，尚青张罗着要倒水，原生茂摆手拦住，说，坐下，你先坐下嘛。

爸有啥事？你整天说把世事看透了，咋还见风就是雨的。

原生茂叹了口气说，碰上任万能了，半道上折了回来。

哦，尚青笑了。人家又没挡着你，车走车路，马行马道……

不是一路人，咋走一条道？原生茂气哼哼地打断说，他跟在那个县长屁股后头，我瞅见不生气不由人嘛。

尚青开导说，爸，你成天说，世事再变，浊者自浊，清者自清。再说了，这年头发展经济，县长跟老板在一起，这很正常嘛，你有啥想不开的？听说，豹子沟煤矿的煤快挖完了，任万能买下了东河村小煤窑，兴许是请刘县长来协调这事儿的。

煤窑又没有开在庙里。原生茂一句话把女儿噎住了。

尚青不情愿了，沉着脸说，庙里你去得，人家就去不得？上班时把我召回来，就为了说碰见任万能了？还是得给你买手机，有事打电话。再说了，你跟我哥也好联系，免得你常牵挂。

不要不要，一提手机，原生茂又急了。

尚青心里揣摩着问，爸，你得是想塬上了？要不，清明节跟我回去？

原生茂却说，我不去，你不要叫你哥的车来接，就坐班车。

尚青恍然大悟，说，我哥，你比我清楚，犟脾气都随你了，讲原则、死认真。再说了，他整天忙得鬼吹火，转业回来一年多了，见过几面？他来电话说最近很忙，清明上坟不回来了。

原生茂有些失望地说，我还寻思他跟你一起去哩，你哥去不了，只好你一个人去。

尚青说，这有啥？这些年还不都是我去的？

从前他在部队，如今他回来了，就该去。原生茂摆手说，算了算了，你去了，在你外爷外婆坟前多烧些纸，多磕几个头，陪他们说说话。告诉他们,自从搬到山里,你妈的哮喘病好利索了,她烧香拜佛,上个坡坡就到了。我心情好了,身体也好了。给你舅舅说,我想他,等我百年后,回塬上陪他……说着说着,原生茂站起来转身背对着女儿,目光呆呆地盯着窗外。窗外山峦起伏,越过群山就是塬上。

老父亲动了感情,惹得尚青鼻子发酸。

原生茂扭头叹了一声道,都是爸拖累了你啊。

尚青揉了揉眼,连忙说,爸,看你都说些啥,你二老健康长寿,心情舒畅,就是做儿女最大的福分。在哪儿都是上班,我看在山里挺好的嘛。

原生茂喃喃地说,我老了,在城里不习惯,未必你们年轻人就不喜欢,当初你要是不来,没准儿比现在过得好……

爸,你甭胡思乱想了。尚青打断说,现代人都讲究生活质量,咱呼吸的是新鲜空气,负氧离子多高啊,咱自己种蔬菜,自己养鸡,吃的是绿色无公害食品。城市人周末讲究爬山、吃农家乐,开车寻找新鲜,咱出门就是。山里人淳朴,好打交道,咱生活质量比城里人强多少倍哩!再说,城里有的咱这儿都有,电脑上网,鼠标一点,啥都出来了。哎,对啦,还有你最感兴趣的东西呢!

尚青说完,进书房开了电脑,原生茂一脸疑惑地跟在后头。原生茂拒绝用手机,对电脑更没兴趣。家里的电话,还是尚青好说歹说劝他才装的。老人似乎有意跟外面世界保持距离,平时偶尔看看电视,翻翻报纸。不思想、不议论,图个清清静静,自在悠哉。他觉得外面的东西知道得多了,自寻烦恼。这会儿,等到尚青调出一组朱鹮照片指给他看时,原生茂老人一下子愣住了。

这就是我哥他们要放飞的朱鹮,柯云前一向去汉中拍的。我让他从网上传过来的,尚青边说边点给父亲看。

原生茂愣住了,这就是红嘴鸟——朱鹮?跟我昨晚梦里见的一模一样啊!老人兴奋地喊出了声。

昨晚又梦见朱鹮?

原生茂点头称是。

跟照片上的一模一样?

原生茂又点点头。

这可真神了！梦里的……真实的……一模一样？尚青惊诧不已，该不会是什么心灵感应吧？

原生茂摇摇头道，没那么玄，我小时候听你爷爷说过，印象模糊。

我爷见过？尚青追问道。

你爷也是听他爷说的。

尚青笑了。

说话之间，尚青教会了父亲移动鼠标，点击图片。原生茂觉得好奇，看得仔细。

尚青说，爸，你在这儿慢慢看，我先去上班。

尚青正要起身，外面传来了汽车声，有人喊，老同学在家吗？

尚青扭头问，谁呀？原生茂却听出声了。尚青透过窗户玻璃一看，看见任万能走进大门，心里纳闷儿，他咋来了？尚青嘴里小声叮嘱父亲，人家是我同学，跟柯云一样，对人家客气些。说完迎出屋外。

任万能头大、嗓门儿大，几年不见，肚子圆鼓鼓的也不小。尚青惊奇地问，哟呵，大老板，你咋来了？

几年不见了，专门来看看老同学。任万能说着，本能地用手护住脸上的伤处。

嘿，怕是陪县长上庙回来路过的吧！尚青故意捅破说。

任万能愣住了，尴尬地说，老同学，你咋知道？

正说着，原生茂出来了，要从一旁绕过去。任万能口称"老叔"，忙打招呼，原生茂没答理，背着手扬长而去。

任万能有些难堪。

尚青边让座边解释说，我爸那倔脾气，老同学别在意。

任万能傻傻一笑说，没事没事，老人脾气古怪，都一样。

尚青烧水沏茶时，任万能瞅着她家的合影照说，老同学，这些年过得不错嘛，一家三口，和和美美的。

尚青淡淡地答，就这样，能咋样？

任万能又问，听说尚武哥转业回来了？在原家滩忙大事？

尚青"嗯"了一声，只顾给他倒水。

任万能偷眼瞅了瞅尚青，有种难以亲近的距离感，便急于寻找合适的话题。他灵机一动，问，听说你那口子也下海了？这年头谁能跟钱有仇哩！

尚青不愿接话茬，装作没听见，弄得任万能有点不安。尚青见状，微微一笑，有意调节气氛，想起他从小爱唱戏，便问，成了大老板了，还唱戏不？你们两口子还同台唱吗？

不唱了不唱了，任万能头摇得像拨浪鼓，汗都急出来了。

尚青点到了这家伙的伤痛处。任万能跟县剧团唱花旦的杨眉好上了，最近东窗事发，他老婆大打出手，两个女人闹得你死我活，在县上传得沸沸扬扬。一听"戏"字，任万能头更大了，心更乱了。就在这时，尚青的手机响了。

尚青的电话接了好一阵子，好像是学校买电脑的事。听口气，尚青有点无能为力，却也答应继续帮忙，话说得很客气，看样子关系不一般。任万能一边听，脑子一边转。

任万能跟刘亦然县长下了山，本来要去东河村的。县长临时有事先去镇上，任万能想到了尚青，便过来了。任万能兼并东河小煤窑只是跳板，他早盯上华塬仅剩的那块煤田了，而这煤田恰好划在保护区里。任万能看得远，寻思着利用尚青跟她哥贴上关系。

多年不见有些生疏，尚青倒也热情客气，可话不投机。

尚青挂了电话，抱歉地说，镇中学校长，要钱建微机教室，报告打上去了，批不下来，县上老说没钱，叫等一等。

任万能摆摆手说，县财政背锅子上树——前（钱）短。

尚青"唉"了声说，为这事，我到财政局跑了好几趟了。尚青说着，突然眼前一亮，哎，老同学，你跟县长这么熟，说说话，兴许还能成哩！

任万能若有所思地说，话能说，不一定管用，这事这么当紧？

尚青认真地说，山区教育师资力量弱，基础设施差，咱在这儿干这事，办不成心里也急，我女儿也在那儿上初二……

任万能奇怪地打断说，老同学，你咋不把娃送到好学校哩？

尚青不高兴了，说，我倒是想把她转到省城去，我凭啥？我有那本事？人家求你帮忙，不帮就算了，别扯那些没用的。

任万能脑子里已有盘算了。他咧着嘴笑道，老同学，你急啥？我没说不帮忙呀！

尚青连忙问，这么说，你答应跟刘县长说话了？

任万能底气十足地说，找县长还不如找我哩！你说得多少钱？

尚青不解道，经费申请报告上打了三十多万，你这……

任万能一拍胸口，语出惊人，这钱，我赞助了。

尚青不信，撇了撇嘴说，老同学，你可别开玩笑啊。

任万能急了，你不信？不就是几十万块钱嘛，要现金，上信用社跟我去取；要转账，马上给你们办，多大个事！

尚青乐了，问道，你……你真舍得？总得有个说法呀。

任万能说，支持山区教育，冲着我侄女在这儿上学，也该。

尚青感慨不已，士别三日，刮目相看啊，没想到你还有这境界。

任万能侃侃而谈道，海空师父都说了，叫我惜福，做善事。做善事就是学雷锋做好事嘛。这回我就把善事做在师父脚底下。

正说着，手机响了。任万能一看是刘县长，语气就变谦和了。接罢电话，任万能掏了张名片递给尚青，边走边叮咛，老同学，这事就这么定了，记着给我打电话。

任万能一走，尚青心里头七上八下的，总觉得不靠谱，没敢给中学校长通气。晚上打开电脑，柯云也在线，尚青便讲了这事。柯云在QQ上说，这事也许是真的，自从我们袁总当了市人大代表，任万能不服，想当人大代表，就得捞政治资本。

尚青问，照这么说，这钱敢要？我担心他有别的啥目的。

柯云答，钱捐给学校了，你只是个牵线的，怕啥！

尚青想了想说，明白。又敲了一句，清明回塬上，联系你。

这天晚上，尚青失眠了。见到任万能，联系柯云，又到清明了，这让尚青很自然地想起了塬上那些往事。

3

尚青记忆中的塬上，一年四季都是秀美迷人的。

长长的塬，由远处山坡延伸而来，缓缓而落。深深的沟，从远处山梁开岔而生，由窄而宽而深。春光明媚，麦苗青、苜蓿嫩，油菜黄、槐花香。炎炎夏日，沟底泉水汩汩，甜丝丝，透心凉。收获之秋，苞谷熟了，辣椒红了，柿子挂满枝头。寒冬雪日，举目四望，好一个"山舞银蛇，原驰蜡象"。尚青的童年就是在这些景致中度过的。父亲骑自行车驮着她，缓坡大路，一阵风，几拐弯，便进了县城。跟母亲下沟洗完衣服，顺羊肠坡道爬上塬，爬一爬，歇一歇，累得满头大汗。塬上平时吃的是窖水，泉水要下沟里一担一担去挑。这是塬上留给尚青最深的印象。

尚家堡与任万能家所在的任家庄隔沟相望。沟里有座上世纪五十年代修的小水库，名曰红旗水库。两塬间公路从坝面上经过，两边盘山弯路隐在洋槐林里。公路、洋槐林、红旗水库，尚青记事儿时就有了。人称"老干部"的父亲，那时是塬上的公社书记。跟农家孩子相比，尚青穿戴整洁，文文气气的，说话不带脏字。大概是性格内敛的缘故，从小学到中学，她跟同学的交往都不甚深，给她印象深的男生，除了柯云，就是任万能。尚青跟他俩初中同班，一年多后任万能就退学了。柯云跟她一直同班到高中。任家庄的学生到上初中时才到尚家堡这边，但尚青认识他俩却更早，那是一次意外。

那年夏天，哥哥带她去坡上采梅子，梅子酸甜可口，是尚青的最爱，年年梅子熟的季节，哥哥都带她去一饱口福。这天，兄妹俩正在这边坡上采梅子，那边坡上传来了"救命"的喊声，兄妹俩站在高处一瞅，有人落水了，还有人在岸边扯着嗓子叫喊。这边沟畔上干活的一帮人闻声沿山路奔跑而下，哥哥也拉着她跑向水库边。赶来的这帮人中，只有插队知青康文会水。康文跟知青组长曾智一起住在尚青家，尚青对他俩以"哥"相称。尚青羡慕康文哥的好水性，也敬佩他的见义勇为。他跳下水游过去把落水少年救上了岸。曾智摆弄着小家伙吐了一摊泥水，那人才喘着气睁开了眼。喊人的同伴提醒说，快谢人家救了你。人们问了他俩的名和姓，落水的叫任万能，喊人的叫柯云。人群中有人认得任万能，说是任家庄村支书任明昌的宝贝蛋。任明昌唱秦腔有名气，他村里有个样板戏宣传队。有人顺口对任万能说，叫你大提上酒肉带上戏班子，谢人家知青救了你命。第二天，任明昌果然带着村宣传队来了，敲锣打鼓地给知青组送感谢信，还带着几瓶高脖子西凤酒，几斤猪肉。

塬上人把村子叫堡子，堡子有宽宽窄窄的巷道，门对门墙连墙的左邻右舍。尚青外婆家的下地窑在堡子外的场边边，单家独院，有的却是无是无非的清静与安详。

下地窑，顾名思义，地平之下的窑洞，是渭北塬上特有的一种民居。在平地上挖出四方大坑，形成四面土崖，三面凿窑洞，或住人或放物，一面凿开做进出的门洞，修斜坡而上下。院内修有水窖，积雨水供日常饮用。下地窑风刮不到，日头晒不透，冬暖夏凉。

康文他们住在西边的窑里。这天，堡子里的人都赶来了，窑院里、窑背畔站满了人，父亲也从公社回来陪外婆、外爷看热闹听戏。任明昌嗓音洪亮，一会儿扮《红灯记》里的李玉和，一会儿扮《沙家浜》里的郭建光，唱了一折又一折。任万能小小年纪，竟然也会吼几句，他唱了《智取威虎山》中小常宝父亲的唱段，外爷夸他是个唱花脸的好苗苗。

康文他俩不会做饭，在外婆家搭伙。客走人散，母亲做了顿有肉有蛋，香喷喷的改样饭。父亲他们都喝了酒，康文哥醉了的样子怪吓人的。

在尚青的童年记忆中，这天算是最开心的一天了。

塬上人最羡慕川道里旱涝保收的水浇地。尚青上三年级时，省上规划已久的沮河大水库动工了。旱地要变水浇地，塬上人都很期待。父亲是塬上公社的带队总指挥，曾智哥当上了青年突击队队长，康文哥是指挥部的文书，村里知青都上了水库建设工地。父亲他们很少回家，加上在学校不甚顺心，尚青放学回家，心里头总觉得空荡荡的，难免闷闷不乐。

尚青在学校里的不开心是任万能造成的。任万能从小就是出了名的捣尿，不爱学习，惹是生非，欺负同学，满嘴脏话，在学校里人嫌狗不爱的，尚青更懒得理他。任万能有时找碴儿欺负她，柯云便挺身而出。有一次，为了她，两个同村男生争吵不休，打得头破血流。柯云手善力气小，吃了亏，跑到尚青家告状。凑巧那天康文他们回来歇假，曾智带着尚武在红旗水库边把任万能这小子截住了。任万能不敢对曾智他们狡辩，却对柯云骂骂咧咧，动手动脚。曾智他们本来只想教训他几句，见这小子是六月的萝卜——少窖（教），尚武忍不住了，上去就是几耳光。任万能被打蒙了，自此老实了许多。但这小子死活不肯读书，没过多久，便听说他跟上村里的戏班子跑演出去了。

任万能一走，班上消停多了。柯云对尚青一如既往，节假日还逮机会去她家，跟康文也混熟了。明明暗含奔她而来的意思，可尚青竟毫无察觉，懵懂少年的执着暗恋是青涩的。尚青把心思放在康文哥身上了，情窦初开少女的倾心爱慕，同样也是青涩的。那时，康文哥也就十八九岁，细高个儿，近视眼，说话文绉绉的，不像曾智哥，虎背熊腰，说话走路铿锵有力，给人以厚重的依托感。外爷夸奖说，曾智这小伙子有官相。尚青问外爷，那……康文哥呢？外爷笑而不语，尚青撅着小嘴不高兴了。

哥哥被曾智的男子汉气概所折服，整天黏着他，从学校回来，先把西窑门推开，看曾智在不在。妹妹被康文木讷的书生气所吸引，简直着了迷，心里总惦记着他，放学回来先问母亲，康文哥回来了没。曾智经常带尚武去小学操场玩篮球。他们一走，康文便放下手中的书，给推门进来求教的尚青辅导功课。在康文的指导下，尚青的语法知识、作文能力大有长进。那年暑假里，尚青变得骚动不安，心事杂了。有一次，尚青独自去沟边采梅子，不小心摔倒，扭伤了脚，动不了了，恰好康文路过，把她背回了家。贴在康文背上勾着他脖子的那一刻，尚青感觉一股暖流透心，很奇妙。从那时起，她就想看到康文哥，还有点烦柯云。柯云约好跟康文学游泳，只要康文从工地上一回来，背着架子车内胎的柯云便会出现在她家窑背上，惹得尚青很不高兴。柯云要她一块儿去，她不肯，但康文一叫，她跟上就走。她还抱怨柯云，为什么非要缠着康文哥学游泳？！柯云解释说，要是康文哥走了，有人掉进水库，我就能下去救人了。尚青听了，又不高兴了，她不情愿让康文哥走，她盼着自己快快长大。

外婆家的下窑院里，盛不下兄妹俩童年的朦胧情感，也盛不下他们知青哥哥的鸿鹄志向。那年冬天，他们真的要走了。康文跟曾智是最后一批下乡知青，也成了最后一批工农兵学员。那天，尚青放学回来，西窑里的铺盖卷没了，人走了。康文给她留下一本新买的《中学生作文选》，扉页上写着"尚青小妹，好好学习，天天向上"。尚青把书贴在胸口，眼泪哗啦啦地流了下来。尚青后来才知道，康文他们在水库工地表现突出，曾智还入了党，在父亲的主导下，公社推荐他们上了大学。正月初，他们特意来给尚青家拜年辞别，尚青却跟外婆走亲戚去了。回来听说后，尚青躲在窑里悄然泪下，往后的日子，就变得索然无味了。

开心的日子渐行渐远。先是知青返城，哥哥参军，自己上初中、高中，接着外爷、外婆相继过世……康文哥走后这五六年间，发生了多少喜怨哀乐的事！尚青把塬上的记忆凝成了化不开的情结。她有心把它藏在心底，可柯云总要触摸它。柯云一如既往地充当着护花使者，高中同班的他对她关照有加。从周一到周六，在同一教室里出出进进，周六下午回塬上，周日傍晚到学校，一起骑自行车来来往往。柯云似有表露，含含糊糊，尚青感觉到了，可她心仪他人，不为所动。那年正逢教育的春天到来，尚青把心思放在学习上，对柯云认真地说，我一心一意要考上大学，你呢？柯云无以应答。再后来，水库修成了，父亲调进城里，母亲为了照顾他们父女也搬进了城。外婆家的下地窑完完全全成为了过去。不回塬上、不同路了，加之紧张的高考备战，尚青与柯云疏远了。柯云分了心，高考落榜，上了个中专学校，而尚青考入了省财经学院。等她再见到康文哥和柯云时，已经出落成亭亭玉立的大姑娘了。

4

尚青跟柯云网聊时,任万能正跟婆娘杨秀女忙那事儿。

任家庄中任万能的家是背靠背前后两院。前门分别开在前后两道巷子里,后门把两院连起来。后院是任明昌当村支书时盖的,是村里当时最好的砖混平房。前院是任万能几年前盖的,是全村最好的别墅式楼房。一墙之隔,一门相通,儿子这边假山花园青竹樱花,老子那边菜园鸡棚猪圈茅房,俨然一个城乡有别。

任万能成为华塬财大气粗的利税大户,也就是这几年的事。任明昌做梦也没想到,当初提刀胁迫自己的儿子能把事闹大。任明昌当村支书时,为自己建了个小造纸厂。造纸厂污水直排,导致红旗水库污染,引起民怨,被媒体曝光,厂子被强行关闭了。就在这时候,不干正事,被他赶出厂子的儿子回来了。任万能提着菜刀逼老子交出厂子的财务章和存折。他把刀架在自个儿脖子上,出言不逊惊煞人:这年头,撑死胆大的,饿死胆小的。大,你那两下子我看不上。你交章子交钱,我给咱扑腾去,不然我一刀子命没了,你断子绝孙。要钱要命,大,你一句话。任明昌四女一儿,最怕绝后,最想抱孙子,无奈之下,只好依从。任万能把造纸厂的旧设备卖到宁夏,场地出租给人办养猪场,一夜之间实现原始积累,出门闯荡去了。

任万能怀揣着从老子那儿得到的本钱,穿梭在煤矿与水泥厂之间,只干一种营生:给企业老板们放高利贷,"助"其缓解流动资金短缺,慢慢地,他把煤炭水泥企业的经营管理、市场行情都摸熟了,涉外办事,去什么部门,托什么关系,如何打点,都搞明白了。腰包越来越鼓了,也积累了不少的人脉关系。听人说,朱雀寺香火灵验,任万能特意去上香许愿,头一回见海空法师,讨求吉言,海空赠他一句"命中有财须惜福 道上存善勿妄言"。初中没念几天的任万能半懂不懂,却牢记"命中有财",放手而为。就像瞄准猎物的豹子,任万能施展计谋,巧取豪夺,几年工夫,便把被他高利贷套牢的豹子沟煤矿据为己有。任万能刚当上煤老板,煤炭市场就一改疲软,红火了起来，他抓紧扩产扩能，十万吨产量翻了一番。煤价大涨，水泥企业成本加大，利润下滑，别人不愿赊账，任万能却放手赊销，抢生意下套子，不到三年时间，他居然把拖欠煤款换股份，成了"鑫兴水泥"的大股东。县上强制拆除"鑫兴"小立窑，他一口气建起三条十万吨机立窑生产线，随即成立了"万鑫"煤炭建材有限公司，自任董事长兼总经理。任万能连连得手，坐拥年产二十万吨的煤矿、三十万吨的水泥厂，有点儿得意忘形，到处炫耀"命中有财，不请自来"。任明昌对儿子服得五体投地，可社会上对任万能颇有微词，说他人不地道。不过，"万鑫"作为县里的利税大户，对县上经济举足轻重，这也是事实。一俊遮百丑，领导们看不惯他口无遮拦，张扬显摆，却也不得不在某些方面倚重他，在某些方面纵容他。这种微妙关系，在刘亦然县长任上更显露无余了……

　　这天从原家滩回来，任万能心里不爽。他兴冲冲地陪刘亦然县长上了朱雀寺，把刘亦然引荐给海空法师后，自己在外等候。刘亦然出来后一言不发，似有心事，任万能猜他是升迁问道不甚如意。任万能本来约好刘亦然去一趟东河，看看修路现场，借助县长的势，压一压反对他修路的东河村民。可县长情绪不佳，他的如意算盘也落了空。刘亦然把他招到镇政府，说是有急事去不了东河村，让黄镇长跟他去看看现场，说完便匆匆返回县城了。任万能压根儿没把村镇干部放在眼里，勉强跟他们看完现场，也懒得请他们吃顿饭，借口说矿上有事，要去豹子沟。半道上他叫司机掉头，驶上了出山的公路。

　　任万能有些郁闷，一路琢磨刘县长葫芦里卖的什么药，说好了去东河村又临时变卦，鬼知道是黄镇长给他汇报了什么，还是他给黄镇长交代了什么。他猜着县长是因海空说了不好听的话而情绪受挫，不过，他还是有被人忽悠的感觉。

　　汽车路过尚家堡，他吩咐司机先回一趟家。司机正想问哪个家，透过后视镜见任万能向沟对面一摆头，吓得吐舌头，赶忙驶向红旗水库方向。平时，任万能说回家，司机先要问哪个家。他说"塬上"，指的是任家庄的老家；他说"楼上"，指的是县城小区里的新家。在塬上，在县城，任万能有两个家早已不是什么秘密了。可是，他婆娘杨秀女却是最后一个知道、最近才知道的。

俗话说得好，仰面的婆娘、低头的汉最难缠。杨秀女仰头快嘴大嗓门，村里人早就领教过了。那年，县上强行关闭任明昌的造纸厂，任万能游荡在外，不理家事，村干部出身的任明昌心有顾忌，不便出面。刚过门的杨秀女赤膊上阵，又哭又骂，撒泼使野，砸了环保局小车的玻璃，被公安机关行政拘留了七天。

任万能的婚姻怪有意思的。任家四女一男，男最小。杨家四男一女，女最小。渭北塬上有个说道，"四根桌子腿，一张桌面子"。意思是红花绿叶，四个陪衬一个。有姐姐或哥哥们陪衬或扶助，将来必有出息。杨秀女大脸盘，丰乳肥臀，做姑娘时颇有姿色，而且天生一副唱秦腔的好嗓子，《铡美案》里的包公戏她最拿手。任万能也一样，从小就是个唱黑头花脸的料。过去老年人常说，书坊戏坊，瞎娃的地方。两"包公"因戏结缘，一见钟情，烈火干柴，有回演完戏，黑咕隆咚的，任万能拉着杨秀女钻进苞谷地就把那事儿做了，生米煮成了熟饭。杨秀女从河里嫁到塬上，伺候公婆，拉扯两个女儿，泼辣能干，勤劳持家，是屋里、田里的一把好手，在四邻中口碑还不错。只要这两口子闹了矛盾，人都说任万能的不是。

这也难怪，任万能有了钱，就常在外边拈花惹草。有回他带个女人在矿上鬼混，被婆娘知道了。农村婆娘骂人口无遮掩，左一个卖×的，又一个挨×的，又哭又喊，大闹一场。任万能惹不起躲得起，待在矿上不回家，一下子就把妻哥们惹毛了。四个妻哥本来就不是省油的灯，齐刷刷跑到矿上把他揍了一顿，扭着胳膊押回来，逼他给婆娘写下了保证书。这回任万能包二奶，跟县剧团的杨眉再筑爱巢，杨秀女知道得最晚，跳得最高。

她跑到城里，找到杨眉住处，一边砸着门，一边叫骂。堵在屋里的杨眉电话求援，任万能派人把杨秀女弄回了公司。杨秀女与男人短兵相接，给任万能脸上留下了四条血指甲印。她仍不解恨，满腹委屈回娘家搬兵，鼻涕一把泪一把地哭恓惶，谁知哥哥们都不愿出手，反倒抱怨她没事找事，福把人烧的。

时过境迁，人心偏转。杨秀女心里明白了，哥哥家都有人在任万能手下谋事，娘家人受任万能的恩惠，人亲不如钱亲。娘家人屁股坐到男人一边，公公也不愿为她主持公道。上回任明昌把儿子骂了个狗血喷头，这回哼哼哈哈，态度暧昧。杨秀女暗自叫苦，公公一心想抱孙子，可第二胎偏偏还是女娃，公公婆婆的失望都挂在脸上。超生罚了款，杨秀女做了结扎手术。杨秀女问过计生干部，人家说生儿生女关键在男人。所以任万能出言不逊，嫌她不会生儿子时，杨秀女据理而辩，咋的，种的苞谷，还想收麦子？任万能强词夺理说，地不好，咋能怪种子？

就为地和种子，两人动辄争执不休。这回闹事之后，杨秀女实实后悔当初结了扎，给男人留下"换地下种"的机会。杨秀女四面无援，闹得没劲了，没趣了，却不肯放软身段面对现实。

打从婆娘闹场子，任万能多日没回任家庄了。今天，杨秀女一听门口汽车响，院里狼狗叫，赶紧收拾了一番，出门迎候。那年代过来的农村婆娘，伺候男人井井有条。杨秀女见男人阴着脸一声不吭，忙先端来洗脸水，打开香皂盒，摆好毛巾，扭身去涮净茶壶，倒水沏茶，此刻男人已经洗罢脸，她把茶水递给落座的他，自己出门去倒洗脸水，顺便小声问了司机，知道男人还没吃饭，便系上围裙进了厨房。任万能茶喝好了，饭也端上了桌。知道男人有饭后困的毛病，这边他放下碗，那边杨秀女已经把床上铺好了，还给司机安排好了休息的地方。

任万能打着呼噜进入梦乡，洗涮完毕的杨秀女走进卧室，静静地坐在梳妆台前，一会儿盯着一家四口的团圆照发呆，一会儿瞅着夫妻俩扮演包公的黑头花脸剧照傻笑，最后，对着镜子瞅了又瞅自己衰老的脸盘、眼角的皱纹，忍不住鼻子发酸，好想大哭一场，却又怕惊醒了男人。任万能睡得像死猪一样，呼噜声时高时低，有长有短。杨秀女感慨不已，其实，男人在外头也不容易，回家累了乏了，除了睡还能做什么？她不由得一声叹息。要不是大白天的，她真想上床去脱光了，用大奶头贴着他的背，双手紧锁搂着他的腰，陪着他睡个天昏地暗，弄他个天翻地覆。杨秀女好久没有那个了，难免有些骚动不安，可一想这男人怀里揽过那骚婆娘，一下子兴致全无。男人打呼噜岔住气了，咳嗽几声，翻身转过脸来。女人目光顿时落在那几道指甲印痕上，瞬间追悔莫及，自责下手重了，抓错人了。谁说歹毒莫过女人心？此时此刻的杨秀女心疼极了，念叨男人的千好万好，心疼男人的千辛万苦。脸上挂彩不光彩，这些日子在外头咋见人哩……后院门"咯吱"一声，杨秀女揉了揉眼，起身向院子走去。

自从出了这档事，任明昌没迈过后院门。杨秀女生公公气，也没到那边去过。公公肯定知道他儿回来了，杨秀女心想。

任明昌站在后院门口问，回来了？杨秀女"嗯"了声说，回来了。任明昌干咳几下扭身就走。任万能在屋里也有了动静，他一边给人打电话，一边出来去见老父亲，大狼狗跟在后头。

杨秀女跟放了学的女儿们，还有司机一块儿吃的晚饭。任万能是在父母那边吃的。孩子们吃完饭，都上了楼回各自房间学习去了。杨秀女打开电热水器烧好洗澡水，在卧室里静静地候着。任万能回来时仍板着脸，看样子是被老子训斥了。

杨秀女指着放在床边的睡衣说，跑了一天了，去冲个澡。

任万能一屁股坐在沙发上，沉默片刻，突然眯着眼问，那天去闹事的地方，你咋找到的？

杨秀女借势"扑通"坐进男人怀里，娇嗔地说，鼻子下面有嘴，我不会打听，不会问？

看你闹腾的，看这，任万能指了指伤痕说，叫人把脸都丢尽了。

杨秀女伸手摸了摸伤痕，心疼道，怪我成不成？还疼不疼？

看你弄的这事，往后安安生生过你的日子，任万能说着把婆娘搂紧了，又说，《铡美案》里说啥来着，"先娶你来你为正，后娶她来她为偏"。你是明媒正娶的正房，她不就是个偏嘛。

杨秀女一把把任万能推开说，狗屁正不正偏不偏，被狐狸精迷住心窍了，你还想养着那小婊子？有她没我，有我没她。

任万能把杨秀女拉过来说，你能给咱生个小子娃？你能？你俩我都要，一个不能少，往后要把关系处好，日子还长着哩。他竭力说服杨秀女接受这个事实，理由只有一个，老任家不能断子绝孙。这么大的家业，总得有个继承人。

女人极力想挣脱，男人越拉越紧，一个老虎扑食，把婆娘按倒在沙发上，顺手就撕扯着脱她衣服。女人嘴里念叨着，不弄，不弄，说清了再弄，却半推半就，并无反抗，男人把头抵着婆娘的大奶头说，弄了再说，弄了……再……说。任万能手脚粗野放肆，杨秀女久旱逢甘霖，浑身的劲都使了出来。两口子如痴如醉，如癫如狂，男人喘气如牛，酣畅淋漓，女人受活如颠，不顾一切，放声尖叫，惊得屋外大狼狗也莫名其妙地狂吠起来。

一阵电闪雷鸣，雨过天晴。任万能窝在沙发里抽了一支烟，开始打理公务。中午时分，副总同雯雯曾打来电话，说县环保局又来人收排污费了。他先给同雯雯打了个电话，询问把人咋支走的。又拨了几个电话，起身要走。

杨秀女见男人要走，一脸不悦地问，天都黑了还走？一晚上都舍不得那卖×的了？

任万能咧着嘴说，这边事办了，那边还等着，我得一碗水端平嘛。杨秀女上去抱住男人后腰不准他走，眼泪都急出来了。

任万能乐了，说，别闹了，我跟你耍笑哩！实话跟你说，我把她打发到省城了，你俩拴不到一个槽上，离得远远的。你再想闹事，恐怕连路都寻不着了。

任万能说的千真万确，杨眉被他安顿到省城曲江翠竹花园的豪宅享福去了。

5

大清早，尚青路过镇中学，把任万能捐赠电脑的消息透露了，校长喜出望外，却也将信将疑。尚青当面拨通了任万能的电话。

老同学，昨日说的话算数？

任万能受了莫大委屈似的说，老同学，买个糖人只顾舔——太把人不当人了，我男子汉大丈夫……

尚青连忙说，老同学，不是这意思，我是问，这事咋办哩？

任万能说，你造计划，我买电脑，到时候搞个仪式，轰轰烈烈的，把县领导也请来讲话。

校长在一旁乐坏了，急忙用手比画。

尚青领会了，说，没问题，学校说了，到时候给你披红戴花。

任万能说，好好好，再在省报上宣传宣传，这个你能办到。

尚青愣了一下，赶紧说，这我办不到。

任万能说，你能成，从前救我的知青康文，在省报是个领导，你找他，一句话的事。

不成不成，我跟人家好些年没联系了。尚青没想到这家伙出了这难题，忙一口回绝。

柯云有联系呀！那年曝光我家造纸厂，就是他找的康文。你让柯云给咱帮忙联系，没麻达。

尚青松了口气说，咋啦，还记恨人家？人家可是你救命恩人！

任万能说，不记恨，不记恨。

尚青说，那有啥，我给他打招呼，就说你找他帮忙。

任万能说，能成能成，我听老同学的。

尚青满心欢喜地回到办公室，有村民来找她，这村民在外打工的儿子、儿媳的补贴被村干部冒领了。尚青眼里容不得沙子，一听这事就来气，查了底子核实了事情，就推开黄镇长办公室门反映情况，黄镇长听了，大发脾气，骂骂咧咧地说，派人下去查，不行，把这尿货撤了。

村干部私吞、多占补贴的事时有发生。发放补贴的"一折通"马上要换"一卡通"了，还要推行"村财村用乡代管"，尚青打算下点工夫，逐村逐户把涉农补贴核实一遍，然后建电子台账。她给黄镇长一一汇报了，要镇上调整、充实人手，购置两台电脑。

尚青人品好、能力强、威信高，黄镇长对她另眼相待，听了汇报后表态说，调整人能成，机关的人任你选，买电脑的事缓后再说，咱经费紧，你最清楚，至于摸底核实，就按你说的办。

说到了电脑，尚青就势把任万能捐赠的事一五一十说了。

哟呵，天上掉馅饼了？黄镇长瞪大眼说罢，忽然眯着眼笑了，你不是要电脑吗？造计划时加上两台，搭个便车就把事办了。

尚青连忙说，这咋成？这不成，豇豆一行，茄子一行。

黄镇长说，别看你老同学势大，求咱的时候多着哩！两锨也是一动土，三锨也是一动土，这事儿你不管了，我来操作。

尚青还是觉得不合适，正要分辩，手机响了，是哥哥。

尚青从小在哥哥跟前任性惯了，偶尔还撒个娇，使个性子，说句俏皮话。

尚武问二老最近咋样，尚青说，咱爸都忘了你长啥样了。

尚武说，清明回不去了。尚青说，你说过了，咱外爷外婆也没指望你去看他们嘛。

尚武说明儿上坟还得尚青去。尚青说，哥，你不知道塬上有讲究，女娃不让上坟？年年我去，你就不怕人家笑话？

兄妹俩抬了几句杠，尚青这才咧嘴笑着问，哥，你在哪儿？

尚武说，他到汉中考察保护区了。尚青脱口叮咛说，上山注意安全，那边山里蛇多。

尚青正在兴头上，忽然听尚武说，我跟康文哥在一起，你跟他说几句，他一见面就问你哩！

尚青脑子"嗡"地一下，脸色都变了，莫名其妙地冒出一句，我忙着哩，"啪"一声把手机盖儿合上了。

黄镇长在一旁瞅她，尚青脸红了，低头说，我下午请假上坟去，扭身走了。

尚青心里一乱，脚底下也乱了，想着回办公室来着，却糊里糊涂出了大院，到了家门口，才发现没带钥匙和提包。尚青猛一下灵醒了，直在心里埋怨自己刚才走了神，有些失态。步入不惑，尚青不能说是认命了，不过，她置身与世无争的环境，走出了惆怅，心态平和，淡看人生。岁月似乎已经模糊了那段心迹，沉淀了那般痴情。平常的日子里，虽然康文的身影在她脑海里时有闪现，她却更愿意把那段心事看作人生命运的感叹号，不去触碰。尚青在原家滩忙平庸的事，过平淡的日子，但哥哥归来、筹建保护区、计划放飞朱鹮，康文"扑踏扑踏"的脚步声也伴随着朱鹮由远而近，越来越清晰了。康文突然出现在手机的那一端，又出现在那个地方，还跟哥哥在一起，尚青始料不及，还没反应上来就挂了电话。尚青深深地后悔了，这么多年了，尚青多想听到、想见到梦里才有的声音与身影啊！康文哥咋跟哥哥一起在那个地方？莫非为朱鹮的事？尚青眼前一亮，心窝炽热，思绪穿越时空，飞向那遥远的记忆……

尚青打小辨得清哥哥们的脚步声。下地窖缓坡道上传来的脚步声，尚青一听便知是谁。"咚咚咚"跑回来的是哥哥，年少欢实，出出进进，一路小跑。"踢通踢通"的是曾智哥，人高马大，着地用力，节奏感强。"扑踏扑踏"的便是康文哥了，不慌不忙，不轻不重，后音悠长，就像脚没抬起，拖在地上。那次扭伤脚，康文把她背回来之后，尚青一听见"扑踏扑踏"的脚步声便兴奋不已，心跳似乎也快了，知青哥哥带走了塬上小妹懵懂的心。尚青发奋读书，追随他而去，考上了省财经学院。康文说来长途汽车站接她，尚青下车出了站，在茫茫人群中东张西望。耳熟的"扑踏"声由远及近，尚青正要回头，康文已出现在她身旁，开口便说，哎哟，七八年不见，尚青小妹都成了大姑娘了！尚青听了，既羞涩又亢奋，脸红得像绽放的山桃花。握手时，她浑身竟有些微微颤抖，终于能跟她的康文哥在一起了，至少拥有同一座城市，至少常来常往，互相照应，至少还能经常见到……不过，在尚青的记忆中，永远珍藏着朱鹮翱翔的天空。这些年，想起康文便想到朱鹮，提起朱鹮便想到康文哥，尤其是在尚武回来之后。

尚青第一次听说朱鹮是在高二时。那天，柯云急急火火地把她拉到学校报栏前，让她看省报上刊登着的汉中洋县发现朱鹮的报道，那也是她第一次在报纸上看到康文的名字。柯云敬慕地说，早就听说康文哥是省报大记者了。尚青一声不吭，脸蛋微微一红，心里头却倒海翻江。她去父亲办公室，翻出这张报纸，悄悄收好，没人时拿出来看看，上大学时随身带着。有一天，她把那旧报纸拿给来学校看她的康文，康文很惊讶，感慨道，没想到，小妹这么心细！她顺势恳求说，康文哥，啥时再去看朱鹮，我也去。康文顺口答道，能成，我带你去。说者有心，听者有意，大三暑假前，尚青接到了康文邀她去汉中朱鹮栖息地采访的电话。

洋县朱鹮经过几年的保护，已经由最初发现的两个种群七只鸟，发展到若干种群、好几十只鸟。康文要为朱鹮保护工作者写篇长通讯。为了有个照应，康文带着名女记者随行，把行程安排到学校放暑假的时候。康文那时已是省报新闻部主任，在省内小有名气，又最早报道过朱鹮保护，跟朱鹮保护站的人很熟，听说是康主任的亲戚，那里的人对尚青多有关照。有女记者做伴，更有心仪的人在眼前，尚青一路上开心得像一朵花。

朱鹮故乡山青得滴翠，水清得见底，竹林簇拥农舍，稻田环绕山湾，水牛卧在池塘，牛背落着鹭鸟……尚青来自渭北旱塬，从没见过这风光，惊喜地说，康文哥，这跟咱塬上大不一样嘛。康文说，过了秦岭就算是南方，汉中盆地人称"小江南"呢！偶尔有两只白里透红的大鸟在头顶掠过，听说那就是朱鹮，尚青仰着头瞅啊瞅，想啊想，她为它优美的飞姿而着迷，也感叹它忠贞的爱情。朱鹮是"一夫一妻"，至死不渝。康文为保护朱鹮的人们而来，这些人在大山深处租民房、搭窝棚，鸟飞到哪儿，人跟到哪儿，观察记录其生活习性，给水田投放泥鳅以补充其食物，还要劝说附近老乡不要使用农药、化肥。毒蛇是朱鹮蛋和雏鸟的天敌，每到朱鹮繁育期，这些朱鹮保护者最辛苦。康文一行沿着他们的足迹，跋山涉水，辗转于朱鹮种群栖息地之间，既要拍照又要采访，吃住条件很简陋，卫生也不咋好，十分辛苦。康文生怕尚青吃不消，谁知尚青随遇而安，充满了新鲜与好奇，倒像个虚心好学的实习生。尚青一路上不离康文左右，听着他"扑踏扑踏"的脚步声，心里便踏实。他扶她过小溪，拉她爬陡坡，握着他的手，尚青心里热乎乎的。在这段行程中，还发生了一件令尚青难以忘怀的事。

他们去时，朱鹮繁育期刚过，雏鸟还小，朱鹮外出觅食时，毒蛇常趁机偷袭，他们恰好目睹了这一幕。一条毒蛇偷偷爬上了树，准备袭击雏鸟，两只雏鸟受到惊吓，本能地要逃窜，保护站工作人员急忙开枪驱赶毒蛇，一只雏鸟从青冈树上掉了下来。就在有人惊呼树上有蛇那一刻，尚青猛地瞅见了，吓得直往康文怀里钻。枪响了，蛇逃了，尚青急忙朝小朱鹮落地的灌木丛跑去，康文赶紧跟在后头。尚青把小朱鹮捧在手心，抚摸着毛茸茸的它。保护站的人断定小朱鹮摔伤了，要带回宿营地救治。尚青一路上把它贴在心窝，用温柔的眼神跟小家伙惊恐的眼神频频交流，还给它说些安慰的话。康文趁机拍下了这一温情瞬间。在尚青的坚持下，康文他们多待了两天，直到把小朱鹮医治好，放回鸟巢，才启程离开……

那次，康文给她拍了不少照片，尚青觉得自己抱小朱鹮的这张最珍贵。她把那些照片夹在那张刊登有康文长篇通讯的报纸里，珍藏起来。站在自家门口这一刻，尚青任思绪飞扬，猛想起，那些照片和文章至今还压在衣柜的最下面，也埋藏在她心底。她忍不住眼眶湿了，心里乱作一团。她有一种预感，康文哥的脚步声越来越近了。

6

尚青冷不丁挂断电话，尚武有些莫名其妙。康文面带困窘，隐隐心痛。尚武没看出来，大发感慨说，唉唉，这辈子太亏欠尚青妹子了。说这话的时候，他们在秦岭南麓大山深处的华阳镇。

算是被尚青猜着了。尚武带人去朱鹮保护区考察，是康文帮忙联系的。保护区邀请他也来，康文有些犹豫，尚武说，康文哥，一起去嘛，路上好好聊一聊，有些东西还要向你讨教哩！康文同意了。尚青有所不知的是，尚武一上任，就跟康文联系上了。尚武刚到地方上，两眼一抹黑，肩上压了新的担子，一时无从下手。曾智把康文电话给了他，叮咛说，康文跟省上的部门都很熟，你去找他。这一年多，原家滩保护区项目的前期筹备，从规划设计到审批，康文在省上没少帮忙。康文父母是锦阳矿务局高工，退休后住在省城，康文到省城多年了，可他总觉得根在锦阳，他在那里出生、上学、下乡，对那里有深厚的感情。锦阳有人、有事求上门来，他都尽力而为，原尚武的事更不用说了。康文下乡时住在尚武家下地窑，一个锅里搅勺把，简直就是亲兄弟，只不过，尚武参军后两人再没见过。

再见原尚武时，康文猛一下愣住了。当年活蹦乱跳的懵懂少年，变得又高又魁实，站姿笔直，坐姿稳健，声音洪亮，沉默时还有股充满张力的沉着劲，带着一股军人气质，俨然一副带兵的做派。再一接触，康文发现尚武思路特别清晰，对新岗位、新任务充满自信，谈起生态保护一套一套的。他打心底觉得这兄弟是个干事的人。

康文随即弄清了原尚武的经历：在内蒙古牙克石市当了十六年兵。入伍第三年，即百万大裁军时，尚武所在的野战部队转为武警森林部队，他在1987年的大兴安岭特大火灾中立功晋升，上了军校，转业时是大兴安岭的支队长，上校警衔。康文也听曾智提说过，尚武原先没打算转业。那年秋天，曾智去呼伦贝尔市参加一个全国性的会议，原尚武闻讯赶去看他。会议结束后，他把曾智接到牙克石市盛情款待。两人多年未见，豪饮一场，长叙一宿。曾智说，在部队上干，有部队上的好处；转业回地方，同样大有作为。叫我说，还是趁年轻转业回去，叔和婶年纪都那么大了，那年又闹着住回了山里，身边多个人照料更好。你想通了告诉我，我给组织部门打个招呼。尚武被说得动了心。第二年，原尚武以父母年迈，需要照顾为由申请了转业。

森林部队以护林灭火为职责，常年在大山里风餐露宿，林海中摸爬滚打，火场上冲锋陷阵，原尚武练就了一身出生入死的硬功夫。走出大兴安岭，又走进家乡的大山，浓郁的森林情结驱使着他，清新的森林气味吸引着他，组织让他筹建保护区，他二话没说就去报到了。尚武一门心思扑在这上面，搞规划设计时，他带着省里的林业专家深入原家滩林区实地勘察。专家们走进原家滩湿地，都说这地方适合放飞朱鹮。他一追问，得知省上有个朱鹮放飞计划，为朱鹮寻找新栖息地。专家们告诉他，随着朱鹮人工孵化、人工育雏的成功，汉中朱鹮数量逐年增加，已达上千只之多，人工繁育的朱鹮野外放飞试验也业已成功，如果朱鹮能在渭河以北的山乡湿地安家落户，那将对保护其种群意义非凡。尚武眼前一亮，把引进朱鹮的想法告诉了康文，两人一拍即合，筹建中的保护区计划中列上了引进朱鹮放飞项目，这次考察就是由此成行的。

当年的朱鹮保护站已发展成了国家级的自然保护区。康文几年没来，发现这里变化很大，觉得很振奋。朱鹮离不开湿地、稻田，朱鹮保护区也是老百姓的居住区，人与鸟拥有共同的天空和领地，这在全国野生动物保护区中独一无二。朱鹮保护区负责朱鹮保护，包括进行群众爱鸟教育、水田绿色种植推广等，但不拥有林地权，这种特殊的模式，顺应了朱鹮与人共居的生态。康文陪着尚武对朱鹮栖息地生态环境，朱鹮生活习性、觅食筑巢的条件，人工保护的举措，以及人工孵化、人工育雏等做了详细考察，收获颇丰。可尚武仍觉有些缺憾，他们要建的保护区以天然林、湿地和野生动物为保护对象，沟深山大林子密，如何巡山护林、加强监管，他想有所借鉴。康文说，这好办，去趟长青自然保护区。

两个保护区相距不远，长青这边以保护大熊猫为主。康文在电话里联系好，直接去了华阳镇，那里也是朱鹮野外放飞的试验地。长青保护区的森林管护果然让原尚武大开眼界。从前，长青巡护员按照设定的路线上山巡护，填写巡查日志，在终点挂塑封的巡护牌，管理人员也要定期清点，作为考勤依据。如今他们鸟枪换炮，用上了GPS定位系统，海拔高度、经纬度一目了然，巡护员的路线、位置、目的地，包括人员的安全意外，都随时在掌控之中。尚武饶有兴趣，坚持要跟上巡护员走一程看个究竟，大清早就上山了。

原尚武在林区跑惯了，爬山路如履平地，钻林子身手利索。这些天，康文简直跟不上趟。一路上，尚武不断向他请教生态方面的问题。康文惊奇地发现，尚武对自然生态的认知，既感性又理性，知识面广，也有独特见地。这天，康文有些累了，留在驻地休息，把尚武给他的小册子拿出来看。尚武的部队经常对战士进行生态教育，这本《森林与生态保护》的小册子就是他自己动手编写的，还亲自给战士讲过。小册子内容充实，通俗易懂，一看便知编写者很有基本功底，是下过一番工夫的。康文越发觉得尚武是个干大事的人，是个难得的人才。

那年驯化放飞的朱鹮，堪称华阳古镇一道亮丽的风景线。学校后面的大树上就有好几个鸟巢。成群的朱鹮早出晚归，从小镇上掠过，在稻田里觅食，回树上栖息，于巢里繁育，人与鸟和睦共处，乐哉悠哉！尚武感慨地说，啥时候原家滩有这景象就好了。康文说，看你做事的势头，快了快了。这一路上，康文不只一次地想到尚青。这天，康文放下小册子，独自穿过小镇，来到学校后面的大树下，看样子，巢里有雌性朱鹮在坐窝孵化，不时飞回飞去的，肯定是觅食伺候"月子"的雄性朱鹮。康文触景生情，当年尚青抢救小朱鹮的一幕再次闪现，他心头掠过一丝悲凉，怏怏而归。这一路上，康文好几次想问尚青妹子的近况，但瞅着尚武，话到嘴边又咽了回去。回到住所，躺在床上，康文满脑子尽是小朱鹮与尚青的影子……

跟上巡护员走了一程，原尚武心里亮堂多了，吩咐随行的人第二天早上睡个懒觉。跟他翻山越岭多日，大家有些撑不住了。在部队时也是这样，爬山钻林，比速度、比耐力，手下没人强得过他。第二天，尚武起了个大早，在小河畔稻田埂以及学校的朱鹮巢树下转了一大圈，回来路过镇上，挑了家干净的小饭馆，订下包间，准备中午犒劳犒劳大家，休整半天。尚武回到住处，进康文房间聊了一会儿，忽然想起明天是清明节，于是给妹妹打了那个电话。尚青把电话挂了，尚武发了通感慨，自己郁闷，觉得康文也不开心，索性说，康文哥，走走走，我叫他们起来，咱喝酒去。

尚武手下的几个人确实累了，到了酒馆，像没睡醒似的，既没食欲又没酒兴。尚武见状，让他们提前回去休息了，嘟囔说，他们在机关待惯了，出力下苦不行。康文说，你雷厉风行的紧三火，谁受得了？尚武"嘿嘿"一笑说，这倒也是，咱兄弟俩好好喝。

尚武贪杯，康文馋酒，两人各怀心事，这酒喝得工夫大了，都有些醉意。康文问，尚青现在过得咋样？

尚武脱口而出，不咋样。

康文又问，她找的那个人咋样？

不咋样！尚武"唉"了一声，说，不安分守己，缺少家庭观念，把尚青跟孩子抛下，跑到陕北折腾去了。

康文听出话音了，一阵心痛，倒了满杯酒，一仰脖子喝光了。

尚武也喝了满杯，说，唉唉，我这辈子最亏欠的是我妹子啊！古人云，父母在，不远游，我却游在千里之外，把二老撇给她，拖累了她半辈子。

康文宽慰说，你转业回来了，往后情况就好了。

尚武说，回来还不是一样？这不，明儿清明，还得尚青去塬上上坟，刚才她都抱怨我哩！

康文说，不管咋说，那还是在父母跟前好。

尚武说，人无远虑，必有近忧。还有锦阳那边我这家呀，老婆的身体、儿子的学业，没一样让人省心。二老那边还得靠尚青妹子哩，唉唉，自古忠孝难两全啊！

康文大概听说过了，尚武爱人身体不好，儿子从牙克石转学回来，学习跟不上趟。康文这会儿还在为尚青揪心，长叹一口气说，唉唉，都怨我，当初我要是坚持把尚青妹子留在省城就好了。

尚武连连摆手说，咋能怨你？她当初回县上是为照顾父母，后来调到山里也是为照顾父母。我要是在父母身边，就没这档子事了，康文哥，咋能怨你哩？

康文顿时哑口无语了。

第二章　　清明时节

　　今年的清明节，又是原尚青一个人上坟。哥哥原尚武虽然已经转业回来，却跟县长刘亦然杠上了。原尚武要征地建生态区，要放飞朱鹮，刘亦然要开采煤炭、生产水泥，要经济变强、自己升官。在市上的压力下，刘亦然不得已召开了粉尘治理大会，却窝了一肚子火，不由得想念起了县里利税大户任万能"送"给他的同雯雯。

　　为任万能给学校捐电脑宣传的事，同雯雯跟文化馆的柯云打上了交道，随后又迷上了摄影，也许，还有柯云这个人……

1

大清早的，尚青打电话说任万能找他帮忙，柯云没想到。帮什么忙，尚青说，下午来了再说，他有些纳闷儿。他跟任万能儿时打打闹闹，关系时好时坏。长大了人皆有志，各奔东西。为造纸厂曝光一事，两人有了心结，从此断了来往。

在华塬县的机关干部中，柯云算是混得很自在的。那年，他放着县文化馆副馆长不干，办了停薪留职，跑到"耀辉"公司去了，说是总经理助理，其实也就是出出主意、跑跑部门的"八贤王"。柯云老婆从前在照相馆，单位倒闭后，自己开了个影楼，生意怪红火的。两口子不缺钱，也不缺自在。

任万能要给原家滩中学捐电脑，柯云也没料到。他不得不佩服人家能立起，能圪蹴，感慨人家能把事弄大，果然有过人之处。他从前可是压根儿没把任万能放在眼里。

柯云好交朋友，最好的朋友要数康文和袁耀辉。

尚青只知柯云跟康文学游泳，其实，柯云爱好写作、迷上摄影，同样是受康文的影响。尚青还有所不知，柯云与康文一直有来往。柯云在上师范学校的几个暑假中，都去报社以实习生的名义跟上康文或他手下记者外出采访、当帮手，学写作和摄影。柯云悟性好，又能吃苦，进步很快，他在省报副刊发的几篇小散文，成了他进文化馆的敲门砖。文化馆清闲，他有的是时间钻研自然摄影。他对光的感觉特别好，动感拍摄、画面构图之类的技巧娴熟，这些年，柯云几乎把精力全用在了摄影上。

事情往往带有偶然性。曝光任明昌造纸厂污染的事，柯云从没后悔过，但毕竟乡里乡亲的伤了和气，心里有些不美。这厂子是上世纪八十年代初乡镇企业兴起时建的，麦草制浆，生产普通有光纸，无污水处理设施，污水就顺着沟畔的窟圈渗入地下。

　　起初人们并不介意，任明昌也说污水流到地下沉淀净化了。可一两年后，红旗水库的水变黑了，而且一年比一年严重，最后水体完全被污染，水草枯萎，鱼虾几无。这水库年久失修，库底泥沙淤积，几近报废，原有的灌溉任务由沮河水库替代了。可两塬间一湾清水，曾与周围洋槐林相映生辉，在旱塬人心目中是纯净的、美好的，人们怎么能接受它被作践、被玷污呢？塬上群众意见很大，尤其是任家庄群众，被废水、废气的臭味熏得受不了。任明昌忙于经营，顾不了村上的事，后来就不干村支书了，他一不当支书，群众闹得更凶了。后来，任明昌咬牙上了污水处理设施，但却为了省钱动辄偷排，污水黑臭依旧。任明昌多年当村干部落下的好名声，全被黑臭水冲到窟圈里去了。

　　柯云家责任田挨着造纸厂，排污渠从他家地头经过。有一回，任明昌在晚上偷排污水时污水渠决口，漫了柯云家的地，几亩玉米一夜间蔫了。任明昌赔偿了损失，柯云仍气愤不过，拍摄了一组造纸厂污染水库的照片，下省城找康文去了。康文要直接发新闻图片，柯云觉得不妥，于是报社派记者采写了报道，配发柯云无署名的照片，以《一家造纸厂毁了一座水库》为题见报。柯云绝不是为了给谁出气，小水库里装着他多少童年的梦幻！他跟任万能好着的时候，常去树林里水库边玩耍，用简易鱼竿钓鱼，用弹弓打水鸟，两人一起坐在水边，幻想在水中游来游去的情景。至今，他还为任万能保守着一个秘密：任万能当年不是落水，而是逞能下水的。任万能从小就有股二杆子劲，非要说自己敢下水，说学着电影上的动作比画几下就会了，结果差点送了小命。自从跟康文学会游泳，柯云每年夏天都下小水库畅游几回，直到水库被污染。自从迷上拍鸟儿，他便想到了以前小水库里成群的野鸭子，可惜水库被污染了。上世纪末，随着生态的自我修复，水库水质逐渐改善，多年不见的野鸭子出现了。柯云拍了野鸭群游戏水的照片，拿去找康文。这一组照片在省报上刊发时，康文亲自撰稿，以醒目标题《昔日臭水横流　今朝野鸭成群》再配上水库污染的老照片，突出了保护生态环境的主题，获得了省年度新闻一等奖，县委书记曾智扬着报纸在大会上表扬柯云，还打算调他到宣传部，不过他婉言谢绝了。

如果说，柯云视康文为恩师、为神交，那么，他视袁耀辉则为兄弟、为心交。刚参加工作那会儿，柯云子身一人，晚上常去看露天电影。文化馆和电影站是隔壁，同属文化系统，点个头就进去了。他跟袁耀辉就是在这里认识的。十三四岁的小男孩，端着小木盘挤在入口处卖瓜子。卖瓜子的人多，经常为占地盘争争吵吵，被收票人撵来撵去。袁耀辉机灵、眼亮，他见柯云过来，总迎上前操着河南口音叫着"哥"，非要他抓把瓜子。一来二往熟了，柯云也弄清了男孩的姓名身世：袁耀辉，曾祖父从河南逃荒到华塬，家住火车站附近的贫民窟，全家十余口人，靠父亲在运输社拉架子车挣钱养活。由于家境贫寒，袁耀辉辍学在家，白天扒空火车皮、扒空大货车厢，扫煤、扫水泥，晚上来电影站卖瓜子。小小年纪就为生计奔波，心地良善的柯云动了恻隐之心，对收票员说情道，这个是我小兄弟，给他划一片地方，关照关照。收票员答应了，袁耀辉有大哥罩着，有了地盘，卖瓜子也卖香烟。柯云担心扒火车、扒汽车不安全，就在一家小旅社给袁耀辉联系了个能摆香烟摊的地方。有一回，袁耀辉扒火车下了趟广州，看到街头上的游戏机很火爆，他跟柯云商量后，再下广州买了台回来，架在小烟摊旁边。工商局说，这是无照经营，可他们又没发过娱乐摊点的执照。柯云实心帮忙，以文化娱乐归文教上管辖为由，据理力争，从工商局给他弄了临时营业执照。小游戏机生意红火，每天晚上，袁耀辉都背一挎包零钱来柯云住处，旧钢镚、破纸币，毛毛分分地倒一床，两人一起整钱、数钱，乐得眉开眼笑。小游戏机为袁耀辉淘得了人生第一桶金，烟摊换成了商店。袁耀辉做生意是天生的。他回了趟河南老家，又发现了新的商机：许昌牌香烟在河南畅销，在陕西却卖不动。他回来找柯云商量，从陕西往河南贩这种烟。头一回贩烟回来，袁耀辉兴高采烈地说，哥，这回俺把钱挣了，你想吃啥？柯云脱口而出，烧鸡。袁耀辉一字定音，中。袁耀辉买了两只烧鸡，两人吃了个美。袁耀辉贩烟，起初搞三五箱，后来整车运。每次出门，袁耀辉都拉上柯云做伴，柯云也尽可能地跟上帮忙，顺路采风拍照。晚上住小旅社的大通铺，他怀里抱着相机，袁耀辉抱着钱。袁耀辉睡不着，说，哥，这辈子认下你是俺的缘分，等俺发了，给你换个最好的照相机，中不？柯云迷迷糊糊地说，有你这句话，哥就心满意足了。后来一段日子，柯云忙于结婚、生子，袁耀辉也忙着做生意，两人不再天天必见，但只要有大事，袁耀辉都请柯云参谋一番。大约在四年前，他怀着满腔热血找柯云帮忙时，已经是拥有十几台大货车的公司总经理了。袁耀辉始终记着柯云的好，果真给他买了台尼康专业相机。柯云死活不要，袁耀辉说，你要是还认俺这兄弟，就收下，俺还有大事找你商量，求你帮忙哩！

华塬县的企业改制喊了几年，却只听楼梯响，不见人下楼。曾智主政后，决心啃这块硬骨头。袁耀辉想搭顺风船，要买下县水泥厂。县水泥厂虽经营不善，亏损严重，但水泥不愁销路，产业前景很好。袁耀辉的车队专门运输水泥，对水泥产销行情了如指掌。柯云一听便知，这小子羽毛丰满了，雄心勃勃地想谋大事了。

袁耀辉说，俺对跟政府打交道两眼一抹黑，唯一认识的公家人就是你。还有，你不是还认识新来的曾书记……

不成不成，我不可能为这找人家曾书记，柯云打断说。

袁耀辉急了，说，关口渡口气死霸王，俺不找你找谁呀？你先帮兄弟整个东西，听说任万能也盯上这块肥肉了。人家关系比俺硬，本事比俺大，俺跟你加在一起，未必争得过他。

我兄弟都用激将法了，柯云笑着说。

袁耀辉释然了，说，有哥在背后撑着，俺就敢跟他任万能争个高低，找不找曾书记，走着再看，中不？

那一回，柯云把吃奶的劲儿都使上了。他分析了公布的几家买家，只有袁耀辉和任万能实力最强，于是确定了任万能为竞争对手。随后，他吃透了有关企业改制的政策精神，搞了个举措得力的收购策划。他认为成败的关键在于人员安置。"万鑫"有水泥厂、有技术骨干，只兼并厂子，不接收人员，这是"万鑫"的软肋。他托人打听了，任万能确实是这个意思，正私下里游说有关方面，想把人员包袱甩给县上。柯云找准突破口，反向而行，帮袁耀辉围绕人员安置做文章,专门搞了人员接收、安置方案。他又带着袁耀辉找县发改委、县工业局,陈述他们的竞争理由,声称想政府所想,解政府所难,绝不给县上甩包袱。背过柯云,袁耀辉利用运输水泥积累的人脉,私下在厂子里串联游说,把车间主任、技术骨干都买通了。袁耀辉或明或暗,动作频频,把任万能堵在了水泥厂大门之外。后来,柯云到底还是带着袁耀辉去找了曾智书记,把竞争理由做了最关键的一次陈述。竞标会那天,正遇上水泥厂职工为保饭碗集体上访,无形中给袁耀辉加了分,结果是,华塬县水泥厂企业改制,以袁耀辉成功收购水泥厂而告终,"耀辉"建材公司随即成立,柯云也办了停薪留职手续……

在柯云的潜意识中,袁耀辉跟任万能没什么两样。他从内心鄙视他们的唯利是图,但也对任万能有说不出的歉意。他终于想明白了,这两人一个是朋友,一个是同学,能帮这个,为何不能帮帮那个?日子长着哩,冤家宜解不宜结,等尚青清明节来了再说。

2

柯云快两年没见尚青了。尚青早上打电话说下午到,柯云惦记着招呼她。本想着下午没啥事,谁知县上紧急召开水泥粉尘治理动员会,地点在政府大会议室。会是临时通知的,要求企业老板一律参加。袁耀辉在外地,打电话让柯云替他参会。

柯云进会场瞅了瞅,不见任万能的影子,有个陌生靓女坐在对面。旁边人小声告诉他,她叫同雯雯,听说从前是国营水泥厂的技术员,现在是"万鑫"的副总。

环保局副局长张明义点名批评说,唯有"耀辉"和"万鑫"两家老板未到,都是大老板,势都大。夹在几十个老板中间被点名,大家都瞅他,柯云觉得很不自然,瞅一眼坐在对面的同雯雯,却是目空一切般的神情自若,柯云忍不住多看了几眼。同雯雯人长得漂亮,穿着时尚，独处男人堆里，电影明星似的很扎眼。同雯雯目光扫来，柯云赶紧把头扭向了一边。

柯云懒散惯了，坐功不行，最烦开会。会上主管环保的副县长作动员报告，环保局局长吴栓牢通报各企业超标排放、排污费缴纳的情况。讲话内容材料里都有，柯云带听不听的有些犯困。

柯云的自然摄影出了名，华塬就有一帮发烧友围着他转，张明义就是其中之一。开会前，柯云顺便说了下午要招呼老同学吃顿饭，叫张明义作陪，就定在梁鹏那儿。梁鹏是个酒楼老板，迷上了摄影，拜柯云为师。张明义说，梁鹏打算在乡下开农家乐，托人找个地方。柯云说，那就在塬上，离红旗水库近些，咱们的拍摄活动就有据点了。红旗水库里有野鸭子等水鸟，周围洋槐林里，喜鹊、火燕子、斑鸠之类的不少，是摄影发烧友们常去的地方。张明义觉得这个主意好。柯云说，我明天回塬上，捎带着办这事。

柯云眯着眼想着心事，会场上突然响起了掌声，原来是县长刘亦然到场了。张明义从台上下来，坐在柯云跟前，小声说，风声紧了，大老板挨了批评，要拍桌子训人了。

华塬县领导班子，大家都心知肚明。县委书记是援藏干部，患有严重的高原心脏病，一半时间都住在医院里，县上大小事是刘亦然说了算，干部们私下称他为"大老板"。

张明义的话里有话，柯云能听不出来？华塬县的水泥企业，除了市水泥厂和"耀辉"的三条十万吨生产线，剩下清一色的十万吨立窑水泥生产线，都是曾智手上关了的小水泥厂，在刘亦然任上又突击建起来的。上头明文规定十万吨以下机立窑不再批建，但任万能带头擅自开工，其他老板也跟着来了。新县长说，先建后批，环保部门拦都拦不住。这帮老板既是当初的受益者，也是现时污染治理的责任人。谁拉屎谁擦屁股，难怪张明义偷着笑哩！

柯云也有点好笑。刘亦然上台就板着脸，没说几句便出言不逊，给众人来了个下马威。他敲着桌子说，我先把话撂在这儿，所有水泥企业必须抓紧粉尘治理，年底前达标排放，谁也不例外。到时候，哪怕你裤子脱了爬上去捂，也不能叫烟囱冒烟扬尘。

这哪是领导讲话？歇斯底里大发作嘛，柯云小声嘟囔道。

张明义嘲讽说，急了急了，兔子急了都咬人，还别说老虎。

刘亦然在台上慷慨陈词，一方面强调环境保护是大势所趋，粉尘治理是当前的重中之重；一方面又要求水泥企业不能以治污为借口拖了全县经济的后腿，分明自相矛盾。他却说，粉尘达标排放，全县生产总值各项指标，都是民生大计，两个我都要。

张明义又忍不住说，一根萝卜两头切，可能吗？说完，他推了推柯云，小声说，瞅瞅，我们头儿听得脸都变了。

柯云望去，见台上的吴栓牢脸色果然很难看。这人生性刚直不阿，黑红不避，而且据传，跟刘县长一向不和。

散会后，柯云故意问吴栓牢说，县长亲自来给你们撑腰打场子，局长咋还黑着个脸？

吴栓牢没好气地答，领导说的是毬话，机立窑是下一步要淘汰的对象，压根儿就治理不好，再加上违法偷排污水，防不胜防，把环保局的人挣死也不顶毬用，到时候就看谁脱了裤子掴烟囱！

吴栓牢说话嗓门大。柯云瞅见刘县长在远处，正跟同雯雯说话，赶紧对吴栓牢摆了摆手示意，吴栓牢毫不理会，大大咧咧地走了。

柯云上了趟厕所，出大门时，瞅见同雯雯上了刘县长的车。他若有所思地摇摇头，心想，任万能从哪儿弄来这么个尤物？没来得及多想，手机响了，尚青到了。

这么多年来，柯云一直为尚青而纠结。从小学到高中，他暗恋着她，为了她，没少跟任万能翻脸打闹，她却无动于衷，令他十分失落。人家考上大学一走，他才死了心。突然有一天，柯云发现尚青早有心仪之人了，这个人不是别人，是自己当年的知青哥哥，后来的恩师、挚友康文。他有些吃惊，但慢慢一梳理，觉得也在情理之中，尚青从小就黏着康文哩，不是吗？她喜欢康文早都表现在眼神、语气和行动上了，而且对自己还有些嫉妒。柯云想起来了，那回，她在报栏看康文的朱鹮报道时脸红了。啊，啊，尚青执意考大学去省城，不就是奔着康文哥去的吗？！柯云打心底为尚青祝福。后来，跟康文接触越多，越觉得他们应该走到一起。尚青放弃留省城回县上，柯云觉得蹊跷。尚青毕业打算留在省城，他是听康文说的。高中毕业之后，他一直没见过尚青。大概是尚青大学毕业那年夏天，他和爱人抱着孩子在街上碰见了尚青，才知道她已经回到县上，分配到县财政局了。后来，他问康文，康文也吞吞吐吐地不肯说缘由。作为老同学、好朋友，柯云跟尚青联系颇多，可只要他谈及康文，尚青总是有意岔话，表情怪怪的，他觉察出个中似有隐情，却从不多问一个字。但是，这两人目前都不幸福，一个又离婚了，一个过得很不如意。柯云为他们未能走到一起而纠结和惋惜，还有些愤愤不平。这事在心里憋了很久了，这回见了尚青，他打算说一说。

柯云开车把尚青接到梁鹏的酒楼，约好的几个人都到了。尚青平时很少进城，每回来总有陌生感。进包厢左右一瞅，她只认识市财政局农财科科长王林。柯云逐个做了介绍，补充说，这些都是我搞摄影的朋友，自己人，给老同学接个风。

一看桌上这么丰盛，尚青便说，老同学，搞得这么复杂？

张明义解释道，你们两位老同学见面，我们也顺便聚一聚。

饭桌上气氛融洽。尚青很少喝酒，一直在跟旁边的王林谈工作上的事。柯云扯开会上的话题，抱怨张明义点"耀辉"名令他难堪。

张明义打趣道，哟呵，脸皮薄得连个女人都不如？

柯云知其所指，快快不快地说，快喝你的酒。

张明义喝罢，贴在他耳边说，你没看见她上了谁的车？那是人家大老板的……十有八九是任万能对付大老板的一只棋子。

这叫啥棋子？柯云不解地问。

大老板要年底达标排放，任万能是块石头，横在路上，看看他俩谁把谁摆平！喝酒喝酒，张明义醉意朦胧地说。

柯云清楚环保局的人对刘县长有成见，便不无公道地说，你咋总拿人家刘县长说事？想当初要不是人家刘县长，华塬的机关干部连工资都发不出来了，这事你忘了？

张明义固执地说，此一时，彼一时，要不是他刘亦然当初那一招，环保形势能有今天这么严峻吗？你屁股坐在水泥老板怀里，跟你说不清。

柯云懒得争辩，转身面向尚青。尚青正跟王林边吃边聊，说财政所转型、电子账务的事，十分投入。柯云不好插话，也不想多喝酒，觉得这顿饭吃得有悖初衷，只好等着大家尽兴了散席。柯云本打算在宾馆开房安顿尚青，尚青却让他送她到锦阳哥哥家，明天一早再来接她，柯云满口答应，乐意效劳。路上他才听说了，尚武家里烦心事不少，爱人有病，儿子上高中，学习跟不上趟，让远在原家滩的家人牵挂在心。

柯云说，尚武哥转业回来，我还没见过哩！清明不回来上坟？

尚青淡淡地说，在外地出差，回不来嘛。至于在哪儿跟谁，她只字不提。

柯云悄悄瞅了瞅尚青，她貌似平静，却猜得出心事很重。有些话到嘴边了，柯云却没敢开口，想了想问，早上你说任万能找我有事，啥事？

尚青依旧淡淡地说，还是给学校捐电脑的事，他想在省报上宣传，我让他找你。

柯云明白了，更不敢多说什么。

尚青说，我说他了，他说，他也不记恨你，都是同学嘛，能帮就帮帮他，人家花了钱，就图个好名声。

柯云说，我知道了。

3

在尚青记忆深处，清明节总是伴随欢乐与忧伤如期而至。

渭北塬上人有"过清明，荡秋千"的习俗。外爷在窑院大门框上给她兄妹拴好秋千，让他们开心地耍。窑院通道是斜坡，秋千荡起来惯性十足，容易攀高。荡秋千时，门框上的"光荣烈属"牌子就在眼前晃。那是抗美援朝时牺牲的舅舅尚虎的荣耀，她出生时就有了。尚青很有自豪感，很想光荣起来，可每当清明时节，外婆在家剪长钱的时候，外爷总是沉默寡言，闷闷不乐。

清明节这天，家家都要搓凉粉，用笼布子裹着水泡的荞麦糁子，在案板上搓呀搓，搓出乳白色面浆，然后熬成糊状，盛出来晾凉，便是凉粉了。童年去坟上，尚青嘴里吹着哥哥用柳枝拧成的口哨，挑着五颜六色的长钱，兴高采烈地在前头跑跑停停，长钱便随着她的小辫儿一起飞起来落下去。哥哥提着装有烧纸、香烛、凉粉、炒菜的竹笼走在中间，父亲扛铁锹跟在后头。挂上长钱，献好祭品，烧完纸，磕了头，父亲总在舅舅坟前停留许久，神情肃穆。

尚青结婚成家后，哥哥在外地，父亲在原家滩，清明上坟只有她了。那个人也就陪她来过几回，多数时候都是她子身独行。舅舅坟旁添新坟，这便是先后过世的外爷、外婆的安身之处。每当她像父亲从前那样肃然伫立，就感受到血缘亲情的绵绵不断，也感叹头顶的蓝天、脚下的大地，养育人之生，接纳人之死，承载着所有的生生死死，死死生生，不失为一切生命的依托。

过清明，回塬上，尚青心情总是这么复杂。去年是她头一回跟哥哥结伴而行。今年哥哥又来不了了，尚青心里空荡荡的。在山里待久了，清静惯了，城里喧嚣嘈杂，空气浑浊不堪，尚青一点都不适应。晚上她陪嫂子、侄儿说了说话，一宿也没休息好。大清早坐柯云的车上到塬畔，借车转弯时回头一望，哎呀呀，城郊十几家水泥厂几十根烟囱在冒烟，灰蒙蒙的烟尘弥漫在县城上空，就像头顶着巨大的黑灰色的锅盖似的。尚青一声叹息，找到了父亲当年逃离污染的那种感觉。

尚青忍不住问，你们这些水泥厂，啥时候才能不污染环境呢？小水泥厂全都关闭了，咋污染不见减轻，还反而严重了？

柯云一本正经地答，三五万吨的小水泥厂关了，十万吨的生产线又上了十好几条，过去全县水泥的年产量四五十万吨，现在翻了几番，污染能不严重吗！

照这么说，污染没指望解决了，尚青忧心地说。

柯云答，那倒不是，根据国家产业准入政策，十万吨生产线也面临淘汰了，只要关了小的上大的，采用先进的工艺技术和收尘设施，是可以解决县城粉尘污染的。

那为什么不做？尚青不解地问。

旧的关了、拆了，新的一时半会儿建不起来，这不影响地方收入？你是搞财政的，肯定清楚，现在的领导谋发展树政绩，急功近利，最在乎地方财税收入，谁愿意做墙里头的柱子？

柯云回答得有板有眼，可尚青觉得他在自我撇清。都是搞水泥的，谁也比谁强不到哪儿去，于是尚青忍不住了，说，看你说得冠冕堂皇，还不是帮老板赚昧心钱，你跟任万能没啥两样。

柯云说，老同学，你冤枉人了。应该是如果没有我，袁耀辉跟任万能没什么两样。

尚青穷追不舍道，这么说，你们厂子就不冒烟，没污染了？

污染肯定有，可有我在，绝不关了收尘设备偷排污水，老同学，别忘了，当初任万能家的造纸厂就是我曝的光，人家康……柯云差点把康文名字说出来，扭头看了尚青一眼。

尚青毫无反应，车内一阵沉默，汽车到尚家堡了。柯云直接把尚青送到墓园，说，你先去上坟，我也回去上坟去，回来在你家下地窨那儿等我。说完开车走了。

塬上人上坟有讲究。比如，亲弟兄、叔伯兄弟，即使分了家，另立了门户，都要约定好一起上坟，哪怕兄弟之间在家里矛盾深得像仇人，这一天在坟上都要一团和睦，为啥？据说，老先人在地底下看着哩！家庭不和，后辈不兴，老先人心里能不难受？搁在从前，讲究更多，比如，上坟的都是男人，女人不让去的。尚青跟着父亲上坟时，这规矩已不甚讲究了。长钱是母亲亲手剪的。自搬到原家滩，母亲就不做凉粉、不炒菜了，嫌带着不方便。不过，外爷、外婆和舅舅坟前年年都有凉粉、炒菜，都是尚姓户里人献的。尚家堡尚姓户面大，年年有人主动献上，还在坟茔上挂些长钱。

去年，她跟哥哥碰见个中年男子正在献饭，冲着他们笑了笑，说了声"回来上坟来了？"就走了。今年，凉粉、炒菜、长钱都有了，坟边站着位白胡子老汉，拄着铁锨。老汉瞅见她便问，今年你一个人回来了？你哥咋没来？去年我孙子碰见你们了，听说你哥转业了，今年我在这儿等着见你俩。论辈分，你该把我叫老外爷，七老外爷！小的时候，你跟你妈进堡子里常去我家，你都忘了。

老汉一口气说了一串话。尚青想不起来，只好笑着点点头。老汉圪蹴下帮忙点燃烧纸，尚青跪下磕头，老汉一边往坟堆上添土一边说，不讲究了，不磕了，大老远的年年来，心到了就好。

尚青上完坟往回走，老汉相跟着问，你大、你妈身体都好？

尚青愣了一下，赶紧回话说，我爸、我妈都好着哩。

老汉说，回去告诉你妈，就说你七老外爷说的，天热了回塬上住上一阵子，下地窑凉快。

尚青心里一阵热乎，连忙答应了。

老汉又说，我还有几句老话跟你说，你大、你妈兴许都没听过。山里原家滩姓原的，跟塬上尚家堡姓尚的，老先人有交往哩，老辈人传下来古话，姓原的老先人逃难路过尚家堡，姓尚的老先人管吃管喝救济过。姓原的在山里发了，驮着粮食来谢姓尚的，还把女儿嫁给姓尚的儿子，两家当了亲家。这古话尚家人传下来了，原家人怕没有。山里闹土匪，原家人遭了难，远近闻名的"水过凉厅"也被一把火烧了，家道就败落了。你大、你妈能到一起，兴许是老先人在上天的安排，缘分啊！

老汉絮絮叨叨，尚青觉得奇怪，也觉得有意思。萦绕心头的惆怅烟消云散。柯云方才欲吐又咽，她听出来了。心上的人刻在心上，她不愿意让柯云提起他，也不想在柯云跟前说自己的事。长久以来，尚青用表面的平静，掩饰着内心的不平静。不过，这会儿老汉的"缘分"两个字，又像针一样刺痛了她的神经……

尚青怀着梦幻走进省城就读时，正是青春悸动的妙龄之季。第一次进康文家，墙上的婚纱照映入眼帘，她心头一紧，感叹自己来晚了。省城太大，学业、事业都太忙，隔一两个月，康文要么去学校看她，要么带她出来吃顿饭，看场电影，到家里坐坐，他关心她的学习，还时不时地塞零花钱给她。尚青奇怪的是，每次去康文家，都没碰见过婚纱照上的那个人，康文从不提说家事，尚青几次想问，却没好意思开口。大多数时候，尚青并没有非分之想，尽管内心难以割舍，但她承认"来晚了"这个事实。跟上康文去了趟朱鹮栖息地，搅乱了尚青悸动的心。他拉她过河的瞬间，还有一时受惊钻在他怀里的那一刻，同样是肌肤接触，这一回感觉清晰、明快、热烈，跟小时候受伤勾他脖子伏在他背上的青涩而朦胧的感觉截然不同。尚青是保守的，都长成大姑娘了，还从没摸过哪个男人的手，更别说钻在男人怀里了，况且，又是自己心仪的男人。尚青是传统的，想归想，却绝不会越雷池一步。她毕业前选择留在省城，唯一的奢望是与他拥有同一座城市，离得近，见得着。康文也要她留下，全力为她落实接收单位。一次，尚青去康文家，意外地发现墙上的婚纱照不见了。尚青内敛，康文从没说过这个人的存在，她也不便问这个人的消失。她从女记者嘴里打听到康文离婚了，心头一震，觉得缘分来了。尚青也许太过传统与内敛，她羞于启齿，只好半夜钻在被窝里写情书。那天康文到学校把接收单位领导的电话和他写的亲笔信交给尚青，还叮咛再三。尚青也把自己的"心"夹在张爱玲的《倾城之恋》里还给康文。尚青脸红得像烤了火炉，康文却没察觉，他急着出差，尚青也毫不知情。一个心悬在半空，苦苦等待；一个事落实处，放心走了。一个回来了，另一个却走了，哭着走的。等康文发现情书就更晚了。尚青想到过柯云，却碰到他抱着孩子、领着爱人。尚青万念俱灰，沮丧透顶，等她调到原家滩后再看到康文的信时，一切都迟得没踪没影了……

　　站在下地窑旁目送白胡子老汉远去，尚青惨然苦笑，她不信缘分，至少不相信自己跟谁有缘分。跟这个人结合，是抱着嫁个人算了的念头仓促而成的。命运给她安排了个中看不中用的男人，她认命了，却未必甘心。望着下地窑的坡道，熟悉的脚步声仿佛渐行渐近，萦绕心头的惆怅又回来了。

　　窑外传来汽车引擎声，柯云不是一个人。尚青远远认出跟他一起在窑背畔指指画画的，是酒楼老板梁鹏。

　　柯云说，老同学，你家窑洞闲着也是闲着，派上个用场嘛。

　　谁要这破旧窑洞做什么？尚青心不在焉地问。

　　这地方我看上了，我想在这儿办个农家乐，梁鹏说。

　　柯云说，房也好，窑也好，天势下要住人的，梁鹏看上了，就租给他用去嘛，权当给你家看院子哩！

尚青心里想，父亲说过，老两口百年之后要葬在塬上，老宅子留着以备后用，不过现在用用也无妨。嘴里却说，这事我做不了主，得问我爸，回头再说吧，我得赶班车哩。

梁鹏说，我开车送你回去。

柯云要一起去，尚青不让，叮嘱他说，记住任万能的事。

4

华塬的县委书记差不多都提拔走了，县长接任书记，一般都是如此。谁都想一步一步朝上奔，谁要说不想，那是假话。

从朱雀寺回来，刘亦然心情郁闷，动不动就发脾气训人。书记病退是迟早的事，县长距书记就一步之遥。他心盛盛地去庙里问前程，谁知海空法师打量他一番，半晌无语，说什么"一动不如一静"，临走还送他"患得患失皆空，平心静气养神"几个字，与其说是某种暗示和告诫，还不如说是给他泼了一瓢冷水。

说起来，刘亦然这县长当得也不容易。华塬县的主导产业是水泥、煤炭。水泥在他上任时几乎全军覆没。煤炭开采从新中国成立前到现在，资源几近枯竭，没多少挖的了。已探明的，就剩原家滩那块整装煤田，有一大半还在市林业局下属的原家滩林场地盘上。县上计划开采这片资源，市上却要筹建自然保护区，保护区的核心区又有一少半在华塬县境内。原家滩试验站是保护区朱鹮放飞计划的关键，大山阻隔，通往那里的工作路只能从华塬地盘上经过，路修不通，建站施工就没法实施。刘亦然坚持要保护区缩小核心区，市林业局坚决不干，两家扯皮，互不让步。就为这，刘亦然跟原尚武杠上了。刘亦然果敢强势、锋芒毕露，原尚武宁折不弯，两人针尖对麦芒，直接影响了保护区筹建工作。

保护区修路计划搁浅了，任万能的修路计划，刘亦然犹犹豫豫的，总觉得时机不对。可是，"万鑫"在豹子沟煤矿的煤快挖完了，急需后续资源，已经盘下了东河小煤窑。像任万能这样的利税大户，他没有理由不支持。更何况他们之间，还有着说不清道不明的特别关系。

刘亦然在煤炭局时，华塬煤老板任万能托他办事，给了他一笔钱。他推辞不要，人家放下就走。他心里不安了好一阵，隐隐自责，却也初尝甜头。他来华塬当县长后，听说他出国，任万能又送来一笔钱，他也收了。前任书记曾智拆除了小水泥厂，一拍屁股当副市长去了。拆了小厂子的任万能擅自建十万吨生产线，他不但不阻止，反而认为有了任万能出头，才扭转了水泥行业一片凋零的局面。等到任万能再次找个说头送钱的时候，他便有点心安理得了。华塬县水泥产量翻了几番，拉动地方财政收入翻了一番。他时不时地感慨，任万能也是有功劳的。权与钱的交易永远是灰暗的，刘亦然内心的满足与恐惧同在，欲望与烦恼同在，尤其是认识了同雯雯之后……

来华塬三年多，刘亦然从未上过朱雀寺。任万能炫耀海空师父说他"命中有财"如何灵验，刘亦然也心动了，想讨个吉言，可从海空法师的密室出来，他脑子里全乱了。他无心跟任万能去东河村，派了黄镇长去看现场。此后一连几天，任万能都没给他打电话，倒是黄镇长打电话汇报了看现场的情况。刘亦然有点生气了，堂堂一县之长，是你任万能的马仔不成？跟任万能这样的老板打交道，刘亦然这几年练得老到了，深不得浅不得，远不得近不得。他寻思着敲打敲打任万能，压一压他的狂劲，没想到，自己先被上司敲打了。

锦阳水泥企业多在210国道边，市区那一段粉尘污染前两年治理好了，华塬县城这一段的治理成了众矢之的，老百姓盼了多年不说，国道沿线乌烟瘴气，也有损于锦阳城市对外形象。按照省上有关方面的部署，在全市水泥粉尘污染综合整治会上，市委常委、副市长曾智郑重要求：全市水泥企业年底实现粉尘达标排放。他点名批评华塬县环保工作不力，疏于监管，污染泛滥，对此，县政府应负有责任。他责成华塬县政府制定整治方案，报市政府批准备案之后付诸实施。主管副县长向他一汇报，刘亦然脸色青了，当下把这副县长和吴栓牢训了一顿。

副县长出门后满腹牢骚，吴栓牢也怪话连篇，说什么"掌柜的打了瓮，片片都有用"，"婆娘骂我，我骂娃；娃打羊，羊啃树"。说是说，局里开动员会时，吴栓牢一句也没训人。

刘亦然却不一样了。县上开会那天，刘亦然原本打算顺势把任万能敲打几句，上台左右环视，不见任万能，却见同雯雯，惹得他走了神，胡乱发作一通，竟说了后来流传华塬的"脱裤子捂烟囱"的笑料。不过，在楼道见同雯雯时，刘亦然已阴脸变晴，和颜悦色，变了个人。

头一眼看见同雯雯，刘亦然就像磁铁一样被她吸住了。大眼明眸，身材修长，气质高雅，绵柔磁性的音色特别甜美。"万鑫"水泥厂建成试生产时，刚出国回来的刘亦然出于某种姿态，来到这里，走进烧成车间，负责给他介绍生产工艺的，便是任万能新聘请的技术员同雯雯。借着交谈之机，刘亦然双眼像扫描仪似的，上下打量着同雯雯。凭着男人的敏锐，任万能捕捉到了某些信息。那天设宴招待刘亦然时，任万能特意叫了同雯雯作陪。同雯雯脱下工装，换上衣裙，更是艳惊四座，连任万能都眼热了。刘亦然亢奋不已，有美女陪伴，难免言行失体，频频举杯，居然喝醉了。

头一回把同雯雯搂在怀里，刘亦然幸福得不知天高地厚了。

那是两年前的某一天，他在省委党校短训，闲来无事，给任万能打电话，说是要招待朋友，请他赶来作陪，任万能心领神会。作陪是假，埋单为真，再者，刘亦然被同雯雯迷得神魂颠倒了，想她也是真的。同雯雯初来乍到，任万能也看上她了，厚着脸皮献殷勤，可同雯雯压根儿就没正眼瞧他。她开门见山地说，甭打歪主意了，我跟老板你没故事，我是来打工挣钱的，你付的越多，我贡献的越大，但只在工作上。任万能记着这句话，打消了歪主意。他带了同雯雯，还有认识不久的杨眉去省城。临走前，他交代同雯雯，好好陪领导喝几杯，回来提你当副总，月薪一万，奖金另算。同雯雯不相信，任万能拍着胸脯打了保票，同雯雯乐坏了。比不得早先那个男女界限分明、交往有礼有节、出格有所顾忌的年代了。这年头，社会开放了，男女间暗情私通放开了，人们也见惯不怪了。更何况，任万能看出来了，人家眉目传情，咱顺水推舟，种瓜得豆，何乐而不为？下来的故事自然照剧本走了，刘亦然搂着同雯雯，任万能拿下杨眉，都是销魂之夜。

大老板跟美女副总的故事，风言风语地传开了，县上干部私底下议论纷纷，权作笑料。刘亦然没听到，也不在乎。要不然，那天咋会和同雯雯站在楼道里谈得热火朝天，同出同进扬长而去？其实，那天是任万能设宴，同雯雯负责把刘亦然请去赴宴。

刘亦然一见任万能就气哼哼地说，几天不见人影，会也不参加，你这老板势越来越大了！

任万能厚着脸皮说，领导打是亲骂是爱，我这几天实在忙得打不开转身，这不摆席设宴，专门给你赔不是来了。

刘亦然瞪着眼问，比我县长还忙？忙着跟你婆娘唱戏？

任万能面色难堪地说，县长大人日理万机，我哪敢跟你比？

刘亦然不依不饶道，在华塬地盘上，有谁还敢像你一样把县长当马仔用？派个镇长去给你办事，还屈驾你了，是不是？

同雯雯笑盈盈地打圆场说，我们任总这几天真的忙得很。

刘亦然发罢威，气消了，这才笑问，剧团那个谁咋没来？

任万能知道他是在问杨眉，支支吾吾不回答，却拣领导爱听的说道，正要给领导汇报呢，我打算给原家滩中学捐献一批电脑，跟学校都说好了，不清楚教育局是啥态度。

刘亦然愣了一下说，能啥态度，这是好事嘛。

任万能又说，我花几十万元做善事，起码得搞个仪式，到时候，请你也去……

这好说，我打个电话，把教育局局长叫来。刘亦然说完，就拨通了电话。放下电话，刘亦然吩咐说，你给政府办梁主任打个电话，让他叫上环保局副局长孙利一起来。

任万能出去打电话，公司另一个副总刘强也跟出去了。

同雯雯娇嗔地说，领导吆五喝六的，酒桌上现场办公呀？

刘亦然放了个飞眼，说，人多了不避嫌嘛。咋没叫剧团那个谁？

同雯雯看了他一眼，问，那个杨眉，老板把她藏在省城了，你想见？

刘亦然"嘿嘿"一笑，不吭声了。

呼啦啦来了一帮人，那顿饭吃得烟雾缭绕，酒气熏天。众人围着大老板团团转，目光有意无意地在同雯雯与刘亦然之间掠过。同雯雯大大方方，刘亦然坦坦然然，行走席间，两人神情自若，目不走神，就像没事似的。个中奥妙，只有任万能心里明白。

教育局局长说，学校已经给他汇报了赠电脑的事。大家三言两语就敲定了捐赠仪式方案。大老板酒足饭饱时，同雯雯提起了东河村修路的事，刘亦然醉醺醺地瞅着任万能说，你去找黄镇长，由他负责落实，就说我说的。需要协调，找梁主任。

任万能乐坏了，提着酒壶连敬了刘亦然三杯。

满桌人轮番给大老板敬酒，刘亦然有些醉了，指着任万能支支吾吾道，最近……风声紧……给我……老实点……

5

任万能一天几次打电话约柯云吃饭，柯云推辞说，饭就免了，在茶秀见个面就成了。柯云去时，任万能已经带同雯雯等着了。

同雯雯穿着粉红色风衣，长发披肩，飘逸洒脱，窈窕多姿，越发显得矮胖的任万能臃肿邋遢。

任万能介绍说，我的老同学柯云，一起耍大的，还是我的救命恩人哩。同雯雯伸出手，任万能又说，这是我的副总同雯雯。

柯云握手寒暄说，我们上次开会见过面的。

柯老师，久闻大名，文化馆副馆长，"耀辉"公司总经理助理，听说，您还是摄影专家呢！同雯雯笑盈盈地说。

茶秀里灯光柔和。三人坐定了，同雯雯坐在对面操持茶道，功夫娴熟，纤纤细手摆弄着茶具，绕来绕去，忽上忽下，就像变戏法似的。她双手递过第一杯茶说，柯老师请用。

喝酒比狂劲，喝茶讲雅兴，但任万能一盅接一盅，就像饮牛似的。他也不急着说事，先扯些陈芝麻烂谷子，目的是跟柯云拉关系、套近乎，柯云也清楚他要干什么。柯云已经跟康文通过电话了，康文答应到时候发个几百字的小消息。康文的另一层意思是，如果想大篇幅地报道，恐怕要走广告的路子，要花钱的。柯云把话题扯到正事上来，三言两语就把事儿说清了。

任万能一听要么发个"豆腐块"，要么花钱买版面，头摇得像拨浪鼓。他晃着脑袋说，花钱就花钱，要整就整大的，有粉就往脸蛋子上搽嘛！老同学，这事就拜托你了，文章你看着写，照片你帮着拍，宣传托给你了。教育局负责采购电脑，张罗开会，我只管掏钱。捐赠仪式时间都定了，刘县长亲自参加。你这边需要什么，需要我们做什么，就跟同总联系。

任万能一口气说完，有点气喘，接过茶杯，连着喝了几下。同雯雯从对面递给柯云一张名片，又问，柯老师的手机号是多少，我拨给你。柯云只好顺从照办。

同雯雯光彩照人，主动大方，倒显得柯云有些被动，有些笨拙，一急之下，汗都冒出来了。他尽力躲开同雯雯闪亮的目光，慌乱地说，这事就这样了，我给康文打电话商量了再说……

打什么电话！你就给咱跑一趟，任万能打断柯云，说，我准备了几条软中华，你给咱康文哥带上，就说我任万能没忘他的救命之恩，事后还要去谢他哩！说着，拿出来两个装烟的袋子，一个是给柯云的，一个是给康文的。

柯云死活不要。任万能瞪眼说，看不起人是不是？不光是给你的。柯云只好收下，起身告辞，却走不了了。

同雯雯有备而来，她取出崭新的佳能照相机要当面求教。相机是新买的，她不咋会用。她左一句柯老师，右一句柯老师，柯云就被黏住了。同雯雯半弯腰站在他身后，贴得很近，香气袭人。她不厌其烦地问这问那，兴趣蛮高，任万能却不感兴趣。他嫌茶喝着不过瘾，喊服务生上了几扎啤酒，同雯雯趁机倒满一杯说，柯老师，先喝了这杯拜师酒，我拜您为师，往后跟上您学摄影，也参加你们的摄影小组。柯云不知所措，他想拒绝，又不好拒绝，人家双手举着杯子，也不能不接，任万能也在一旁煽着火，柯云只好红着脸接过酒杯，答应了同雯雯，结果把酒喝高了……

柯云专意去找了趟康文。在去省城路的上，同雯雯的模样挥之不去。进了省城，柯云瞅见康文，便想起了尚青，这是很自然的。

康文还是老样子。办公室里烟雾缭绕，桌上报刊、书本、稿件和文具胡乱堆放，烟灰四处散落，一切都杂乱无章，就像他一团糟的婚姻生活。许是又熬夜了，康文头发乱蓬蓬的，显得疲惫不堪。原来，报社选拔副主编，一帮老部下非要他参与竞争，说他是最佳人选。康文为准备竞选演讲稿，在办公室熬了个通宵。

康文离过两次婚，第二次是悄悄办理的手续，唯有柯云知情，并对此守口如瓶。

柯云勤快，每次来都先帮康文收拾收拾桌子。忙完后，他把几条软中华拿出来说，这是任万能让我捎给你的。

柯云一解释，康文便笑着问，不是在电话里都说过了吗？为这事还专门跑一趟？

那家伙心盛盛的，要花钱美美地宣传一下，我不能不来嘛。

想掏钱还不容易？你写个稿子，配几张照片就行了。

任万能也是这么说，不过，我懒得写这种吹捧人的应景文章。

你写了，广告提成归你。这年头，人都朝钱看，别人拿，不如给你。

钱不钱的，我不在乎。我倒也实心想帮这个忙，柯云解释说。

这不就对了！回去照我说的准备，康文扶了扶眼镜问，尚青是不是过得不开心？

好像是，具体说不清，柯云说。

康文叹道，找机会回华塬，看看生茂叔一家。

柯云听得明白，便说，抽空回去走一走，散散心，我朋友要在尚青家下地窖办农家乐，到时候就住那儿，清静得很。

康文忆事生情，有感而发，"世故无涯方扰扰，人生如梦竟昏昏"，如今找个清静的地方还真难，农家乐能清静吗？

柯云心头掠过一阵凄凉，无言以对。

康文大学毕业后分到省报社，原配妻子是干部子女，两人结婚三年，没有孩子，因性格不合分手。康文与第二任妻子婚后生下一子，儿子五岁时，不安分的妻子去了深圳，孩子由康文父母一手带大。

柯云是无意间闯进康文生活中的。在报社实习的那几个暑假里，他就住在康文家。康文两任妻子，他都只见过照片。第一任分手早，就不说了。第二任在深圳闯荡，几个月才回来一次，来去匆匆。康文似乎习惯了孑身独居，可柯云起初不习惯。康文是夜猫子，一到晚上便精力充沛，仿佛有忙不完的事。康文好静，家里的电视机、组合音响，柯云很少见他打开过。而书房里的文史哲类、摄影书法、人物传记等书、资料，全都是康文兴趣所在，爱好所致。夜深人静时，他泡一壶浓浓的茶，打开书房换气扇，嘴里叼着烟，坐在灯下看书、赶稿子、整理照片、敲打键盘、浏览网页、收发邮件、练习书法，沉浸其中，进入了一种无我的状态。柯云见识了他作为作家的这一面，也熟知他作为资深媒体人的另一面。凡是工作稿件，康文从不在家里写，工作方面的资料，包括报纸杂志，全都放在单位办公室，加班加点，也全都在办公室，并且十分投入，百分卖力。他的工作与写作是泾渭分明、截然分离的两种状态。除了加班或出差，康文的周末一般都在父母家，和老人孩子一起度过。就这样，康文为自己圈定了三个空间。当然，康文还有个不错的朋友圈，他社交广泛，乐于助人，好交朋友，在省城里颇具人脉。柯云是明眼人，康文这几个几乎少有重叠的工作、生活圈子，缺少最关键的东西，那就是爱人的体贴与家庭的温馨。

柯云愤愤不平的是：论人品，康文待人谦逊，为人厚道，处事公道；论能力，他才华横溢，文笔犀利，摄影精湛，是省内外颇具影响的"名记"；论资历，他在省报先后当过记者部、新闻部、摄影部、文艺部主任，如今身处总编助理位置；论写作，他的散文集在全国获过奖，他在大型文学期刊上发表过中篇小说……为什么他就不该拥有纯净的爱情，美满的婚姻，和睦的家庭？柯云百思不得其解，康文内心也很无奈。他听康文感慨地说过这样的话：命运往往是自己操控不了自己。

柯云发觉康文第二次离婚了，是那次他到报社，正在开会的康文把家里钥匙给了他。柯云有帮康文收拾房子的习惯，在清理书房时，他无意间看到了康文的离婚协议书，一下子愣住了。康文回来后，柯云想问个究竟，康文却不承认。柯云只好说，我无意中都看到了，怎么又这样了？她这么对你，太不公了！康文却异常平静地说，这事不要声张，我丢不起这人。这就是我的命，错过了的、争不来的、守不住的，都是不属于自己的东西……

柯云始终记着康文这句话。

此时此刻，他为康文、尚青错过了这段姻缘而倍感惋惜，却也找不出合适的话来安慰康文，只好快快告辞。

6

原生茂路过镇上时，校园里彩旗飘扬，彩绸飞舞，锣鼓喧天，号声嘹亮。黄镇长亲自坐镇，中学的仪仗队，小学的少先队、鼓号队正在为明天的捐赠仪式做最后的彩排。

原生茂上山跟海空法师下了几局围棋，赢了，又与海空谈古论今，所见略同，他十分欣慰。山下锣鼓响动，山上隐隐相闻，海空问，原生茂答，自然牵出了关于任万能的话题。

海空闻则欣喜，嘴里念道，阿弥陀佛，善哉善哉！

原生茂不以为然。海空解释说，这位施主常来常往，我观此人，善根浅薄，而今有如此善举，自然可喜可贺！

原生茂不解地问，师父常说，佛门为清静之地，可这些有钱有权的都来求财问道，连县长都来，清静之地咋清静得了？师父，你咋应付得了？

海空答道，佛曰，心清净故世界清静，心杂秽故世界杂秽。

原生茂仍有困惑，又问，师父一心清净，就清净了？我最恼现在的人一切向钱看，争权夺利，尔虞我诈，风气越来越坏，环境越来越差，这样下去，如何得了？

海空道，世间无常，世风浮躁，芸芸众生，人心贪狂，佛家以慈悲为怀，除妄劝善，普度众生，故而乐此不疲，任重道远。

原生茂说，你说的我不大明白，世事再变，浊者自浊，清者自清。我心里清净得很，但只怕原家滩守不住这份清静了。

海空闭目合掌道，阿弥陀佛，善哉善哉！

原生茂下山来，走在街道上，一辆汽车停在了他跟前，柯云喊着"原叔"，从车上下来了。原生茂奇怪地问，柯云，你咋来了？

明天这里开会，我提前来给他们帮帮忙，原叔，看我给你带什么来了，柯云说着从车里取出一本影集。

原生茂接过来一看，乐得合不拢嘴，连声说好。

柯云说，这些朱鹮照片给你做消遣，等我忙完了去看你，原生茂满口答应，拿了影集兴冲冲地走了。

柯云跟原生茂说话时，同雯雯就坐在车里。任万能非要他带上同雯雯，说是派她来原家滩打前站，为会议做最后的衔接。

甭看任万能平时大大咧咧的，关键时刻，是张飞穿针——粗中有细。给报社的费用已付，任万能要求事情尽早见报，康文便安排在后天——捐赠仪式的当天。这样，活动一结束，报道内容就得传给报社。同雯雯提供了企业资料，柯云写了个草稿。他提前来，是打算采访一下镇领导和中学校长，再看一看教育局的会议材料，晚上加班改好稿子，明天现场拍个照片，就万事大吉了。

头一回拉个美女外出，柯云觉得很别扭，刚上车时有点拘束，却也忍不住偷眼而视。同雯雯脖子上系着淡青色的纱巾，还穿着那件粉红色的风衣，胸乳饱满，山峰起伏。透过后视镜，柯云的目光好几次从同雯雯脸上掠过，他暗暗把她跟尚青作对比，尚青的美属古典型秀美，同雯雯是现代型大美，有一双会说话的大眼睛，鼻梁笔挺而俊秀，嘴唇宽厚而性感。几次接触下来，柯云感觉同雯雯举止得体，不像是轻浮之人，怎么可能与刘县长有那种关系？他越发认为那是流言蜚语，对她的好感油然而生，自然就多了些亲近。

同雯雯整天窝在水泥厂，难得有机会出来散散心，一路上心情愉悦，包里还带了水果和小食物，搞得像去郊外踏青似的。她自己边吃边说，还把橘子剥好硬塞到柯云嘴里，柯云不好意思地享用了。柯云喜欢听她那甜美的声音，有问必答，不厌其烦。清明已过，山花绽放，同雯雯没来过山里，见什么都稀奇。粉红的山桃花、粉白的杜梨花、金黄的连翘花，她瞅见了就要问，还要停车下去折几枝上来。柯云很乐意为她停车，山风中，同雯雯亭亭玉立，风衣摆起来，纱巾飘起来，配上那双黑色长靴，样子很好看。临出门时，柯云跟袁耀辉多说了几句，心中略有些不快。袁耀辉嫌他这些天尽忙任万能的事了，柯云问他有啥事要办，袁耀辉又说没事，嘴里就嘟嘟哝哝道，哥，俺看你快成"万鑫"的人了，可别叫狐狸精把你迷住了。柯云知其所指，回了句"身正不怕影子斜"，扭头走了。这会儿，瞅着同雯雯车上车下蝴蝶似的飞出飞进，他忍不住想，爱美之心，人皆有之，我焉能例外？！

柯云把同雯雯介绍给大家，教育局的副局长，还有黄镇长，一个个眼睛都放光了。在镇上负责接待的尚青看了柯云几眼，眼里有话。同雯雯毫不在意，跟上男人们谈正事去了。柯云他们跟教育局的人被安顿在镇上唯一的小旅馆，条件很简陋。柯云跟黄镇长聊完，又把中学校长约来，大家说的都是任万能的好话，两人聊了不一会儿，教育局副局长带着黄镇长来了，说局长电话通知了，明天市县电视台报社都有记者来，还需要准备个新闻通稿，柯云说，我这稿子是现成的，等我晚上改好，明早多复印几份就是了。

这时，同雯雯敲门进来说，柯老师，咱们上朱雀寺转转去。

尚青看了看柯云说，那你就陪同总去嘛。

柯云面有难色道，我这儿事还没完，等会儿还要改稿子，要不让他们陪你去？

教育局副局长抢着表态说乐意奉陪，黄镇长也说愿意带路。同雯雯看了柯云一眼，怏怏地跟他俩走了。

尚青故意说，人家就想跟你去，你咋这样把人打发了？

任万能非要让我带她来，一路上别扭得很，柯云开脱道。

　　尚青奚落说，怕是言不由衷吧！

　　柯云没辙了，说，你说是就是。有意把话题转到康文身上了。

　　尚青忍不住问，康文哥过得好吧？

　　柯云摇摇头道，康文哥又离婚了，他呀，外头红红火火，家里冰锅冷灶的，一片凄凉。

　　尚青一听，脑子里炸了锅，心里难受，却没表现出来。

　　柯云说，康文哥老问你，我把他手机号给你，多联系联系。

　　尚青不吭气。柯云写了号码，尚青接了过去，仍然一声不吭。

　　这天晚上，尚青失眠了，就在她辗转反侧的同时，柯云也叫同雯雯给折腾美了。

　　山区小镇，街短人稀。日头一落，小商铺都关了门。街上没有路灯，漆黑一片，深不可测。偶或有点风吹草动，镇上和附近山村的狗们一阵狂吠，然后又是死一般的黑寂。小旅社是四合院平房，房间里没有卫生间，厕所在院子的一个角落，偌大个院子，就亮着厕所墙上一盏似亮非亮的电灯。

　　吃完晚饭回来，天已经黑了。山区温差大，同雯雯觉得有些冷，柯云从汽车上拿来外出拍摄备用的棉大衣，让她披上。柯云在房间改稿子，同雯雯就陪在身边，稿子改完，两人又聊了一阵话。该休息了，同雯雯磨磨蹭蹭，就是不肯回隔壁的房间。柯云莫名其妙，再三追问，才知道同雯雯胆小，不敢一个人住，更不敢一个人上厕所。这可把柯云给难住了，他本想给尚青打电话，却不知咋个求援法。再一看表，凌晨一点多，有口也难开了。柯云好说好哄，把她送回房间，同雯雯却拉着他死活不让走。

　　柯云愁眉不展地说，这么晚了，大家总要睡觉呀！

　　同雯雯不容商量地说，就在我这屋，一人一张床，和衣而睡。

　　柯云一听急了，这咋能成？孤男寡女的，传出去不好。

　　同雯雯似在撒娇地说，人家胆小害怕嘛！我都放心你，你还不放心我吗？

　　柯云挠了挠头，想了半天，无奈地说，只好这么凑合了。

同雯雯像是那种没心没肺的人，头挨着枕头就睡着了。柯云在手机上定了六点半的闹钟，调成振动放在枕头底下，翻来覆去地睡不着。连他自己也觉得奇怪，自从同雯雯进入视线，他就时不时地想她的音容笑貌，可眼下她近在咫尺，自己脑子里却一片空白。好不容易迷迷糊糊地进入梦乡，同雯雯又把他摇醒了，要他陪她上厕所。同雯雯回来又呼呼入睡，柯云又是一阵煎熬……振铃响时，天才麻麻亮，他一骨碌爬起来，蹑手蹑脚地从门缝偷看，对面房间门开着，灯亮着。柯云以最快的速度，最轻的动作蹿出来钻进自己房间，做贼般的惊出了浑身冷汗。

这一天的任万能，自始至终都处在亢奋之中。

大约十点钟，任万能和教育局长陪同刘亦然，还有市、县新闻媒体一帮人，带着装有五十台电脑的小货车，浩浩荡荡地来到了原家滩镇。齐刷刷来的十几辆越野车、小轿车，一下子把街道摆满了。镇政府通知全镇所有机关干部、职工，所有村组干部参加仪式，学校内外拥满了十里八乡赶来看热闹的人群，小镇都快要被挤爆了。

与其说是任万能陪着刘亦然，不如说是刘县长陪着他任大老板在一阵鼓号声、欢迎声中，在照相机、摄像机的镜头之前，穿过夹道欢迎的人群登上主席台。满面春风的任万能被小学生献花、被校长致辞、被镇长披红、被县长讲话，飘飘然中，他找到了无比得意的感觉，就像是小小的原家滩，大大的华塬县，一瞬间攥在自家手心似的。他猛地想起上回跟刘亦然来的情景，抿着嘴笑了。他巡视台下，要瞅瞅东河村村支书高黑子来了没有。这个高黑子，他派手下的刘强去了几次都没摆平。散会之后，镇上招待来宾。任万能把一脸疤痕的刘强介绍给黄镇长说，东河的事就拜托你了，刘县长说过直接找你，说着，他朝刘亦然那边扫了一眼，故意说，要不要让刘县长再给你……黄镇长赶紧摆手道，不用了不用了。临出门，任万能叮嘱柯云把刘县长的照片摆在重要位置，然后陪同刘县长他们一溜烟地打道回府了，剩下柯云、同雯雯善后。

为了赶时间，柯云在学校把文字稿和照片传给报社，同雯雯代表公司为设计报样把关。那边康文收到稿子后在文字上稍作修改，交给人去设计了。柯云插空去西寺跟原生茂告别，同雯雯留下等着审报样，尚青陪在她身边。无形网络的那端，就是久别了的心上人，尚青心明如镜，自然不是滋味。两个女人独处，作为主人，尚青又不得不找话题聊几句，先是聊了些工作上的事，接着她关心地问，昨晚休息得好吧？

到处黑咕隆咚的，动不动就有狗叫，怪吓人的，我一个人不敢住，多亏了柯老师……同雯雯发觉失口了，赶紧转弯问，你在山里待惯了，是不是不害怕了？

日出而作，日落而息，既没鬼也没贼，有啥好怕的？尚青没好气地说完，借口有事，扭头出了门。

柯云从原生茂那儿回来，也很郁闷。原来，东河村村支书高黑子是尚青爱人的舅舅，对任万能的捐赠有看法、有抵触，压根儿就没参会，跑到原生茂家拉闲话来了。柯云进屋时，两人正议论任万能。高支书说，任万能醉翁之意不在酒，借着捐赠给在东河村占地修路打开场哩！柯云愣了一下，恍然大悟，原来任万能这家伙目的不纯！

柯云回来，又被尚青一句"听说你昨晚睡得好"给噎住了……

返回县城的途中，同雯雯解释说是自己说漏了嘴，柯云生气地说，没心没肺的，口无遮掩，这不是没事找事吗？

本来就没事，何必大惊小怪，同雯雯不服，又酸溜溜地说，哎哟，原所长这么在乎你，看来你们的同学关系不一般嘛！

柯云懒得答理。两人一路无话。

第三章　东河风波

东河小煤窑是个"不祥之地",任万能却盯上了那地下无尽的财富。谁知原尚武除了要建原家滩自然保护区,还要在马鬃梁建森林公园,就紧邻着东河村。两造人马一相遇,任万能这边有刘亦然撑腰,原尚武这边有市里做主,双方竟有点势均力敌的意思……

在东河村没有讨到大便宜,任万能心里憋气,叫人堵了大门,把环保局的人关在了水泥厂里……

1

从原家滩流出的这条河叫西河。东西两条河交汇后,才称之为沮河。东河村就在东、西河交汇处,既是原家滩镇东南最远的行政村,也是出山公路的必经之处。

东河流域面积虽大,但河水流量并不大。由于煤炭资源过早过度的开发,森林植被远不如西河这边好,森林水源涵养作用自然被弱化了。东河流域尽是煤矿,光国营大矿就有六七个,奠定了锦阳作为煤炭资源大市的地位,可现在资源已几近枯竭,风光即将不再。不过,国营大矿不在华塬地盘上,华塬县煤矿除了县办矿,就数任万能的豹子沟矿规模最大。

豹子沟与东河村隔着马鬃梁。这山梁蜿蜒起伏,绵延四十余里,伸进原家滩保护区的腹地。梁顶上密布着挺拔的青冈树。冬天树叶落光,站在远处看去,山梁像高昂的马头,树干像竖起的马鬃。人们称这里为马鬃梁,是一种美好的形容,但豹子沟因豹子出没而得名,却是实实在在的事情。

任万能的前任矿主建矿那阵,就发生过豹子伤人事件。建矿的技术员没事找事,钻进深沟里瞎逛悠,被从树上突然扑下来的金钱豹扑倒在地,一爪子揭了脸面,幸亏附近挖药材的山民呼救,刚好路过的猎人冲天开枪,豹子夺路而逃,技术员才保住了性命,此人便是任万能手下的刘强。刘强大难不死,就像吃了豹子胆似的,一夜之间变成个敢生整、不怕死的二杆子,人称"豹子刘"。他的口头禅是,老子都死过一回了,还怕个毬。任万能给豹子沟放贷时结识了"豹子刘"。任万能不光看上他懂技术,还相中这家伙能踢能咬,黑道上朋友多。任万能与刘强拜了把子,掏钱给他做了整容手术。从此,"豹子刘"死心塌地地为任万能卖命,追讨债务不遗余力,豹子沟煤矿轻易转手，据说，就是他暗中帮的忙。

"豹子刘"在豹子沟待了十几年，地上人熟，周围村庄没有他不认识的人；地下矿熟，豹子沟一带地下的煤层走向、资源分布、开采状况，他都了如指掌。任万能盘下东河小煤窑，修路连接两个矿，都是"豹子刘"的鬼点子。任万能雄心勃勃地要在东河大干一场，可东河村村民对小煤窑谈虎变色。这一切，都源于上世纪九十年代那场三人死亡，至今深埋井下，村支书上吊的惊天矿难。

东河村背靠马鬃梁，处在背风向阳的山洼里，土地肥沃，苞谷长得好，当地人农闲时上山打猎、采药材，新中国成立后，也在林场里搞些育林、护林的营生，人老几辈过着丰衣足食、与世无争的日子。上世纪八十年代，先是新修的公路绕村而过，后是东河流域兴起小煤窑热，再加上山梁那边豹子沟煤矿兴建，搞得红红火火，渐渐地打破了沉寂山村的平静。高黑子的伯父、村支书高秉义一心想带领全村人共同致富，打起了办煤窑的主意。那时，集体经济还有些积累，村民们又凑了些份子，高秉义跑下办矿的手续，从豹子沟请了包括"豹子刘"在内的几个技术员。煤窑井口选在山神庙右下方的石崖下，村里有人建议，在山神庙烧几炉香，拜一拜山神爷，但身为共产党员的高秉义坚决不搞封建迷信那一套。村办小煤窑就这么动了土，主巷道掘进不到千米，突然祸从天降，巷道发生了大面积坍塌，正干活的五个人捂在了里头。高秉义带人刨了三天三夜，哪知又发生了更大面积的坍塌，被救出的两人奄奄一息，救人的人也差一点出不来了。接下来，花多少钱也雇不下敢进洞子的人了。好不容易请了专业矿山救护队，人家一看现场，直摇头，掌子面小，机械施展不开，塌方量过大，地质条件险恶，怕是连尸体也难刨出来了。被埋的五个人都是本村的，最后三人深埋井下，未见尸首，两人保住性命。一场致富美梦化作苦涩的泡影，集体经济一夜之间垮了，村里为救治伤者债台高筑，处理完死者后事，更是账无分文，囊中羞涩，死伤家属叫苦连天，闹得不可开交。高秉义大病一场，病情稍有好转，便张罗着卖了矿，还了债，处理了死伤善后事宜，归还了村民的份子钱，自觉悔愧无比，悄然吊死在山神庙后的大核桃树上。打那以后的七八年里，东河小煤窑三易其手，虽然随着煤炭市场好转，煤价不断攀升，却没有一个老板在东河扎住脚。

第一个老板黑搭糊涂地买下矿，兴冲冲来到东河，才知道巷道里埋着死人，就连经手卖矿的村支书也上了吊，吓得胆战心惊，仓皇撤离。村上人说，每到半夜三更，山神庙一带鬼叫声十分凄惨，那是井下的冤魂不散，也是吊死鬼在寻替身哩。第二个老板不信邪，自视胆子正，半夜到山神庙一探究竟。一阵山风掠过，树林子传出"呜呜"声，他辨不出是风吹树叫还是鬼哭狼嚎。远处有荧光闪动，他不由得心里发毛了，转身原路返回，却总觉得有人影在后头晃悠。第二天，这老板请阴阳先生看了看，阴阳先生声称，这地方阴气太重。老板信了，打了退堂鼓，卖了矿，小赚一笔，草草收场。第三个老板有备而来，机械、人马一拥而上，安营扎寨，声势浩大。他们杀猪宰羊，先祭山神，光鞭炮就花了好几千元，接着请道士做法场，画符念咒，驱鬼祈福，闹得雷吼天地动，让村里人有点反感。新老板选了新坑口，择黄道吉日动土开工，巷道掘进倒也还顺利，一口气进了过千米，谁知接连两场车祸，就把老板拖趴下了。先是装着料石的翻斗货车拐弯时车速过快，从二十几米的土崖上蹿下去，砸塌了崖下村民的石板房，司机当场毙命，村民也有两人受伤。福无双降，祸不单行，事情还没处理利索，老板的越野车从东河村下坡驶入公路时，与高速通过的运煤大货车撞在一起，小汽车几乎报废了，老板和司机双双骨折，老板从车里爬出来脱口而叹，邪门儿，邪门儿，这地方真邪门儿。村里人也说，谁想在东河村办煤窑都办不成，老天爷不答应。

任万能是在翻车的老板手里盘下东河小煤窑的。发生的一桩桩邪乎事，他不是不知晓，而是天天见长的煤价诱惑实在太大了。豹子沟煤矿的后续资源无着落，煤矿办不下去了，水泥产业势必受制于人。不过，他虽然经不住诱惑，可也心有余悸不敢下手。"豹子刘"劝他，你笼笼里的馍，别人想隔着桌子抓，抓不到。前头的人越是不顺当，越说明东河的资源是老天爷留给你的。占住东河这块资源，往后，马鬃梁保护区里的煤田还不都是你的？就算是保护区资源拿不到手，地底下胡日鬼，东挖挖西采采，还不够你折腾几十年？一席话，说得任万能铁了心孤注一掷，将其收入囊中。小煤窑夭折，矿难阴影迟迟挥散不去，给东河人造成了难以弥合的伤痛，任万能插足进来，村民反应强烈：把东河与豹子沟串在一起，东河岂不成了穿村而过的运煤线了？上一任老板就是大车小车地来回穿梭，搅得鸡犬不宁，牛羊不安，尘土飞扬，道路坑洼，清静惯了的村民实在受不了，这一回，任万能要来，大家齐声反对。而村支书高黑子反对的理由不仅如此。

按照原家滩保护区原先的规划，管理局设在林场的老场部，在东河村建一个保护站。马鬃梁一半在保护区的实验区，一半在核心区。梁上有条通原家滩后山保护区腹地的巡护路线。尚武从汉中考察回来，参照人家的经验，结合当地实际，酝酿调整保护区规划，把管理局机关建在东河村，在保护区的缓冲区划出一块林地建森林公园，开发森林生态旅游。这样一调整，东河村成了保护区的南大门，管理局处在生态保护的前沿。这样做的用意很明显，就是与华塬县缩小保护区核心区的主张针锋相对，固守地盘，摆出寸土不让的架势。

原家滩试验站的基础设施建设一时受阻，尚武以建设森林公园的名义，在东河村寻求保护区筹建的新突破。为了规划森林公园，尚武带人上马鬃梁现场勘查，高黑子为他们带路，他对马鬃梁一带的地形十分熟悉。从东河村到原家滩的后山，有条穿越原始森林的羊肠古道，是老早老早以前上朱雀寺进香的捷径，连林场的老职工都不知晓。高黑子的父亲是老猎人，他小时候跟父亲打猎时走过这条道。他领着大家沿着早已淹没在灌木树丛里的小路，步行几十里地，眼看到了原家滩后山，却有一道深谷横在面前，两边悬崖对峙，看似近在咫尺，却是天堑无通途。高黑子说，自从这里的横木桥朽了、垮了，这条道就没人走了。登高望远，朱雀寺遥遥相望，原家滩尽收眼底，尚武喜出望外，心想，等朱鹮放飞了，在原家滩后山建个观鸟台，开展观鸟活动，再好不过了。

因有层亲戚关系，尚武跟高黑子很熟，说事情也不回避他，高黑子就在无意中捕捉到了这样的信息：保护区要在马鬃梁建森林公园了，将来保护区管理局也要建在东河村。尚武也说森林公园建成了，最先受益的是东河村，高黑子把这话记在心里了。任万能盘下小煤窑,他早有耳闻。他隐隐意识到,有人张罗着保护林子,有人急着恢复小煤窑,东河村处在风口浪尖上,成了是非之地了。

2

黄镇长开会调整包村部门人员安排,财政所调到了东河村。尚青有些顾虑,黄镇长却说,就因为高支书是你亲戚,任万能是你同学,才调你们包东河村的。你去了一手托两家,为"万鑫"摆平修路占地,这是头等大事。尚青一想,本职工作要铺开,从东河村开头也顺手,也就答应了。

尚青让所里的小程骑摩托车带她来东河时,"豹子刘"已经在村里活动了好几天了。这家伙是夜猫子,白天在梁那边的矿上睡大觉,天麻擦黑就翻梁过来,挨家走访涉及修路要占地的农户。任万能修路要占的地主要在山神庙前的橡树峁,距高黑子家的桦树坪还有好几里地。"豹子刘"行动隐秘,昼伏夜出,私下做村民工作,村干部对此一无所知。早先,"豹子刘"找过高黑子,被一口回绝了。为这事,黄镇长找高黑子谈过几次,那天,任万能拉大旗作虎皮的架势,他也看到了,他明知这事扛不住,却也想好了对策,等着豹子沟矿再来人时跟他们摊牌。

尚青他们到东河村时,高黑子一家正在吃早饭,苞谷糁子煮土豆就酸菜,热腾腾的,有滋有味。高黑子说,赶上了就顺便吃些,后晌饭给你们包饺子。

尚青端起碗就吃,又招呼小程也动筷子。

尚青早已适应了山里的食宿习俗,下乡时该吃就吃,该住就住。但早先刚到原家滩时,尚青的确不习惯。山里人居住分散,独家庄户居多,七八户就是个自然村,即便是有邻居,也隔着许多沟沟坎坎、庄稼地。这里的民居大都为三间大房,中间的房子开门朝外,是客厅兼厨房，直通两边两间住人的屋子，有门框没门扇，只挂个布门帘。住家户普遍没院墙，院子周围是庄稼地，于是家家养狗，狗就是围墙。院子里的荆条苞谷粮仓，猪圈羊舍，是贫富的标志，身份的象征。这样的住宿环境，尚青受不了。头一回下乡，村干部照顾她，找了家才娶亲的人家，女婿跟老人睡，她跟新媳妇睡，新房新被褥。那边屋里打呼噜、磨牙、放屁，半夜出去解手，这边屋里都听得清楚，尚青别扭得一夜没合眼。后来下乡，她都住在小学校，不是跟女教师搭对睡，就是有人让出房子给她。头一回在山民家，饭菜端上桌时，尚青皱起了眉头，筷子是用叫"筷子木"的灌木枝做的，粗细不匀，却油黑发亮，她弄不清是没洗净，还是就是这颜色。主家见状说，听说你老家也是咱山里人？咱山里人没前塬人讲究多。塬上、河里、城里，山里人一概称为"前塬"。尚青想起小时候听外爷说过的话：山里人好客，招待人实诚，熬一锅肉，拿盆子盛，端着碗吃。尚青眼见为实了，立马觉得香喷喷的。山里人厚道，待人实诚，前塬人看重礼数，讲究多。在原家滩待久了，尚青越发理解到这一说法。再有人笑话前塬人穷讲究，她也随声附和，还跟人家讲塬上有关"四"的习俗讲究：拜年走亲戚，礼是四个数的，从来不拿单数；饭桌上哪怕用油泼辣子充数，也必须有四个菜碟子；男女订婚时，双方要互赠"四色礼"，哪怕送一块手帕、一块香皂什么的，也都要凑够四个数四种颜色。

财政所的小程是城里人，去年才分来的，有些不习惯。尚青笑着说，吃吧吃吧，入乡随俗，高支书说了，下午给咱包饺子。

尚青没把高黑子叫过"舅"，叫不出口。高黑子也不在意。尤其是现在，外甥撇下婆娘、娃走了，他想起来就生气，觉得对不住人家尚青，自己在尚青跟前也气短理不长。高黑子断定外甥媳妇是为"万鑫"修路占地的事来的，便说，黄镇长真会来事，咋把你派来了？

尚青笑了笑说，何止是派来的，财政所包村调到你东河，"万鑫"修路占地的工作包在我头上了。

高黑子没脾气了，嘟囔说，你一来，就让我为难了，本来我要跟任万能当面谈，来硬的。小煤窑人家买下了，咱挡不住，可路不准从村里过，东河人受不了车来车往，尘土飞扬的祸害。

尚青说，我也不想蹚这浑水，不过，山不转水转，事情还得有个结果，我跟小程来，还有自己的事。尚青把另一层来意说了。

高黑子笑了，拍胸脯说，这没啥说的，东河村地界任你放马由缰，把事做好。反正我也没多领一分钱，没贪谁家的补贴款。想吃啥，叫你妗子做啥；要开会，我召集。

高黑子三言两语就安顿好了，尚青的摸底调查自然很顺利。小程在业务上很强，他事先设计了个摸底表，就近在桦树坪走访了六七家农户，完善细化了调查登记的内容，然后骑摩托车回镇上打印了一套正式表册，两人拿着村上提供的土地耕种面积底册，逐家逐户核实登记。桦树坪村子大，花了一天半时间，其他自然村用不了一天就搞完了。对外出打工的村民，也通过电话联系进行了核实。他俩将核实的情况汇总起来，与村组干部做进一步核实后，贴在墙上进行公示。

在村委会的院子里，高黑子主持召开了村民大会。

如今农村很少开会了。偶尔开个会，就像赶集过庙会似的。年轻人外出打工了，来的大都是中老年人，抱着、背着、领着孙子、孙女，男娃、女娃的来了一大帮。大家看了公示，人人心中有数。也有人反映自己种的亩数多，可发钱的亩数少。尚青给大家再三强调，粮食综合补贴，是以从前征税时的亩数为基数的，从前为了少缴税，种植面积少报了，占了便宜，现在只能吃亏了。她这么一讲，村民们心服口服。借着这机会，高黑子大讲一通，一说计划生育不能松懈，要把在外打工的年轻人盯紧些。二说退耕还林的不得复耕，一个萝卜不能两头切。三说往后东河村前景光明，好日子在前头等着哩。有人问，啥前景啥好日子？他只说，风不吹树不摇，老鼠不拉空空瓢，建森林公园的事，一个字也没透露。尚武叮咛过的，暂时不让对外讲。高黑子讲话大嗓门儿，粗话连连，又不失风趣，小程在旁边忍不住想笑。

突然有个人进来把高黑子叫到一边一阵嘀咕，高黑子脸色顿时黑了，冲着人群喊，橡树峁的人，谁都把地卖给豹子沟矿了？卖了地，还想领补贴，是人不是人！

高黑子话音未落，几个橡树峁村民起身要走，他越发火冒三丈，喊道，不要走，不准走，风不吹，天不变，苍蝇不叮无缝的蛋，谁都跟"豹子刘"接触了，签协议了，把事朝清的说。

听说橡树峁有人跟豹子沟矿私下签了卖地协议，桦树坪这边的群众不愿意了，矿难受害家属们更是情绪激愤，骂声一片。

这时，尚青手机响了，她一看是任万能打来的就没接，先问了高黑子一句。高黑子不假思索地说，他来了，你就装糊涂，他任万能再能，也甭想在我跟前胡搅蛮缠。又对村民们说，你们回家歇着，我去橡树峁把事情查清，风不吹，树叶静，老鼠不打空空洞。

高黑子从橡树峁回来，召集村干部商量对策，尚青他们也在场。个别村干部忧心忡忡，说"豹子刘"不是省油的灯，凶得很，惹不起。高黑子眼睛一瞪说，他"豹子刘"在我跟前说不起话，当初要不是我大打那几土枪，他早就没命了。

有人反对恢复小煤窑，也被高黑子三两句驳倒了：当初，咱幸亏卖了小煤窑，才有钱处理善后事，小煤窑几次倒手，人家都是花了钱的，咱不开了，却不能不叫人家开。

高黑子的话，大家觉得有道理，急着问他要主意，高黑子就把自己的想法说了，大家也同意了。他接着说，大家分头做工作。一会儿任万能就来了，我先跟他谈，谈不拢这路就修不成。

在高黑子家吃午饭的时候，尚青手机又响了，任万能说到就到，屁股后头还跟着"豹子刘"和同雯雯。

客人来了，让座寒暄，相互都客客气气的。高黑子老谋深算，客套一番说，早就等着你来哩，黄镇长交代过几回了，可就是只听见牛铃响，不见放牛人啊。

任万能愣了一下，赶紧说，早就该来见你，可忙得脱不开身，我让刘副总先找你接上头。

高黑子故作糊涂，瞅了"豹子刘"一眼问，他是你们副总？怪不得。那你问问他，当年还是我大那几土枪救了他的命的。

"豹子刘"咧嘴一笑，表情十分尴尬。

高黑子拿着腔调说，你是谁，你是赫赫有名的大老板，却也是我外甥媳妇的同学嘛，都不是外人，对不对？

任万能一听有门儿，乐呵呵地说，那是那是，冲着尚青的面子，我才给原家滩中学捐电脑哩!

高黑子话题一转,先发制人地指着"豹子刘"抱怨说,这么大的事,你老板不闪面,派个他私底下乱串,签什么狗屁协议,村上毫不知情,叫我这支书脸朝哪儿放?

任万能一听语气不对劲,连忙解释说,不是,不是,我们刘总只是来摸摸底,了解了解情况。

高黑子口气更硬了,说,那也得通过党支部、村委会啊!县长、镇长官再大,也不能直接管到村里,村委会好歹也是一级政权组织嘛。

任万能无言以对,直瞅尚青,想让她开口说话。

高黑子眼明心亮,有意为尚青开脱,说,尚青劝说了半天,我再有气也消了。这煤窑是你花钱买的,我绝无挡你路的意思。村委会商量过了,路可以修,就从豹子沟修到井口,在井口上划一片地方围起来,你开你的矿,你走你的路,跟东河村井水不犯河水。你们搞个协议,咱两家再谈再签。

任万能没想到高黑子来了这一手,一时半会儿返不上言来,晃着脑袋,表情郁闷,心想,这回碰上咬狼的狗了,他气得心发抖。

尚青打圆场说,没想到这事这么复杂,东河人为办矿受过伤害,对小煤窑十分反感,你也该理解他们的心情。为你这事,村干部做了不少工作,村上的意见,叫我看,也是个办法嘛。

同雯雯插话说,我看尚青姐说得也对。

"豹子刘"在一旁狠狠地瞪了同雯雯一眼。

任万能无奈地说,我先考虑考虑,回头再说。说着起身告辞了。

3

尚青像使性子似的挂了电话,尚武的亏欠感一夜间加深变浓了,思前想后,夜不能寐。亏欠父母、亏欠妻儿,至于尚青妹子,何止是亏欠，简直是断送！上世纪八十年代的本科大学生，无论是留省城还是回县上，都没准儿干得比自己强，过得肯定比现在好！此时，小时候外爷说的那句话，以及说话时的情景，从尚武脑海深处浮现出来……

原尚武自小欢实得像牛犊子，喜欢舞棍弄枪，成天跟小伙伴们玩打仗，在堡子里玩攻城战，在自家窑院玩地道战，把旧课本撕开，叠成盒子枪，用苞谷杆当指挥刀，而且总是他出谋划策当指挥。尚武从小以"革命烈属"为荣，视尚虎舅舅为偶像，最大的愿望是长大穿军装。村里人对外爷说，啧啧，你孙子天生是当兵的料。外爷不爱听，嚷嚷道，我孙子就不能有别的出息？小尚武满脸疑惑，外爷指了指在远处蹒跚学步的尚青说，女娃长大了，要成人家的人，过人家的日子去；你是男娃，男娃不一样，男娃长大成人是要顶门立户的，是家里的顶梁柱。懵懂少年不解，后来闹着要当兵，外爷不情愿。父亲说，他不是学习的料，交给部队调教也好。"男人是家里的顶梁柱"，外爷这句话在尚武决定转业时占了上风。但直到回到父母身边，目睹了家境，尤其是妹妹的处境，尚武才真正掂量到这句话的分量。不过，原尚武心有余而力不足。

尚武属于把工作当事业干的那类人，为筹建保护区四处奔波，整整忙了一年多。在汉中转了一圈，他又有了新想法：同步再建个森林公园。他跟康文探讨一番，达成了共识，回来又马不停蹄地跑这事。没想到，自己家这边反倒让父母操起心来了。儿子斌斌迷恋网游，疏于学业，爱人梁琴是教师，可体弱多病，拿他没办法。自己家的事，他从没跟父母说，就怕他们操心。那天尚青打电话说，咱爸叫你抽空回来。他猜八成是尚青回去说啥了，心里一团纠结。

这天，原尚武把森林公园可行性报告报到省上，直接回了原家滩。母亲应了他几句，进厨房做饭去了。父亲絮絮叨叨，先问孙子学习的事，接着又问儿媳的身体。

原尚武轻描淡写解释了几句，面带愧色地说，都好着哩，你跟我妈就别操心了，把你们身体搞好，把心情放好就成了。爸，你看我，一天忙得顾不上照顾你们，清明时连坟也没上。

原生茂说，没事没事，清明没去，上来下去路过了，拐到坟上看一看。我跟你妈过得滋润着哩，可就是你妹子带着萌萌，唉唉……

原生茂不往下说了，尚武心里越发不是滋味，他站起来踱了几步说，爸呀，尚青的处境是咱父子俩的心病，往后你别操心了，我都想好了，把萌萌转到市里去上学，让梁琴照顾……

原生茂打断他说，一个斌斌都够她受的了，还能顾上两个？啥时间把梁琴带来，让海空师父给把把脉，人家是中医世家，看疑难病有绝招哩！

尚武没理会，继续说，等我把保护区建好了，斌斌也上大学了，我跟梁琴搬回来照顾你们二老，让尚青调到县里或市上工作，把家安到那儿。这些我都有考虑，往后家里事有我哩！

听了儿子这番话，原生茂有些释然，又问起朱鹮放飞的事，还拿出柯云送的影集给他看。尚武也聊起跟康文去汉中的事，还转告了康文的问候。

知道哥哥要回来，尚青带着女儿过来了。进门就说，听说前一向你去东河村了，也没说回家看看，三过家门而不入？咱爸不叫你还不回来？

尚武咧着嘴只笑，把萌萌拉到怀里摸了摸头，这才说，往后，我那边的事别给咱爸说了，免得他操心。

尚武问，爸，你叫我回来还有啥事？

原生茂一声不吭，从大衣柜底下取出那块镇宅石，打开裹布，边擦边说，就是这事，老先人留下的镇宅石。

兄妹俩上前一看，惊呆了。

镇宅石一尺见方，厚约三寸，上面用隶体篆刻着"白雀舞，原尚兴"六个字，埋的年代久远了，字迹有些模糊，却淳厚有力。

原生茂感慨地说，真没想到，咱把房子盖在老先人的宅基上了。这是挖地基时刨出来的，弄不懂这几个字的意思，我就藏了起来，给你妈都没说一个字。过了清明尚青从塬上回来，才把这谜解开了。这石头跟朱鹮有关，叫你回来就为这事。

原生茂说，他小时候听爷爷说过"白雀舞，塬上兴"的老话，说是山里白雀飞舞，塬上收成就好。二十年前，从祖上"水过凉厅"的废墟里挖出这石头时，他傻眼了。不是"塬上"，是"原尚"！奇了，怪了，是冥冥天意的巧合？还是老先人留下的某种信息？原生茂百思不得其解，却不相信那一套迷信的东西，心里一直结着疙瘩。尚青回来讲了七老外爷说的话，原生茂挠挠头，恍然大悟，原来原家滩跟尚家堡还有这么一段渊源。他自言自语，怪了。老伴说，你是公社书记，我七爷那会儿是"四类分子"，他敢给你说，还是你肯听他说？原生茂一想，也有道理。

尚青又把七老外爷的话重复了一遍。

尚武略有所思地说，这个"原尚"，既可理解为原尚两姓家族，也可理解为原家滩和尚家堡两个村落，更可理解为山里和塬上，反正是一种美好的祈愿。爸，你说的上辈传下的解释也对，没准儿老先人屋后树上就有朱鹮筑的巢哩！

尚青插话说，对对对，要是老先人没见过朱鹮，咋会刻这话？

尚武又说，从生态角度看，华塬上游森林植被好了，水源涵养功能强了，生物多样性丰富了，自然风调雨顺，山里塬上，上游下游，肯定是五谷丰登收成好嘛。这也是我们建保护区的初衷。

原生茂连连称赞说，说得对，说得好。

原生茂的房子是用县上给的离休干部安家费建的。四间砖混平板房，外带一间小厨房，老两口平时占了客厅、一间卧室和厨房，另外两间卧室显然是为儿女回来准备的。与山里民居截然不同的是，原家修了院墙，开了院门。院里有小菜园子，还栽了好几种果树。原尚武打算陪父母住一宿，吃过晚饭，尚青和母亲把那两间屋子收拾干净了，让萌萌早早睡了。

一家四口多年没像这样聚在一起了。原生茂显得很开心，吩咐老伴准备了几盘凉菜，要儿子陪他喝两盅。母亲做菜饭依旧是老习惯，四个凉菜端上桌，尚青忍不住笑着说，在山里住了这么多年，还是塬上的老一套。

康文哥提起塬上往事，还夸咱妈做的饭好吃，尚武说着，顺便问道，尚青，那天叫你跟康文哥说话，你咋挂了电话？

尚青脸微微一红，头一低说，我说来人了忙着哩，你没听见？

尚武说，康文哥问起你哩。

原生茂说，这俩知青，嗨，跟咱家有缘分，一个锅里搅过勺把，回想起来让人心里热乎，唉，康文走了，再没见过啰。

尚武说，康文哥说了，他会抽时间来看你跟我妈，保护区还少不了请他帮忙，以后有的是机会。

一家四口聚在一起，说了多年没说的话。父亲几盅酒下肚，一兴奋，话多了，从古到今，山里、塬上，海阔天空，母亲也插着说话。兄妹俩问着、听着，听出了门道。

山里沟深山大，人烟稀少，自古都是接纳难民的地方。父亲说原家老先人就是逃难到山里的。朝朝代代了，遇到自然灾害，赶上战乱动荡，灾民、难民沿路乞讨，过塬上进山里，刨一块地就有收成，就落下脚了。等到灾害过去，动乱结束，大多数人又搬回老家了。母亲说，听老人讲过，抗日战争、"民国十八年年馑"那些时候，灾民多得像蝗虫。而且新中国成立前，山里土匪多，杀了人的、犯了事的、走投无路的、官军哗变的，都来占山为王，祸害百姓。动乱年代跑土匪是常有的事。为对付出山抢劫的土匪，沮河下游，不管是塬上、河里，村村都有城墙，城门紧闭，村民把守在城墙上。据说，河里某村有南北中三个自然村，北堡子靠近塬畔，村里人在塬峁上修了座城墙高耸的寨子（土围子）。土匪来时，全村人都往寨子上逃。但毕竟要爬坡、要赶路，难免一劫，而其他有城堡的两个村却安然无恙。人们编顺口溜笑话说，"北堡子人是瓷尻，光打寨子不修城"。母亲说，她小时候就经历过这可怕的场面。她七爷家是财东，可人不坏，土匪来了，七爷的父亲打发人叫母亲全家赶紧进堡子，躲在他家里。说到七老外爷，母亲说，财东家结婚早得娃早，班辈高，穷汉家娶妻晚，班辈低，其实，我七爷比你爸大不了几岁。母亲记着她七爷家的好，尚青也感激她七老外爷惦记着让晚辈给她外爷、外婆和舅舅上坟，毕竟都是尚家户里人。尚青突发奇想，问，山里房子没有院墙，是不是为了逃土匪方便？父亲想了想说，也许是，咱原家祖先败落是在明末，被哗变为匪的一股官军血洗了，大宅子、高院墙、闻名关中的

"水过凉厅",经不住一把火,被烧了个精光,据传,原家老先人逃出去的是少数,死去的把西寺村前的河水都染红了。

尚青问,"水过凉厅"是什么?

原生茂答,据老辈人讲,原氏祖居依山傍水,屋后半山腰有一眼很旺的泉水,祖上修大宅子时,利用水位落差,架木槽穿过后院、后厅,直接把泉水引到前院和厨房,实际上就是天然的"自来水"。大宅子烧了,"水过凉厅"没了,原氏家族从此败落了,土改时,原家后辈唯有原生财家勉勉强强定上个地主。原生财被土改场面吓死了,儿子原文水在国民党部队,从此杳无音信。父亲讲到这儿,母亲插话说,你爸在公社时,地主家后人找上门来,我还给人家做了一顿饭,可你爸没敢认,硬把人家打发了。原生茂不爱听,不耐烦道,行了行了,那是啥年代?现在是啥年代?人与人斗、人与天斗的年代过去了。尚武要建保护区,咱就说山里的自然变迁嘛。

尚武明白了。每经历一次难民潮,山区自然环境就遭受一番破坏。毁林开荒、烧木炭,火灾、水灾、旱灾不时发生,山里环境就变得险恶了。外面情势一好,难民纷纷回迁,自然环境又缓慢恢复了。新中国成立后,大炼钢铁毁过林,三年困难时期大面积开过荒,林场造林也伐过木,开矿修路更是破坏了生态环境。

一家人东拉西扯,聊得天不早了。原生茂话锋一转说,尚武啊,建保护区造福子孙后代很重要,你媳妇儿身体也重要,斌斌的学习也重要,你要管哩!暑假带梁琴回来,叫海空给她瞧瞧病。听说斌斌上网打游戏?还一个人打打杀杀,电脑上咋有这玩意儿?

尚青说,跟他几个同学嘛。

原生茂白了尚武一眼说,唉唉,跟你小时候一个样。

尚武尴尬一笑,低下了头。

4

马鬃梁建森林公园的消息传得很快，任万能也有耳闻，带着起草的协议来过两回，高黑子都不冷不热的。双方主张相去甚远，任万能无果而归。相反，对尚武他们，高黑子和村民们很期待。

市政府办公会最后形成了决议：原家滩自然保护区和马鬃梁森林公园，一套人马，一起筹备，同步建设，同时挂牌。为了可行性报告的撰写、修改与审批，尚武整整忙了两个月，有康文的朋友，省林业厅主管副厅长帮忙，事情办得还算顺当。拿到省上批文，尚武就像是接到了军令似的，他把放了暑假的爱人和儿子捎到原家滩，就带着省林业规划设计院的专家为森林公园规划设计进行现场勘察去了，还叫了柯云帮忙拍照。

柯云在厂子里窝久了，有点憋得慌。有一阵子，环保上抓得松了，任万能厂子里的烟囱白天冒白烟（蒸汽），黑夜冒黑烟（烟尘），袁耀辉学着样，吩咐手下晚上也把收尘设备关了，谁知偏偏让保护局逮了个正着，要罚款，柯云只好出面灭火，又是写检查又是请吃饭，才把事情平息了。事后，他气哼哼地对袁耀辉说，下回再有这事，哥不管了，你自己出面。袁耀辉不服道，人家放火就中，兄弟点灯就不中，环保局的人眼睛长在后脑勺上了？柯云说，你是市人大代表，你跟他学，不嫌掉价吗？袁耀辉没话说了。不久前，任万能买了辆新款路虎，袁耀辉心里痒痒的，也想换辆更高级的车，压一压任万能的气势。柯云一听就恼了。袁耀辉买第一辆车时，柯云就告诫他，过村子遇行人开慢些，扬起烟尘，人家骂咱哩！袁耀辉听进去了，觉得有理。这回他要买豪车，柯云坚决反对，任万能张扬，你也张扬？旧社会财东家都讲究"吃好些，穿烂些，走到人前放慢些"，有了钱不炫富，要低调，为的是别人看着顺眼嘛。这回袁耀辉也听进去了。任万能捐了电脑不久，袁耀辉也想弄点啥动静。柯云说，你要真想回报社会、做善事，就给县福利院捐一笔钱，人家要宣传，那是人家的事，咱心安理得就成。袁耀辉说，中中中，哥，就照你的意思办，好歹俺也是人大代表。袁耀辉把这事办了,县福利院给"耀辉"公司送了锦旗,报纸、电视都报道了,市上领导见了面也提说这事,袁耀辉觉得很有面子,直夸柯云办得好。

柯云几次表示不想待在厂子里了,停薪留职的人不少都回单位了,他也打算回去专心搞摄影,袁耀辉断然拒绝。

这天他又提这话,袁耀辉眯着眼说,哥要走,除非水泥厂烟囱倒了!正好这时,尚武打电话邀请柯云去拍照,袁耀辉说,哥,你去你去,只要你不离弃兄弟,干啥都中。临出门,又神神秘秘地问,哥,你是不是最近没看见那妞,心慌了?柯云脸红了。

约好在东河岔路口会面,柯云赶到时,尚武他们的两辆车已在那里等着了,三辆车径直开到高黑子家的院子去了。听见狗咬汽车响,高黑子跑出来迎接,开口便说,我代表东河村九省十八县的村民欢迎你们的到来。专家们愣住了,高黑子说,我们村的人来自九省十八县。

高黑子早有准备,他派人把村委会里外打扫干净了,给尚武他们做大本营,还在门外悬挂了"热烈欢迎省林业专家为森林公园建设进驻我村"的横幅标语。小学老师宿舍被腾出来安顿尚武一行人的住宿,高黑子还请了村里做茶饭最好的妇女给他们开灶做饭。

尚武既感激又好笑地说,高叔,你弄得声势有些大了。

高黑子笑眯眯地说,你把保护区机关放在东河,森林公园大门开在我村,往后咱就成一家人了嘛。

夏日的马鬃梁,满目尽是绿色,层层叠叠,林相丰富多彩,山势千姿百态。山体裸露之处,砂岩像红褐色云带,砾岩面上卵石凹凸,苔藓斑斑。远古的河床湖底,经历了远久的年代沉淀积压,能让人触摸到江山千古,沧海桑田。春天跟高黑子上马鬃梁时,遮天蔽日的原始森林,漫山遍野的烂漫山花,已经让尚武陶醉过一回了。这一回,专家们也陶醉了,一个个惊叹不已,沮河上游竟有这么好的原始林地,植被林相,既是独特的丹霞地貌,又有充沛的泉溪流水,肯定能建一处引人入胜的森林公园。尚武熟悉大兴安岭,去过秦岭,他脑子里的印象是这样的:大兴安岭的山形舒缓连绵,秦岭的山势挺拔险峻,而马鬃梁一带的山头敦实,山脊绵延,藏险纳秀,给人一种大智若愚的感觉。

尚武建森林公园的想法,康文一开始并不支持,他认为森林旅游是最破坏生态环境的。尚武解释说,要想让人们保护森林,就得先让人们认识森林,亲近绿色。可以在保护区的缓冲区划出一小块地方,通过开发、利用森林资源,传播生态保护意识。康文说,如果是这样的话,就要突出环境教育功能,不以盈利为目的。尚武说,这是肯定的,你放心,保护第一。所以,从可行性报告到勘察设计,尚武的指导思想十分明确,园内以游赏为主,游客接待、食宿一律放在公园之外。

柯云从没有进过深山老林,感觉很新鲜,好些植物他不认得,好几种山雀他叫不上名字,好几次碰上火一样的红腹锦鸡,他快门频频,兴奋不已,不过,好几回碰见蛇,他也惊得毛骨悚然。

柯云收获颇丰,尚武喜出望外。他原本只让柯云帮他拍些资料照片,没想到柯云把山上的风景都搬回来了。柯云带着笔记本电脑,每天晚上整理照片,尚武和专家们围在旁边,边欣赏边回味边想象,这个叫什么,那个像什么。什么连理树、不老松、卧佛崖、鸿运洞、苍山云海、马鬃日出……大家展开想象的翅膀,一个个景点名称跃然纸上。不仅如此,尚武构想的两个重要项目——滑雪场和人工湖,都在高黑子的指引下选好了地址。滑雪场选在小山丘之间的山坡上,山坡呈扇形,上窄下宽,坡度平缓,视野开阔,专家们说,滑道建在这里,冬季滑雪,夏季滑草,是最理想的。人工湖的选址更理想,高黑子记得后山有个大水洼,专家们现场勘察确定,这里从前有过堰塞湖,被年复一年的暴雨山洪冲刷决堤了。在山洼的出水口建一座滚水坝,水面便自然形成了。

晚饭后,原尚武跟村里几个老汉闲聊,听到了这样的传说:那条原本通往朱雀寺的沧桑古道,是一位落魄的进士最先走过的。据说,那处深谷断崖从前是连在一起的。进士穷困潦倒,万念俱灰,走到那里时,天快黑了,远望朱雀寺,佛光普照,祥云缭绕,于是起信断念,追寻佛踪,皈依佛门。他疾步向前,身后的山脊瞬间坍塌,形成深谷,两边崖畔各长出一棵娑罗树,一雌一雄。因此,后人称谷为断欲谷,称崖为断欲崖。

尚武大喜，带人们去一看，果然有两棵树冠参天的古娑罗树，隔谷而望，别有景致。专家们说，娑罗树学名为七叶树，为佛门圣树，相传佛祖释迦牟尼就圆寂于此树之下，建议修一座"断欲桥"通往朱雀寺，为森林公园增添宗教文化元素，尚武觉得很好。有了这座桥，也为保护区在原家滩后山建朱鹮观察点，开展观鸟活动打开了新的通道。勘察圆满结束，尚武要去县城设宴款待专家们。柯云建议说，尚武哥，咱去你家下地窑的农家乐吧。

尚武听父亲说过这事，觉得有些寒酸，专家们却说要去，柯云就先走了一步打前站。

柯云赶到尚家堡，见梁鹏、张明义、王林等人在下地窑前等着，同雯雯也在其中。他愣住了，问，你咋也在这里？

同雯雯笑吟吟地说，我也入伙了呀，你不欢迎？

柯云仍不解，趁梁鹏从车里拎包的工夫小声问，她咋来了？

梁鹏小声答，她说她是你的学生啊！我们给你接风，能不叫上她？柯云还是纳闷儿，她咋一下就闯进我们圈子了？

尚武回到老家，也很吃惊。下地窑旧貌换新颜，他都快认不出来了。下地窑前盖了座渭北民居风格的四合院。四合院门前，竖起了旗杆，挂了幡旗，大篆体"酒"的图案上书有"塬上居"三个大字。高大门楼的两侧，移栽来了两棵大槐树。门楼上挂着四只大红灯笼，中间的木横匾写着"天人悠哉"。尚武一边读"塬上居　胸中藏湖光山色自然美""下地窑　地气聚冬暖夏凉农家乐"的楹联，一边称赞写得好，扭头问柯云，这是谁写的？

柯云不好意思地说，内容是我瞎拟的，字是请康文哥写的。

窑院大门刷成了黑漆扇红边框，"光荣烈属"的牌子也擦得亮亮的，几孔大窑洞粉刷一新，窑洞里边是土炕，外边摆的是土气十足的实木旧餐桌，尚武家从前的旧家具几乎都派上了用场。

尚武转了一圈说，别出心裁，化腐朽为神奇，没想到这么破旧的地方，被收拾得有模有样，一片生机。

冬暖夏凉的窑洞，让客人倍感惬意。饭菜也很有特色，专家们直夸美味爽口，是地道的农家饭菜。

尚武送客人们上了路,自己独自去了外爷他们坟上。

尚武陪客人吃饭的时候,张明义他们在旁边窑洞吃饭。柯云送走尚武,碰上出来方便的张明义,张明义神神秘秘地问,啥时候收了个美女徒弟?艳福不浅啊,大老板的马子也敢碰?

柯云脸红了,压低嗓子吼道,人家跟着学摄影,可别胡说八道。

5

山区气候多变,见云就下雨,风一阵,雨一阵,凉爽宜人。儿媳梁琴带着孙子斌斌回来了,外孙女萌萌也过来住,原生茂老两口感觉很滋润。

这个夏天的这个家,一改昔日的清静孤单,满院欢声笑语,有了生气活力。原生茂尝到了含饴弄孙的暮年乐趣。他每天除了看报、打拳,就跟孙儿混在一起,陪他们去后滩,稻田抓泥鳅,山坡采野花,有时在菜园子除草、捉虫、浇水,劳动锻炼一阵子。斌斌生长在军营里,打小就有"军人情结",早就听说过爷爷也是军人出身,缠着爷爷讲打仗的故事,原生茂也不拒绝,他咋看咋觉得孙子活蹦乱跳的,跟儿子当年像极了。

原生茂让老伴儿带儿媳上了趟朱雀寺。海空师父轻易不给人瞧病的,但原生茂早给他打过招呼了。婆媳从山上回来后,每天傍晚,屋里都飘荡着浓浓的中药味儿。梁琴打理家务、熬中药,还要招呼两个孩子完成暑假作业。斌斌一坐下学习就犯困,老惦记着要去姑姑家上网,梁琴说,你爸就在附近的林场,你打电话跟他说,他让去,你就去。斌斌吐了吐舌头,不吭声了。

那晚跟父母闲聊之后,原尚武对家人心事重了,对儿子要求严了,对爱人关心多了。那天,他在坟园待了很久,外爷、外婆的笑容、身影浮现眼前,外爷"男娃顶门立户,是家里的顶梁柱"的话犹在耳边回响，尚青的小辫儿如影相随。尚武从小就很宠护小妹，她想要什么、想干什么，尚武总要想办法满足她。夏天带她摘梅子，秋天为她打酸枣。记得那时秋天柿树上淡柿多，不知怎么的，满树的柿子还又涩又硬在生长，个别的却红了软了熟了，挂在树梢上，这便是软甜软甜的淡柿。淡柿惹得喜鹊登枝叫个不停，妹妹听见喜鹊叫，拉着他就要去……想到这些往事，尚武对妹妹心事更重了，总觉得很纠结。他问过尚青，把你调到县里或市上咋样？尚青木然摇头说，山里待惯了，调到城里未必适应得了，父母在这儿，我也不想动。他也试探地问，萌萌她爸最近咋样？我回来还没见过他人哩！尚青淡淡地说，我都没想这，你想这做什么！尚武听出话音了，心里越发沉甸甸的。

穿过小镇，过了小河，柳树台村附近被树荫罩着的两层小楼大院，便是原家滩林场的场部。为了坐镇抓保护区筹建，原尚武在这里设了临时办公室。省林业规划设计院正在搞设计，尚武隔一阵子就去一趟，住在省报社附近，跟康文见面方便，离设计院也不远。尚武干上这事，康文没少出主意帮忙。尚武跟上他学了不少东西，尚武说，康文哥，没想到你是生态方面的专家。康文说，啥专家，不过是跑的地方多，接触的问题多，思考多了一些。市上只落实了保护区建设资金，森林公园建设的钱还没着落，尚武的心悬在半空，有些着急。康文看过柯云拍的照片了，很有信心地说，招商引资呀！尚武说，咱定下了不以盈利为目的，谁愿意给不挣钱的项目投资？康文说，企业家中不乏热衷环保的有识之士，我朋友圈里就有，等设计出来了，我帮你们搞个项目推介活动方案，开招商引资推介会，栽下梧桐树，就有凤凰来。

设计图纸出来了，原尚武启程去省城，路过尚青家，见院门上了锁，回来时，门还锁着。他打电话一问才知道尚青下乡去了，只好回了林场。康文让他给父亲带了些西洋参、茶叶，还给尚青女儿买了件花衣裙。尚武拐到西寺，搁下东西，向父母转达了康文的问候，又打算亲自把衣裙交到妹妹手中。第二天，尚武起了个大早，路过尚青家时，尚青正锁门要走，还要下乡去。趁着暑假里萌萌有人照料，她早出晚归，带着手下人挨个村搞涉农补贴的调查核实。尚武把衣裙递给尚青说，这是康文哥给萌萌买的，你给他回个电话。尚青惊诧地愣了一下，不自然地说，我知道了，哥，你忙你走。尚武还要说什么，尚青进屋放下衣服，边锁门边说，我忙着哩，我先走了。尚武也惊诧地愣住了。

这天镇上逢集。半晌午，高黑子扯着嗓门儿"亲家""亲家"的喊，原生茂一边应声一边开门。高黑子最近来得勤，不是说尚武建森林公园，就是说尚青核实涉农补贴。儿女们的事原生茂一概知道。

高黑子进门，板凳没坐定就大骂任万能，簸箕虫日蜱虱——扣住的行哩。原来，高黑子又被黄镇长叫去训了一顿。这回手里有挡箭牌，他不服软地说，市上要建森林公园，要修穿村过的旅游路，任万能开煤窑也想从村里过，这回，我说啥也做不了主了，你们跟保护区筹备处说去。黄镇长也没脾气了。

原生茂忧心忡忡地说，村里要开个煤窑，肯定安宁不了。

高黑子说，可不是嘛，东河上游有矿的村子我去过，到处扬黑尘、流黑水，车来车往，鸡犬不宁。要不，我咋能不让他们的路从村里过？

原生茂说，何止村上？森林公园将来也受影响哩。这样挖下去，等原家滩一带的煤挖完了，环境也破坏得差不多了。总得给子孙后代留些资源，留一片青山嘛。

现在江湖乱套了，上头强调科学发展，县上闷着头加快发展，领导只顾打自己的算盘，高黑子愤愤不平。

高黑子跟原生茂发牢骚时，任万能进了尚青家。

这些日子，东村修路的事卡住了壳，任万能急得蛮上火，报怨村支书偏偏是尚青爱人的舅舅，镇上又偏偏让尚青在东河村包村，投鼠忌器，顾虑重重。想来想去，他只好硬着头皮来找尚青了。

尚青老下乡，任万能找得好苦，连着来了几回，都吃了闭门羹。这天来，门正好开着，他拎着一堆东西，边走边吆喝，径直进去了。

尚青瞧见任万能这副模样，有些不高兴了，冷着脸说，老同学，拿东西做什么？我家可不兴这个。

任万能把东西放在墙角，神情尴尬地说，老同学，你老不在家，我都扑了几次空了。

尚青清楚他为何而来，觉得自己的冷脸令他难堪了，便让座倒水招呼一番，直截了当地说，该不是为东河修路的事？

任万能赶紧说，就是就是，老同学帮忙做做村上工作嘛。

尚青说，这事你们直接跟村上协商，有啥难的？

任万能说，高支书倔得要命，我去了几回，都是扛上粮口袋撵骆驼——撵上搭不上。老同学，你不帮我，谁帮我？

尚青面有难色地说，我虽然包村在东河，却做不了村上的主，要不，我带你一起去找黄镇长？说着，就给黄镇长打了个电话。

任万能犹豫不决，但黄镇长直接给他打了电话，他只好起身出门。

尚青拿起墙角的东西，坐进车里说，东西你拿回去，再要这样，以后你就别进我家门。

任万能嘴上打哈哈，心里却嘟囔，哟呵，你比县长都清廉？

黄镇长也认为这事不能再拖了。任万能赶到时，黄镇长把高黑子也叫到了场，面对面解决问题。任万能看这阵势，后悔没带上刘强。那家伙点子稠，胆子正，关键场合能给他鼓上劲。

黄镇长算是个明白人，他觉得村上意见可取，打算说服任万能做出让步，拍板定案。人到齐了，他让大家陈述完意见，郑重其事地说，任老板，我看村上的意见也是个办法，划出一片地方开矿，至于路嘛，还是走豹子沟那边，你看咋样？

任万能急了，说，绕到豹子沟，运煤运料，要多走好几里地哩。

黄镇长说，运煤运料是汽车跑，不就一脚油的事？你有你的道理，村上也有村上的道理，双方各让一步，村上给你把场地划得宽敞些。按照新修路方案，需要占的地，村上给你协调解决。大家都没意见了，就形成个座谈纪要，都把名字签上，回头让原所长督促高支书负责给你落实。

任万能不依，嚷道，这煤窑倒了几个人的手，人家都是从东河村出出进进，咋到我跟前就行不通了？

高黑子说，前头没有一家把事弄成的，还没说到路的事。再说了，人家比不了你，你二矿合一，在豹子沟有退路呀！

任万能又说，我支持你们镇上办教育，好歹也是县上的利税大户，于情于理，你们也该支持我发展……

黄镇长把任万能叫到外边，说，东河要建森林公园了，你知道不？那可是市上的项目，到时候不准你开矿，还不是一句话？你赶紧动手，要不然，过了这个村，就没这个店了。

高黑子他们不清楚黄镇长在外头咋嘀咕的，反正任万能进来时态度已经变了，只提出一条：修路建矿期间，车辆要走村里过。高黑子没有异议，大家便在座谈纪要上面签了字。黄镇长当着任万能的面给高黑子和尚青仔细交代了一番。

难缠事终于挽了疙瘩，黄镇长松了一口气，自言自语道，没吃煤老板一顿饭，没喝煤老板一口酒，还得看煤老板脸色行事，这芝麻官真不是人当的。

6

任万能遇上高黑子一根筋，很不情愿地跟村上签了协议，准备开工修路。他心里本来就窝着火，经不住"豹子刘"煽风点火，说他英雄一世狗熊一回，不由得怒火攻心，心里怨刘亦然不实心办事，嘴上骂黄镇长是个大滑头。公司领导层开会时，"豹子刘"又挑起这话头，惹得任万能发了一通脾气。

同雯雯好心劝他说，事情已经这样了，怨谁也没用，只要顺利开工，比啥都好。

任万能发起脾气来，天王老子也不认，摇头晃脑口出恶言说，养只狗紧火了也帮人咬几口哩！

他本意是暗骂刘亦然，同雯雯却听着不顺耳，生气了，愤然离席，留下张请假条，出了厂门。任万能没想到她会这样，有气没处出，半晌说不出话来。

"豹子刘"在一旁吆喝说，哟呵，这女人还上脸了，走就走，走个穿红的，来个穿绿的。

任万能瞪着眼骂道，就你能，你懂个毬！

"豹子刘"带人上了原家滩，同雯雯推说有病，迟迟不上班，水泥厂一摊子事，任万能只好自己顶着。杨眉一天几个电话地召唤，他只急得脱不开身，烦得够够的了。

这一天，张明义带着监察大队的人来"万鑫"收排污费。汽车进了大门，张明义便给任万能打电话，任万能推说不在厂子里。张明义不信他的话，明明看见任万能的汽车停在楼下嘛，他径直上楼，把任万能堵在办公室里，搞得十分尴尬，两人气都不顺。

张明义年年要为收"万鑫"的排污费跟任万能磨嘴皮子，一连几年都是县领导搭个话，最终象征性地收一点。今年张明义有备而来，派人拍了照、取了证，握着"万鑫"晚间连续偷排的把柄，要收排污费，还要罚款，否则，下通知停产整顿。张明义想来个下马威，顺当地把排污费收了就算了。可任万能刁蛮狡赖，偏不吃这一套，给他送的法律文书也不签收，等于没送。两人三两下就吵了起来。

任万能气得窝在老板椅里直喘粗气，吼道，没啥说的，出去出去。

张明义坐在沙发上纹丝不动，手下人先不愿意了，指着任万能说，任老板，嘴放干净些，我们在执行公务，不是来要饭的。

任万能强词夺理道，你们这是有意找碴儿，给我寻事哩！说完，打电话叫保安来把人朝外轰。保安来了，一看这架势，哪敢动手啊。

张明义火冒三丈，扭身给局长吴栓牢打电话汇报去了。

吴栓牢说，你们别走，我带人马上来。

任万能趁机溜出门下了楼，吩咐门卫把厂子大门锁了，自己从厂后门出去，站在野地里给刘亦然打电话。这家伙演过戏的，很会煽情，他拉着哭腔说，好我的县长老爷哩！我这企业没法干了，当利税大户叫我上台领奖，给学校捐赠给我披红戴花，关键时没人理识了。粉磨机天天运转才能挣下钱，企业又不是唐僧肉，谁都想咬几疙瘩，老板也不是香客，见庙就得烧香……

咋回事，咋回事，扯那么多废话，刘亦然不耐烦地打断他说。

环保局的人把我的大门堵了，把我的办公室占了，给我找碴儿寻事哩，我这企业没法干了！好我的领导哩，你看咋办呀！任万能说完挂了手机，又拨通亲信的电话，如此这般交代一番，关了手机，扬长而去。

张明义等了半天不见任万能的影子，起身下楼要走，手下人跑来说，大门关了，门卫不给开，厂里一群人把他们的车和司机都围住了，场面有些混乱。就在这时，吴栓牢带着一帮人也赶到了厂外，门里门外，吵吵闹闹，乱作一团。在这节骨眼儿上，吴栓牢的手机响了，就在刘亦然给吴栓牢打电话的工夫，电动大门又缓缓开了。吴栓牢黑着脸挥手说，撤，撤，都朝回撤。而环保局的人厂里厂外喊喊闹闹的场景，已经被人悄悄用手机拍了照。

照片很快就传到了刘亦然手机上，吴栓牢和张明义被他叫到办公室大训一通，说，不管你们去干什么，围堵企业大门，影响企业正常生产经营，是不对的，有损政府形象，是非常错误的。两人还要争辩，刘亦然打开照片说，你们看看，人家口说有凭呀！两人哑巴吃黄连——有苦难辩，把任万能恨到骨头里了。

任万能出了口恶气，得意了好几天。正在兴头上，杨眉又发短信又打电话，他也急着去看他的心肝儿，这会儿才意识到，厂子离不了同雯雯。他打算说些好话把她请回来，只好给同雯雯打电话。一听同雯雯说她跟柯老师在一起，任万能心里又有些发毛了，暗自思忖，她咋跟柯云混得这么熟了？不会是袁耀辉想挖她过去吧？他问他们在哪儿，同雯雯不说，急得他像热锅上的蚂蚁。

同雯雯在"塬上居"请摄影圈的人吃饭。张明义起初不肯来，却经不住美女的诱惑与召唤，来了便大骂任万能使阴招。大家问咋回事，他把事情原原本本说了，众人纷纷谴责任万能缺德，说着，连他包戏子的风流韵事也抖出来当笑料。几天不在，厂子里发生了这么大的事，同雯雯也很惊讶，也指责任万能做得太过分了。大家说三道四，柯云不爱听，也觉得很无聊。关键是同雯雯在场，他怕谁要说了不该说的话，她下不来台。

趁同雯雯跟其他人碰酒的工夫，柯云小声警告张明义，再不要提刘县长一个字。

张明义点点头，朝同雯雯努努嘴，小声说，我看不像那种人。

柯云反驳说，哪种人？各人有各人的活法，管人家是哪种人。

柯云杞人忧天，暗中呵护。同雯雯满不在乎，我行我素，挨个儿碰来碰去，还不时为柯云代酒，生怕柯云喝多了，张明义他们既羡慕又嫉妒。众目之下，她步履轻盈，穿梭席间，尽显女人妩媚，举杯把盏，却散发着男人般的豪气。同雯雯酒量大得吓人，张明义、梁鹏、王林他们压根儿就不是对手。不过秀色可餐，有美女在，就像一道美味的下酒菜，大家感觉爽极了。

大家正在兴头上，柯云的电话响了，对方问他在哪儿，他顺口说在塬上的"塬上居"。

一听是任万能打来的，同雯雯急道，刚才我都没说咱在这儿，你咋说了？他肯定要找来的。

张明义一脸的不快，说，扫兴，扫兴，他要来，我就走。

同雯雯说，走什么走，冤家宜解不宜结，坐在一起喝几杯嘛。

张明义说，解啥解？人狂没好事，猪狂挨刀子，我跟他没完！

同雯雯说，你消消气嘛，不就是排污费吗？以前咋交我不管，你想咋收，我也不管，我们跟"耀辉"的生产规模差不多，他们咋交我们就咋交，你要是觉得行，我跟老板说。

张明义头摇得像拨浪鼓，问她，老板给你发金条？你咋这么忠心？

同雯雯答，本来这不归我管，但我也是"万鑫"的员工呀。

张明义无奈地说，我看你真是……唉，我不说了。

同雯雯追问道，你说，你说呀！

你……一朵鲜花插在牛粪上……张明义没说完就要走。

同雯雯笑着拦住他说，我不是鲜花，人家也不是牛粪，我代他赔个不是，敬你三杯，喝了再走。

你的酒我喝，他的……张明义直摇头。

那好，就算我敬的，同雯雯说着连斟三杯，张明义一饮而尽，起身出门，同雯雯朝他背影喊，排污费的事，还请多关照哟。

张明义一走，王林他们几个也告辞了，梁鹏忙生意去了，只剩下柯云跟同雯雯。

同雯雯说，你老同学人不行嘛。

柯云说，刚才还为他辩护，这下又说人不行了？

工作归工作，他这人粗俗不讲理，我是赌气才没上班的，同雯雯满腹委屈，把任万能骂人的事一五一十地说了。

柯云说，我还不清楚任万能？粗人一个，事业红火了，是有些狂劲。你寄人篱下，也别跟他计较。

同雯雯说，有本事当面骂刘县长嘛，就怕他没那个胆！一会儿他来了，我得给他点颜色，你别吭声。

正说着，任万能急急火火地进了窑门，看见满桌子的餐具酒具，残羹剩菜，便问，人都走了？就剩下你俩了？

柯云说，你来晚了，人都散席了。

任万能瞅着同雯雯跟柯云说，我给她打电话，她不说你们在哪儿。

同雯雯故意板着脸说，我为啥要告诉你？我跟你没关系了，说着掏出办公室的钥匙，推给任万能，又说，我不干了。

任万能紧张地问，你不干？上哪儿？去"耀辉"？

同雯雯说，我是吃技术饭的，又不是凭脸蛋，去"耀辉"有什么不好？

任万能赶紧转身对柯云说，老同学，你可千万不敢挖我的墙角。

柯云满脸无辜地说，你们之间的事，别拉扯我。

任万能云里雾里的，不知如何是好，厚着脸皮哀求同雯雯说，好我的同总，同大妹子哩，那天怪我话没说好，我道歉，对不起。你是咱水泥厂的顶梁柱，可千万不敢离开"万鑫"。

话头一提起，同雯雯还真生气了，眼里含着泪花说，你要骂谁当面骂，在我跟前指桑骂槐，搞得好像跟我有啥关系似的。

任万能见女人掉眼泪，乱了方寸，哭丧着脸，挥手边扇自己嘴巴边说，怪我口无遮掩，我打嘴，我打嘴。

同雯雯这下真哭了，眼泪哗啦啦地往下流。

柯云说，好了好了，不管多大的事，任总已经道歉了。

同雯雯低头哽咽着。任万能使眼色把柯云叫到窑外问，老同学，是不是同总真的不想干了？

柯云装糊涂说，我不知道，你来了我才听到你们之间有事。

任万能沮丧地说，老同学，你帮我劝劝同总，不要辞职，明天一定要去上班，我急着出差哩，厂子没她不行，别人我还不放心。

柯云装着很为难地说，她咋能听我劝嘛！

同总说她崇拜你，是你的粉丝，肯定听你的。任万能说完，怏怏离去，背过人还嘟囔，装啥洋蒜！她能跟刘亦然没关系？

一场小风波过去了。同雯雯上了班，出面摆平了环保局的事。任万能急头绊脑地下了省城。他压根儿没想到，更大的风波已在东河村悄然而起。修路占地受阻，"豹子刘"召集来一帮小兄弟大打出手。等任万能躺在杨眉被窝里听说这事时，"豹子刘"已经把祸闯下了，打手都被派出所带走了。而且，他还听说，是原尚武出面制止了这场流血斗殴事件。

第四章　峰回路转

　　为森林公园征地手续的事，原尚武和刘亦然有了首次正面交锋，刘亦然讲政策、扯牛皮，就是不痛快答应，原尚武无可奈何。

　　任万能手下的"豹子刘"私自与东河村几户村民签了卖地协议，引起了矛盾，"豹子刘"带人把几个村民打了，被派出所逮了起来。原尚武也由此得知任万能竟然在未得到征地审批前就已经动工了。为此，副市长曾智亲自主持召开了座谈会，会上，人们积极发言，心思却不一致，刘亦然感到了危机，他有点慌了……

1

　　人世间有很多事说不清。有些事看似一眼坦途，却又扑朔迷离，因果未卜；有些事明明千山万水，实则峰回路转，柳暗花明。

　　最近康文很不顺。竞争副总编一职，班子推荐得票、民意测验结果、竞选演讲打分，他无不遥遥领先，至于论资排辈，更是没得说，报社人都说这事木板上钉钉——跑不了。康文开始对这事不热心，但手下几个跟他多年的记者使劲鼓动他，说什么轮也轮到你了，哪怕只提拔一名副总也非你莫属，说得康文也心动了，但努力了，结果却是出乎意料的名落孙山。没提拔就没提拔，起初他也没当回事，但撺掇他的人们首先不服气了，为他喊冤叫屈，社里人一见面就为他言不平，再加上社长、总编都说很意外，对他好言安抚，反倒把睡着的人叫醒了，搞得康文觉得心里憋屈，有些闹情绪了。适逢省作协召开换届大会，他本来没打算去，作协那边说，他是副主席候选人之一，要他务必参加。康文亏了太阳收了月亮，换届试行差额选举，结果该选的没选上，作为陪衬角色的他却选上了。不驻会的副主席是名誉职务，不享受副厅级待遇，就这，也让手下人以及周围朋友为他高兴了一阵子。康文不为所动，反倒出奇地冷静，他请了一周假，一边闭门静思，重新规划自己，一边拿着森林公园招商引资资料四处奔走，寻找合适的投资商。

　　原尚武因祸得福。东河村的一场打斗，打破了保护区筹建的僵局。

　　尚武对原家滩一带不熟悉。其实，在断欲崖远远望见的云雾缭绕的地方，就是原家滩的上滩，就在自家房前小河的源头。父亲带他到后滩转了一圈，越发坚定了他放飞朱鹮的信心。觅食的稻田、筑巢的大树、上滩的湿地、远处的住家户……这情景，与朱鹮家乡的自然环境十分吻合。他认定上滩是朱鹮最理想的栖息地，很想去探个究竟。

父亲告诉他，瀑布两边的石崖地势险要，根本上不去，但听高黑子说，后山有条小路能绕下去。

尚武惦记着这事，正好森林公园的规划设计方案出来后，有些事还要和村上商量。这一天，他去了东河村。

到高黑子家，板凳还没暖热，话还没说两句，村里就有人喘着气跑来报讯，"豹子刘"带人跟橡树峁人打起来了。

高黑子急忙问，为啥事？

来人说，二狗挡着"豹子刘"，不让他进地，被打了，橡树峁村的人不愿意，闹了起来，有几个跟的人打开了。

高黑子坐不住了，吼道，这么大的事，咋不打电话？

来人说，打了，你手机关着，我才跑来的。

高黑子嘴里骂骂咧咧地急忙打开手机，说，都是些老弱病幼，还经得住人家打？把全村人都叫上，看他能打几个？说完，一边给其他村组干部打电话，一边出了门。

尚武紧跟着出来说，上车，快上车，一起去。

尚武来得真是时候，他上车就给镇派出所打了电话。汽车奔到橡树峁时，现场十分混乱。那个叫二狗的躺在地上哭爹喊娘，几个壮年人正跟"豹子刘"的人打成一团，老婆儿、老汉们围着叫骂呐喊。打手也就三四个，可出手利索，下手凶狠，村里已经有人挂彩了，一看支书来了，有人扑上去就抱住了打手的腿。

尚武一个箭步冲进人群，以迅雷不及掩耳之势，把其中最凶的打手按倒在地，厉声喊道，不准打了，都给我住手，住手！

其他村组人闻讯，骑摩托车、开农用三轮车，蜂拥而至，众人哗啦啦围上去，把其他几个打手制伏了，"豹子刘"不在现场，有人说，他指挥着打了二狗就溜了。

高黑子吆喝说，打，给我打，看谁还敢来撒野。

尚武摆手说，还打什么打，先看人伤得咋样。

二狗腿动弹不了了，像是骨折。有个村民头上挨了一棍，血流不止，还有几个也受了点轻伤。村上医生为他们稍作包扎后，尚武派他的车送伤者去了镇医院。等派出所民警赶来时，打手已经被带到了村委会大院里。

事情真相很快查清了。"豹子刘"看人下菜，欺负二狗老实，给他的赔偿比其他村民少，二狗找"豹子刘"论理无果。橡树峁人打听到附近村的占地赔偿比他们的高，也都怨气丛生，要村干部出来说话。高黑子说，你们私下跟人家签了协议，村上不好再出面了。有人私下煽动二狗闹事，"豹子刘"早有防备，从外面请了几个小兄弟决意"打"开局面。"豹子刘"有交代，只要不出人命，谁阻拦就打谁，打伤了往医院抬。民警做完笔录，迅速赶去把"豹子刘"捉拿归案。"豹子刘"倒也痛快，天大的事一屁股坐了，声称都是他安排的，与老板任万能无关。

任万能得到这个消息，还是从同雯雯那儿听说的。等到他从省城连夜赶回来时，"豹子刘"等已经被送进公安局了。这件事在华塬引起了不小的轰动。刘亦然把任万能臭骂一顿道，这不是给我脖子底下支砖头吗？你那人关够了再出来，给伤者看病，给村上道歉，把屁股屎擦净了，再来见我。任万能到看守所把"豹子刘"臭骂一顿，"豹子刘"却咧着嘴说，老板，没事，我就是蹲几天班房，受些委屈，可东河村那边一河的水都开了。

自然，刘县长也少不了训斥黄镇长，黄镇长少不了训责高黑子，尚青又被派到东河村善后来了。

这一回，任万能是夹着尾巴来东河的。高黑子再发脾气，他都不恼，表现得十分谦卑。尚青协助处理对伤者的赔偿善后，任万能放心多了。老同学说咋办，他就咋办，一点没绊子。他提着东西，跟着高黑子和尚青，挨家慰问伤者或伤者家属，挨个儿给人家赔情道歉，逢人便点头哈腰，堆着笑脸先递烟，老叔、老婶、大哥、嫂子的叫了个甜。二狗腿骨折了，那个村民头上缝了几针，两人转到县医院住院治疗，任万能拉着高黑子和尚青，一起去看望了他们，还请高黑子喝了一场。等二狗打上石膏，那个村民拆了线，任万能又派车把他俩送了回来。

尚青开玩笑说，老同学，这一来一回的没少花钱呀！

任万能不无愧疚地说，破财消灾，破财消灾。

高黑子不相信他没有参与这事，任万能辩解说，都是"豹子刘"擅自干的，我要是知道一星半点，天打五雷轰，出门遇车祸。

任万能早就想跟尚武拉上关系，没想到出了场事，有了个见面的机会。儿时被人家教训过，任万能骨子里对人家有惧怕感。他拉上尚青去原家滩林场，声称要给尚武当面致谢。可瞅见尚武高大魁梧的威严模样，任万能心里还是发憷。

尚武倒也客客气气的，见面先打趣说，小时候的任万能，如今成了大老板了，多出息啊！

任万能不无恳切地说，尚武哥，那天多亏你及时制止，才没有闯下大乱子，我都不知道咋谢你呀！

尚武说，谢我干啥，你好好反省反省，在人家村上办矿，往后抬头不见低头见的，咋能大打出手，来横的、来硬的？

任万能说，那是那是，都是手下人瞎毬整，闯的祸。

尚武问起善后处理情况，尚青从头到尾说了，任万能一再强调，多亏尚青帮忙，才把村里事摆平的。

尚武说，早知今日，何必当初！你说，是不是？

任万能毕恭毕敬地说，是的，是的，我这是花钱买教训哩。

尚武又说，我们森林公园的入口和管理局机关就在东河村，将来咱们是近邻。村上给你们划一块地建矿，出路在豹子沟，这很好。我希望你们不要给周边环境带来污染，要不然，既会影响我们森林公园的形象，也会影响当地群众生产生活。

任万能说，尚武哥，这你放心，没麻达。

任万能起身告辞，尚武送出门时突然问，你们占地，在土地部门办手续了没有？

任万能摇摇头反问，跟村上签了协议了，还要办啥手续？

尚武一板一眼地说，那当然了，占耕地在土地局，占林地在林业局，都要办手续，你不知道这些？你们没办？

尚青赶紧解释说，黄镇长说，县领导交代了，回头再补办。

尚武若有所思，没吭声。

尚武哥不愧是在部队里当过团长的，威严得很！任万能上车便称赞说。忽然，他又狐疑地问，你说，尚武哥咋问办土地手续这事？

尚青答，我也不知道。

目送他们乘车远去，尚武皱着眉头若有所思，有了主意。

2

这些日子，原尚武想起与刘亦然的交手就窝火。保护区筹建工作屡屡受阻，进展不尽如人意，都是刘亦然不配合的缘故。

尚武遇上头一桩难缠的事是划界。原家滩林场为市属国有林场，林场周边有一部分林地归华塬县林业局管辖。市上为此做了通盘考虑，以市属林地为中心，延伸到周边林地，把这一大片亟待保护的森林资源划入保护区内，这一点，是写进了市政府常务会议纪要里的。

原尚武碰上难缠的对手了。为了工作衔接，原尚武拜访了刘亦然县长。初次见面，刘亦然居高临下，态度不冷不热，当他握着原尚武有力的大手，瞅着他充满定力的举手投足时，忍不住暗自萌生敬畏，不得不对尚武另眼相看，表情与口气也有些变了。原尚武恳切地介绍了情况，刘亦然信誓旦旦地表态，全力支持，积极配合市上筹建保护区。两人定下时间，由市林业局跟华塬县政府召开协商会，解决保护区划界问题。

原尚武满心欢喜，可到开会那天，刘亦然派了个副县长来了。副职盯着筹建处提供的划界方案不点头、不摇头，分明是只来听意见的。原尚武被放了鸽子，很是不爽，直截了当地说，刘县长不露面，你又拿不住事，还是改时间重新协商吧。你回去告诉刘县长，他要是嫌我这副局长级别不够，下次我把我们老局长也请来。

第二次协商会上，刘亦然客套一番，先发制人地说，市上建保护区，县上全力支持、积极配合，不过，把华塬一大片林地划入保护区，会直接影响县域经济运行质量，作为一级地方政府，不能不考虑地方经济的发展和利益。

原尚武不露声色地问，刘县长，你的意思哩？

刘亦然毫不隐讳地回答，你们可以适当缩小保护区的核心区嘛，不能把县上地盘占得太多了。

原尚武一下愣住了，点着市政府常务会议纪要文件说，市上决策时有通盘考虑，这上面写得明明白白，再说了，建保护区，首先受益的是沮河流域，是你们华塬县。

刘亦然不以为然，扶了扶眼镜，挥着会议纪要文件说，这上面也写得清清楚楚，划界问题由我们两家协商解决啊！说完，故意不看原尚武，瞅着老局长说，局长，你说呢？

老局长慢条斯理地说，我要说的，原局长都说了，在这个问题上，我们班子的认识是一致的。尚武具体负责筹备，情况他最熟。

刘亦然碰了个软钉子，晃着脑袋说，原局长，那你们胃口也太大了，把县上林地划走一大片，凭什么呀？

原尚武解释说，原家滩森林是完整的生态系统，以市上的原家滩林场为主体，县上的林地是延伸部分。专家做规划时，充分考虑到山脉溪流的走向，森林植被分布的完整性，是有科学依据的。市政府纪要上也有明确要求。

刘亦然不依不饶道，你们只是站在自身业务上自说自话，我得从全县国计民生综合考虑问题，你们也应该为县上着想，核心区缩小一些，比如，马鬃梁那一块，就不要占了，其他的都好说……

原尚武坚决地打断说，核心区是保护区的精华所在，怎么能随意缩小范围？至于外围的实验区和缓冲区，考虑当地群众生产生活的需要，是可以做些调整的……

刘亦然火了，敲着桌子打断尚武说，你们都划了框框，都定了调调，这叫协商吗？这分明是逼着县上就范哩！

原尚武也火了，斩钉截铁地说，保护区筹建报告以市政府名义报到省上了，咱们现在协商解决的，只是周边的界限问题。

刘亦然气哼哼地问，占县上林地，事先不征求县上意见？

原尚武不紧不慢地说，保护区范围是市上划定的。筹建报告上报前，也抄送你们了，刘县长没看到？

刘亦然愤愤地说，抄送不就是打个招呼吗？你们把生米做成熟饭了，看了又能怎么样？县政府是一级政权组织，我是一县之长，一大片林地被稀里糊涂地划走了，我咋给全县人民交代？

原尚武笑了笑，耐心地说，刘县长，你站在自己位子上面对这事，我能理解，可换个角度说，不求所有，只求所在，一大片林地划进保护区被保护起来了，惠及当代，造福子孙，何乐而不为呢？华塬是锦阳下属县，林业局是锦阳市政府的林业局，建保护区是市委、市政府做的重大决策，咱们都是执行者，你有意见、有想法，可以向上级反映啊！

刘亦然板着脸说，当然要反映，我们要以县政府名义给省上打报告，要求你们兼顾地方发展，缩小核心区。

原尚武淡淡地说，好啊，好啊，省上说建多大，我们保护区就建多大。

刘亦然赌气地说，一言为定。

协商会协商无果，不欢而散。

原家滩保护区筹建报告报上去不久，华塬县要求缩小核心区的报告也递上去了。原尚武弄明白刘亦然是为了地下的煤炭资源，更是咬定青山，寸土不让，亲自在省上跑审批，刘亦然也派了人在省上活动。有国家保护生态环境的大政方针在那儿摆着，省上态度很明确，批了锦阳市的筹建报告，刘亦然心里很不舒服。原尚武趁热打铁，向主管副市长做了专门汇报。市政府秘书长主持了划界协商会，保护区地盘之争终于尘埃落定。

接下来，对于保护区征用土地、林地的手续，刘亦然明知挡不住，却张飞卖肉——只说不割。原尚武找过他几回，他嘴上答应没问题，可就是不解决问题。尚武再联系他，他就推说有事，避而不见。原尚武十分恼火。

森林公园规划设计审定通过了，可华塬这边仍无进展，尚武着急了。任万能无意中露了馅，尚武气不打一处来。同样是修路占地，刘亦然竟然为任万能网开一面，尚武看清了，也火大了。刘亦然乐意的事，不讲原则，不按程序就敢办；他不乐意的事，一推六二五，明显刁难保护区哩！尚武按捺不住了，第二天一大早，就径直闯进了刘亦然办公室。

刘亦然忙着接电话，猛抬头见尚武站在面前，愣了一下，放下电话就说，原局长，你咋来了？也没打个电话？

尚武说，刘县长，怕你忙得排不上，我只好硬进来说点事。

刘亦然边请尚武坐下边说，最近实在忙，不过你们林业上事多，开始说建保护区，忽然又冒出个建森林公园，把人都搞糊涂了。

尚武解释说，森林公园建在保护区里，说明白点，就是保护区建设中的一个大项目，是一回事。

刘亦然卸下眼镜，擦着镜片说，不管你们建什么，都要办手续。征用土地、林地，都要逐级办理审批手续，程序要走，文件要批阅，这么大的事，还得上县长办公会。

尚武按着性子说，县上的相关手续都办了，县土地局、林业局都把文件送到政府办公室了，没准儿就在你桌子上的文件堆里。

刘亦然故作惊讶道，材料都送上来了？我咋没看见？说着做样子翻了翻桌上的材料堆，又说，桌上没有啊？我打个电话问问。

尚武说，刘县长，电话就不必打了，能不能尽快上办公会？

刘亦然说，那当然，你们部门的工作单一，可县上就不一样了，承上接下，迎来送往，千头万绪，从早到晚忙得踹鞋拾帽子，我们尽快上会就是了。

尚武有意试探说，刘县长，能不能给原家滩镇打个招呼，让我们先前期准备着？

刘亦然睁大眼说，那不行！那不就违反原则了吗？

尚武故意说，原则也有灵活性……

刘亦然打断尚武说，你这样不是叫我犯错误吗？就是马上上会，报省上审批也有个过程，再说了，如今的农村，事难办得很，他们动不动就聚众闹事，这不，前一阵为修路占地，原家滩东河村群众闹事，都打起来了……

尚武听不下去了，索性打断他说，这我知道，我在现场。刘县长，任万能修路也占地，他们的手续办齐全了？

刘亦然一仰脖子说，那当然啊！

尚武冷笑一声，真想当面揭穿刘亦然，令他出丑。话到嘴边，还是忍住了，话题一转，问，刘县长，咱不扯远了，你们县长办公会赶啥时间以前能开？是一周？半月？还是一个月？给我个准数。

刘亦然说，这说不准，我只能说尽快。县长办公会嘛，至少要大家都在家，可省市部门的会一波接一波，这个在了，那个不在，凑在一起很难，反正我尽量……

正说着，办公室电话响了，刘亦然拿起话筒，没听几句，便不耐烦了，出言不逊地骂起人来，一听便知对方是他的下属。他发完飙了，抬头瞅见原尚武坐在沙发上，便说，原局长，你还没走？

原尚武说，我等着你跟我肯话哩！

刘亦然不高兴地说，我不是说了嘛，尽快上会研究嘛。

原尚武走到办公桌前，恳切地说，刘县长，凭良心说，划界的事在县上拖了几个月，征用地手续压在这儿，转眼又快两个月了，算我求你了，你给我个肯话，啥时间能上会研究？

刘亦然不耐烦地挥手说，原局长，县上的事情千头万绪，你以为就是你那一件事？说尽快就是尽量快些嘛！

原尚武实在忍不住了，猛一拍桌子说，刘县长，我看你是有意刁难哩！

刘亦然气急败坏地说，随你怎么想，那又怎么样？

原尚武无话可说，只得一摔门走了，下楼越想越生气，给曾智副市长打了个电话，直奔市政府，进了曾智的办公室。

听说尚武是从华塬县政府直接赶来的，曾智便笑着问，怎么，保护区筹建遇到阻力啦？是不是为修路占地的手续？

尚武把事情原原本本说了。

曾智笑了笑说，县长站在县上的立场很自然。不过，凡事都本位主义可不行，总得服从大局嘛。说来话长，刘亦然还是康文引荐给我，我把他从煤矿调到锦阳市的，人都在变，他这几年翅膀硬了。

同样是占地修路，办手续的卡住不给办，不办手续的一路绿灯，拿原则做交易，这也太不像话了，尚武愤愤不平地说。

曾智若有所思地说，这事我来协调，正好常委会布置各常委进行资源枯竭型城市转型调研，我寻思着以保护生态环境、发展绿色产业为题搞个调研，就去你们那儿一趟，把这事朝前推一推。到时候我们先去现场，然后在华塬开个座谈会，让县领导和相关部门也参加，你从正面汇报，也讲问题，但任万能的事你别捅破。

3

曾智其人其事，华塬人再熟悉不过了。从省委组织部下派到华塬县做常委组织部部长，从常委组织部部长提拔为华塬县县委书记，平步青云，一路顺畅。他行走官场，娴熟老到，待人和善，为人低调，行事作风圆润，关键时刻出手不凡。国企改制、拆除"十五小"，都是他的大手笔之作。

曾智的调研说到就到。头天晚上，尚武收到曾智发来的短信，要他次日早上在原家滩等候。九点多钟，曾智带着人乘着两辆越野车来了。随行的有市政府副秘书长，市发改委的副主任，市环保局、国土资源局、水利局的副局长，还有尚武的上司——市林业局老局长，华塬县的常务副县长一行七人。林场会议室破旧简陋，可尚武展示的手段先进、新颖，他自己精心做了电子课件，从原家滩中学借来了笔记本电脑和投影仪，柯云拍摄的照片派上了大用场。与其说是工作汇报，不如说是尚武转业地方的首次亮相，他仿佛找到了森警支队长登台演讲的感觉。他把建保护区和森林公园的意义、规划、前景，朱鹮放飞计划，森林生态游构想以及目前的筹备情况一一作了汇报。他内容全在脑子里，信手拈来，重点突出，简练明了。他刚汇报完，老局长就称赞说，后生可畏，只知道原局长是带过兵的，没想到还是林业生态专家哩！

这天下午，尚武带着曾智一行上了趟马鬃梁。尚武嫌路远，本想去几个主要项目景点就行了,但曾智特别惦记那个断欲崖,非要走到老林深处。初秋时节,天高气爽,风景如画,众人心情愉悦。一路上,曾智谈笑风生,不亦乐乎,众人连连感叹,咱锦阳还有这么好的自然景色!不知不觉,到了断欲崖。曾智站在这边的娑罗树下,望着那边的娑罗树,望着远方的朱雀寺、上滩湿地,听尚武讲了断欲崖的传说、朱鹮的故事,他沉思良久,诗兴大发,当场吟诗一首:

秋日马鬃梁,峻秀深处藏;
碧流映丹霞,密林翠鸟唱;
娑罗兄妹树,欲断情相望;
遥想山川美,红鹤送吉祥。

曾智脱口而出,众人鼓掌叫好。曾智谦逊地说,即兴胡诌的,要说好,还是马鬃梁的风景好,保护区的这个项目好!众人随声附和。

曾智朝崖畔走了几步,对大家说,断欲崖这地方有点意思,我看有警示意义,面对大自然,贪婪与无知,造成了今天的生态危机,令人类困窘不已;面对人生之路,贪婪的欲望,也堪称一剂毒药!人们的贪欲如果得不到遏制、消减,人与人、人与社会、人与自然的和谐相处,何以实现?尚武啊,这地方能不能再立个警示碑?让游人到此驻足,三思而后行。尚武说好。

按照行程安排,曾智他们还要在林场和镇上继续调研,今天回华塬住一宿,第二天再来。从马鬃梁下来,五点多了,曾智突然提出留宿原家滩。华塬县副县长面带难色,觉得小镇上的条件实在太差。曾智坚持说,难得有个机会在山里清静一回,空气新鲜,又不嘈杂,有张床就成,大家都累了,饭后早些休息。常务副县长赶紧给黄镇长打电话叫他安排。等大家回到原家滩时,饭也安排妥当了,小旅社床单被褥也全换成新的了。

晚饭后,曾智对尚武说,咱们出去走走。

出了门,司机把车开出来,曾智又说,上车。

尚武问,去哪儿?

曾智说，上你家呀，看看老人家去。

原生茂远远瞅见曾智，乐得合不拢嘴，忙道，你咋来啦？快进屋里坐。

曾智让司机从车上拿出几样礼品，尚武接过来拎进屋里。

原生茂拉着曾智的手说，你人来了，比拿啥都强。

曾智说，看望老前辈，咋好空着手？

原生茂说，你现在职务高了，事务多了，不要老惦记着我，我好着哩，啥都好着哩。

曾智感慨地说，您老是我人生的引路人，我的入党介绍人，没有你，哪有我的今天？再忙也得来看你。

原生茂说，你忙你的正事，我活得自在着哩！

华塬的座谈会开得很成功，但是气氛怪怪的。

按照曾智副市长的指示，县上几大班子领导，政府有关部门一把手，原家滩的黄镇长，再加上考察组成员都来参加了会议，政府小会议室座无虚席。市政府副秘书长主持会议，他先讲了此次调研的目的、意义和行程，要求与会者畅所欲言，为保护生态环境、开发绿色产业献言献策。市林业局老局长首先汇报了全市生态建设情况，重点讲了原家滩林区的生态价值。接着，原尚武利用多媒体课件介绍了保护区和森林公园项目。大家听得津津有味，看得一目了然。末了，尚武也特别讲了目前的进展和占地手续问题。

考察组成员轮流发了言，就剩下华塬县常务副县长了，他偷偷瞅了一眼刘亦然，轻描淡写地只谈了跟着考察的一点感受。接下来便冷场了，县上的同志面面相觑，无从说起，只好保持沉默。

曾智皱起了眉头，却稳稳坐着，一声不吭。

刘亦然仰着头，手里转着笔，就不说话，心里想，什么调研，分明是兴师动众，压县上、压我哩！我不吭声，看谁敢说话。忽地又想，在曾智跟前，他向来是三分矮，如果继续冷场，肯定把领导得罪了。话到嘴边，瞅见原尚武，他又来气了，心想，要不是他参了我一本，咋会有今天这阵势？索性把话咽了回去。就在他犹豫不决的当儿，吴栓牢突然站起来，嗓门儿大大地开腔了。

县上人把吴栓牢叫"吴大炮"，可吴栓牢从不放空炮、不打哑炮。他要说话，入木三分，针针见血。吴栓牢原先是县林业局副局长，在曾智手里提拔到环保局当了一把手，为关闭"十五小"立下了汗马功劳，很得曾智赏识。他一站起来，有人便知有好戏看了。

吴栓牢开门见山地说，我是学林业的，后来又搞环保，今天这个话题，我有发言权。我觉得市上提出资源型城市转型，站得高、谋得远。煤炭资源已经快枯竭了，现在抓产业调整，未雨绸缪，高瞻远瞩。具体讲，在原家滩建保护区建森林公园，保护生态环境，发展生态旅游产业，这就是转型，就是调整结构，我举双手拥护，我觉得县上应该大力支持，该办的手续给人家办嘛，眼光不要老盯着原家滩那一点煤炭资源，只顾眼前发展，不顾子孙后代，给后人留一点资源，留一片青山，有什么不好？我说完了。

副秘书长说，吴局长讲得好，大家继续发言。

县林业局局长也是在曾智手上转副为正的。他汇报完县上林业总体情况，接着表态支持建保护区。话虽然婉转，但态度明确，并且强调保护区的相关手续，他们已经办过了。

刘亦然有些坐不住了，他扶了扶眼镜，移了移椅子，正要开口，县人大副主任抢在前头发言了，这令他措手不及，乱了方寸。

人大副主任讲得更有趣，他说，建保护区，着眼长远与未来，好是好，但是，远水不解近渴嘛，眼下水泥粉尘污染治理，才是当务之急，重中之重。吴局长，今儿当着曾市长的面，不是给你寻事哩，你们环保局能不能下点硬茬？现在都快十月份了，年底水泥企业达标排放，搞不好又是一句空话。我明年就退了，任内怕是看不到蓝天白云那一天了。

吴栓牢说，好我的老主任哩，你问我，我问谁呀？我还一肚子冤屈没处诉哩。就为收个排污费，我们的人叫老板锁在厂里出不来，执行公务出了这丢人的事，谁主持公道了？

刘亦然脸色有点儿变了，他低头掩饰着，不想让人察觉。

曾智慢条斯理地说，说得好，大家说得好啊。生态环境本身指的就是大生态、大环境，水泥粉尘治理，也是其中的重要组成部分。这事我清楚，年底达标排放，这可是立了军令状的。大家接着说，接着说。

县委副书记、政协副主席说完，剩下的几个，包括黄镇长也都陆续发言，提了不少好的建议。县国土局局长特意表示，他们支持建保护区，相关手续字也签了，章子也盖了。

政协副主席发言的时候，刘亦然上了趟厕所，调整情绪，心里明得像镜镜似的。副书记、副主席都是曾智手下的，这两人跟自己多少有些过节。再说了，参加会议的哪个没在人家手下干过？他后悔自己没抢先发言，失去了主动权。回到座位上，刘亦然情绪稳定了许多，只想着咋样脑筋急转弯，这几个人说的啥，他一句也没听下。其实，黄镇长的发言实在生动，还迎来了大家一片掌声。

黄镇长说，今儿的座谈会，我很受启发。我就说几句心里话，听说原家滩要建保护区，要建森林公园，群众十分期待。有这么个村子，办矿修路，群众挡住不让，森林公园来勘察，群众忙前忙后做后勤服务。为什么？煤矿开了这么多年，给群众带来什么好？除了污染，还有什么？就说原家滩镇，还是几十年前的老样子。一条街道，连路灯都没有；一家旅社，连带卫生间的房子都没有，这回市上领导来住，半夜还得出去上院子里的厕所；几家小饭馆，连个像样的饭菜都端不出。按说，这里有著名的朱雀寺，游人香客来得也不少，可就是留不住人，为什么？基础设施太差嘛。能不能借着建森林公园，把我们原家滩的城镇化建设也促进促进？开发生态旅游，能不能也把朱雀寺的宗教文化加上，一起开发开发？

黄镇长说完，曾智带头鼓掌，刘亦然也跟上拍手。落到最后发言，刘亦然本来就有点沮丧，没说几句，副秘书长走到曾智跟前，两人小声嘀咕了一阵，曾智还指了指手表。这细微的举动，令刘亦然扫兴不已，打好的腹稿乱了谱，讲完了，连他自己也不清楚说了些什么。

刘亦然本想着曾智要长篇大论，做好了记录的准备，谁知曾智板着脸，枣核解板——两锯（句）就说完了。曾智说，这次只是个调研，主要听听大家的看法，收集些情况，大家说得都很好，我就不重复了。曾智说着，朝市国土局局长摆摆手说，保护区占地手续的事就交给你了，一周之内把手续办完上报省局，能不能办到？有问题吗？

局长说，能办到，没问题。

曾智脸色严肃起来，说，还有哩，这次下去，有群众反映，豹子沟煤矿修路占地，未办手续就开工了，你们查一下，到底有没有手续？如果没手续，问题出在哪儿，要一查到底，严肃处理。

局长点头称是。

曾智玩的是打黑牛惊黄牛。刘亦然脑袋"嗡"一下，倒吸了一口凉气。副秘书长宣布散会时，他竟毫无反应，大家起身朝外走时，他才匆匆站了起来。县上本来安排好了饭，副秘书长借口说周末了，不好打扰，拒不留餐，刘亦然拉着曾智，再三挽留也没留住。

曾智生气了，上车就打电话给尚武说，找地方喝几杯，就咱俩。

尚武回话说，那就去塬上，我家窑洞里办了个农家乐。

曾智说，是吗？那就坐我的车去。

到窑洞里坐了一会儿，曾智像是缓过神来了，触景生情地说，唉唉，从这儿走出去时，才二十不到，如今已经半老不老的了。

尚武问，刚才会开得好着哩，你咋不高兴？

曾智掏心窝子说，这里就咱俩，关住门说心里话，这刘亦然有点不像话，识时务者为俊杰，他咋还是个硬上墙？

我看出来了，你今儿已经让他很难堪了，尚武说。

我就是有意敲打敲打他。他在我手里调进来，在我手上提拔的副县级。小人得志，君子道消，说到底，他就是权欲太重，私欲也不小，这样下去，迟早要栽跟头的，曾智愤愤不平地说。

人家也是想为县上谋发展……

曾智打断尚武，说，谋什么发展！多挖煤，多烧水泥，这能算科学可持续发展？他就是急着拼政绩朝上奔哩！这两年被几个翻番数字冲昏了头脑，有些飘飘然了，上头下头都对他不满意。年底水泥企业达标排放，这是他的一道硬坎。不瞒你说，华塬的新班子，市上已经有考虑了。

尚武愣了一下，觉得曾智说得多了，便开玩笑说，曾智哥，你是组织部长出身的副市长，咋也这么发牢骚？

曾智哈哈大笑说，组织部长、副市长也是人嘛，是人能没有喜怒哀乐？整天一本正经、谨言慎行，还不把人憋死？再说了，你是谁，我是谁？哈哈……

4

刘亦然一不留神，被突如其来的闷棍打晕了。

送走曾智副市长，刘亦然心烦意乱，回到办公室，急得打转转，转了半天，猛一拍脑门儿，灵醒了。他即刻打电话把林业局、国土局两个局长，还有黄镇长和任万能火速召来了。

黄镇长和两个局长走到半道上被叫回来，都猜着是因为发言的事要挨训了，只好提心吊胆推门进来，找地方坐下，等候发落。谁知大老板没说别的，只叫他们等着。不一会儿，任万能急火火地赶来了，局长、镇长们只拿眼睛跟他打招呼。东河风波后，他一直没敢跟刘县长联系，这时在心里嘀咕着，肯定没好事。没想到刘县长只字没提东河那出戏。等到刘县长开口说话，大家心里的石头才落了地。

刘亦然心神疲惫地说，把你们叫来，有紧火事要办。任老板在东河修路，已经动工了，但土地、林地征用的手续都没办，当初先动是为了让项目快上，现在群众反映、领导批评，事如果闹大了，对大家都不好，你们几个安排周末加班，特事快办，三天内补办好手续，连同保护区的手续一起，上报市国土局。

国土局局长小声问，那保护区手续还上不上县长办公会了？

都啥时候了，还上会？你又不是不清楚，紧捞面汤都上来了。这事不要声张，大家有问题没有？大家都说没问题，刘亦然一摆手道，那就好，那就这样，你们走吧。

任万能心里偷着笑，等别人出门了，他凑上前说，大老板，到饭时了，我请大家喝一场？把那个谁也叫上？

刘亦然不耐烦地连连摆手，快走，快走，把门关上。

两个局长出了门一问一答。

怪了，大老板这回见火流了？

大老板？嘿嘿，不想留下尾巴让人踩嘛。

别看这会儿这两人戏称"大老板"，有点酸溜溜的味道，刘亦然新官上任三把火那阵，"大老板"却是大家发自肺腑的赞美哩！上任八个月，就把拖欠了全县干部职工十个月的工资一次兑现了，也开始按月发工资了。工资对谁家不重要？尤其是困难户，补发拖欠工资，无异于雪中送炭。刘亦然只一件事就做到众人心坎上了。谁能不说新来的刘县长好？

华塬是水泥财政。刘亦然来之前，小水泥厂被夷为平地，空气状况改善了，县城及周围老百姓尝到了粉尘治理的甜头，但吃财政的人却尝到了水泥企业几乎全军覆没的苦头，工资没得发了。人们眼巴巴地盯着新班子，但新书记刚来没几天就住了院。新县长刘亦然在县上走了一圈，回来说，煤炭、石灰石是华塬的资源优势，不烧水泥，还能干什么？这话被任万能记住了，两条十万吨生产线未批先建，刘亦然不点头，也不摇头，没准儿还在心里偷着乐。水泥老板们学着样子，又有几条生产线破土开工。不做环评、未批先建，市、县环保局急了，刘亦然却视而不见，不摇头、不表态。过了大半年，生米快做成熟饭了，刘亦然突然带着包括水泥老板在内的一帮人进了省城，去了快个把月，带回来了惊人消息：即将建成的八条十万吨水泥生产线补好了环评手续，拿到了项目审批手续。跟上去的人回来赞不绝口，人家刘县长，啧啧，真有魄力，真有办法，硬是给华塬杀出了一条血路！也有人说，人家刘县长上头有人哩！难怪由煤炭局副局长升成了县长。环保局局长吴栓牢却说，刘县长做了深刻检讨，自己承担了责任，省上才开了绿灯，说下不为例。新建生产线粉尘回收的环保设施、措施，县上都有承诺哩。不管咋说，八条生产线一投产，县财政状况立马好转，拖欠的工资立马补发了，这是事实。人们惊叹不已，刘亦然名气大振，于是有了"书记病恹恹，县长硬邦邦"的说法，也有了他"大老板"的雅号。但眼下，真是此一时，彼一时啊！

急事快办布置了,刘亦然依旧心烦意乱。办公室主任进来问饭咋安排,他说在外面买。饭买来,他没胃口,手机响了,他也不接。转眼过了几个小时,饭菜凉了,刘亦然的心也凉了。座谈会上的情景他不能不想。吴栓牢放炮,他自然记恨。老主任指桑骂槐,实则在问责他。副书记、副主席跟他唱反调,事出有因。几个局长说些啥虽然没听清,但见风使舵是肯定的。黄镇长如果没说领导爱听的话,为什么迎来一片掌声?当然,与曾智专拣软肋处敲打相比,这些都算不了什么,曾智明摆着对他抱有成见,有了意见了。

一想起曾智,刘亦然猛地心一缩,额头上冒出了虚汗。刘亦然忧心忡忡地想,换届快了,书记病退也就快了,距书记大位一步之遥,关键时刻,怎么能把市委常委、副市长得罪了?一想起曾智,他便想到康文,想到一路走来的过去。刘亦然本来就是有想法的人,善于把想法付诸行动,变成现实,这是他改变命运的成功秘诀。

锦阳因煤而兴。刘亦然与曾智还有康文的父辈,都是这座城市的建设者和见证人。

刘亦然是矿工子弟,在东河上游的国营煤矿里长大的。刘亦然一睁开眼,看到的就是高高的选煤楼。选煤楼就像矿工的人生坐标,与地下上千米深处的巷道连成一体,人们从地下走出矿井那一瞬间,就仿佛站在高高的选煤楼上。

曾智是市水泥厂干部子弟,父母是从东北来支援大西北的。他每天从福利区广场耸立的毛主席塑像下路过,就有一股神圣感油然而生。与塑像遥遥相对的,是一排四孔烟囱。伟人在挥手,苍劲有力,烟囱在冒烟,直上云霄,给人以海阔天空般的启迪,而且富有政治寓意。曾智赶上了那个火热的年代,满怀政治抱负下了乡插了队。

而刘亦然与曾智,地下天上,有着浑然有别的成长轨迹。刘亦然没赶上下乡插队的趟。他学习一般般,上的是煤技校,毕业回到父母所在的矿上,分到掘进区队。第一天上班就钻进井下最深处,第一天下班,就寻思着咋样告别井下。那天,他跟着工友们乘载人矿车下到八百米深处,又转乘输煤皮带再向下到一千二百米深的主巷道,再步行五千米到掘进掌子面。坐在输送皮带上下井,这是刘亦然在煤矿实习时没遇到过的。说是乘坐，其实是躺在大约一米多宽的皮带上。下去时皮带是空的，倒还感觉有点新奇，下班上来时，人是卧倒在煤堆上的。"人煤混运"，人卧其上，就像大块煤似的。刘亦然爬上煤堆的那一瞬间，忽然觉得很悲哀、很憋屈、很不认命。原来，父亲每天就是这样趴皮带煤堆上下班的，趴了大半生。刘亦然没打算子承父业，上煤技校也是事出无奈。刘亦然发誓要改变命运，爬出皮带煤堆，永不回头。他把心里话掏给跟他一起进掘进区队的技校同学李铁，李铁不以为然，反倒嘲笑他异想天开。

　　人活着，咋可能没想法？没想法的人，犹如行尸走肉。想法不等于欲望，想法像一条纤细的线，欲望却是一根粗壮的绳。刘亦然走出矿井改变身份的想法，是在井下萌生的；追求权力、出人头地的欲望，也是在井下得到启蒙的。同处井下，工人和领导俨然有别。矿领导的工作服是橘红色的，即使穿过黑暗，仍然招人注目，引人羡慕。工人下苦干活，领导指指点点。同样是趴着皮带上井，领导的脸比工人的脸干净得多。刘亦然感慨不已，人和人之间竟然有天壤之别！即便是个小班长，也有站高一呼的时候。掘进区队的区队长很能干，就是爱训人，动辄吹胡子瞪眼。下班集合时，也是区队长发飙的时候，站在区队长背后的刘亦然，透过眼镜片看到一副副黑面孔，一双双闪动的眼睛，充满了顺从和屈就，他感觉，当领导威风极了。这时，刘亦然已经成了区队长的红人。他干活卖力、工作积极、有眼色。有一天，区队长点名要他试着写一份工作简报。刘亦然上中学时偏科，数理化极差，语文却学得不错。简报写得有模有样，区队长说，小伙子，往后简报就交给你了。矿上办有小报，掘进区队的工作动态、好人好事，隔三岔五见报，都是出自刘亦然的手笔。还有掘进区队的黑板报，刘亦然接手后，同样做得很是出彩。功夫不负有心人，刘亦然在掘进区队干了两年半，被矿宣传部瞄上了，要调他上去。区队长不放人，有同事点拨，区队长爱喝酒。刘亦然心领神会，当晚就摸到区队长家里，送了几瓶好酒，区队长放行了。刘亦然在宣传部如鱼得水，其中一个原因，就是他在井下学会了顺从。事实也明摆着，部里的人围着部长转，部长围着矿长、书记转，这无形中让刘亦然悟到了人上有人，天外有天的道理。另外，他进了宣传部，矿上的消息在局机关矿工报上的见报率明显增长，可见，他的勤奋和努力也是他成功的原因之一。等他认识康文时，已经混下一官半职，身居矿宣传部副部长，小有名气了。

在场面上行走，难得有贵人相助，这一点，连曾智也不否认。如果说刘亦然凭借自身努力，走出井下、改变身份，是人生的一个转折点，那么，康文带给他的、指给他的，便是连接几个转折点的一条长线、一片坦途。矿上总工跟康文父亲交情甚深，也跟康文很熟，又很器重刘亦然，出于惜才把他引荐给康文。刘亦然以"学生"自称，时不时地拜访"老师"，矿上的"豆腐块"文章一年几篇地见省报。一来二去，刘亦然在矿上的身价又抬高了，当上了矿宣传部部长。刘亦然的爱人乔晓娟在锦阳市某小学当老师，两人也算两地分居。那几年煤炭市场萧条，煤矿的日子不好过，刘亦然想调到地方上。他无意中得知康文跟曾智一起下过乡，关系很不一般，便专门去省城求康文帮忙，康文便给曾智打了电话。这样，刘亦然以解决两地分居为由，调入了市煤炭局，后来，还当上了副局长……

天色已晚，街上的路灯都亮了，政府大楼里唯有刘亦然办公室、隔壁政府办主任办公室的灯还亮着。刘亦然丝毫没有离开的意思，秘书、司机、主任也都走不了。刘亦然还在闭门思过，他陷入了深深的懊悔之中。他后悔，认识了那个"大人物"之后，去曾智那里少了。也后悔，认识曾智后去康文那里少了。为华塬水泥生产线补办手续时，康文也帮过忙的，可这两年，自己中断了跟康文的联系……这种感觉，从前是没有过的。

5

那晚上，手机突然响了两声，康文还没接就断了，屏幕显示是尚青打来的，他再拨过去，那边却已经关机了。康文愣住了神，扑通扑通的，心跳快了。康文好久没有这种感觉了！与其说是感觉，不如说是冲动，荷尔蒙式的冲动。那晚上，康文觉得时光倒流了，那些不堪回首的往事又翻腾了出来……

　　康文喜欢尚青儿时的腼腆可爱、勤学好问；欣赏她成年后的端庄文静、清纯如水。无论她如何地女大十八变，无论她如何地窈窕淑静、楚楚动人，在康文心目中，她永远是可亲可爱的尚青小妹。作为堂堂兄长的担当，他无微不至地关心她、帮助她，一心想让她留在省城。尚青毕业前，康文为她找好了接收单位。就在这时，省上组织了赴皖沪苏考察团，书记、省长亲自带队，康文是随行记者。报社决定得很突然，次日就得出发，有好多事要处理。康文急急忙忙地赶到学校，尚青急急忙忙地正要去参加毕业合影，两人急急忙忙地在校园里见了个面。康文把写有接收单位电话、地址的字条，还有他给接收单位领导的推荐信一并交给尚青，叮咛再三，却就是没想着告诉她自己要去出差。尚青把那本《倾城之恋》还给康文，忐忑不安地说，哥，这书你拿好，同学传来传去的，怕是弄脏了，弄破了，你回去检查检查。说完，脸上掠过一片红云，飞快地跑开了。康文后来才灵醒了，尚青还书时的暗示，已经够明白的了。可他当时竟毫无觉察，把书撂在办公桌上，第二天就跟上考察团走了。等他走了一程，回来又忙了一阵，才想起尚青报到的事。那次外出，他还给尚青买了件漂亮的真丝睡袍。他给接收单位领导打了电话，人家说你说的人一直没来。他一听不对劲，火烧火燎地赶到学校，学校已经放了假，好不容易才打听到尚青已经分配回锦阳市了。康文傻了眼，垂头丧气地回到单位，无精打采地拿起桌上那本《倾城之恋》，无意中发现了那封信，打开一看，他惊呆了。平时不善言笑的小妹一纸情书，向他敞开了心扉。

　　看到情书的那一刻，康文首先想起了那一幕，抢救小朱鹮的那一幕，那一幕的那一瞬间，尚青受惊躲到他怀里的一瞬间，那是成熟男女之间意外肌肤接触的一瞬间。也就在那一瞬间，透过紧贴着的乳房间猛烈的心跳，康文嗅到了成熟少女芬芳迷人的气息。康文婚姻早已走到了尽头，心力交瘁，尚青上大四时，他解脱了。在尚青毕业前夕的一次见面时，他捕捉到她像是暗示的含情脉脉，那一闪念间，他也想过，可即刻就"斗私批修"，谴责起自己的不仁义、太自私来。因为那时那刻的尚青小妹，已经从他脑海里升腾为女神了，他更愿意与她拥有同一座城市，不远不近地欣赏她、陪伴她、呵护她，为她付出兄妹亲情应有的一切。

康文热血上头，双手有点抖，跟跄着挪到沙发前，一屁股坐下去，半天起不来了。怀着巨大的惶恐不安，康文一口气读完这封信，先是热血沸腾，浑身发烫，就像被火炉子烤着一样，接着遍体冰冷，仿佛猛一下又掉进了冰窟窿。如果不是黑字白纸攥在手上、看在眼里，他做梦也想不到，人世间的阴差阳错、悲欢离合竟然如此残酷地发生在他身上！从字里行间，康文明白了尚青妹子由来已久的情愫，触摸到了一颗纯情无邪的心，充满期待的心，却也是万般绝望的心！康文沮丧懊悔到了极点，把自己锁在办公室里发呆，然后发疯似的打开一瓶酒，咕咚咕咚喝下半瓶，悔怨交加，天旋地转，差点儿没在卫生间把胆汁呕吐出来。

世上本无后悔之药，却不乏后悔之人。起先，康文最后悔的是没及时阻止尚青放弃在省城发展的机会；接着，也后悔他与尚青有情无缘，失之交臂；再后来，他停顿在每一个环节上去追悔，假如尚青直接表白……假如那天告诉了她自己要去出差……假如他当时接到信或者回去看到信……假如出差途中给她宿舍打个电话……假如……康文为自己设计了诸多"假如"，但已毫无意义。书生意气，谈何挥斥方遒？怪只怪他情商低下，木讷迟钝，被动于人。换成别人，没准儿早乘班车追到锦阳、寻到华塬去了！以他的身份人脉，足以让尚青重回省城，足以让自己重新选择一回。但康文没有，他在懊悔与犹豫的煎熬中度过数月，才想起要给尚青写封信。可信按照柯云提供的地址寄去时，尚青已调走了。况且信里充满彷徨与纠结，没有一句非你莫属的明确表白，是不足以挽回那颗远去的心的。一段不了情凝成了一团悔与痛，康文把它埋藏在心底。后来，他把那封情书夹回那本《倾城之恋》，连同那件睡袍一起藏在办公室的柜子底下，从来没有勇气去碰它。不过，他看到朱鹮的字样，就会想起远方的小妹，在梦中与朱鹮、与小妹相聚，也是常有的……

这么多年，尚青的消息零零碎碎的，听尚武说，她找的人不咋样，过得也不咋顺心，康文的纠结日甚一日。尚武也怀着对尚青深深的歉疚。不过，康文和尚青兄妹般的感情更为复杂，歉疚更加沉重。尚武只说尚青婚姻不如意，却道不出个所以然来，这加重了他心头的痛楚。尚武见了康文，问，尚青没给你打电话？我告诉她了，你关心她，老问她哩。柯云见面也问，尚青给你打电话了吗？这些只能令他更纠结。他给尚青的女儿买了件连衣裙，盼来了尚青的电话，谁知响了两声就挂了、关机了。康文明白了，尚青比他还纠结，比他还难以面对。

这天，他把尚武叫来，有重要的事。尚武见面又问，尚青给你打电话了？他无言以对。尚武又说，萌萌穿上新裙子，逢人就说，这是我大舅给我买的。我爸听愣了，我一解释，老头子才恍然大悟。康文有些释然，有些郁闷，摆摆手说，不说这，咱说正事。

尚武连忙问，是不是森林公园招商引资的事有眉目了？

康文笑道，你咋一猜一个准？

尚武苦笑着说，好哥哩，我做梦都为这事发愁！快说，快说。

康文对尚武托付的事很上心。先前，他帮着制作了《马鬃梁森林公园招商引资项目册》，委托圈内人四处散发。竞选落败，无心工作，他把更多心事放在了这事上，把资料、照片传到网上，精选了一组马鬃梁风景照片推荐给画报社，还在省报上发了一条《坚守渭北绿色制高点》的小消息。别看当年给尚青那封信很不咋的，后来他也感叹这辈子最不会写的是情书，可他的笔头子却是公认的好。这么个小消息，短短几句话，就把原家滩林区上升到渭北生态屏障的高度，讲生态保护的重要，谈保护区的筹建工作进展，传递打造生态文化品牌、寻求绿色合作者的信息，却毫无广告之嫌。

康文四处撒网，还没召开项目推介会，就有人找他谈项目来了。来者有备而来，报上的、网上的、画报上的包括项目小册子，带来了一沓子，开口先问保护区负责人姓啥名谁哪里人。康文逐一介绍后，人家提出要见原尚武。康文问他的情况，人家只说，免贵姓陈，叫我陈总就行，我是受人之托，其他的等见了原局长本人再说。说完，约定好见面时间，留下酒店房间号和电话号码就告辞了。康文觉得很奇怪，但还是把尚武召来了，尚武拿着字条左看右看，也觉得怪怪的，笑着说，咋搞得神秘兮兮的，像地下工作者似的？管他哩，我先去探个虚实。康文急着听消息，在办公室等着，尚武回来后神色凝重，一屁股就坐下了，半晌不说话。

康文问，谈得咋样？项目有门儿了？

尚武摇头说，没谈项目，聊了一会儿闲话。

康文问，咋啦？该不是以投资名义另有所图？

尚武瓮声瓮气地说，那倒不是，这回没准儿抱个金娃娃哩！

尚武娓娓道来，康文喜出望外，责备道，那你回来一脸深沉的。

尚武说，我在琢磨，这世界也太小了，还有这么奇巧的事。

原尚武遇上本家人了。原姓家族后辈中唯一的地主原生财的孙子出现了。原文水丢下家眷随国军去台湾时，儿子原丰才满月。三十年后，原丰通过台商打听到父亲下落，父子辗转在香港相认。原丰受父亲之托，回华塬县原家滩打听祖父的下落。祖父在土改时被吓死了，是原家户里的原志祥跟原志俊照料的后事。原志祥正是原尚武的爷爷，当时已经过世了，原丰找到了原生茂家，原生茂早年参军走了，对村里的事并不知情。况且在那个年代，谁也不愿跟这种人提这种事，原丰无果而归，也没找到祖父的坟。原文水得知后很是失望，却念念不忘为父亲料理后事的本家人，临终给儿子托付，原家滩是咱的根，你想办法找到你爷的坟，替我上香拜祭，也替我谢谢帮咱的族里人……

康文忍不住打断尚武，问，你见到这个原丰了？

尚武摇摇头道，我说的这些都是这位陈总转述的。原丰人去了美国，陈总是他四川分公司的老总，从成都赶来的。你在网上搜一搜厦门"原丰"，听说很有名的。陈总说了，只要人对路了，事对路了，投资不成问题。

康文急忙在网上一百度，厦门"原丰"是一家上市公司，融实业、商贸为一体，涉及房地产、生态园林、生态农业、电子元件、运输物流等，在全国有八家分公司。董事长原丰集学者、企业家、慈善家于一身，在东南沿海及港澳台颇具知名度。康文大喜，兴冲冲地问，那下一步咋办？

尚武说，陈总晚上就给原丰通气，明天再跟我们谈，这回他连原丰手机号也给我了。

康文说，看样子，项目推介会不用开了？

尚武若有所思地说，再说，我得先帮原丰找他爷的坟址。

6

曾智跟康文，是经历了漫长岁月洗礼的莫逆之交。听说最近康文状况不佳，曾智借着到省里开会的机会，抽空去看望康文，也打算好言安慰安慰他。曾智敬佩康文的人品和学识，但一直觉得他不是搞政治的料，几十年了，一贯的书呆子，就适合做学问。

两人在报社附近的一家小饭馆里见了面，喝了不少酒。都已年过半百了，两人感慨岁月不饶人，你看我，我看你，谁都双鬓斑白了。两人对视而笑，怀念起当年下乡插队的日子，津津有味，有说不完的话。从饭馆出来，曾智建议到公园里走走。两人步行到附近公园，在湖边找了张长椅坐下，一边抽着烟，一边海阔天空地侃了起来。

身后的银杏林一片金黄，夕阳余晖撒在湖面上，银波荡漾，身边的垂柳在晚风中轻盈舞动。曾智惬意地说，省城太大太吵了，难得有这么一片清静之地。

康文附和道，单位的事情太繁杂了，难得有这么清静的一刻，跟老朋友喝喝酒，叙叙旧，敞开心扉聊一聊，心里舒坦多了。

曾智一语双关道，过去的事已经过去了，重要的是现在和将来。

康文深沉地说，我最近一直在思考，人究竟为什么活着，人活着的意义何在？

曾智笑曰，这问题，咱几十年前在窑洞土炕上就探讨过呀。

康文想起来了，说，你那时说，为理想而活着，现在呢？

现在这年龄，再说理想就有些轻狂了，但是，人反正不能为自己而活着，曾智停顿片刻，突然问，要是时光倒流，让你重新选择，你会干什么？

康文想了想说，上个师范院校，毕业后回到塬上当老师，娶个本本分分不甚漂亮的女人过日子。你呢？

曾智不假思索地回答，当兵，在部队上干一番事业。

康文笑问，这辈子叱咤风云，呼风唤雨，还没风光够？

曾智说，我忽然觉得，在部队上干着爽快，当初劝人家尚武回来，是有点欠考虑。你爱人还在深圳飘着？唉，家不像个家哟。

康文"嗯"了一声，不愿意让曾智知道自己婚姻的又一次不幸。

人一生记忆最深刻的，莫过于婚丧嫁娶。康文两次结婚，曾智不是主婚就是证婚。康文想着心寒，却难以忘怀。

康文的第一任妻子叫乔欣，他跟乔欣的婚礼就是曾智一手操办的。曾智那时在省社会科学院工作。那时的婚礼不像现在这么奢华，但婚礼上来的人很多，很上档次，办得也很红火。原因很简单，康文孑身一人在省城，可他岳父是省委组织部副部长。曾智是在婚礼上才见乔欣第一面的，他悄悄对康文嘀咕，你小子艳福不浅嘛，这么个美人追着要跟你，还是部长的千金。康文至今还记得自己当时的内心独白：就因为是部长的千金，才迟迟下不了决心的。那天作为主婚人，曾智以其非凡的口才、得体的举止、出色的发挥，博得满堂喝彩，也给副部长留下了深刻印象。

康文的第二任妻子叫燕芳，举行婚礼时，已是锦阳市委组织部长的曾智特意赶来，作为证婚人上台宣读结婚证书，送上美好的祝福。这回的婚礼很简约，那时已经时兴穿婚纱礼服了，燕芳穿着婚纱，就像下凡的仙女。席间，曾智伏在康文耳边说，你小子又有今天？天下美女都归你了？我告诉你，我可是最后一次参加你的婚礼了。这话康文至今铭刻在心。按说，他跟曾智这样的铁哥们儿，不该有什么隐秘可言，可他总觉得婚姻经营不好，自己也有责任，不幸得自己兜着，所以羞于对曾智启齿。

康文头一回结婚后，仍是单身的曾智成了他家的常客。每到周末，康文都约曾智小酌小聚。于是曾智跟乔欣也熟了。其实，那会儿曾智很羡慕康文，娶了个漂亮妻子，还有个当组织部长的老丈人，只是没怎么流露出来。有一回周末，曾智刚到康文家，饭才做好，乔欣家里打电话说她爸住院了。这下饭也吃不成了，小两口急忙朝医院赶，曾智也跟上去了。乔欣爸爸也就是感冒重了，挂上吊瓶，人立马轻松了。乔副部长一眼就认出了曾智，跟康文两口子没说几句话，倒跟曾智聊得很投机。乔欣爸爸是从战争年代过来的，人很和气，更像一位慈祥和蔼的长者。曾智也不拘束，有问必答，侃侃而谈。过了两天，曾智买了水果，又专门去看望了乔副部长，两人的关系一下拉近了。不久，曾智接到调令，调往省委组织部工作，他第一时间告诉康文说，这是乔欣爸爸的意思。康文不假思索地回答说，好啊，世有伯乐，然后有千里马。千里马常有，而伯乐不常有。你天生是搞政治的，这下有出头之日了。康文把岳父比作伯乐，而在他眼里，曾智就是一匹千里马。康文的婚姻维系了四年，出现危机后，副部长打电话让曾智帮忙调解，此时，曾智已经在省委机关积累下厚实的人脉，自愿报名到华塬做常委组织部长了。曾智努力了，却没有结果。没能挽救康文的这段婚姻，是曾智一生最大的遗憾，但他跟乔部长的个人关系牢不可破，依然有如千里马与伯乐。作为老朋友，曾智对康文与燕芳的结合抱有幸福美满的期待和祝福，谁料事与愿违，两人人到中年，却天各一方。曾智心里也不是滋味，总觉得有些歉疚，总想为康文做点什么。此时此地，他侧身瞅了瞅康文两鬓的白发，又见他满脸木讷，忍不住眼眶热了。

东方不亮西方亮，你既然当上作协的副主席，依我看，后半生就专注创作，写几本书，也挺不错的，再说了，你自己的曲折经历本身就是财富，就是丰富的生活素材。曾智说。

康文喃喃地说，我也这么想，说实话，我实在厌烦上班了，简直是在耗费生命。

曾智鼓励道，那就扑下身子写呗。

康文认真地说，写长篇需要整块时间，再说了，我的构思是以老家为背景的，还需要一定的生活体验和素材补充。毕竟离开老家多年了，社会发展得又这么快。

曾智脱口说，那就回华塬呗，还等什么？

康文回答，这得要有机会呀，省委宣传部有个作家下基层挂职的计划，我也想报名。

曾智兴奋地一拍大腿说，抓紧报名，就回华塬去，这事交给我了。上次提拔时，你早给我打招呼，也不至于有今天。

康文固执地说，这种事我才不求人哩，顺其自然，心安理得。

曾智笑道，这回不算求人，算我帮忙，包在我身上了。

康文不无忧郁地说，不过，我不想挂什么职，只要人能去就成，这城市我待得实在厌烦了。

天已晚了，曾智意犹未尽，谈起了马鬃梁的景色、下地窑的农家乐、尚武的能文能武。一提到尚武，他赞赏有加，溢于言表，仿佛伯乐发现了千里马似的。

曾智忽然问，听说你为森林公园项目找到投资者了？

康文答，正在洽谈，人家说要去考察，成不成，很难说。

曾智说，那就抓紧些，你要是能去锦阳挂职最好，兴许还对尚武大有帮助。森林公园要上档次，文化内涵很重要……

曾智正在兴头上，康文的手机响了。

康文说了句"回头打给你"就挂了。

曾智问，谁的电话，这么没耐性，是不是深圳来的？

康文淡淡地说，是刘亦然。

曾智站起来拍了拍屁股上的浮尘。

康文问，咋突然不说了？要走？

曾智答，困了，困了，回去早些休息。

第五章　雾里看花

　　同雯雯心里厌烦了刘亦然的骚扰，刘亦然是真的对她着了迷，但她觉得两人之间只是在肉体上各取所需，其他全无关联。刘亦然在同雯雯这里碰了壁，身体出了些问题，住进了医院，顺便收取了一些"慰问"。因为年初制定的经济增长指标压力，他悍然撤了环保局局长吴栓牢的职，启用"自己人"孙利以方便"办事"，这在县上掀起了轩然大波。

　　康文竞选副总编失利，决定到锦阳市挂职，还住在塬上。康文要回来了，单身回来，尚青的心里泛起了涟漪……

1

　　日有所思，夜有所梦。晚秋某晚，尚青终于梦见康文了。打从有了放飞朱鹮的消息，每回尚青都是晚上梦见朱鹮，白天想起康文。这一回倒也奇怪，梦见朱鹮，也梦见康文了。

　　梦中的她好像在朱鹮家乡，又好像就在后滩稻田边，高高的青冈树上，飞起一大一小两只朱鹮，小朱鹮飞着飞着，突然从半空中坠落下来，她急忙要跑过去接，可怎么也跑不快，眼看小朱鹮就要掉进河里了，她急得跺脚狂喊，却听见身后传来了熟悉的脚步声，她扭头一看，果然是康文，面孔有些苍老，头发有些乱，还是不紧不慢的样子。她急忙说，康文哥，快些，快些救朱鹮。康文冲着她笑了笑，朝小朱鹮的方向走去，"扑踏扑踏"地走得飞快飞快。朱鹮得救了，抱在了她怀里，可康文哥却一眨眼走远了，不见了，她叫呀叫，喊呀喊……猛一下惊醒了。

　　这些日子，尚青对康文的思念日渐浓烈，几乎到了动辄走神的地步。那天她一声不吭，接过康文的礼物，到晚上实在按捺不住了，才把那件衣裙看了又看，贴在脸上，嗅出了喜爱之人的气味。女儿在父母那边，尚青独守空房，左顾右盼，冷冷清清，想着想着，凄然泪下，哭出了声。次日，她把衣裙送过去给萌萌换上。萌萌问，妈妈，谁买的呀？这么好看。尚青想了想说，你省城的大舅买的。萌萌还要问，尚青却不说了。尚青很想给康文通个电话，哥哥也催过她跟康文哥联系联系，她把柯云给的号码找出来，在犹豫中拨通了电话，又忽然觉得没想好说什么，赶紧又挂断关机了。

　　梦见康文的次日，尚青忍不住给柯云打电话。她问柯云，最近有没有去省城，柯云却问她，山上的叶子红了没有。

　　尚青没好气地说，叶子红没红，我咋知道。

柯云说，你朝山坡瞅一瞅嘛，树叶红了，我们上原家滩。

尚青只好出了办公室，站在院子里朝山坡望了望说，有点红了。

柯云说，你要问的话，周末见了再告诉你。

挂了电话，尚青心想，柯云还学会卖关子了。

柯云跟原尚武约定去上滩湿地。保护区的土地征用手续上报省国土部门了，批下来尚需时日。尚武闲不住，想着保护区内只剩下后滩湿地没去过，就想去看看。柯云建议，等树叶红了再去，拍些红叶风景，一举两得，尚武说好。

柯云每年都拍红叶，可那只是在塬上的沟畔沟道里。上了回马鬃梁，柯云视野开阔了，那会儿他就想象着举目望去，万山红遍，层林尽染，美不胜收的景象，盘算着秋天到山里拍真正的红叶。柯云十分期待，摄友们更期待，听说柯云要去原家滩，大伙儿都要去，落下谁也不好，同雯雯更不用说。柯云跟尚武约好这个周末行动，尚武也约好了高黑子。为了抓住最佳光线，他们决定周五下班后开车赶来，夜宿原家滩。柯云提前一天给尚青打了个电话，要她帮忙定好小旅社。尚青说，住宿我来安排，又叮嘱柯云周五在她家吃晚饭，柯云没推辞。

尚青买了些肉菜，早早下厨忙活，等到柯云他们的两辆小车开到门口，尚武也来了，饭菜也好了。梁鹏有心，他从酒楼带了不少半成品的下酒菜，下车直接送进厨房，还有两瓶好酒，直接摆在饭桌上。柯云更有心，他专意为尚青女儿买了套学习用品。全是生面孔，柯云为原尚武一一做了介绍。张明义拉着尚武的手说，我们吴局长说过你了，说你很能干，很有水平，尚武一笑了之。尚青取下围裙从厨房出来，一眼就看见了同雯雯。

同雯雯装扮得很酷，淡绿色的登山服，橘红色的登山鞋，细长的脖子上系着米黄色的纱巾，充满活力又极具运动感。她老远瞅见尚青，迎上前亲热地叫了声"尚青姐"。尚青冲着她笑了笑，握了握手。尚青又跟其他人打了招呼，急忙进里屋换上了别着胸花的灰色小西装，还换了一双高跟鞋，再亮相时，她的窈窕身段一下显出神采了。

尚青对同雯雯客客气气的，柯云看在眼里，放心多了。

尚青早早地跟校长联系了，把大家安顿在周末回家的老师办公室。柯云有意提醒说，同雯雯胆小，独自一个人不敢住。

尚青直接说，让雯雯跟我一起住。

同雯雯高兴地说，太好了，我就跟尚青姐住。

尚青要王林看一看他们新建的电子记账，还有问题要请教。她把同雯雯安顿好，带着王林去了财政所，又叫上小程忙活了好一阵子。柯云陪着去陪着回来。

尚青问，你有啥事要等见面再说？

柯云反问，不是你打电话问我有没有去省城吗？

尚青喃喃地说，我只是顺便问问。

柯云狡黠一笑，问道，电话早给你了，你给康文哥打过电话没？

尚青摇摇头，面带窘色。

柯云不想绕弯子，直接说，康文哥可能要回华塬挂职了。

尚青有点骚动不安，低头小声问，什么时候来？

柯云说，还没最后定。

尚青有点站不住了，慌忙说，我回去了。

这一晚，尚青蒙在被窝里，喜忧交织地想了很多。柯云也一样，他没想同雯雯，他为尚青跟康文感到惋惜，惋惜极了。

人都是这样，晚上想再多心事，白天忙起来，也什么都顾不上了。天亮后，尚青做早饭，同雯雯也去帮忙，尚武派车把高黑子也接来了，吃了早饭就出发。同雯雯非要拉着尚青去，柯云也说，去散散心也好，尚青依了。

路上，尚青小声对柯云说，雯雯这人挺不错的。

为了确保大家的人身安全，原尚武从林场派出所叫了两个民警带着枪，十好几个人浩浩荡荡出发了。上滩人迹罕至，野兽出没，这实际上是一次探险活动。高黑子在前头带路，尚武紧随其后，柯云和两位女士走在最后头。一路上最兴奋的是同雯雯，最跟不上趟的也是她。她一惊一乍地尖叫、回响山谷的笑声，不时招惹得大家猛停下，急回头，看究竟。羊肠小路越走越窄，林子越钻越密实，头顶的乔木遮天蔽日，身旁灌木丛交织如网，高黑子挥动砍刀，硬是在前面开出一条通道，大家一会儿低头钻过，一会儿侧身挤过，一会儿从横倒的枯木上越过。梢林灌木划过衣服，发出刺啦啦的响声，露水把大家的衣服、鞋浸得湿漉漉的。太阳冒红的时候，大队人马爬到了山顶上，原家滩湿地就在脚下，被浓浓的晨雾罩着、裹着。尚武叫大家休整片刻，缓口气，准备下山。高黑子告诫大家，碰见野猪、豹子、蛇之类的，千万不要惊慌，同雯雯一听，吓得直吐舌头。大家小心翼翼地朝山下运动，密林里不时传出被惊扰的动物的逃窜声、飞禽的扑拉声。同雯雯吓得紧紧拉着柯云的手，连大气也不敢出一口。突然，高黑子停住脚步，摆手让大家安静，民警也高度警觉起来，只见一只野猪钻过前方梢林朝山坡而去了。终于走下山坡，走出密林，哗啦啦的流水声越来越响，宽阔滩地展现眼前，雾霭渐渐散去，众人举目四望，一个个都惊呆了。

　　这就是后滩瀑布之上的上滩。沟沟岔岔的小溪奔流而出，在宽阔地带交叉会聚，流水平缓，水草茂密，形成一块块被小高地切割着、被芦苇包围着的湿地。湿地三面背靠大山，形如簸箕，出水的一面，有坚硬的岩石微微凸起，有点像堰塞湖。溪边、水边，水烛香蒲、菖蒲、红枝柳之类的水生植物，郁郁葱葱，形态万千。芦花随风荡漾，水烛香蒲的果实像一束束蜡烛，在水中亭亭而立，溪边横倒的大柳树生机如旧，可权作越过溪流的独木桥。山脚下、向阳处，一棵棵高大的橡树、青冈树挺拔苍劲，顶天立地，傲视苍穹……这就是到处散发着原生态自然生命气息的上滩。

　　摄友们开始工作了。山坡上橡树、野杏树的叶子全红了，像一片片火红的彩霞。山沟口、小溪边，一株株黄栌木红得就像一团团篝火。以高耸的丹霞山崖作背景，一步一景，步步入画。柯云抄起家伙，频频调整角度，按动快门，同雯雯跟在后头，他怎么拍，她也怎么拍。尚武蹲下来观察水里，水里小鱼小虾游走自如。抬头仰望远处高大的古树，古老的大树像一把把巨大的伞，他满心欢喜，树上可筑巢，水中有食物，再加上前滩的稻田溪流，这不正是朱鹮最理想的栖息地吗？！

　　高黑子坐在溪边抽了支烟，把烟头沾水熄灭，然后独自向湿地深处闲逛去，不一会儿，他蹑手蹑脚地回来说，前面水中有几只红腿白腹的大黑鸟。原尚武一下来了精神，叫了柯云悄悄摸过去。大黑鸟共有五只，两大三小。柯云躲在草丛里架好相机，连连按动快门，尚武也用手机拍了照。两人撤退回来，在相机里左看右看也不认识那鸟。尚武朝前滩方向走了走，等手机有信号了，就拨通了在林业厅的熟人的电话。那边让把照片发过去，过了会儿回话说，这是黑鹳。你们那儿发现黑鹳了？这太好了。这是国家一级保护动物，本来属于候鸟，现在也有少量的留鸟……原尚武欣喜若狂，保护区发现濒临灭绝的国家一级保护动物，自然身价大增。摄友们一个个喜出望外，纷纷出动，抓紧拍摄。同雯雯也要去，柯云便陪她去了。而尚青只是触景生情地想心事。

上滩就这样揭开了神秘的面纱。在返回的路上，同雯雯坐在柯云旁边又说又笑。出山时，她收到个短信，突然情绪一落千丈，一路无语，直到下车离去。

2

同雯雯收到的短信是刘亦然发的，短信是这样的：
想你了，避而不见，过河拆桥？
刘亦然周五打电话约她周末见面，同雯雯推说周末有事，就把电话挂了。出发去上滩时，同雯雯不方便再接他的电话，把手机关了，直到从后滩下山才开的机。在尚青家吃饭时，刘亦然又打来电话，同雯雯拒接了，谁知半道上，便收了这么个损人的短信。

同雯雯心性开放，却不轻浮。她看上的衣物，喜欢的牌子，出手阔绰，从不吝惜；她遇到对上眼的人，干什么都行。可她做人明明白白，从不拿自己做交易。同雯雯的老公去了中东的水泥援建项目，儿子由公公婆婆一手带着，家无琐事，一身轻松，就像一只自由翱翔天空的小鸟儿。同雯雯美貌迷人，当然不能算她的错。她从小在市水泥厂的福利区长大，涉世未深，学有专长，又搞了技术，对官场现形几乎一无所知。一开始，同雯雯就没打算跟刘亦然有故事，也压根儿没想到他们之间会有故事。怨谁？"小鸟儿"被诱入笼子，全是任万能的错。

两年前，刘亦然在"万鑫"车间一眼就迷上了同雯雯，但充其量也就是单相思。任万能叫她去陪酒，同雯雯从没接触过县长之类的领导，极少在场面上走动，多看了县长几眼，无非是出于好奇。同雯雯多陪了几回，又多看了几回，觉得这人风度潇洒、气宇轩昂，很有领导的范儿，有好感也很正常。后来有一次，同雯雯被任万能带去省城为刘亦然陪酒，其实是送羊入狼口，可惜她蒙在鼓里浑然不知，这也只怪她在路上多说了一句话。

同雯雯大姐同芳芳的女儿小敏大学毕业，报考锦阳市某事业单位，笔试成绩还不错。姐姐求她托熟人通融通融，顺利闯过面试关。任万能叫她下省城时，同雯雯正为找不下熟人发愁，想着任万能认识的人多，就在车上顺便提说了一句，看他能不能帮上忙。

任万能喜滋滋地说，这事小菜一碟，帮忙的人是现成的！

同雯雯不解地问，谁呀？

任万能说，刘县长呀，今儿咱把刘县长招呼好，这事就成了。

同雯雯仍不解，说，不可能吧，他有这么大本事？

杨眉也在车上。这女子从小进戏校闯江湖，精于世故，她在一旁插话说，当县长的能不神通广大？！

杨眉的话匣子一下子打开了，滔滔不绝，有鼻子有眼的，说，她戏校的某女同学认识了某领导，调到了某机关，她剧团的某女演员和某某好上了，某某一句话，女演员便进了交警队……任万能在前头座位上又撇嘴又挤眼，心里说，你以为那是空手插进面瓦瓮——干吃白吃？

同雯雯却被说得心热了，在晚宴酒桌上的表现不用说，虽不像杨眉那样妩媚动人，卖弄风骚，但她敬酒、陪酒、代酒，横扫席间，仪态优雅，落落大方，显现出另类的风情万种，在客人面前给刘亦然撑足了面子。不管客人咋样，刘亦然已经被她迷得神魂颠倒，亢奋之极了。

七十二行，托儿最忙。任万能处心积虑地在秦岭山下的度假山庄包了一座别墅，晚宴后送走客人，任万能把司机撇在城里，亲自驾车拉着刘亦然他们直奔山庄。到了山庄别墅，他刻意安顿刘亦然住楼上套间，两个女的住楼上的标准间，他住楼下的套房，然后吆喝道，咱几个陪领导上歌厅吼一阵子去。

刘亦然酒劲未散，兴致正高，到歌厅包厢又要了啤酒、红酒，嘴里还喃喃地说，这环境不错，好好放松放松。

四人举杯之后，任万能说，领导把这杯酒喝了，我们同总还有个忙想要你帮哩，她不好意思，我替她说。

刘亦然冒狂劲说，只管开口，只要在华塬、在锦阳，没有办不成的事！

任万能把事说了，刘亦然边掏手机边说，这事？咋不早说？说着叫人关了音响。

刘亦然胸有成竹地接连打了几个电话，挂了电话便得意洋洋地说，搞定了，雯雯，快把孩子的基本情况，姓名、性别、报考号等给我发过来。

同雯雯当下愣住了，半天才缓过神来，赶紧出门给大姐打电话，要下小敏的个人资料，发到刘亦然手机上。刘亦然发走信息，音乐重新响起来，酒杯又碰起来了。

刘亦然点了一首《花心》，说是献给同雯雯女士的，又点了一首《心雨》跟同雯雯对唱。任万能要跟杨眉唱秦腔，两人吼得地动山摇。刘亦然邀请同雯雯在大厅舞一曲，大厅没别人了，在若明若暗的旋转舞灯下，轻柔悦耳的舞曲中，刘亦然借着舞步把同雯雯越搂越紧，弄得同雯雯有点窒息，找借口要回包厢，谁知推开门，瞅见任万能正跟杨眉亲得死去活来，只好退了出来。

杨眉有意傍大款，同雯雯无心附权贵。但是，在这样的环境氛围和情势下，再强大的抗体也经不住性诱惑，何况也正是她饥渴难耐的时候。同雯雯原本也没有太多思想顾虑，又何况人家刚刚有恩于她。刘亦然搂着她又舞了几曲，说，这里头太闷了，咱们到院子里散散步，呼吸呼吸新鲜空气。同雯雯没有反对。

皎月当空，夜晚人静。刘亦然陪着同雯雯漫步而行，同雯雯忽然感觉很浪漫、很惬意。

刘亦然表白说，雯雯，我见你第一面，就被你的美貌、你的气质迷住了。同雯雯没吭声，刘亦然就势伸手揽着她的细腰，她也没反对。走到树荫深处，刘亦然又说，雯雯，我真的很喜欢你。同雯雯还是没吭声。

刘亦然突然停住脚，猛地转身把她拉在怀里，亲她的香唇。同雯雯扛不住了，不再半推半就，而是有来有往，干柴烈火般地深吻成一团。正热烈时，刘亦然突然停住，拉着同雯雯朝别墅奔去，进门上楼梯时，刘亦然又是一阵狂吻，同雯雯软瘫了，刘亦然一使劲抱起她，直上二楼，破门而入，一边扒她衣服，一边"好妹妹""亲乖乖"的叫个不停。同雯雯欲火烧心，干渴难熬。孤男寡女激情四射，忘掉了一切，赤身裸体上下翻滚，左右蠕动，一时间倒海翻江……云雨过后，同雯雯顾不得喘息，急忙推开刘亦然，下床穿好衣服就要出门，刘亦然紧跟其后，穷追不舍，谁知楼下传来了杨眉声嘶力竭的叫床声、任万能呼哧呼哧的喘气声。两人愣了一下，她又被抱进屋，亲热了一回。

同雯雯这回下床出门回屋，刘亦然躺着，动也动不了了。天快亮时，杨眉推门进来，见同雯雯睁开了眼，满不在乎地问，昨晚你睡得可好？同雯雯转过身，没有理会。

同雯雯就这样被拿下了，但她丝毫没有被"拿下"的感觉。后来的两年里，她虽跟上任万能陪酒多次，可这样的事情，也就再发生过一回。从省城回来不久，外甥女小敏的工作安排之后，在锦阳市宾馆的房间里，刘亦然猴急猴急的，她也想要，也就顺水推舟地做了。从感情上说，同雯雯似乎没陷进去，她认为，这不是逢场作戏，而是各取所需罢了。

刘亦然就不一样了，他陷得很深很深，给同雯雯打电话、发短信，还写情书，尤其是最近这一年，最近这些日子，刘亦然简直发疯了。真奇怪，每当他想起同雯雯白如玉、柔如缎的酮体，马上就联想到了自己在井下的黑面孔。每当他回味跟她的性爱之事，当年趴皮带煤堆的情景就不由得浮现在脑海里。他想抹掉这段印记，却做不到。殊不知，他对异性的渴望欲、占有欲，就是头一回趴皮带煤堆那一刻升腾起来的。印记是有连贯性的，岂能抹掉？尽管除了妻子，刘亦然接触过不少女性，但却对同雯雯刻骨铭心，任何女人都无法替代。越是被拒绝，他越发感觉到同雯雯的与众不同。她外甥女工作的事，还是任万能提说的，这么长时间，她从未向他张过任何口，求他办过任何事。而且，他给她一张十万元的银联卡，也被拒收了。他给她买过不少礼物，她只收了一条最不值钱的围巾。他要把她调进机关，她反问，月薪有一万吗？他语塞了。他问不出她的家庭情况、住在哪里……这一切都令他费解。最近，他一次次地被拒绝、被敷衍，这令他无法容忍。

他发短信：

最近不想见我了，为什么，嗯？

她回短信：

不想见就是不愿见，不为什么。哈哈。

他发短信：

另有所爱了，嗯？

她回短信：

有没有关你啥事，我又不是你老婆。

刘亦然听孙利隐约提到，同雯雯跟一帮搞摄影的混在一起，顿生浓浓醋意。有个周末，任万能请他吃完饭，孙利等人陪同他打麻将，但同雯雯婉言拒绝了。

他借故追出来拉住她，问，最近咋回事？忙上摄影了？

同雯雯有些生气了，甩开手说，我是自由的，做我想做的事，这归你县长管吗？你管得着吗？

这个周末，刘亦然打算把同雯雯约出来谈谈，谁知她忙着上原家滩拍照去了，还把手机关了。碰了钉子，刘亦然恼羞成怒。

同雯雯对刘亦然的好感渐去，性趣全无，并非没有理由。她跟他接触的时间久了，看不惯他在人堆里趾高气扬的派头，觉得这人有点霸、有点俗，那两回在床上也粗野低俗。她跟柯云他们来往得多了，隐隐约约地感觉到刘亦然的口碑并不咋样。再说了，她从张明义最初看她的眼神和吞吞吐吐的话语里，感觉出了一些什么，直接影响了她对刘亦然的看法。同雯雯属于那种跟着感觉走的人，感觉有了什么都有，感觉没了什么都无，凡事从不往心里去，从不用脑子想。刘亦然死缠活缠的，她觉得很无聊，觉得这有点像性骚扰。

这回，刘亦然一句"过河拆桥"，把同雯雯气恼了。

周一上班到公司，同雯雯直接去找了任万能。

任总，我声明，往后陪刘县长喝酒，甭叫我了。你要是觉得我这副总不称职，我还回车间去；你要是看我不顺眼，我就走人。

任万能丈二和尚摸不着头脑，连忙问，这到底为啥？

受不了性骚扰嘛，同雯雯没好气地说。

啊……这……这话咋说？任万能心里一凉，张口结舌。

这你清楚，给我外甥女安排工作，你看值多少钱，我给他，你送去。同雯雯气呼呼地说。

这……这又是为啥？任万能有点懵了。

我不想过河拆桥，这样谁也不欠谁的。同雯雯恨恨地说。

任万能连忙说，唉唉，这事早过去了，要欠也是我欠他情嘛。

同雯雯不待任万能说更多，一摔门走了。

任万能纳闷儿了，这刘亦然，这么久还没得手？那次在山庄……看样子不像……两人闹翻了……也不像……

3

从上滩探险回来，柯云兴奋了好几天，他从网上查到了黑鹳的资料。

黑鹳，一种体态优美、体色鲜明、活动敏捷、性情机警的大型涉禽，鲜红色的长嘴和长腿，身上的羽毛除胸腹部为纯白色外，其余都是黑色……

涉禽，柯云并不陌生，网上资料显示：

涉禽是指那些适应在沼泽和水边生活的鸟类，休息时常一只脚站立，大部分是从水底、污泥中或地面获取食物。

令柯云激动不已的是，黑鹳的羽毛竟然会变换色彩：

（黑鹳）身上的羽毛在不同角度的光线下，可以映出变幻多端的绿色、紫色或青铜色的金属光辉，尤以头、颈部最为明显。

柯云让摄友们把照片都发过来做了比对，果然从不同拍摄时间和不同角度的照片中，发现了黑鹳羽毛色彩的变化，他就像发现新大陆似的，乐得蹦了起来。他在办公室电脑前移动鼠标，翻看照片，但不知怎么的，忽然就想同雯雯了。

同雯雯几天没消息，不接电话，也不回短信，好像失踪了。到底发生了什么事情？柯云十分牵挂，他试着又拨了拨她手机，仍然无法接通。

袁耀辉冷不丁地推门进来，走到他身后，扫了几眼黑鹳的照片，看他心事重重的，开玩笑道，哥，你想鸟了，还是想人了？

柯云借着换话题掩饰道，不想鸟也不想人，我想，眼看到年底了，达标排放咋实现哩！

一句话，说到了袁耀辉的心焦处。他皱着眉头嘟囔说，人家都四平八稳的，俺咋动弹？

咱跟人家能一样？咱是市人大代表，人家拿眼睛盯着咱哩。

袁耀辉喃喃自语道，这倒也是，哥，你说，十万吨机立窑还能维持多久？

柯云认真地答，多则三年，少则一两年，现在的治理达标，我看也是权宜之计，国家的产业准入门槛越来越高了。

袁耀辉说，哥，不瞒你说，俺一直寻思着上个日产熟料四千五百吨的大项目。现在这样小打小闹，修修补补的不划算。

为了应对年底的达标排放，"耀辉"公司倒是搞了个治理方案，是手下的技术人员搞的，袁耀辉不满意，所以一直没下势动作。

说到这儿，袁耀辉眨巴着眼说，哥，听说你那个谁在业务上很强。

柯云明知故问，谁？

袁耀辉说，就是任万能手下那个美女嘛，拿着明白装糊涂。请她来给咱的治理方案指导指导，中不中？

柯云想了想，拿起了电话，这回拨通了。

下午下班前，袁耀辉派车从"万鑫"厂门外把同雯雯接到了"耀辉"厂里。

同雯雯有几分伤感、几分憔悴，见了柯云，情绪好多了。柯云陪着同雯雯沿着生产线现场查看了一遍，袁耀辉召集厂里的技术人员，拿着治理方案向同雯雯请教。

同雯雯先问，袁老板，舍得花钱不？

袁耀辉愣了一下，说，只要能达标排放，该花的钱就花嘛。

同雯雯说，只要舍得花钱，这事容易多了，你们这边的生产设备和工艺水平，比"万鑫"那边强多了，只要更换成目前最好的大布袋收尘，再采取些措施堵住散烟散尘的出路，防止跑冒撒漏，应该能达标排放的。

袁耀辉连连说，中中中，立马对这位美女工程师刮目相看了。他忍不住问，你们那边也这么治理？

同雯雯摇摇头说，人和人不一样，我们老板要像你就好了。

同雯雯参照建设图纸，帮着修改完治理方案时，已经不早了。袁耀辉挤了挤眼说，俺就不陪了，哥，你请同工程师吃顿饭。

柯云上车后问，想吃点什么？

同雯雯不假思索地说，咱去塬上。

柯云问，这么晚了，还到塬上去？

同雯雯说，还不到七点呢，就去塬上。

柯云犹犹豫豫地说，过了饭时，恐怕约不来人了。

同雯雯口气坚决地说，谁也不叫，就咱俩。

柯云不好再说啥，边开车边问，这几天出啥事了？

同雯雯叹了口气，说，到饭桌上再说。

"塬上居"的院子里停满了车，窑洞和包间全满了。梁鹏把他俩安顿在自己的办公室，又安顿好了饭菜，同雯雯说，你忙你的去吧，不要招呼我俩了。梁鹏一边答应，一边掩上了屋门。柯云清楚了，同雯雯有话要说，她需要倾诉对象。

这顿饭吃得很特别。一开始同雯雯只顾说话了，很少动筷子。同雯雯很坦诚，她把柯云当做敬重的兄长和朋友，敞开了心扉。刚开始，她说起她的身世学历、婚姻家庭、兴趣爱好、工作经历、为人处世……柯云聚精会神，眼前像放幻灯片似的：一位梳着长辫子的小姑娘，从市水泥厂福利区向他缓缓走来；眨眼间，小姑娘出脱成窈窕淑女，烫着长发、穿着红风衣向他挥手；又一眨眼，妙龄淑女成了职业女性，站在水泥厂高高的烟囱下；再一眨眼，身着登山服的职业女性，脖子上挂着相机，成了他的追随者……渐渐地，柯云眼前的身影开始重叠，化作了面前的同雯雯。

同雯雯终于讲了那段受伤往事的来龙去脉。她说得比较隐晦，但柯云猜出来了。柯云越听越揪心，就像这女人被推下水，被他救上了岸，浑身又湿又脏，惨不忍睹；又像一朵鲜花插在牛粪上，他伸手把它拔出来，却不得不捂着鼻孔和嘴。柯云眉头拧成了疙瘩，心里五味杂陈，惊诧、愤慨、同情、纠结、无语，他不敢面对她忧伤的面孔，忍不住自斟自饮，以酒浇愁。

同雯雯满腹委屈，泣不成声，哭诉完了，屋里是死一般的宁静。柯云仰起头，长叹一口气，终于明白了，自己从前只是雾里看花，令他心仪的同雯雯，原来是这么个女人，漂亮迷人、热情浪漫、简单大方、心地善良、思想开通，却又缺心眼，追求现代物质时髦与享受，却艳而不俗，恪守做人的原则和本分，保持着一颗洁净的心。柯云真切地感受到了她的可爱、可敬之处，知晓了她的弱点，面对这只受伤的小鸟儿，这颗受伤的心，一股同情与怜惜感油然而生，他真想上前去拉着她的手，为她擦干泪水，给她温暖的体温，可是他没有，他动也没动。忽然，愤怒涌上心头，他脱口而出，任万能这混蛋，咋啥事都做得出来。

同雯雯哽咽着说，这事也不……完全……怪任老板……

柯云打断她说，不怪他，怪谁？分明是他别有用心，拉托布局，有意让那人把你拖下水的。

也怪我，怪我，同雯雯终于平静了，疑惑不解地说，男女交往，凭感觉，凭印象。人家不情愿了，他还死皮赖脸缠着。给人家办了那么个事，竟然说我过河拆桥，弄得好像是我忘恩负义似的。

唉，外面的风言风语，我不信，你一说，我明白了，这不怨你，你不欠他的，他欠你的怕是太多了。算了算了，以后离他远点，柯云说话时，满脸的鄙视与轻蔑。

同雯雯感激地点点头。

柯云又嘱咐说，这事千万别对人说了，权当一风吹了。

同雯雯点点头，整了整面容，惨淡一笑，却很勉强。

梁鹏敲门进来，一看桌上的饭菜几乎没动，便说，咋没吃？全都凉了，我喊人去热一热。

柯云说，我俩只顾说话了，你也来坐下，一起陪雯雯喝几杯。

梁鹏叫人把饭菜热好了，同雯雯还是没胃口，酒也不想喝，站起来要回家。出门上车后，同雯雯突然把手放在柯云握排挡杆的手上说，哥，你是个好人，送我回家吧。

柯云第一次送她回家，她第一次与他兄妹相称，柯云心里热乎乎的。汽车在黑暗中穿行，车灯晃动着，照得很亮、很远，直到她家楼下。同雯雯眼巴巴地瞅着他，央求道，哥，上楼陪陪我，就像那次在原家滩一样，我还想要那种感觉，求你了。

柯云为难了，可是，同雯雯的孤单无助，令他欲罢不忍。她的眼神告诉他，她多么渴望安慰和陪伴。柯云豁出去了，他给家里人发了个短信，声称有事不归，然后……整整一晚，柯云就待在同雯雯家，什么都没发生，却是满脑子色彩变幻的黑鹳。

4

东边日出西边雨，道是有晴却无晴。

曾智副市长的调研报告打印成送阅件，还在《锦阳日报》上刊登了。刊登时，配发了一版原家滩彩色风景照，在市里引起了不小的轰动。书记、市长都有批示，肯定此举为锦阳城市转型探索出了一条崭新的思路。相隔不到十天，市党政一把手分别上了原家滩实地考察，都赶上了秋高气爽、红叶烂漫的好季节。原家滩的红崖、红叶、红日、绿水、蓝天、白云，发展思路清晰、做开拓性工作的复转军人原尚武，一景一人，双双给书记、市长留下了深刻的印象。

华塬水泥粉尘治理的形势不容乐观。市人大和市环保局联合来检查水泥粉尘综合治理的情况，刘亦然让常务副县长陪同，自己借口有事去省城。刘亦然是专程去看望康文的，提前也打过招呼。谁知，他兴冲冲地到了省报社楼下，给康文打电话问他在几楼几号，康文却说临时有事，出差去汉中了，刘亦然的心凉了半截。

刘亦然原先的设想很罗曼蒂克，想叫任万能带着同雯雯一块儿去，陪康文吃顿饭，然后住一宿，再一次成全他梦寐以求的好事。他实在太想跟同雯雯那个了！他想她的天使面孔，魔鬼身材，还有在床上既柔情又火辣的撩人劲……为了这，他急于约同雯雯见面，要跟她消除隔膜，密切关系。谁知，同雯雯不买账，他狂躁不安，妄想联翩，一气之下，发了那条短信。同雯雯没回音，手机也关机了，他估摸着同雯雯生气了，心中隐隐作痛。无奈中，只好约任万能陪他去，谁知任万能也借口说东河施工紧张，脱不开身，这一切都让刘亦然心中不悦。

煮熟的鸭子飞了，任万能偷奸耍滑不闪面，康文又临时在外，站在省报社楼下，刘亦然一片茫然，沮丧之极。

最近一段时间，刘亦然右肋下老是隐隐疼痛，他自己也觉得乏力、焦躁、厌食，身体大不如前。陪他来的办公室主任说，刘县长，你老说最近身体不舒服，既然来了，人又不在，不如到省医院查查身体。刘亦然觉得这样也好，于是，办公室主任打电话托了熟人，刘亦然住进了省医院的高干病房。

高干病房是身份的象征。刘亦然并不陌生，他拎着东西多少次看过上级领导了。他看望过一位早已退下来的副省级老干部，"大人物"闭目平卧，旁若无人，人们轮流进去探访，周围全是鲜花水果，搞得就跟遗体告别似的。每回走进病房，刘亦然都有一种肃然起敬的感觉。当然，他绝非羡慕人家生病，而是羡慕那些生病人的架势和生了病的氛围。生病者一呼百应，探视者络绎不绝，医护者尽善尽美……这回轮到他享受了，办公室主任和司机在病房里出出进进，在住院楼里跑上跑下，这让刘亦然多少有些舒心和惬意，一时间，烦恼仿佛淡去了，满足感随之而生。躺在病床上无所事事，他又想同雯雯了，索性拿起手机，又给她发了条信息，表达歉意和想念之情。短信发送成功了，刘亦然急切地等候着来短信的提示铃声，幻想着同雯雯看短信时的神情举动，但时间一刻钟一刻钟地过去了，发出去的短信石沉大海。刘亦然思前想后，断定同雯雯另有所爱，抛弃他了，顿时焦躁不安，想发脾气骂人。

办公室主任拿来了化验单和初步诊断结果。血压、血糖、血脂三高，严重的脂肪肝，其他的还需要留院进一步确诊。刘亦然倒吸一口凉气，心想，上回体检还好好的，咋一下子就出现这么多问题？他有点发慌了，连忙把医生叫来。医生说，都是吃出来、喝出来的病，右肋下的疼痛是肝痛，至于精神方面的某些症状，医生虽没说，但约了精神科专家来会诊。会诊之后，精神科专家把办公室主任叫到办公室问，你们领导还没有成家？主任的回答是否定的。精神专家摇摇头，说，我看这症状像相思病，不过暂时不要告诉患者。办公室主任愣住了，连忙点头，出了门又摇头，刘县长得了相思病？笑话，怪事！

刘亦然打着点滴，服着调节精神的药片，排查式地幻想着同雯雯跟谁好上了，并不清楚自己得的竟还有疑似相思病。

县长住院的消息很快传回华塬，环保局的孙利第一个来探视。

刘亦然见面就问，市局检查的结果咋样？

孙利委屈地说，我咋能知道？人家下去检查，上来开会，都没叫我参加嘛。

刘亦然微微动怒，心想，这个吴栓牢，怎么能这样？不想干了？

孙利又愤愤不平地告状说，他把我划到你这边了，一遇到大事就支开我，我这副局长只是挂名的。

刘亦然若有所思后突然问，环保局要是交给你，水泥粉尘达标排放，你会采取啥措施？

孙利想了想说，粉尘治理要搞，但不会立马见效，水泥市场疲软了大半年，最近刚好转了，停下来搞治理，这不现实，影响了企业收入，也就影响了县上的税收。

刘亦然问，照你说，年底达标排放实现不了了？

孙利说，这也未必。上头检查，又不是天天来，企业眼亮一点，环保局勤提醒些，上下通融，只要上头说达标就达标了。

刘亦然点点头，这话说得很合他口味。

孙利走了，水泥老板们驾车来探视了，拎来了花篮、果篮，还有悄悄给县长塞银联卡的，他们大都是平时跟孙利走得近的。任万能天黑才来，说是听到消息后直接从东河赶来的，他在病房坐的时间比较长，一个劲地道歉来晚了，任万能走了，县长兜里的卡又多了一张。第二日一整天，几大班子的几个副职，县上部门的正副职，人来得没断线，病床和刘亦然被花篮、果篮、营养品包围了。谁来了他记不住，谁没来他有点印象，吴栓牢没见人影，这是肯定的。常务副县长和财政局局长一起来的，局长一是来看望，二是来送看病住院的费用，他们在病房里坐了一会儿，邀刘县长到外边吃顿便饭，刘亦然连忙摇头，说医生说我脂肪肝严重，酒是绝对不能喝了。局长说，酒不喝了饭还是要吃的。

在饭桌上，常务副县长详细汇报了市人大、环保局进行的专项检查情况，连说，年底实现达标排放的形势严峻，市上临时决定，把减排指标纳入全年综合考核，如不达标是要扣分的。刘亦然只听不说话，心里却沉甸甸的。他又询问财政局长税收收入的情况，局长也说形势严峻，前半年受金融危机影响，煤炭水泥滞销，最近这两个月形势才开始好转，但前半年税收收入的缺口太大，年底完成任务指标和计划增幅都成问题。刘亦然吃不下了，回病房也躺不住了。在他看来，指标似乎决定着他的命运，一项都不能掉链子。还有，想要扭转局面，非得有大动作不可。第二天，刘亦然就让人办了出院手续，办公室主任问他还去不去报社，他说以后再说，就匆匆忙忙地打道回府了。

市煤烟治理办公室是为限制生活用烟煤、推广使用无烟煤而设的。华塬的情况很特殊，煤烟治理办公室是单设的，不归县环保局管，与市上机构更是完全不配套。究其原因，是成立该机构时，刘亦然已经对吴栓牢有了成见，有意不给他这个权。刘亦然美其名曰，煤烟办按正科级建制单设，人员选调专配，看似专司其职，县上重视，实际上，这使得环保局与煤烟办上下不衔接，隶属关系不顺，县、市环保部门不好配合，业务很难开展。

刘亦然从省城回来，先给书记做了汇报，然后把组织部长叫来安排了一番。县政府接着发文，将县煤烟治理办公室更名为"华塬县煤烟粉尘治理办公室"，又由县委提议，政府提名，免去了吴栓牢环保局局长的职务，任命为煤烟粉尘治理办公室主任。接着，任命孙利为县环保局局长。这两项任免提请从县人大常委会讨论通过到走完程序，只用了三天时间，速战速决，吴栓牢被召去谈话时，只剩发文件、办手续了。

吴栓牢从组织部回来，气得把茶杯都摔了，关住门抽了一阵烟，消了消气，起身把办公室里的个人物件收拾收拾，拎着个包回家了。下午，组织部副部长来宣布孙利的任命决定，张明义满腔怒火，连连发问，年底水泥粉尘治理要达标排放，决战在即，临阵换将，有何居心？突击选拔干部，有没有民意测验？符不符合组织程序？副部长哑口无言，下不来台。

吴栓牢想了一晚上，还是想不通。第二天大清早，他推开了县委书记的门。书记正躺在套间输氧气、挂吊瓶，见他来了，示意他坐，有气无力地说不出几句话来。吴栓牢一声叹息，把牢骚咽在了肚子里，出门又去找管组织的副书记。副书记好言相劝，说，忍一忍吧，退一步海阔天空，县上目前就是这么个特殊情况，书记病恹恹，有心无力，县长硬邦邦，一手遮天，什么组织原则、党务政务，章法全无，不过，我估摸着这种局面一定会改变的，不会维持太久。

副书记言语中也流露出对刘亦然的不满，说是开导，也是发牢骚。

吴栓牢气哼哼地说，我跟他没完。

副书记不无暗示地说，咋个没完法？跟他拼个鱼死网破？不值。再好的猎人，也得踩住狐狸尾巴才成。

吴栓牢愣了一下，略有所思，出门摇了摇头。

5

环保局调整班子的事,在华塬引起了震动,背地里众说纷纭,有人说,刘亦然做事太绝,但在公开场合,亦有人说吴栓牢的不是。

消息传到原家滩,黄镇长心里慌了。他一口咬定是吴局长在座谈会上锋芒毕露,言辞尖刻,得罪了刘县长,才遭此下场。

黄镇长胆子小,他拼命回忆那天自个儿的发言,生怕刘县长与他结下梁子。想来想去,刘县长好像没咋听他说,倒是大家的鼓掌对自己有些不利。那天,黄镇长骑摩托车下乡,在回来的路上胡思乱想走了神,一不小心摔倒在盘山便道的水沟里。他扶起摩托车,惊出了一身冷汗。摩托车前辘轳变了形,骑不成了,推着死沉死沉的。财政所的小程骑车带着尚青下乡回来,正好碰上了黄镇长,小程让他骑自己的车带上尚青先走,黄镇长不好意思,两人换着推坏摩托车,尚青当帮手,步行了十几里地,回到镇上时,天都黑了。

三人都没吃晚饭,尚青招呼他俩进她家里歇着,自己去做饭。黄镇长好喝两口,尚青进厨房调了个凉菜,切了盘高黑子送来的野猪肉,取了瓶酒,让他俩先喝,又去下了挂面,打了荷包蛋端上来。一看有肉有酒,黄镇长眉开眼笑,嘴里嚼着肉还喋喋不休,非要尚青也过来喝几口。

尚青呀,这回,你给咱镇上撑脸面了。不收农业税后,外乡镇的财政所,业务重心还没调整过来,涉农补贴少发漏发的、贪占截用的,漏洞百出,群众意见很大。咱这儿,你工作做得细,没有一户群众反映告状的。这段时间,你们又核查摸底,又建电子台账,工作做到家了。上次我去开会,县上都表扬咱了。你还不知道吧,市财政局要来咱镇上调研总结哩。

其实,尚青早知道这事了。这还是王林科长发现他们工作做得好,唱了出去,引起了市局领导的高度重视,只不过尚青处事低调,只做不说,黄镇长说得眉飞色舞,她只点头笑了笑。

黄镇长见酒话多,天上一句,地上一句,唠叨开了,尚青啊,我看你家时来运转了，你哥建保护区、建森林公园，市上领导一个接一个地来考察。你给咱镇上牵线搭桥，煤老板给学校捐献电脑，财政所的工作也快搞成先进了，原家滩尽是你家的风光了。

尚青闭着嘴微微一笑，不置可否。

小程很少喝酒动筷子，只吃了鸡蛋挂面。黄镇长倒是又吃又喝的，一盘野猪肉，大半瓶西凤酒，全到他肚子里了。

黄镇长有点醉了，吐字含糊，却谆谆教诲，尚青啊……你…人好……女人家……不容易……官场险恶……环保局……吴局长……话没说好……被免了……我……也差点……黄镇长又一杯酒下肚，倒在了桌子上。

尚青瞅着黄镇长的醉样，"唉"了一声，摇摇头，让小程把他扶着送回镇上。他们刚走，门外汽车响了，是尚武的司机来接她，说是西寺家里有事。尚青平时下乡时，都把女儿打发到西寺吃住。她锁上门上了车，心想，这么晚了能有啥事？

原尚武一见她就说，快快快，你在镇上时间长，帮忙找个人。

尚青问，找谁呀，这么晚了，这么急的。

原生茂没说话，老伴先开了腔，上回我说的原家滩地主家的后人又出现了，要找从前西寺的原志俊老汉哩。

尚武跟着把事情的原委说了。

尚武跟原丰接上头了，原丰很快就要来考察，人家倒是没提找原生财坟址的事，尚武却有心成全。

原生茂补充说，这事对你哥很重要，找到这个人，就能找到那个坟，这人我有点印象，比我大十来岁，论辈分我要叫叔哩，没准儿人都不在世了。

尚武说，听说新中国成立后，村里人流动大，老户人家好多都搬走了，现在的人多数是后来迁来的，村干部也一问三不知，咱爸领我转了一圈，啥也没打听出来。

尚青笑了，说，哥，算你找对人了。原家滩镇有多少户，多少口人，每家种了多少亩地，谁家门朝哪儿开，我都清楚得很。西寺村的老户，只要没出原家滩地盘，都在我电脑里存着哩！

尚武喜出望外，说，这太好了，有没有听说过原志俊这个人？

尚青想了想说，名字我好像见过，哎，对啦，北梁村有个姓原的老汉是西寺去的上门女婿，见我就说，论辈分，我要把他叫爷哩！

尚青说完，拧着眉头想，这老汉是不是叫原志俊呢？

尚武急了，站起来说，尚青，走走走，到你办公室查一查。

尚青说，哥，你着啥急？明天再查嘛。

尚武说，不查清，我咋睡得着？

原生茂两口子也你一句他一句的劝说尚青走一趟。

尚青怪嗔地问，哥，你咋把家当办公室了，这算私事还是公事？

尚武憨憨地一笑，说，管他公事私事，办成了就是大好事。

原尚武找见了他要找的人，了解了想知道的事，满心欢喜，一身轻松，从北梁村回来，把尚青朝镇政府院子一搁，匆匆忙忙地驱车回锦阳了。林业局老局长要退休了，市委组织部找尚武谈了话，让他先主持林业局的工作，他这是急着赶回去为老局长开欢送会。岂不知，他在刚才的路上说了一路的康文，把妹妹的心事彻底搅乱了。

这么些年，原尚青习惯了用努力工作淡化情感深处的伤痛，用埋头业务对冲婚姻家庭的不如意，找到了自己心理上的安慰与平衡。刚回华塬时，尚青对康文多少有些哀怨。到原家滩财政所一年后，她去局里办事，传达室老头从抽屉里取出一封皱巴巴的信交给了她。那时，邮电所那人已经向她发起了攻势，一个就在身边，一个远在天边，尚青的感情空间此消彼长，这封迟到的信分量已经不那么重了。康文的信有一点是清晰的，那就是康文看到她的信时，她已经回了华塬，一切都难以挽回了。她后悔过自己没有抓住机会当面表白，却含蓄羞涩地写在纸上夹在书里，而且一错再错，得不到回音便含怨带羞，不辞而别地逃离省城，考虑欠妥，一念之差，与所追求的梦想失之交臂。与那人结婚后，现实与内心的期望落差太大，令她追悔莫及，于是她更把对康文的怨化作对自己的怨，自怨、自责、自悔、自恨，她叹息这就叫命运。那人在时，她回到家里就烦躁郁闷；那人走了，她回到家里是冷清空虚。在家里，她几乎把所有情感和心事都放在了女儿身上。每次出家门，尚青都有一种释放感。

单位再忙、下乡再苦，她都觉得开心，日子就是这样一天天过来的。直到最近一段时间，康文的脚步声伴随着放飞的朱鹮悄然而来，打破了她内心的平静。

这天，尚武说康文马上就来。她问康文离婚的事，尚武却一无所知。尚青嗔怪说，哥，你也真是，跟康文哥打了一年多交道了，也没说关心关心人家，问问人家的老人、爱人、孩子咋样。尚武有些不好意思了，头一回听说康文"又"离婚了，他吃了一惊。

康文如今是报社总编助理，省作协副主席，挂职任市委宣传部副部长，来了先在塬上住一阵子。尚武说这些时，尚青心里热乎乎的，仿佛明天就能见到康文似的。以前尚青的思念更多的是牵挂。得知康文又离婚了，她为他愤愤不平，为他忐忑不安，她昼思夜想，觉得康文哥本来就书生气十足，年过半百了，还竟如此不幸福，一个人生活、煎熬，何时才是出头之日？后来，康文到来的日子更临近了，尚青的牵挂更多地变成了操心，写小说费心劳神，要清静，要营养，听说他要住在塬上下地窑里，可那儿办农家乐了，人来人往，嘈嘈杂杂的能行吗？独居陋室，缺人照料，换下衣服谁给洗？半夜三更饿了渴了，谁给弄吃的喝的？生活安顿不好，咋安心写作哩？还不如让康文哥住到原家滩……尚青的思念化作了浓浓的盼，盼星星盼月亮的盼，心神不定、幻觉频频的盼。说不定哪天一打开家门，康文哥就站在外头了哩。现在，听哥哥一说，尚青踏实了，这一天眼看就来了。

尚青家的房子，临街的三间门面房出租了，后面的三间平房是结婚时新盖的。尚青把空着的那间平房收拾了半截子，又觉得康文住在她家不合适。后来，尚青灵机一动，心想，让康文哥住到西寺。趁这个星期天，尚青去父母家，把哥哥屋子的窗户玻璃齐齐擦了，旮旮旯旯打扫了，又拆洗了被褥，换洗了床单。屋里缺张写字台，她让人把她家的写字台搬了过来，又买了盏台灯，还专门接通了网线。尚青想起康文哥爱吃搅团，上大学那会儿，康文哥说过，啥时候回塬上，让婶子给我做顿搅团解解馋。山里的苞谷好，她捎话让高黑子磨了苞谷面送来，又赶集买了不少土鸡蛋放在冰箱里。高黑子是套野猪的高手，那天正好套住野猪了，给她家带了一些肉，她专门留在冰箱里，只为黄镇长切了一小块。住的吃的都准备好了，尚青心里仍然慌乱不安，明知有一肚子话要说，却不知到时从何说起，尚青为难了。

6

康文从汉中回来，把手续交接清了，回父母那儿小住了几日，又去了趟北京，看望了上大学的儿子。儿子康健，性格像他，文文弱弱的，却选择了读理工科，今年刚刚考上北航。康文一心无牵挂了，才收拾行囊准备启程去华塬。

处在人生的拐点上，康文心潮澎湃，思绪万千，往事如烟，尽是惆怅。一眨眼，在报社整整二十四年了，突然要离开，他难免有些失落和留恋。他不清楚曾智做了些什么，反正作家下派挂职的名单里有他。报社社长、总编似乎觉得有些亏欠他，在收到文件的第一时间就告诉了他，还张罗着为他举行了壮行酒会，报社的高层和中层领导都来了。社长致辞时特别强调，不是送别，是壮行，为康助理壮行，希望你深入体验生活，给咱抱个金娃娃回来，康助理一举成名天下知，也是咱报社的自豪和骄傲。康文听了很感动，表示不会辜负报社领导和同人的期望，下基层调查研究、深入生活，争取有所成就。撺掇他竞选副主编的几个铁哥们儿心里仍过意不去，又凑在一起，邀他美美地喝了一场，有人还学着社长的腔调说，哥们儿，不是送别酒，是壮行酒，抱个金娃娃回来，把挡道使坏的乌龟王八蛋们震一震！此处不留爷，自有留爷处！

康文这人很守信用，刘亦然说要来看望，他答应了。谁知省林业系统在汉中长青保护区召开森林文化研讨暨笔会，请他务必去参加，说会上来的大都是基层的文学青年，还请了一些专家，一是研讨，二是讲课，并且特邀他去给大家讲一讲。康文推辞不掉，只好答应了，本想在电话里跟刘亦然解释，后来又觉得，反正就要去华塬了，见面再说。

康文心里装着自己的小说构思，对汉中的会，他原本打算应付一下，散散心就算了。但听了其他专家在生态文化上的见地，倒是收获不小，他为自己的小说创作找到了新的切入点。躺在宾馆的床上，他忽然萌生了这样的想法，能不能在小说中通过人物的命运，挖掘人与自然关系这一深刻主题呢？他忽然眼前一亮，锦阳、华塬就很有代表性呀，上世纪九十年代，因煤烟和水泥粉尘污染严重，锦阳被称为"卫星看不见的城市"，时至今日，这座城市，这座城市的人们，还在污染与治理的怪圈中苦苦挣扎，环境、生态，与那里人们的生活、那里人们的命运息息相关，写人物的生活，写人物的命运，还有什么能比生态环境这个载体更有利于展开话题，挖掘主题呢？想到这里，康文兴奋了，即刻把他熟悉的人跟他的小说联系在了一起，比如建保护区的原尚武，拍鸟儿的柯云，被曝过光的任万能父子，关拆小水泥厂的曾智，还有柯云提说过的那个很传奇的袁耀辉……康文一骨碌爬起来，打开电脑，把自己思考的东西敲出来，一躺下，又想起更多，又爬起来敲打键盘……不知不觉，天亮了，他揉了揉发红的双眼，伸长双臂扭扭腰，关上了电脑。闭目之时，他的心一下子飞回了华塬。

尚武打电话问他啥时动身，柯云也在电话里催，康文都回话说，从汉中回来就动身。省委组织部、宣传部联合签发的文件上给他挂了个市委宣传部副部长的职务，但这不就是挂名嘛，康文也不当回事。锦阳市委宣传部打电话来询问他的动身日期，说是要派车来接。康文谢绝了，说自己开车去。他从汉中回来，带了不少茶叶、蘑菇、木耳，回家又列了购买清单：给生茂叔买几瓶好酒，给生茂婶买件毛呢外套，给尚青女儿买一套初中升高中的复习资料，轮到尚青了，他想来想去，还是觉得山里头冷，买一件羽绒服最合适……临出发的前一天，康文开着车拿着清单，整整跑了一下午，东西买好了，都放在后备箱里。他直接去父母那边，吃了晚饭，道了别，这才回家收拾自己的行李。衣服随便带几件，冬天的外套，换洗的衬衣、袜子、户外登山鞋等，他一件件拿出来装了箱子。笔和印章一定要带，柯云叮咛过，他的摄影朋友们想讨几幅字。书是必须带的，晚上睡觉前读书，这是他几十年如一日，雷打不动的习惯。康文走到书架跟前，一边整理，一边寻思着查找要带的书。蕾切尔·卡逊的《寂静的春天》，亨利·戴维·梭罗的《瓦尔登湖》……这些都是必须带的。还有，放在办公室的那个小包裹——从前为尚青买的真丝睡袍、夹在《倾城之恋》中尚青的信。康文忍不住打开包裹，忍不住取出那封信读了起来。尘封了近二十年的情书是这样写的：

康文哥，你不知道我是鼓足多大的勇气，才给你写这封信的。我把心里话掏给你吧，康文哥，我爱你！请你不要见笑，不要觉得我傻、我痴，这可是我埋藏心底多年的几个字，我爱你，康文哥。

小时候的我的确很傻，放学回来，先到窑里看你在不在，先问我妈你回来了没有，我那时就喜欢跟你在一起。还记得那次我扭伤脚，你背我回家吗？伏在你背上、勾着你脖子的感觉，我终生难忘！那一刻我就在想，快些长大，长大了嫁给你，该多好呀。也许那时我是情窦未开，青涩无知，但是，从那时起，我就喜欢上你了，千真万确。康文哥，你不知道吧，你背着铺盖卷离开我家那天，我偏偏不在，回去后我哭了。春节你又来过一回，我又不在，听说你来过，我躲在窑里又哭了。你走了，带走了我的心，你不知道吧，那时我有多痛苦、多空虚、多迷茫呀。上初中了，就因为心里装着你，我发奋学习，盼着长大。上高中了，我感觉与你越来越近了，我刻苦学习，备战高考，如愿以偿。当你在火车站接我，送我去学校报名的时候，我很自信，我已经长成大姑娘了。但我也很失落，因为我害怕你已经成家了。我害怕的事情还是发生了，你真的成了别人的丈夫。我只能远远地看你。尽管有时也心存幻想，但是我宁愿把这份情埋藏在心底，只要你幸福，我也很满足。康文哥，在省城上学这几年，你把我当成亲妹妹，无微不至地照顾我，我压抑着内心的痴爱，享受着你的关怀，想着此生无缘，若有来生，来生再会。渐渐的，我发现你并不幸福，我在心里为你祈祷，我可不愿意在你婚姻出现裂缝时做遭人唾弃的第三者。不过，去了趟汉中，我这种坚定动摇了，你拉着我的手蹚河的那一刻，我感觉有电一样的暖流传来，受惊吓钻在你怀里的那一刻，我听到了你怦怦的心跳，心心相印啊！那一程，我仿佛放飞了心中的幸福鸟，开心无比，铭心刻骨！就在我即将毕业的时候，你离婚了。我并不幸灾乐祸，但我认为对你来说，这也许是一种解脱。可是，我控制不住自己压抑的情感，对我来说，这也许是一次机会，我很想很想对你表白，却没有这个勇气，因为我羞于启齿，害怕拒绝，于是我焦虑不安，彷徨不定，尤其是在你为我联系好了接收单位的时候。

康文哥，当你读到这里，大概已经明白我的心了，我爱你爱得这么深，这么久，连我自己也不知所措了。康文哥，就让我一生一世陪伴在你身边吧，我选择留在这里工作，全是为了你！我不清楚你读完信咋样想，但我站在十字路口上，很无助，很恐惧，我害怕被拒绝，更不知，带着爱的遗憾离去，往后的日子咋样过……

康文哥，我等着你的回音，哪怕只是抱抱我！

永远爱你的小妹，尚青
1986年7月10日

　　收拾了行囊，屋里乱糟糟的。重读尚青的信、尚青的心，康文心里的苦楚和歉疚更揪心。尚青秀美的模样、羞涩的笑容、忧郁的眼神，就像旋转彩灯在眼前、在心中变幻着，让康文内心倒海翻江，又悔恨了一回。茶几上的烟灰缸里，烟蒂塞得满满的，满屋烟雾缭绕。半晌，康文总算走出了内心的挣扎，可怎么也想象不出尚青现在的模样和处境，他拿定主意了，一定要为尚青做些什么，要像从前那样……

柯云的电话来得正是时候，柯云问，康老师，收拾好了没有？

哦……正在……收拾。

明天什么时候动身？你直接到塬上，都安顿好了。尚青老打电话问你啥时间来哩！

哦……哦……

忽然间，康文归心似箭，他欠尚青一个等待，欠尚青一份深情，但一切只能等见了面再说。

第六章　情归故里

　　康文终于来到了原家滩，不禁百感交集。对于尚青，他有过后悔，但更多的是愧疚。在后山瀑布旁的大石上，尚青靠在康文的肩膀上，三十年的悲情在一瞬间爆发，宛如山洪一泻而下，哭得康文心都碎了。两人最终释尽心中负担，温情依偎。

　　尚武的森林公园得到市里尤其是曾智的支持，又得到了原丰的大笔注资，进展得还算顺利。而刘亦然自从上次在座谈会上被曾智敲打一番后，一直惴惴不安，这时，他想到了一手提携他的康文……

1

初冬，塬上的天空总是灰蒙蒙的，就像是上苍刻意罩上了一层薄薄的天网，直到正午时刻，日头才慢腾腾地驱散雾霾，光临大地人间，暖及千家万户。待到日落西山，这天网就像窗帘似的，又悄然无声地合上了，与黑暗交相糅合，但土炕的温暖始终滋润着塬上人家。

塬上白日的雾霾以水汽成分为主，有别于县城上空的灰霾。县城的灰蒙蒙是水泥粉尘烟尘所致，一年四季，不分白昼，不论春夏秋冬。除了雪花般的粉尘烟尘，还有着浑浊不堪的无机化学元素，比如，二氧化硫、氮氧化物之类的"怪物"。而塬上雾霾里的烟尘，是千家万户烧灶火、烧炕火会聚而成的，家家户户烟囱里的烟袅袅而升，一丝丝一缕缕，为天空涂上一层薄薄的烟雾，淡淡的烟雾里，飘荡着有机生命物燃烧所特有的清香，农家人祖祖辈辈嗅习惯了的清香，就像是为自己的生活点燃的一炷祝福的香。

康文走出汽车，便嗅到了这股久违了的清香。一闻到这股味儿，他便想起了尚青母亲为他们猫下腰填柴烧炕的情景。

尚青家下地窑低矮的烟囱冒着烟。梁鹏为他收拾的窑洞里，炕已经热得能暖手了。柯云和他的朋友张明义、梁鹏、王林、同雯雯等已经恭候多时。大家簇拥着他走进下地窑院，走进他当年跟曾智一起厮守过的那孔窑洞。康文环视一圈，土炕还是从前那样的土炕，家具摆设却大不相同，有沙发、茶几、写字台、台灯、电视机，更令他惊奇的是，在窑洞一角，竟然建了被大玻璃围着的洗漱间，坐便器、淋浴器、洗漱池，应有尽有。虽然有点土洋结合，不伦不类，不过，有布帘将之隐蔽起来，倒也看不出有什么外观上的不协调。

柯云把大家逐个介绍给了康文。

梁鹏略显拘束地说，康老师，我凭自己的感觉为你准备了这么个地方，不知道你满意不？

这一切都是精心布置、添置的，康文连声说好。其实，有个简单的居室就成，没必要这么大动干戈，他谦虚地说。

梁鹏又说，你能来住，是我们的荣幸，从你入住之日起，其他窑洞一般不接待客人，非要接待时，也不得划拳行令，不得大声喧哗，绝不会吵扰你的，请你放心。

康文开心一笑说，没必要，没必要兴师动众。说完，他瞅了瞅炕上，伸手一摸，被褥新崭崭的，炕上热乎乎的，这让他心里暖融融的。窑洞还是从前熟悉的窑洞，只是面前站着的尽是不熟悉的面孔，时过境迁、物人两非的惆怅也是难免的。

梁鹏让服务员上了水果、瓜子，康文拿出几盒烟放在茶几上，其余人沿土炕边坐着，康文和柯云坐在沙发上，同雯雯来回端茶倒水，大家聊得一团火热。康文触景忆旧，讲起了窑洞与土炕的往事，众人也都静静听着。

下地窑冬暖夏凉，住着舒服极了。康文说，房东生茂婶夏天为了防潮，隔三岔五，也烧一回炕，是在白天烧。冬天烧炕很讲究的，要先在炕洞里铺上一层麦壳之类的细柴火，然后塞进麦秸秆之类的粗柴火，点燃了，再拦上炕洞门。柴火不能多不能少，多了太烫，少了烧不热。睡到半夜，生茂婶还要给炕洞加上一些细柴火，这叫温炕，目的是让适宜的温度保持到天亮。头一回遇到生茂婶温炕，我并不知情，半夜三更的，被窝下炕面上踢通踢通响，我被惊醒了，爬起来披着衣服出来一看，是生茂婶弯腰填柴的身影，你们想象不出吧，我当时有多么感动呀！

大家都为房东大婶给知青小青年半夜起来温炕而感动，同雯雯除了感动还有新奇，她忍不住问，啊呀，烧土炕还这么复杂，那现在半夜三更的，谁为康老师温炕呢？

梁鹏说，农村的土炕不光是为睡觉暖和，更主要的是能使整个屋子或者整个窑洞提升温度，现在物质条件好多了，白天把炕热了，晚上加点柴火，使屋里、窑里保持一定的温度就成了，而且床上还有电褥子，不需要再半夜起来温炕了。

梁鹏说着，顺手揭开被褥一角，果然现出了电褥子的开关。

康文瞅着洗浴间，纳闷儿了，忍不住问，下地窑本来地势就低，你搞的这个洗浴间，下水流到哪儿去了？

梁鹏说，窑院里挖了化粪池，把窑院、窑洞里的污水全收了进去，定期抽出来运走，还可以做肥料哩！

康文一听，恍然大悟。大家正聊到兴头上，康文的手机响了。

曾智在电话里问，你到了没有，在哪儿？

康文说，到了，到了，在塬上咱那个下地窑里呢。

曾智说，好吧，我一会儿就到。

柯云看了看表，梁鹏便起身安排饭去了。

利用饭前的机会，柯云陪着康文走了一圈。站在农家乐门楼前，望着自己书写的那幅楹联，康文多瞅了几眼，挎着相机的同雯雯趁机凑过来说，康老师，我想跟你合个影。

康文迟疑了一下，答应了。他跟同雯雯合影完，其他人也尾随而来，都要合影。康文笑着说，我又不是什么名人。

柯云说，怎么不是名人？省作家协会副主席、资深媒体人，来来来，大家一起，跟康老师合个影，留个念头。

合完影，康文顺便问张明义华塬县水泥粉尘治理的情况。

张明义也不避讳，摆着手说，别提了，形势严峻，一团糟。

康文惊诧地问，咋一团糟？

只要刘亦然还在华塬，哼，好人无宁日，老天无晴日，张明义恨恨地说。

康文愣住了，心想，难道刘亦然在华塬口碑这么差？

柯云赶紧解释说，别听他说，他言重了，也就是县上领导重视环保不够，污染治理不力，才又把环保局局长换了，这家伙气不顺，烦着哩。

大家转悠着返回窑里，康文又问同雯雯，你在任万能厂子里，你们厂子的治理情况咋样？听说年底都要达标排放哩，你们那儿能不能做到？

同雯雯笑着摇摇头说，我看悬。

康文又问，为什么？

要更新环保设施，要落实治理措施，都要花钱的，老板心疼，同雯雯实话实说。

张明义插话道，县长跟老板们穿着一条裤子，一边盯着发展一边盯着钱，现有的收尘设施，都不好好开着，污染治理更是雷声大雨点小，遥遥无期。

康文听得不大明白。

柯云在一旁解释说，快到年底了，县上最关心的是地方财政收入目标能否完成，还有全县生产总值增幅目标能否实现。另外，还有些客观情况，水泥市场疲软了大半年，最近有些好转，老板们都想抓紧生产多挣钱，污染治理也就搁到一边去了。

张明义瞪大眼说，康老师，你来得正是时候，何不明察暗访走一走，在省报上狠狠地曝曝光，捅他刘亦然的马蜂窝。

柯云白了他一眼，说，康老师是以作家身份来体验生活的，不是……

张明义打断柯云说，这不正好？体验体验老百姓深受污染之苦的生活现实。再说了，对康老师这样的大记者来说，写个曝光文章，那是放羊娃捡酸枣——稍带的事。

同雯雯坐在靠门口的炕边上，曾智进门走到跟前时，她跳下来跟他打了个照面。

曾智凝着神问她，你叫什么？哪个单位的？

柯云抢先回答道，同雯雯，"万鑫"的副总，任万能手下的。

曾智把同雯雯上下一打量，问，你是市水泥厂子弟？你姐是同芳芳？

同雯雯惊奇地说，是呀，那是我大姐，市长咋知道的？

曾智又问，她现在咋样？还在纺织厂？

同雯雯说，办了病退，在家待着。

曾智无语了。他礼节性地看望了康文一遭，抬脚出了门，却脸色凝重，似有心事，康文送他出下地窖，忍不住问，你认识这个同雯雯的姐姐？

曾智"唉"了一声，说，何止认识？算了，说来话长，以后再说。

走到车跟前，康文又问，刘亦然在华塬影响不好？

曾智猛地一愣，笑了，你咋知道？刚来就听到这种话，真是秀才不出门，便知天下事。哈哈哈，回头再说。

2

柯云他们正在为康文接风畅饮的时候，尚青的电话打来了。

柯云出了窑门便笑着说，来了，来了，康文哥来了。

尚青这回也不遮掩，直接问，他没说啥时上原家滩呀？

柯云嘴里说，快了，快了，心里却叹息着，可怜的尚青啊！

柯云一直以为，对尚青的痴情暗恋，康文都蒙在鼓里。下午，他开车陪康文去市里参加了宣传部的欢迎酒宴后，把喝得醉醺醺的康文送回来，扶上炕。康文拉着他的手不松，想着康文一个人待在窑洞里孤零零的，他也不忍心走。梁鹏见康文喝醉了，赶紧去厨房做了醒酒汤端来，康文喝了又躺下了，柯云跟梁鹏一直陪着。快半夜时，康文酒醒了，睁眼下炕，一边打发梁鹏回去休息，一边进了洗漱间，柯云便上炕来收拾床铺。康文洗漱完毕，上炕躺下，眼睛睁得大大的，睡意全无。

柯云问，康文哥，你啥时候去原家滩呀？

一时半会儿还动不了，你曾智哥说了，市上的一把手听说我来了，要见见面，这得等着人家方便的时候。

柯云说，尚青知道你回来了，打电话问你啥时间去呢。

康文不言语了，双目盯着拱形的窑顶发呆。

柯云忍不住问，康文哥，尚青对你一往情深，这么多年了，难道你真的蒙在鼓里？

康文不说话，眼睛还是死死地盯着窑顶。

柯云又问，尚青在省城时，你离婚了，她有没有什么表示？

康文还是不说话，把头拧向了一边。

柯云说，我从尚青的表情、语气中看出来的。只要一提起你，她就刻意回避，我一直觉得蹊跷。她本来该留在省城，却偏偏回来了，回来后见她第一面，我就感觉她心情不好，有些忧郁。你拒绝她了？为啥要拒绝？说话呀，康文哥。

康文终于转过身来，长叹一口气说，她写了封信，夹在还给我的书里，我出差回来看到信时，她已经回华塬了。我找你要了地址，给她写了封信，她也没回音。康文说。

柯云半晌不知说啥好，盯着拱形窑顶叹息说，唉唉，哥呀，真是阴差阳错，老天爷对你不公嘛。

康文爬起来，点了一支烟，狠狠地吸了一口说，兄弟啊，这是老天爷对尚青最大的不公。

康文人在塬上，心在山里。第二天大清早，尚武赶来了，陪他在堡子里外走了一圈。

二十年过去了，村子已经面目全非了。以前，康文印象最深的是村外的大涝池。涝池乃旱塬一景，但说白了，就是塬上村庄收集雨水的蓄水池。塬上的村外有大大小小的碾麦场，每个场边都有一孔水窖，水窖供人畜用水。至于涝池，收集了整个堡子流出的雨水，主要供村里人洗衣服，也兼有饮牛的功能。当年康文初来乍到，对旱塬的涝池感觉很稀奇。傍晚是涝池最热闹的时候，周围一圈围着几乎全村的妇女还有孩童，妇女在洗衣，孩童在玩水，生产队饲养员把劳作了一天的牛群赶来，牛群伸着脖子喝了一肚子涝池水，然后拖着疲惫的四肢回到饲养室的槽边。饲养员拌草料的水是从水窖里挑来的。窖水干净，涝池水污浊，康文一来就看明白了。那时候，农村有自织土布、自染颜色的习俗，谁家染了黑布在涝池里清洗，涝池水便成了一池黑水，过一向，谁家去洗染自织的彩色的床单，涝池水又变成了彩色的。再过一向，涝池又沉淀变清了。尚青家从来不去涝池洗衣服，窑院里有水窖，足够包括两个知青在内的全家人饮食洗涮用的了。但康文却忘不了那盛满欢声笑语，并不清澈的涝池。尚武也想起了在连阴雨的秋季，康文带着他和妹妹一起放纸船的情景。那时候，绝大多数村民都住在堡子里，家家的雨水从水眼流向巷道，再从小巷道会聚到主巷道，然后从城门洞一涌而出，卷着猪粪末、羊粪蛋、碎麦草、柴火棍之类的杂物，浩浩荡荡，流向涝池，这在塬上孩童心中，犹如长江黄河。每次放纸船都是尚青的主意，尚青把哥哥叠的纸船放进水中，尚武在前面跑，康文拉着她在后面紧跟，顶风冒雨，一路欢呼，护送纸船进入涝池，然后大家就在池畔守望，直到纸船沉没不见。在塬上孩童的心目中，涝池就犹如浩瀚的大海。不知何时，城门洞被拆除了，堡子里的住户大都在城外边划了新庄基，盖了新房子。涝池废弃了，成了谁家的菜园子，一片郁郁葱葱。康文有些失落，尚武喃喃道，堡子空了，涝池干了，尚家堡没了从前的模样，我家下地窑也变成老古董了。

　　康文修过水库，却没等到水上塬。尚武陪他到高干渠看了看，正赶上冬灌季节，满渠水清湛湛的。尚武感慨道，饮水思源，沮河上游的森林保护好了，下游受益，连塬上也跟着兴了利。康文也感慨地说，社会在发展，世事在变，塬上也在变呀！

　　那天，尚武要飞去厦门见原丰，来去匆匆，临走时告诉康文说，到时候，原丰来考察，你最好也在场。尚青把屋子都给你收拾好了，等你见了市委领导，上山里住一阵子，我爸也老念叨你哩！

　　康文点头称是，心里倍觉释然。

　　在宣传部的接风宴上，《锦阳日报》的社长、总编都来了。人不亲行亲，他们还说要来华塬拜访他，而且约好了时间。他们来的这天，有个穿着红色羽绒夹克的女子突然闯了进来，进门就热乎地说，康老师，还记得我不，我是李娜呀！

　　康文摇摇头道，想不起来。

　　我爸在报社，跟你是同事，那年我考上公务员，是你给曾书记打了招呼，我才分到华塬的呀，李娜解释说。

　　康文想起来是有这么回事，却想不起李娜父亲——一个退休老编辑的名字，也不好问，搪塞道，想起来了，又问，你现在在哪儿？

　　李娜说，就在附近的乡政府，离这儿有三里路，我听说你来了，好不容易才打听到你住这儿。

　　李娜是个见面熟，跟上康文和报社的人一起吃了顿饭，送走客人回到窑里，又陪他聊了半天，要了他的手机号。

这女子像一阵风似的，倒给康文留下了热情大方的好印象。

康文到塬上的第二天，原尚青就带人上了东河，趁康文没来之前，把手头工作朝前推一推。

市财政局来调研后，对尚青他们财政所的工作高度肯定。国家惠农政策越来越多，除了粮食综合补贴、退耕还林补贴，来年又要增加地膜玉米补贴和生猪繁育补贴，市财政局把推行惠农补贴"一折通"的试点放在了原家滩镇。

老百姓习惯了现钱发到手，拿着踏实，突然要搞个存折给上头一笔笔地打钱，还很不适应。尚青打算从东河村开始试行"一折通"发放，总结经验，再扩展到全镇去。

尚青领着人挨家挨户地给村民做工作，八八九九，费尽了口舌。年轻人或有点文化的，说一说就通了，可那些上了年纪的人，唠唠叨叨地总不放心，说，发成钱多好，为啥要发折子？尚青不厌其烦地解释说，政府明年发的钱来路更多了，财政所人手少，这么多村子，直接兑现忙不过来。有人问，把钱变成一张纸了，能顶用？尚青说，钱还是你的钱，在信用社给你存着哩！有人仍不放心，问，汇了没汇，汇了多少，我咋知道？尚青解释说，借着赶集，去信用社一查就知道了。有人问，折子丢了咋办？尚青说，丢了先去信用社挂失，给你补发折子……有人半信半疑地说，这真没麻达？尚青说，出了问题来找我。村民们这才说，那好嘛，反正你是咱东河的外甥媳妇，跑不了……

橡树峁的"一折通"终于发放完了。尚青回到高黑子家时，见院子的木架上竟吊着只大野猪，褪了毛，洗得白光白光的。高黑子瞅见她了，对正给野猪开膛摘除内脏的村民吩咐道，从中间打开，分一扇肉让尚青带回去。尚青赶紧说，不要了，上次拿的还有哩！高黑子说，尚青，你不知道，你尚武哥说了，最近要来贵客哩！

尚青心里一紧，说，来什么贵客？我咋不知道？

高黑子说，给森林公园投资的老板呀！

尚青明白了，她还以为说的是康文呢。尚武给她交代过，要她把全镇的原姓人都找出来，列一张名单以备后用。不过，尚青脑子里想的尽是康文。从东河回来的路上，她拼命地想，康文哥现在成啥样了？胖了，发福了？有皱纹了？头发白了……

3

康文不想为市委领导的接见等着耗着，急于去原家滩。

这天，同雯雯起了个大早，在楼下候着柯云来接她。柯云要为康文带路，她缠着非要跟上去，柯云坚决不依。柯云心里清楚，康文跟尚青不是一般的见面，连他也要看眼色回避，何况叽叽喳喳的同雯雯。最后还是康文发了话，柯云才同意带同雯雯去。自从那天陪同雯雯过了个囫囵夜，柯云越来越看重这女子了。一天不通话，几天不见面，就闷得慌。见了面，倒也毫无非分之想。看着她的面容，听着她的声音，就觉得很充实很满足。

康文说，去就去吧，回来时，你也有个伴儿。

同雯雯兴高采烈地说，还是人家康老师通情达理。

柯云接了同雯雯来到尚家堡，同雯雯却上了康文的车。柯云的车在前，康文的车在后。

同雯雯心里装着另一件事。原来，曾副市长也是水泥厂子弟，他跟大姐认识。那天她回去问大姐，大姐只说了句"认得"，别的啥也不提，好像在有意回避什么，她很想弄明白。

路上，她试探着问，康老师，你跟曾市长是一块儿下乡的知青，有听说过我大姐同芳芳吗？

康文在想事，顺口说，没有，暂时没听说。

康文跟着柯云刚进山里，康文手机就来电话了。对方声音大，坐在旁边的同雯雯听出了是谁，她把头扭向了车窗外，佯装没事。其实她有事，就是这没脸没皮的，发短信、打电话缠她哩。

康老兄，你好，听说你来了，我去你住处看你，你不在，你人在哪儿呢？

康文回话道，是亦然吧，我正在去原家滩的路上。

刘亦然说，下午几点回来？我请你吃顿饭。

康文说，今天回不来了，过几天回来了，我联系你。

刘亦然说，康老兄，回来一定要联系我啊。

康文刚挂了电话，李娜又打来电话了，她也问康文在哪儿，也问他啥时间回去。康文也说回去再联系，挂了电话。

一路上，同雯雯想跟康文搭讪，却见他像是在专心驾驶，又像是有啥心事，几次话到嘴边，又咽了回去。

汽车很快到了原家滩，柯云把车开进镇，停在尚青家门口。尚青让柯云先到她家，吃了饭再去西寺。

康文进门，尚青迎上前那一瞬间，两人目光短暂对视交流，尚青表现出了超乎寻常的沉静，倒是康文略显紧张，不过也很快就平静了。柯云在一旁看得明白。两人久别重逢，气氛有点沉闷。

同雯雯惊叹一声，道，哟呵，尚青姐，你今天好漂亮啊！说得尚青脸红扑扑的。

柯云出门，从车里取出了康文事先装好的那包东西。萌萌拿到书，高高兴兴地翻着看去了。米黄色的羽绒服被同雯雯拎在手里，没等康文说话，她先开了腔，这是给尚青姐的吧？康文点点头。

同雯雯打开袋子，把衣服塞给尚青说，尚青姐，你试一试，今年的流行色，好漂亮啊！尚青不好意思，同雯雯又催着说，尚青姐，你穿上试试，肯定好看得很。

康文也说，试试看合身不，不合适了，下次回去换一件。

尚青这才进屋去，脱了外套，穿上新衣出来。同雯雯左说好、右说美，弄得尚青不好意思地笑了。瞅着尚青酷似当年的羞涩笑容，康文一阵苍凉掠过心头。

尚青告诉大家说，尚武哥一家也要来。尚青把饭做好了，丰盛的饭菜端上桌，尚武一家也来了，大家便开始吃饭。饭桌上，同雯雯很快就跟梁琴混熟了，"嫂子"长"嫂子"短的，压根儿不像才见面、刚认识，她还不停地给萌萌和斌斌俩孩子夹菜。一听说凉拌的、红烧的，还有酸菜豆腐大烩菜里的肉全是野猪肉，同雯雯尝了一块说，好吃，好吃，上次来见了野猪，这回来吃到野猪肉了，好口福啊。柯云要开车，不能喝酒，他的酒全让同雯雯代了。尚青吃饭时话不多，她好几次瞅着康文，目光忧郁，有时甚至走了神。其实，她是有一肚子话憋在喉咙眼，没法吐出来。康文话也不多，就跟尚武聊了几句原丰要来的事。说话吃饭时，康文老是低着头，像木讷，又像拘束。柯云观察到了，有情人各怀伤感。多亏了同雯雯的活泛劲，又说又笑，左右招呼，掩饰了尚青眼神的忧郁、康文神情的困窘，冲淡了重逢悲喜的诡秘。

原生茂老两口听见汽车响，出门来远远地迎在路口，康文下车，跟原生茂抱成一团，久久不放，连连问好，老人激动得老泪纵横，哽咽着只会说，好好，都好，都好。康文又过去拥抱生茂婶，连声说，离别快三十年了，早都想你们二老了，早都说要来看你们，终于见到你们了。原生茂边唠叨边招呼康文赶紧进屋，生茂婶一只手拉着康文不放，一只手悄悄擦眼泪，边走边侧身抬头，把康文看了个够。同雯雯举着相机移步子换角度，拍着拍着也感动得落了泪。柯云把车里的东西拎进来，同雯雯拿起那件毛呢外套，帮生茂婶穿上，一个劲儿地问合不合身。生茂婶喜得合不拢嘴，连声说，合身，合身。康文坐在二老中间，这边说说，那边问问，亲热得就像一家人。

瞅着同雯雯意犹未尽的傻样儿，柯云又好气又好笑，说，人家见面团聚，看把你激动成啥了。

同雯雯说，我真的好激动哟，他们团聚那一瞬间，我的眼泪都出来了，唉唉，人间难得有真情在！

柯云更是百感交集，感慨不已，但表面上却不肯流露点滴，只在心里对同雯雯说，更令人感动的场景还在后面哩。

这天是周末。尚武把梁琴送到西寺，自己因有事去了筹建处办公室，把儿子也带走了，让萌萌也跟着去了。斌斌要独自在家，尚武没依。梁琴要去朱雀寺瞧病，原来是跟婆婆去的，但婆婆只顾跟康文说话，她不好意思打扰。同雯雯一听，干脆说，嫂子，我陪你去。柯云，走，送我们到山下。

屋里就剩下了四个人。老两口问了康文的父母家人，又问他的单位工作。起初，尚青在一边静静地听，后来有点着急，不耐烦了。她说，爸、妈，康文哥还要待几天呢，有的是说话的机会，我得给他安顿好住处。康文从车上搬下行李箱，跟着尚青进屋，尚青忙手忙脚地布置了一番，康文站在旁边，两人都没说话。临出屋时，尚青才说，康文哥，咱到外面走一走。

尚青在前头带路，领着康文上了屋后的水渠畔，见原生茂还在张望，尚青扭头说，我带康文哥转一转就回去，爸，你回屋去。

渠畔路窄，尚青在前面走，康文跟在后头。起先，两人无语，只听见水渠汩汩的流水声。走到后滩水田畔了，尚青等了一下，两人并排而行，彼此的心跳声，两人似乎都听到了。

康文哥，你有白头发了，人看着还精神，也没发胖。尚青先开口说话。

一眨眼都五十多了，唉。你一点都不显老，看着像三十出头，康文看了尚青一眼说。

我也四十岁的人了，尚青感慨万端道。

康文问，财政所的工作干得还顺心？

尚青说，平平常常的，就那样了。

康文问，看你，女儿都那么大了，家里都好？

尚青不答反问，康文哥，你又离婚了？

康文低下头说，嗯，柯云告诉你的？

尚青不答，又问，康文哥，怎么会是这样？你一个人咋过？

康文说，凑合着过……

接下来，又是一阵沉默。小河弯弯曲曲，向前延伸，心事重重叠叠，无从说起。不知不觉，两人走到了横崖的瀑布之下，瀑布已成了粗长的冰柱子，挂在崖石上；河里结了冰，悄无声息；周围山色蒙蒙，死一般地寂静，两人谁也憋不住了。

康文感叹唏嘘，尚青，小妹，这些年苦了你了。

尚青漠然地说，我好着哩，都习惯了！

康文问，萌萌她爸还在陕北？经常回来不？

尚青苦在心里，低头不语。

康文说，怪我，都怪我，当初我要是……

尚青伤感地打断他说，别说了，康文哥，这都是命，我认了！

康文仰天长叹，喃喃道，你认什么？这都是我的错呀，当初看到你的信，我要是立刻追回来找你就好了。

哥，你别说了，尚青捂着脸扭头往一边走了走，坐在大石头上，呜呜地哭了起来。康文跟过去坐在旁边，心如刀绞，凄然泪下。他掏出纸巾递给她，她把头靠在他肩膀上，哭得更伤心了。

哭声回荡在山谷里，就像刮起一阵忧伤的山风，下起一阵悔怨的山雨。岁月难以倒流，可时间就此打住，空间凝缩心间，尚青三十年的悲情一瞬间爆发了，宛如山洪一泻而下。康文的心都碎了。

4

在后滩痛哭一场，尚青终于平静了，却什么也没说。

康文无奈而欣慰地说，从今往后，还像从前一样，你就是我的亲妹妹。跟你兄妹一场，我这辈子也就知足了。

尚青点点头，一路无言，回家见萌萌回来了，便让萌萌叫康文"大舅"。

原生茂家装着土暖气。康文来的第二天傍晚，尚青烧好了热水，让他进浴室冲澡，还塞给他一套崭新的内衣、裤头、袜子，要他洗完澡换上。当晚，她把他的脏内衣、裤头、袜子洗干净，晾了起来。

尚青他们忙于发放"一折通"，每天早出晚归。但操心着康文在家，回来再晚，尚青都要到西寺走一遭。康文一听尚青他们骑摩托车下乡，心疼地说，从明天起，我开车跟你们一起去。尚青不让，康文坚持说，山里我没来过，很想下去走一走，反正我也没事。尚青不放心地说，山路弯急坡陡路面窄，你敢开？康文说，没事，山路我开得多了。康文跟尚青下乡，他们忙工作时，他就拿着照相机转悠，跟村民闲聊，中午也在下面吃饭，了解山区风土人情，倒也蛮有收获。尚青给村民答疑解惑，他有时也在旁边听着，尚青态度和蔼，淡定从容，村民跟她很熟，见了面亲热得像自家人似的。几天下来，见识了山区艰苦的自然环境，康文越发觉得尚青不容易。这么柔弱的女子，这么多年待在山区，这么尽职尽责地为老百姓服务，这不就是平凡中的不平凡吗？康文很感动也很敬佩，觉得尚青的形象丰满而高大。

康文揪心的是，尚青既要忙工作，又要带孩子。每天晚上，她们母女相依为命，独守空房。有天晚上，康文再三追着问，尚青才吞吞吐吐地说了实情。尚青过得很不如意。尚青说那人人高马大，一表人才，却是驴粪蛋外面光，肚子里没货，还不安守本分，结了婚、生了孩子，就不愿在山里待了，想提拔，要调走。那人的父亲是原家滩供销社老职工，退休后搬到锦阳市女儿家养老去了。父母一走，那人越发不安心了。尚青说，你要走，你走，我父母在这儿，我不走。尚青说那人眼高手低，提拔调动，一事无成，在她跟前，既自卑又自负，怕她瞧不起他，又放不下大男人的架子。那人要辞职下海，混出个人样儿来，尚青说，你的事你做主。那人真走了，尚青说，有他没他都一样。康文问起他们夫妻还有萌萌父女间的感情，尚青说，有感情就有担当，就有牵挂，还能一走了之吗？康文明白了。尚青说，那时年轻无知，一错再错，跟个陌生人过了这些年，他一走，倒把我解脱了。康文全明白了，心窝像压了一块石头。他沉默片刻说，等萌萌毕业了，去省城上学，让我父母照看着。尚青没有表态，却问了他的家庭状况，康文如实诉说了，尚青心里也沉甸甸的。康文犹豫了半天，取出了压在箱底的那个包裹说，衣服是新的，却早都过时了，那次出差时给你买的，衣服你留着，信我留着。尚青接过衣服，抹了一把眼泪，又拿过信匆匆浏览了一遍，突然说，康文哥，抱抱我，说着倒在了他怀里。

康文依了，两人偎依着享受相互的温存，彼此都很满足。

康健上大学走了，康文父母松了口气。新疆那边有母亲的妹妹一大家子人，有亲戚来出差，父母在电话里说，想跟着去新疆走走，顺便过个年。康文答应了。

尚青知道了便说,哥,康健放假,就让他来华塬。你跟娃在这儿过年。康文满口答应。

刘亦然又来电话了,问康文啥时候回去。康文回话说,回去了跟你联系。

刘亦然是从任万能厂子出来时打的电话。

刘亦然突然出现在"万鑫"厂门前,任万能感到十分意外。孙利在电话里说,刘县长来了,让门卫快放行。他有点不相信,趴在楼道窗台一瞅,赶紧喊门卫开电动门,踢通踢通地跑下楼去迎接。

任万能陪着刘亦然上楼进屋,喋喋不休地说,好领导哩,事先咋不通知我一声?好叫人准备准备嘛。

刘亦然一屁股坐在沙发上,说,任老板,你们都在?

任万能明白了,打马虎眼说,我在,正好今儿我在。

刘亦然单刀直入道,那个谁,同总在不在?

任万能一看绕不过去了,撒谎说,同总休假了。

刘亦然的脸色马上变得怪怪的。话说出去了,任万能心里却不踏实,生怕同雯雯突然推门进来。他见孙利跟在后头,心里猜刘亦然是为粉尘治理而来,赶紧说,这几天生产紧,忙过这一阵,立马行动,保证年底达标排放。

刘亦然指了指孙利说,环保的事,以后有问题、有难处就找他,他全面负责。

任万能没猜准,便问,领导大驾光临,有啥指示?

刘亦然"唉"了一声,说,我今儿是讨饭的,我就开门见山,马上到年底了,县上的财政收入还差一截子,最近水泥销售的形势不错,年后还会继续好转,你把今年该交的交了,明年一季度的也提前交了吧。

领导拆东墙补西墙,急着完成任务,任万能在心里犯嘀咕,县长亲自登门,咋拒绝呀?再说了,东河那边的事,往后还得靠人家哩。于是他干脆来个痛快说,好说,好说,虽然企业日子也难过得很,不过我顾全大局。

刘亦然说了句"那就多谢任老板了",站起来就要走。

任万能诧异地问,急着走啥?我马上安排饭。

刘亦然说,你把这事办了,比吃饭强百倍,说完忽然想起一件事,又交代道,听说省报的康文来了,我约好了,你也来。

任万能嘴上答应,心里却说,还想要让我带人陪酒,怕是没门儿了。

刘亦然刚走一会儿,同雯雯推门进来了。

任万能说,谢天谢地,你要是早来一会儿就穿帮了,那个谁,刘县长刚来过,问你在不在,我撒了个谎。

同雯雯冷着脸说,我把他的电话设进黑名单了,说着,把一份材料往任万能桌上一放说,你要的污染治理方案搞好了。

任万能看都没看就说,这事不急,这事不急了。

同雯雯一听这话,就知道老板另有所谋了。

从刘亦然的言语行动中,任万能的确闻到风了。孙利带着刘亦然,把跟他关系铁的厂子跑了一遍,其中不含"耀辉"公司。上次刘亦然住院,孙利底气不足、心里怯,没给袁耀辉打招呼,人家是人大代表,孙利怕人家不给他面子。

环保局局长不务正业,为领导排忧解难,欠了水泥老板们的人情,环境监管自然放松了。粉尘偷排乱放现象明显增多,县城一带的空气质量大为恶化。吴栓牢看在眼里,记在心里,愤愤自语,出水再看两腿泥,到时候看谁脱了裤子捂烟囱呀!当初,八条生产线名正言顺了,吴栓牢倒也无话可说。他恼火的是,县上未兑现给省上的承诺,收尘设施偷工减料,治理措施空头支票。更有甚者,后两年又上了几条生产线,就像偷生的二胎三胎,尽管报不上户口,却活蹦乱跳。这就是吴栓牢跟刘亦然发生分歧的根本原因。

胳膊拧不过大腿,吴栓牢还是去了煤烟粉尘治理办。起初,他也想把粉尘治理抓一抓,可到新单位没十天,便像皮球被捅了一刀子——泄了气。这机构,这帮人,长期游离于环保部门之外,别说水泥粉尘,连烟煤治理工作也没咋开展起来。治理办人员关系十分复杂,个别年长的是从外单位调入的,不是没能力就是没品行。其他大多数人员是这几年接收的大中专学生,英语、文秘、国贸、幼教、机械制造……专业五花八门，唯独没有跟环保沾边的，而且以女娃娃居多，大多是冲着这里的事业编制而来的，凭关系而来的。吴栓牢私下一打听，这些人的后台，大都跟刘亦然有着某种联系、某种关系，据说，刘亦然一个条子，调的调进来了，安排的安排了，还在华塬落下了关心下属的好名声。

吴栓牢上任后，倒是张罗着开了个水泥粉尘综合治理会，由主管副县长主持，刘亦然也到会讲了话，说得言辞如铁，但落实却是难上加难。首先，是手下这帮人用着太费劲，跟他们谈工作，布置任务，简直牛头不对马嘴，派出去不顶人用，转一圈又回来了。有几个小年轻倒是热情蛮高，可出了学校就进了这种无所事事的单位，能有啥长进？还得手把手地教，还得亲自带着他们下企业摔打。其次，也是最关键的，水泥企业压根儿不配合。他去了，人熟面情软，办不办，答应得都听着耳顺。可手下人去了，有时连门都进不了。各企业的治理方案，一遍遍催着逼着，就是交不上来。吴栓牢气得开会发了一通火，批评了个别人，谁知后台的人站到前台来了，电话来了、人来了，说娃刚参加工作，要多培养、多关照，弄得吴栓牢哭笑不得，只好找张明义喝酒、下棋、诉苦。

张明义说，环保局不配合、不作为，就算把你急死也没用，混吧混吧，孙利最近跟水泥老板们打得火热，我看他们是兔子的尾巴——长不了。

吴栓牢听进去了，从此按时上下班，按时领工资，跟下属一团和气，喝茶看报纸，慢慢地，连在网上挖坑都学会了。可转念一想，年底实现不了水泥粉尘达标排放，闹不好还得背黑锅，又坐不住了。

5

冬日的塬上色彩单调，全凭小麦、油菜的绿色点缀着。收过晚秋的空苍地，村落周围，地畔、路畔、沟畔上，树叶落了，草木枯了，到处是灰突突的一片，失去了生命的鲜活，也没了肤色的光亮。偶然瞅见树叶落光的柿树上残留着几个柿子，鲜红鲜红的，像挂在天边的红灯笼，令人为之一振。康文从原家滩回到塬上，从柯云他们拍的照片中欣赏到柿树上挂灯笼的情景，同样为之一振。

尚武这回真的抱了个金娃娃。原丰不求回报，无偿投资三千万元，支持原家滩的保护区和森林公园项目建设，在锦阳引起了不小的轰动，书记、市长都亲自出席了项目签字仪式，设宴款待原丰。市里还特别邀请了康文出席仪式、参加宴会，书记笑着对康文说，康主席，听说你是生态方面的专家，往后这一块还要你多出点子多帮忙哩。

康文心里明白，这都是尚武一手促成的。尚武为原丰情归故里做足了功课，找到他爷的坟地，定做了碑石，还把原姓人家都联系到了。两人见面时，已经叔侄相称了。原丰一副儒商模样，为人处世很低调。尚武陪他回到原家滩，他见了原生茂老两口叫"爷"叫"婆"，见了原志俊老汉叫"老爷"，分别送上厚礼。黄镇长派镇干部骑摩托车把全镇的原姓当家人都接到场了，原丰跟族人一一握手，都发了红包。原丰说，先父遗言，我们的根在原家滩西寺，我就是回来认祖归宗的，也借此与族里人见见面，没有别的意思。众人帮忙在原生财坟前立了碑，没响鞭炮，没烧纸钱，没举行仪式，原丰自己献上祭品，三叩六拜，长跪不起，虔诚肃穆，亲情悠远。原丰说，大家能来，我就很感激了，这是我爷的坟，我家的事，日后清明我要是来了，就跟大家一起祭拜祖坟。原生茂见到原丰，有些不自然，幸好老伴对原丰一团亲热，破了他的窘境。原丰说，爷，你放心，我尚武叔的事，就是我的事。原生茂很感慨，有一肚子话想对康文说，谁知康文陪着考察完项目，受市委书记之召，直接回华塬了。原丰踏上祖籍故土，完成了父亲的遗愿，已经心满意足了，对森林公园项目又有浓厚兴趣，本想着掏一笔钱就算了，但尚武不依，说，生态文明教育馆是公益性的，可是生态休闲山庄、人工湖和滑雪场都有经营性，咋样我们也得考虑你的投资回报，这三项单列单算，建成了，你来经营。原丰说，我把钱投给家乡，交给我叔，用在正经地方上了，就没想着要回报，经营性的项目建成了，就由你们经营吧，生态保护花钱的地方多着呢！原丰本想着搞个简单的签字仪式就行了，曾智不肯，专门给书记、市长汇报了。三千万无偿投资，等于天上掉下大馅饼，市领导高度重视，签字仪式和招待宴会办得都很隆重。

当晚，市电视台播了原丰无偿投资这条消息，次日，《锦阳日报》也发了消息。

康文与原丰一见如故，短暂交谈后，觉得甚是投缘。两人依依惜别，后会有期。

大清早的，康文刚吃过早餐，李娜就敲门进来了。康老师，我给你带来好吃的了，李娜把提着的小袋和篮子放在茶几上，乐呵呵地说，让你尝尝塬上的柿子拌炒面。

康文喜出望外。他从小就听说过乡下的柿子拌炒面，直到下乡插队时，才在生茂叔家尝过鲜。

华塬最有名的柿子出自悔路，在沮河西边的塬上。当地有句口头禅，"悔路的柿子，文庙的柱子"，能和文庙的柱子相提并论，足见悔路的柿子之有名。悔路的柿子摔坏了，放一放，伤口自然就愈合了，据说是糖分高的缘故。

至于炒面，就是把黄豆、黑豆、大麦、玉米等五谷杂粮按照一定的比例，拌在一起炒熟了，磨成面粉。

柿子拌炒面吃了很耐饥，生茂叔说过"柿子拌炒，吃了顶饱"的话。生茂叔家没有柿子树，也不做炒面，他家的柿子炒面都是邻居送的。生茂婶给他和曾智一人拌了一大碗，吃着又甜又香，康文至今还记着那味道。他也听尚武的外爷说过，在粮食短缺、生活困难的时候，这是塬上人最实惠最可口的吃食。

李娜给康文递了个擦干净的软柿子。康文吃得津津有味，吃完说，柯云说过不只一次了，冬天回塬上，到他家吃柿子去。没想到你先让我饱口福了。

李娜直接问，康老师，听说你跟刘县长很熟？

康文点头说是。李娜直白地说，你能不能给刘县长说说，我来华塬快五年了，还是小科员，一般干事，也该进步进步了。

康文有点为难地说，这种事不好说，再说这是组织部管的事呀。

李娜自信地说，华塬是刘县长说了算，其实，无须你张口，我跟刘县长搭不上话，你牵个线就成。

康文面情软，顺口说，刘县长请我吃饭时，我把你叫上。

李娜喜蹦了。

正说着，柯云推门进来了。

柯云带来了摄友们的作品，让康文点评点评，给大家点拨点拨。他径直打开电脑，把照片拷在了桌面上。康文浏览了一番，李娜在旁边也看得入了迷，追问这都是谁照的，咋照得这么美。康文也感觉很不错。话题转到摄影方面，柯云的话匣子就打开了。

起初柯云拍麻雀，追到柿子树下，无意中拍了柿子与麻雀，感觉不错，于是他年年拍柿树，拍柿树上啄食的鸟雀儿。自从有了追随者，柯云带着他们春天拍油菜、拍地膜玉米田，夏天拍昆虫山花，秋天拍柿子红叶，冬天拍雪景，约定俗成。大家分头踩点，集体出动，亲近自然，陶冶情操，各展其长，乐在其中。

柯云给康文他们介绍了他的摄友们。张明义拍摄的老树新枝，把老柿树皮的沧桑、老树干的厚重、果实的鲜亮饱满融为一体，寓意深刻，余味无穷。王林整天跟数字打交道，用心良苦，他镜头里的柿树，构图奇巧，用光缜密，充满了丰收的喜庆，生命的张力。梁鹏拍山区地膜玉米真叫一绝，远山、近坡、梯田、地膜、草木、绿色、住家户，景深画面大，最能体现人与自然的主题。

柯云说到他拍地膜玉米时的心境：每每站在山峁上，便浮想联翩，自然之美、天地之美，都蕴含在天地之间。大自然的角角落落，红日、蓝天、白云；山湾层层梯田，地膜一溜一溜随弯就弯，好像梳子梳过一般整齐，闪烁着银色的光；地畔小沟渠里，一行或几株嫩芽吐绿的杨树，蒸蒸日上；被粗大的核桃树簇拥着的独家庄，炊烟袅袅，人影晃动……大地的宽广胸怀，自然的万能造化，人类的巧手用工、心灵感悟，涌动胸中，全都倾注到镜头里了。

李娜听得心热了，兴奋地说，柯老师，我也跟上你学摄影吧！

柯云指着康文说，大师傅在这儿哩！我就是跟康老师学的。

李娜心花怒放地说，好啊，好啊！那我大师傅、小师傅一起拜。

柯云约好第二天叫大家来听康文提意见。李娜搭他的车一起走了。

这俩人一走，康文完全沉醉在了照片里。他一边欣赏，一边琢磨拍摄技巧上的得失，几个人的几百幅照片看完，他很为柯云他们的摄影成果感到欣慰。他感叹，这世事纷纷扰扰的，还有这样一帮普通人在关注万物生灵，奔走原野大地，捕捉生命的闪光，真是难能可贵。这种自悟的思想与自觉的行为，不正反映了社会的某种进步嘛！

李娜在场，柯云走时眼里有话，却什么也没说，康文清楚他想问什么。离开原家滩时，尚青恋恋不舍。他安慰她说，我下塬上待一阵，随时就来了，再说，春节还要上来过年哩！尚青眼里有话，默默挥手。终于跟尚青见面了，近二十年的风雨沧桑啊！昨日为应付场面，喝了酒，今天心静了，看完照片，康文又想起尚青了。尚青身材肤色依旧，眼角皱纹隐隐，看样子从不化妆，一如既往的素面朝天，穿着朴素，语言朴实，不苟言笑，从容淡定，俨然一副乡村基层女干部的形象，可她的眼神骗不了人，她貌似平静的心里，有哀怨，亦有无奈！她淡定的无奈中，藏有于心不甘的抗争啊！通过多日的接触与观察，康文痛心的懊悔成了揪心的救赎，他决心为她做些什么。把萌萌送到省城上学，就出于这样的心理。这天晚上，康文翻来覆去，睡不着，失眠了，索性爬起来披上衣服，打开了电脑……

太阳照样升起，下地窑又热闹了。摄友们专心致志地聆听康文的点评、点拨，感触颇深。临近饭时，刘亦然来了电话。一听康文直呼刘亦然的名字，张明义面色有点变，同雯雯也一样，表情怪怪的。李娜却有点兴奋地说，华塬地方邪，说曹操，曹操到。

康文通完电话说，刘县长下午请我吃饭，你们一块儿去吧。

张明义连忙说，不啦，不啦，我不去了。

同雯雯也说，康老师，我跟张局长回去，我也有事。

李娜不解其意，使劲吆喝她留下，同雯雯没理睬，小声给康文叮咛说，康老师，在酒桌上不要提说我。

康文莫名其妙。

6

　　看样子，刘亦然是忘不了同雯雯了。

　　刘亦然嫌农家乐不够档次，让任万能把饭安排在县城最好的沮河大酒店。亲自来到康文窑里，刘亦然一个劲地说，失礼了，失礼了。老兄到了华塬地盘上，第一个给你洗尘接风的应该是我。

　　康文也客套一番，解释说，不好意思，那次突然有事，出差去了，失约了，现在给你当面解释一下，表示道歉。

　　刘亦然谦卑地说，道歉的应该是我，这几年忙忙乱乱的，昏了头，跟老兄断了联系，还请老兄多多包涵。

　　沮河大酒店那边的电话来了，说都安排好了。刘亦然让司机拎来一大堆东西，康文要推辞，刘亦然说，老兄要这样就见外了。咱走吧，坐我的车上城里，在饭桌上好好叙叙旧。

　　康文走到车跟前，李娜跟在后头，刘亦然诧异地打量了李娜两眼。康文赶紧说，你们不认识？这是李娜，在你们县的乡镇工作，我们报社的子弟，我让她一起去。刘亦然又看了李娜一眼说，好好好。

　　李娜上车马上改口，一口一个"康叔叔"，叫得蛮亲热的。康文不得不佩服这女子的机灵劲，觉得这样称呼也好。

　　刘亦然态度变了，问李娜在哪个乡镇做什么工作，李娜一一作了回答，还趁机套近乎说，刘县长，你忘了，你来我们镇上检查，我还给你敬过酒呢。

　　刘亦然明明想不起来，却打马虎眼说，哦哦，想起来了。

　　刘亦然的心事在同雯雯身上，他安排陪客的主任、局长一干子人都到齐了，可任万能没把同雯雯带来，令他十分失望。醉翁之意不在酒，在自己的地盘上招待贵客，本来咋也轮不到任万能设场子埋单的，还不是为了能见一见同雯雯嘛，不过这一回，他又失算了。

　　同雯雯的手机再也打不通了，那天去"万鑫"厂子也没见上她，刘亦然心如火燎。最近一段时间，他闲下来便想起同雯雯，神不守舍，几乎到了睡无眠、食无味的境地。老父亲住院了，他昨晚上没去医院陪老人家，就住在了单身宿舍。好不容易入睡了，又梦见了同雯雯。好像在煤矿井口上，他从载人矿车厢刚出来，就瞅见同雯雯穿着洁白的连衣裙，正朝里张望，他顾不得洗浴更衣，径直从井口跑出来，谁知同雯雯又跑了。同雯雯在前面跑，他顾不得浑身黑得一锭墨似的，拼命地追呀追，眼看就要追上了，一道断崖忽然横在面前，同雯雯不见了踪影，他一失脚坠入万丈深渊，惊醒了，那个东西还硬邦邦地挺着。他面色难堪地开了灯，点了一支烟又一支烟，烟雾中，刘亦然内心茫然依旧，这个同雯雯就像一阵风，来得容易走得快，为什么？他坚信，她跟他擦出火花了，而且在那一刻是有真情实意的。她不像随便投怀送抱的轻率之人，也不像逢场作戏的虚假之人。不图钱物，不恋权势，她究竟要什么？刘亦然忽然想起那次在山庄，同雯雯言语中透着清高和自尊，她绝不会充当二奶、小三儿之类的角色。刘亦然眼前一亮，心想，同雯雯离他而去，肯定是不愿做不清不白的情人。对了，她会不会是想要他的全部？也许是……也许是……自从自己发了说人家"过河拆桥"的短信，同雯雯就再也没给他道歉的机会。他要让她明白他的心，为了这令他神魂颠倒的女人，他豁出去了，哪怕是离婚……想到这里，刘亦然精神来了。他一看已是凌晨六点，便穿了衣服，伏案挥笔，给同雯雯写了封一半是道歉、一半是倾情的长信装在兜里，在他看来，这不是信，而是一颗心、一团火，即便是铁石心肠，也会被它感化、融化的。明天在饭桌上一定要找机会塞给她！

饭桌上没有同雯雯的笑声情影，刘亦然不时走神发呆，有时猛一清醒，又赶紧打起精神，跟康文搭讪几句。好在李娜他们轮番表现，场面气氛活跃，掩饰了刘亦然的心不在焉。

在饭桌上，刘亦然给康文介绍了华塬这几年的发展情况，尤其强调了他来时，地方财政收入才七千五百多万，而今年有望突破一亿五千万，能在他手上翻一番，这多少有些自我标榜的意思。刘亦然三杯酒喝完，李娜脱了红羽绒外套，搭在椅子背上，赤膊上阵，贴身羊绒衫裹着的乳房高耸着，抖动着，很是扎眼。桌上就她一个女性，她的用意很明确，要给刘县长留下深刻印象。她先给康文敬酒，然后给刘县长敬酒，然后给所有人都敬了酒。一圈下来，她脸蛋变得红扑扑的，增添了几分女人的妩媚。

孙利提前打听过了，刘县长出面接待的康文有点来头，是曾智副市长的好朋友，省报记者，还是知名作家，便主动出击，敬了康文敬刘亦然，恭维的话顺嘴就流出来了，让康文听着很不舒服。

任万能坐在康文右手察言观色，刘亦然失魂落魄，他心知肚明。事情明摆着，今儿的饭轮不到他任万能做东埋单，大老板想见同雯雯都想疯了。人家不理你了，不是我的错，任万能想给刘亦然解释，可这种事咋说得出口？此外，任万能自有主意，想利用与康文的关系抬高自己。一开始，他就一口一个"康文哥"，讲了康文的救命之恩，讲了自己的永生不忘。这件事果然引起了刘亦然和在场人的注意，大家多少对他有些刮目相看了。不过，也有人拿他开涮，问他家里最近可好，任万能说，好着哩呀。人家再问他一个家好还是两个家都好，任万能瞅了瞅康文，脸红了。

饭吃得差不多了，康文也看出刘亦然有些心神不定，便转过身问他，你上次来找我，有啥急事？

刘亦然连忙说，没事，没事，就是去看看你。

康文说，有什么事你尽管说，我能帮上的忙一定帮。

没什么大事，你来了，有的是机会。刘亦然说着，伏在康文耳边小声说，哪天找个机会，咱们跟曾市长坐坐吧，我也是知恩图报之人，大家坐在一起，沟通沟通，都是为工作嘛，之前曾市长可能对我有些误会。

康文明白了，想了一下说，如果是这样，就找个机会吧。

李娜又过来敬酒，刘亦然喝罢，低声对康文说，你这个李娜，我以前不熟悉，现在看起来挺泼辣、挺利索的。

康文随话答道，是啊，大学生，大城市的娃，能在基层待住，很不容易，以后你多关照些就是了。

刘亦然心领神会道，我知道了，那是一定的，你老兄放心。

正说着，任万能凑过来敬酒。刘亦然拍拍他肩膀对康文说，你这个小老弟，可是华塬经济的台柱子，我敢得罪上级也得罪不起他，有时候，我还得看他们这些老板的眉高眼低哩！

一句话，把任万能说得心花怒放。他指着刘亦然，看着康文说，这是领导抬举我哩，华塬能有今天，还不是人家县长领导有方嘛。

康文淡淡一笑。他总觉得刘亦然今天不在状态，便关心地问起了他的家事。刘亦然"唉"了一声，说，这年纪的人都一样，上有老下有小，老父亲最近身体不好……话没说完，他手机响了，一接电话，刘亦然的脸色"刷"的一下变了，忽地站了起来，指着办公室主任十万火急地吩咐，快给省医院打电话，快联系病床，老父亲病重了。

眼看着办公室主任出门去打电话，刘亦然这才拧身对康文说，正说老父亲，电话就来了，他病情加重了，市医院要求立刻把他往省城转院……手机又响了，刘亦然家人说，市医院的救护车都出车在外。办公室主任回来说病床联系好了，刘亦然又火烧火燎地吩咐道，给县医院打电话，派救护车立刻去市医院。办公室主任立马照办，一个电话就搞定了。

康文见状说，你那边的事情紧急，今儿就到此吧。

刘亦然面带歉意地说，老兄，你看这事出的，我得先走了。任老板，你负责把康老兄送回去。

酒席摊子一哄而散。刘亦然匆匆告别康文，钻进了小车，孙利他们也急着上车尾随刘亦然而去了，酒店门外眨眼只剩下了康文和李娜，看着救护车从身边呼啸而过。

任万能结完账出来晃着脑袋说，这帮人今晚上甭想睡觉了。

康文不解地问，那么多人跟上去，能干啥？

任万能不无羡慕地说，人多势众嘛，如今这社会，一万个有钱的，比不上一个有权的，看看人家大老板，那才叫风光哩。

康文又问，谁是大老板？

李娜抢答道，刘县长嘛，县上人都这么叫。

康文忽然觉得这顿饭吃得不舒服。任万能走了，李娜还在，她非要留下来陪康文说说话。

康文问，刚才有人咋问任万能是不是两个家都好？

李娜快人快语道，任老板有两个家，华塬谁不知道？

李娜把详情一说，康文眉头皱成了一团。他又想起同雯雯的事，忍不住又问，任万能请客，同雯雯为啥不肯去？

　　李娜说，我也纳闷儿。外边有风言风语说刘县长跟她有一腿，我看不像，谁知道是真是假。

　　康文闻则一惊，再没吭声，顺便问起了李娜的个人情况。

　　李娜心存感激，毫不隐瞒，把心里话都倒给了康文。原来，李娜还没结婚，在省城谈了五年的对象吹了，她又不甘心在锦阳找当地人，想回到省城却调动无门，已经熬成了大龄青年，现在她把工作升迁当成唯一的出路了。

　　李娜告别时，天已不早了，康文要开车送她回镇上，李娜坚决不让，挥挥手，步履轻快地消失在了夜幕里。回想刚才饭桌上的一帮人，康文站在路口自问，这些人咋都活得这么累？

第七章　暖冬微澜

刘亦然最近出尽了风头。这头，刘亦然死了爹，风光大葬，县里大大小小的头头都去了，孙利坐镇礼房，刘亦然自己也随时"节哀顺变"，赚足了油水。那头，华塬县超额完成了年初制定的经济增长指标，同时，粉尘治理也达了标，电视、报纸铺天盖地都是对刘亦然的称颂，他赚足了面子。然而，他不知道的是，华塬县早已是暗潮汹涌。妻子乔晓娟发现了刘亦然写给同雯雯的情书，邻居李铁将刘亦然借办丧事大肆敛财的事捅上了网络，刘亦然腹背受敌……

1

都说是地球的臭氧层被破坏了,才造成全球气候变暖的。这一年的冬天,又是暖冬。俗话说,不冷不热,五谷不结。该冷的时候不冷,气候反常,细菌、病虫害活跃了,冬小麦该分蘖时却想拔节,人和庄稼都不得安宁。于是,人们都盼来一股寒流,降一场雪。

尚武也盼着下雪。冬季干旱无雪,森林防火是头等大事,新官上任三把火,尚武的头一把火却是森林防火、灭火。尚武丝毫不敢掉以轻心,森警专长派上了用场。部署了,马不停蹄地下去检查,检查了,发现问题,回来针对性地再部署,再下去检查落实。这一忙起来,尚武顾不了家事小,森林公园那边也有些顾不上了。

森林公园那边征用土地的手续报到省有关部门,市上主要领导也出面跟上头协调过。不过,手续要批下来,最快也得等到来年开春。但尚武急着想动工,他打算把保护区地界的围栏、巡护道路和森林公园内的道路设施先干起来。可是,当了局长,他就要统领全局,保护区那边就顾不上,缺人手,尚武有些急。

千军易得,一将难求。保护区急需个硬邦邦的好帮手,尚武把局里的副局长、科长齐齐排了一遍,能干事的都在重要岗位上,脱不开身,有几个动得了的,他又觉得不适合。有个副局长倒是合适人选,可人家以上有老下有小为托辞,不想待在山沟里。这心事,他给组织部反映过,也给曾智提说过。

前一天,大风降温带来了寒流,夜晚终于下了一场中雪,尚武松了口气。尚武家在市林业局家属院,这天是个周末,他难得在家歇着,突然有人敲门,他开门一看,是吴栓牢。那次曾智在华塬召开调研座谈会时,吴栓牢的慷慨陈词,让尚武对他印象比较深。尚武笑着问,吴局长咋来了?快坐,快坐。

吴栓牢咧着嘴说，不是局长了，被人家撸了，支闲差了。

尚武愣了一下，问，这咋回事？

吴栓牢手一摆，说，这事不提了，原局长，我就直说了，我是走投无路了来投奔你的，曾副市长让我找你。说着，吴栓牢掏出一份打印好的个人简历递给尚武。

尚武明白了，看了看简历。

吴栓牢，41岁，党员，省林校毕业，函授本科文凭，华塬原家滩人，曾任县林业局副局长、县环保局局长，现任县煤烟粉尘治理办主任，为市委组织部后备干部，多次获奖受表彰……

尚武很满意，问道，你有什么想法？

吴栓牢直截了当地说，我就想跟上你搞保护区建设。

尚武笑着说，原家滩人，又当过县林业局副局长，对林区的情况一定很熟悉。

吴栓牢点头说，我是地道的山里人，刚参加工作就在林业上，钻山爬沟没麻达，干过六年环保，对生态环境保护有充分认识，你要看上我这人了，我就跟你干。

尚武平静地说，这事我知道了，你先平调进保护区筹建处，我们得开个会研究研究，还要和组织、人事部门协商。

吴栓牢临出门又说，曾市长让你见过我后给他打个电话。

尚武点头说，我知道，你放心。

吴栓牢一走，尚武就给曾智打电话。

曾智在电话里说，栓牢去找你了？我告诉你呀，尚武，吴栓牢可是一员虎将，是我在华塬时提拔的环保局局长，拆除"十五小"时立了大功，在我手里列为后备干部的。这人性情耿直，办事公正，作风强悍，就因为得罪了人，受了点排挤，在县上待着气不顺，来找过我，我看你那边缺人手，就推荐给你。

尚武满口答应，如释重负。

尚武是个闲不住的人，好不容易有个清闲周末，可他在家里转前转后地待不住，总感觉有啥事没办似的。

每到这个时候，尚武就怀念起在部队的日子。在部队时，每逢节假日，他总是跟战友们一起喝大酒，拿茶杯、拿碗喝，有时在外边，有时在家里，大家也不在乎谁的星星多，谁的警衔低，都是当兵的人，都是好弟兄，酒杯见分晓，不喝痛快不罢休，那才叫酣畅淋漓！

回到地方上，这种感觉一下就没了，这让尚武很失落。他发现，地方和部队大相径庭，人与人之间好像隔着一层什么，不像在部队上那么交心。他当副局长，科长、干事对他毕恭毕敬。他当了局长，副职们对他唯命是从，科长、干事们却对他敬而远之。这种状态在上班时间倒也正常，可一到周末，大家都回家过小日子去了，他要么在林区打转转，要么回家，回家也总觉得缺点什么。他把心思透露给爱人，梁琴说，你整天一本正经的，拉着一张团长脸，人家提点东西来，你都不让进门，谁愿意接近你？我看你得向曾智哥请教点、学着点。尚武觉得有道理，便跟曾智聊了聊，曾智说，逢年过节的，人家上门，提点东西也是人之常情，只要不是送钱就行。尚武略有所悟，在待人接物上努力自我调整，可一时半会儿也做不到。当局长后，几个副职都提着东西来过，收下这些烟呀酒呀，他于心不悦；不收吧，又觉得还是曾智哥说得对，于情不依。于是他把东西收了，又借着走动看望，提着东西到几个副职家走了一圈，这才心安理得。

这天，吴栓牢走后，斌斌上学校补课去了，梁琴把屋子收拾完，问他，中午吃什么？他有点闷得慌，不知咋回答，忽然想起康文一个人孤单单地在塬上，心想不如把他请来小聚，就立马拨通了康文的电话。

康文说，柯云和他那帮摄影朋友在我这儿，你都见过的。

尚武一听便知是去上滩那帮人，兴奋地说，那好，都一起来，我让你弟妹做东北大烩菜，咱好好喝一场。放下电话，他吩咐梁琴说，中午吃东北大烩菜，弄几个凉菜，康文哥和他朋友们都要来。

柯云和梁鹏开着两辆车来了，除了康文，来的人还有王林、张明义、同雯雯和李娜。尚武家呼啦啦拥进来五男二女，拥进来一片生气，屋子显得小了，却热闹了，尚武一下来了精神，仿佛找到了在部队上的那种感觉。他从柜子里取出从部队带回来珍藏的几瓶好酒摆在桌子上，亲自把酒具拿出来洗干净摆好，又叮嘱梁琴，不要用街上卖的大肉，用从原家滩带回来的野猪肉。

梁琴做东北大烩菜最拿手。同雯雯进来看见梁琴在厨房，上前叫声"嫂子"，便动起手来，又是洗又是切，手下、刀下十分利索。李娜也跟进去打下手，择菜、剥葱、捣蒜，三个女人干着活儿，又说又笑，好不热闹。

尚武在客厅陪着康文他们喝茶、抽烟、闲聊。

张明义问，尚武局长，你们的森林公园啥时开工呀，啥时能建成？我们都等着拍朱鹮哩。

尚武说，过罢年动工，建起来也快着哩，两年就初具规模了。

梁鹏说，不光我们期待，当地人也很期待，东河村有人来我这儿看过了，打算在森林公园外开农家乐，还想跟我联手经营哩。

尚武说，等森林公园建成了，生态旅游搞起来了，对原家滩发展绿色产业、搞第三产业，一定会起到龙头带动作用的。

王林说，尚武局长，尚青把惠农补贴发放这一块做得不错，我们局正在原家滩搞试点，总结经验，向全市推广。

尚武说，尚青做事认真，但毕竟是女的，你们多帮助、多关心。说完，忽然想起吴栓牢了，便问张明义，你们以前的局长干得好好的，咋突然调离了？

一提这事，张明义像被人拧紧发条似的，忽地站起来了，瞪大眼说，把县长得罪了，还能有他的好果子吃？还是我那老话，只要……

柯云不想让张明义在这场合提这话题，拉了拉他胳膊让他坐下，又悄悄捅了他一下。

尚武又问，你们吴局长从前干得还不错？

张明义说，那是肯定的，在曾书记任上立下了汗马功劳。如今是风向变了，企业老板跟县长各取所需，搅和在一起了，严格监管执法行不通了，吴局长两头不讨好，两头得罪人。

尚武心里更有底了。他换了个话题问康文说，康文哥，听说你今年在原家滩过年，这好啊，到时候咱好好喝几场。

康文脑子在想别的事，忽然听见尚武叫他、问他，便稀里糊涂地答了一句，是的，是的。

柯云开玩笑问，康文哥半晌一言不发的，想啥心事？

康文深沉地说，我一直觉得，现在的人都活得很累。可是，这会儿我想法又变了，我忽然觉得尚武和你，要么心思全在工作上，要么心思全在兴趣爱好上，还有你们几个也是，整天乐呵呵的，活得很轻松、很快活，令我羡慕不已，自愧不如。

柯云笑着说，怕是康文哥自己感觉活得累吧？

康文摇头答，我只是活得很无奈罢了。尚武，你说呢？

尚武爽朗一笑说，康文哥，你发现了没有？凡是想自己想得多的人，都活得很累。

康文略有所思道，有道理，有道理。想法多就是欲望多嘛，可见，越是欲望强烈的人，越是活得累。

尚武又说，就是这个理，欲望过于强烈，那叫贪婪。

他俩的话即刻引起了大家的共鸣，张明义站起来说，越是贪得无厌的人，越活得不自在。县长急着想当书记，当上书记还想当市长；老板们急着发财发财发大财。他们肯定没有咱活得滋润嘛，说完放声大笑。大家也都笑了，哈哈哈，嘿嘿嘿……

凉菜端上桌了，同雯雯过来说，说啥哩，这么开心，吃饭，吃饭。

尚武站起来说，大家上桌子，喝酒，喝酒。

这顿饭吃得、酒喝得真叫尽兴痛快。尚武举杯欢迎大家上门做客，康文举杯祝愿大家活得轻松快乐。柯云举杯说，康文哥是以关注生态闻名的作家，尚武哥搞林业建设、生态保护，我们大家爱好鸟类摄影，也算环保志愿者，为同一条战线、共同的事业干杯！同雯雯举杯说，酒桌上不说不开心的事，大家为快乐干杯。李娜也举杯说，祝愿大家心想事成，吉祥如意……两瓶酒见底了，一盆大烩菜吃光了，除了柯云和梁鹏要开车，没多喝，梁琴不沾酒，其他人基本上都喝得很高兴、很尽兴。

送走了一帮客人，梁琴回来笑着问躺在沙发上醉醺醺的尚武，今儿喝痛快了？喝高兴了？

尚武的声音含糊不清，痛……快……高……兴……

2

吴栓牢闪电式调离华塬，华塬县上人都没想到。很多人觉得惋惜，抬头望着灰蒙蒙的天，难免怀念起拆除小水泥厂后蓝天归来的日子，却只能跺一跺脚，叹一口气，念叨着曾智跟吴栓牢的好处。

张明义送吴栓牢到保护区筹建处去报到，两人惜惜拥别。张明义说，你老兄不想背黑锅，一拍屁股走人，丢下我受煎熬呀。

吴栓牢说，你快熬到头了，那两人是秋后的蚂蚱，蹦不了几天了。

张明义说，你钻了个空子，要不然，刘亦然非使绊子不可。

吴栓牢问，为啥？凭啥？

张明义说，刘亦然他爸去世了，县上人忙着奔丧。孙利最近这几天都没来单位，听说在矿上帮着料理丧事哩。刘亦然要是知道你调走了，非气傻了不可。

吴栓牢说，他爸死了？嗨嗨，人家又多了个敛财的机会。

还真让张明义猜中了。刘亦然回来后听说组织部办了手续，让吴栓牢调走了，气得火冒三丈，却无处发泄。县长手伸得再长，也管不了组织部的正常业务，最多只能怨人家没跟行政一把手通气。

也真让吴栓牢言中了，刘亦然这回办丧事没少收礼。

渭北人厚道，重情义、重礼节，婚丧嫁娶很讲究亲朋好友出席，人来了多少，礼重不重，是衡量主家口碑和地位的标准。人越是来得多，礼行得重，越是显示主家的身份高贵、地位显赫。刘亦然父亲的丧事在矿上办理，但刘亦然的人脉关系在锦阳、在华塬。任万能去得最早，领了个下苦差事，负责带着民工在山坡墓地挖墓砌窑子，一连几天都一边指挥，一边站在寒风里打哆嗦，早出晚归的，和来宾难得照面。华塬县副科级以上的干部几乎倾巢而动，前去吊唁的汽车一连几天来往不断。按照渭北当地的风俗，刘亦然请来吹鼓手吹吹打打，声嘶力竭，把平时安静的煤矿家属区吵翻了天，空气中飘荡着一股亡魂飘零、悲魂号啕的哀伤。吊唁的人都要带花圈，加上以县上几大班子名义送的、以矿上名义送的超大花圈，刘亦然父母家楼下摆得层层叠叠，成了花圈的海洋。寒风中的花圈堆嗖嗖作响，一个个醒目的"奠"字凝重肃穆，传递着送花圈人复杂的哀悼心情。身穿丧服的刘亦然很忙，忙着陪贵宾在灵堂前上香、三鞠躬，不停地出出进进，迎来送往，不像悲痛欲绝的孝子，倒像个帮人料理丧事的大总管。他爱人乔晓娟也跟上他送出去，迎进来，忙出了别一番心境。

华塬的婚丧嫁娶份子钱一般也就一二百元，可人家是县长，这点钱无论如何也拿不出手。孙利和刘亦然的外甥负责在礼房收钱、记账。黄镇长闻风赶去，手里攥着五百元，可扫了一眼礼簿，上面就没有几百元的，只好又掏了五百元，递给孙利。这一回，孙利名正言顺地给所有企业老板报了丧事，就连袁耀辉也不得不出现在礼房，行上五千元大礼后怏怏离去。去顶头上司家奔丧，一般人都不愿意结伴扎堆，局长单独去，副局长分头去，越是有想法的人越是如此。找刘亦然安排过子女、调动过亲属的更是如此。年后的"两会"前是干部调整的高峰期，想提拔的人谁不想关键时刻在关键领导跟前表现表现？但凡表现的人，在孙利跟前都只做做样子，更大的礼直接塞在了刘亦然手里，有的是现金，有的是银行卡，找个机会说些节哀顺变，办事要花钱之类的话，就把事办了。李娜听到消息，跑来跟康文商量说她想去一下，康文左思右想，觉得人情世故还得有，就掏了五百元让她代上礼，叮咛说，随大流，不要乱来。李娜说，康叔叔放心，我也没那么多狂钱。

这样大张旗鼓地办丧事，倘若放在市上、县里，身为领导干部的刘亦然绝对不敢这么肆无忌惮，这么风光张扬。可丧事办在东河上游偏僻山沟的偏僻矿区，山高皇帝远，林深鸟雀静。前来奔丧吊唁的人们，也都来去匆匆，坐的是流水席，并没有感觉到有多排场、有多隆重。不过，矿上的人们看在眼里，记在心里，心情是复杂的，同情老刘头辛苦操劳的一生，羡慕他沾了县长儿子的光，后半生也活出人味儿了；惊叹丧事办得红火，令矿区人大开眼界；感慨人世间冷暖不平，生死有别，官场现形，攀权附贵，钱财扎堆儿。矿上人发发感慨，过过眼瘾也就罢了，唯有一个人愤愤不平，充满嫉妒，这就是跟刘亦然一起上小学、中学、技校，一块儿分配进掘进区队的李铁。

李铁家就在老刘头家的楼头上。十年前井下冒顶塌方，李铁受了重伤，粉碎性骨折，两腿残废了，变得一瘸一瘸的。后来，他学了门家电修理的手艺，一边吃工伤劳保，一边在自家临街的房子开了电器修理窗口，招揽生意，养家糊口。刘亦然每次回家，顺着家属区直直的缓坡马路上来，都把车停在李铁电器修理铺对面的路边。李铁每次主动跟他打招呼，他都点点头哼一声，懒得说句应付话。老刘头病故了，作为邻居，又是刘亦然的发小、曾经的同事，李铁头一个架着双拐上门，送上花圈和份子钱，刘亦然也许是因为丧父之痛正伤心着，也许是平日的官架子放不下来，对李铁很冷淡，好像不咋认识似的。这让李铁受到了莫大的羞辱，是尊严与人格上的羞辱，是平民百姓被为官当权者轻视的羞辱，他架着双拐出了刘家门，又是吐口水又是骂娘，发誓要出一出这口气。

李铁做了一件令矿上人知晓了非得惊晕的事。他坐在小铺窗口里拿着小本本，来几辆车、下几个人，他都一一记在本本上。李铁记的没有孙利记的详细，孙利的账本没有刘亦然心里头有数。李铁很想了解详情，正好他小铺面还代卖烟酒日杂品，黄镇长临上车前转过来买烟，李铁搭讪说，华塬来的？路挺远的？黄镇长说，可不是嘛。李铁说，我们邻居伯婶的都行二百元的礼，你们大老远的，恐怕得上五百元吧？黄镇长摇摇头叹口气说，五百元还能拿得出手？李铁再问，黄镇长摇头不语，李铁明白了。李铁在暗处，悄悄留心。偏偏有一次，刘亦然送客人到路口，握手寒暄之间，客人把一个鼓囊囊的信封塞进了刘亦然的口袋里，被李铁瞅了个准。李铁在心里惊呼一声，这不是受贿嘛！李铁记到最后，算了一笔账，不由得目瞪口呆，惊出了一身冷汗。保守估计也好，夸张预测也罢，反正这个数目大得惊人，他一辈子都挣不了这么多。李铁心里不平衡了，妒忌了，愤怒了，霎时热血沸腾，涌出一股正义感来。啊呸！刘亦然这小子，回来装腔作势，人五人六的，分明是贪官一个！你瞧不起老子，老子更瞧不起你哩。

老刘头的丧事出了奇事，哭得最恓惶的不是儿子刘亦然，而是儿媳乔晓娟。出殡那天早上，乔晓娟跪在灵前哭得扶不起来。下葬之后，又是乔晓娟哭得泪水鼻涕吊线线。办公室主任搀扶刘亦然，任万能搀扶乔晓娟。那边，刘亦然已经收住哭声磕了头；这边，乔晓娟才正哭到伤心处。办公室主任过来帮任万能连劝带拽，把她扶起来，可她号得更凶了。从乔晓娟断断续续的哭诉中，任万能隐约听见三句话：爸，你走了，谁给我做主论公道呀！千刀万剐的什么雯雯，从哪儿出来的狐狸精！刘亦然你这没良心的，想当陈世美？任万能感觉不妙，从坟上回来，就借故匆匆走了。办公室主任跟乔晓娟也熟，在回来的路上悄悄问，嫂子，你今儿咋哭得这恓惶？乔晓娟冷冷地说，我都快成秦香莲了，能不借灵堂哭恓惶？主任猛地想起省医院专家"像是相思病"的话，想说什么，伸了伸舌头，把话咽了。

　　后院里起了火苗，刘亦然却浑然不知。办丧事这几天睡觉前，刘亦然都把兜里的银行卡、现金掏出来交给老婆保管。出殡前一天晚上，乔晓娟多了个心眼儿，趁刘亦然睡着了，把他的衣兜齐齐翻了一遍，果然翻出几张藏匿的银行卡，最意外的是，她翻出了那封写给同雯雯的没来得及送出去的情书。乔晓娟顿时大惊失色，气得浑身发抖，差点儿晕了过去。信上明明白白地写着，他爱那个叫雯雯的女人，爱得死去活来，如痴似颠。他忘不了跟她在一起的感觉，那感觉妙不可言，恍如仙境。他明确无误地表白，为了她，他愿意放弃一切，哪怕是抛妻弃子也在所不惜！乔晓娟全明白了，精神一下崩溃了。可乔晓娟这种生性怯弱之人，压根儿就不会歇斯底里大发作，泼妇似的扑上去厮打怒骂，虽然她平时贪图小利，见钱眼开，但这也是跟了刘亦然之后，耳闻目染教化所致，况且，她毕竟是当老师的，恪守矜持，处事忍柔。尤其是在公公尸骨待入土，举家悲痛的时候，乔晓娟只好默默地以泪洗面，咬牙强咽痛楚。负心男人睡在身边，鼾声如雷，睡梦正甜，却已经与她同床异梦、心属她人了，乔晓娟彻夜难眠，呆若木鸡。天亮后，她经不起吹鼓手忧伤的乐曲刺激，恼怨伤痛涌上心头，忍不住一改前几天收礼数钱的惬意，借灵堂哭恓惶，对亡灵诉冤屈，哭得动天地，泣鬼神！

3

任万能出殡回来，匆忙告辞，从矿上沿东河而下，直接上了豹子沟煤矿，在刘强的陪同下，进东河村这边的掘进掌子面，查看进度情况。东河煤窑与豹子沟斜井主巷道的贯通施工，已经掘进了三千多米，刘强一直在这里盯着，施工还算顺利。这家伙进了回看守所，好像老实多了，其实不然。井口外东河村为他们划的那片地方，围上了蓝色的防风抑尘网，掘进的土石方运出来拐个弯，倒进了山梁那边豹子沟方向的深沟里。车辆机械出进走了山梁那边，与东河村完全隔离了，这是东河人抗争的结果。东河人心里舒坦了，只有听见一天三次的掘进爆破声，才能意识到"豹子刘"他们的存在。

"豹子刘"对老板忠心耿耿，掘进巷道里藏着他谋划的见不得阳光的秘密。当初协商好的规划是从这里与豹子沟主巷道直线贯通，两边回采划给东河煤窑的地下资源，可"豹子刘"有意朝马鬃梁方向绕了个大弯，目的就是多占和蚕食本不属于他们的煤炭资源。"豹子刘"洋洋得意地跟任万能炫耀说，这弯拐的，巷道长了三千米，可占下的这一大片资源，够老板你红火好几十年哩！任万能听得满心欢喜，却有点担心。刘强说，上头有保护区保护着、掩护着，下头没人跟你争资源了，神不知鬼不觉，怕个毬！任万能放心了，兴奋了，吩咐人宰了只羊，扛了箱酒，中午犒劳刘强和他手下的大小头目。任万能当完孙子回来当爷，底气十足，理直气壮，他给大家敬酒，说，"万鑫"的明天全靠你们了，好好喝，喝了好好干。任万能自己喝得也有点多，之前给县长家挖墓砌墓，一连几天，吃不好睡不好的，借着酒后的晕乎劲儿，他香香地睡了一觉，起来吩咐司机开车上路回家，司机问哪个家，任万能说了句"擦黑进城"，司机就明白了。

当初把杨眉安顿到省城实属无奈，现在杨秀女被任万能说服得差不多了，他本想接杨眉住回来，谁知这女子大城市待惯了，死活不愿意回。任万能贼精贼精的，把杨眉独自撇在省城，他不放心，就派了个远房亲戚的小姑娘去当保姆，那边有什么风吹草动，他一概知道。

有朋友得知此事，跟他开玩笑说，就为喝牛奶还专门养头奶牛，累不累？任万能说，不光为喝牛奶，还等着下公牛犊子哩。杨眉终于怀上了，已经有四个多月了。任万能乐不可支，想着二老婆，操心着公牛犊子，得空就朝省城跑，却把大老婆撇在冷板凳上。杨秀女不愿意了，又跟他怄气。车往省城开，心事在塬上，任万能总觉得杨秀女在盯着他。路上，任万能想起县长老婆哭灵闹场子的情形，猜想她一定是抓住啥把柄了。可是，同雯雯早都不跟刘县长交往了，她能抓住个啥？他一面忧心着同雯雯，生怕县长老婆闹到他厂子里来；一面又为刘亦然担心，刘县长啊刘县长，后院起了火了！想骂人家，又想自个儿，不由得感慨万端，唉唉，家家都有难念的经。

任万能回塬上的家，总会提前打电话，叫杨秀女把饭准备好。去省城这个家，他从不打招呼，就好搞个突然袭击，自己插钥匙推门进去，说白了还是不放心杨眉。这天司机把他送到楼下，像往常一样，在小区附近登记旅馆休息去了。任万能开门进屋，杨眉和小保姆都不在，手机也没人接，而且一直打一直没人接，任万能有点发毛，急得像热锅上的蚂蚁，晃着脑袋在屋里转圈圈。几个小时过去了，外面已是灯火一片，心力疲惫的任万能躺在沙发上生闷气。杨眉带着小保姆开门进来，黑乎乎的，隐约看见沙发上窝着个人，吓了一大跳，赶紧开灯，见是任万能，才怪嗔地说，死老公，咋悄无声息地来了？

任万能坐起来，板着脸问，干啥去了？

杨眉一边低头换拖鞋一边说，我俩看电影去了。

任万能闷声闷气地说，看什么电影这么久？让我好等。

杨眉发现任万能不高兴了，便撅着嘴抱怨说，来之前也没说打个电话，谁知道你来呀。来回打车看电影，肯定费时间嘛。

任万能瞅了瞅身着孕妇装的杨眉，更来气了，嚷道，看看你都这样了，还往人堆里挤？

杨眉忽地变了脸，没好气地说，我又不是笼子里的鸟，还不能出去透透空气？就是犯法蹲监狱，也还让人放风哩！

任万能愣了一下，赔着笑脸说，我是说，你得小心啊，不方便嘛。

杨眉的话说得更尖刻了，咋样了，我不清不白，生下来的也不清不白，但我们是自由的，你管得着吗？说完，气哼哼地进了卧室，"砰"的一声把门关上了。

杨眉头一回冲着他发火，这让任万能不知所措，听说她们都吃过了，他吩咐小保姆去给他做饭，然后轻手轻脚地推开卧室门，一个老虎扑食，把杨眉搂在怀里，心肝肝爱蛋蛋的，好一阵甜言蜜语加指天发誓，竭尽所能地才把杨眉哄开心了。

哄女人开心是任万能的强项，杨眉这个人来疯更经不住哄。任万能出来吃饭时，她竟要陪他喝几盅。任万能夺过酒杯说，不成，不成，等把娃生了，我陪你喝个够。

杨眉娇滴滴地问，你答应过的，生了儿子，给我买车。

任万能说，大丈夫一言既出，驷马难追。不过，得生男娃才成。

杨眉去医院照过B超了，是男是女，她心里有数。

杨眉养得精力旺盛，性欲强烈，早已等不及了。任万能刚放下筷子，她就把他拽进卧室关上门，剥光了按在浴盆里，淘萝卜洗白菜似的，从头到脚洗净擦干了，连推带掀摆平在床上，然后自己急急火火地冲了淋浴出来，光溜溜地扑上前，手唇舌腰一起上，像泥鳅一样在男人怀里蠕动着，亲热着。

任万能慌了，连忙喊，小心，小心，别动了胎气。

杨眉猛地翻身骑了上去，说，我在上头，没事，说着，两只奶子忽闪忽闪地动了起来，晃得任万能眼花缭乱，心花怒放，上呼下应，不一会儿就像老牛似的喘起粗气来。

偏偏在这时候，任万能的手机响了。

杨眉边呻吟边说，不接，不管，弄完再说。

终于弄完了，任万能拿起手机，杨眉问，谁呀？

任万能说，咱屋里的，你大姐。

杨眉撇着嘴，不无幽怨地说，谁大姐，我才不认她。

任万能拍了拍杨眉的光屁股说，瓜娃，不是一家人，不进一家门。说完，自个儿光屁股站在窗帘跟前给杨秀女打电话。

杨秀女问，在哪儿？

任万能说，矿上。

杨秀女说，骗谁呢？

任万能答道，今儿就是下井了，我要是骗你，天打五雷轰。

杨秀女说，屋里有事，你要是认这个家，你就回来一趟。

任万能说，明儿个就回来，明儿个。

睡到半夜，杨眉来了精神，又想闹腾。任万能说，睡吧，唉唉，都卖了余粮，公粮拿啥缴呀？

杨眉听不太懂，却一半撒娇一半任性地说，管他公粮余粮，我要，我就要。

任万能暗暗叫苦，也只好依了……

俗话说，女人三十如狼，四十如虎，五十坐地能吸土。杨秀女正值如狼似虎的年纪，这么壮实的身体，这么长时间的等待，肯定想得不能再想了。

任万能最爱吃她包的豆腐大葱水饺，她早早打了豆腐，剥了葱和了面，捣了蒜泼了油辣子，拌了四个凉菜，把饺子包好摆在案板上，先下了一锅，捞出来盛好，给公公婆婆送到后院。眼看着日落西山，家里的狼狗叫一次，她出门望一回，村里的农用车路过一突突，她以为是汽车响，也忍不住出来望一望，那真叫望眼欲穿，急不可耐。

第二天回塬上，任万能蔫头蔫脑的，底气全无。走进家门的任万能心里最清楚，昨晚上被杨眉掏空了，今晚上，洋蜡坐定了。

别看杨秀女在电话里说得嘴硬，任万能一跨进门，她就软得像一疙瘩豆腐，眼睛放着灿烂，话语含着蜂蜜，笑容带着春风，脚底下像抹了油似的。任万能看在眼里，杨秀女越是这样，他越是懊悔内疚，惶恐不安。

吃了喝了，洗了脱了。任万能在被窝里任凭杨秀女百般闹腾，他也竭力配合，强打精神，可老二愣是硬不起来。杨秀女饥渴难耐，大失所望，一瞬间火冒三丈，黑旋风似的跳下炕，揭开被子，抡起笤帚疙瘩朝任万能的光屁股上狠狠抽了几下，骂道，昨晚上在卖×那里疯够了，跑回来忽悠老娘。杨秀女是农家女，分得清公粮余粮。又骂道，那卖×的有啥好？黑了灯还不是一样？公粮哩？都缴了？杨秀女唱过包公戏，三皇五帝知道一些,她再骂道,任万能你个驴日的,就算是皇帝老子有三宫六院七十二妃,也不短皇后娘娘的精神。没本事还养小?骂完了,一屁股坐在地上号啕大哭,院里的狼狗也跟着叫了起来。

渭北有句老话,"麻迷婆娘走扇子门,风吹草帽气死人"。任万能这一会儿像霜杀了似的,躺在炕上不动弹,心里头盘算着咋样才能哄下这麻迷老婆。一直等到杨秀女哭得没劲了、没声了,任万能这才一声不吭地下炕进厨房摸了把菜刀,直挺挺地朝老婆面前一站说,都是毯把人害的,给你刀,你把这割了,免得再惹是生非了。杨秀女一看男人全身光溜溜的,提着一把刀,样子十分滑稽,忍不住"噗"一声笑了。任万能趁机把老婆拉起来搂着说,一晚上不挨毯,就把人难受成这了?你等着,等我下回让你受活个够。

谁说一晚上?都多长时间了?杨秀女拧着屁股申辩说。

我要是个当兵的,你几年才能见一回。我要是坐了监狱,你不还得守空房?任万能强词夺理道。

呸呸呸,不准说晦气话,杨秀女气消了一半。

任万能从皮包里取出个红本本撇在炕上说,整天疑神疑鬼,说我给杨眉买房子,你看看这房在谁名下?咱大女子名下。

杨秀女拿起来一看,果真如此,气又消了一少半。任万能振振有词道,我早都说了,你结扎了,可我任家不能绝后嘛,我这是借鸡下蛋哩,这房子杨眉临时住一住,到时候,咱大女子上了大学,留在省城,现成的房子,你不也跟上去享清福了?

杨秀女经不住哄,咧嘴尴尬一笑,道,拉灯,搂我,睡觉。

4

刘亦然守丧过了头七,元旦将至,他没打算在家休假,急急忙忙赶回县上。一年一度的目标责任考核即将进行,应对考核的准备工作马虎不得。令他心悬的，一是全县生产总值的完成与增幅，二是粉尘达标排放，几项硬指标事关他的前途和命运。那天常务副县长来矿上时，他再三交代说，回去专门抓收入、抓数字，数字说明一切。孙利临走时，他也郑重地交代说，回去严防死守，派人挨个把厂子盯着，达标排放的指标一定要实现，若功亏一篑，拿你是问。

走到半道上，刘亦然给常务副县长和孙利打电话，要他们在办公室等他。这两人带来的都是好消息，刘亦然长出了一口气。不过，听孙利说吴栓牢突然调走了，他十分恼火，把电话拿起来就要问组织部长，可想了想，还是放下了。他转身给孙利交代说，吴栓牢走了，煤烟粉尘治理办群龙无首，我给组织部打声招呼，那边的事你先兼管上，两边的人马搭配在一起，分头下厂子蹲守，熬过这一阵再说，孙利连连称是。刘亦然接着说，最近干得不错嘛，财政收入如期完成，你功不可没。我就喜欢关键时刻能鼓上劲扑住干的，哪像吴栓牢那头犟驴，动不动使绊子、尥蹶子，走了好，走得好。

孙利他们走后，刘亦然处理完手头积压的文件，又把几个副职逐个叫来问话，了解最近发生的大事、手头工作进展，逐个交代了一番，不知不觉，一个下午完了。办公室主任进来，问他晚饭在哪儿吃，他伸了伸懒腰说，晚上找个地方泡一泡，放松放松。

主任心领神会地说，县上新开了一家洗浴中心，老板过来邀请你几回了，我马上安排，晚饭就在那儿吃。

主任安顿好了，陪刘亦然吃完晚饭，借口要值班，先走了。老板为刘亦然安排了高档单人豪华浴厅，厅曰"贵妃厅"，池曰"贵妃池"。老板亲自陪他进去，他四面张望，一下子惊呆了。壁廊雕龙画凤，宫灯五彩缤纷，香案梅香缭绕，贵妃床隐含神秘，床帏垂纱飘逸，富有宫廷韵味，富丽堂皇。老板掩门而去，两名宫女装扮的妙龄美女从侧门姗姗而来，恍惚间，宛若仙女下凡。刘亦然猛一紧张，正想说什么，"宫女"们已变戏法似的脱去了外衣。不知是穿着薄纱，还是披着薄纱，她们隐秘的部位都依稀可见。两人一个粉红，一个翠绿，轻盈上前，口称"官人"，娇滴滴，轻柔柔的。刘亦然欲拒绝，想离去，却浑身软酥酥的，身不由己，只能任人摆布。"粉红"伺候他更衣卸眼镜,"翠绿"为他沏茶。更衣者忙罢,放水撒玫瑰花瓣。沏茶者半跪半蹲,为他斟茶、为他点烟。刘亦然暗自惊叹,华塬竟有这样的好去处?!先前,他跟任万能在省城享受过异性服务的高档洗浴,可跟眼前相比,简直狗屁不是。刘亦然顾不得多想,渐入佳境,两个"宫女"簇拥着他步入贵妃池,一个在池中为他沐浴,芙蓉出水,酮体如玉;一个在池边抚奏古筝,含情脉脉,薄纱轻扬。梅香与古乐,玉体与轻纱,交融飘荡,交相辉映。刘亦然眼神不好,恍恍惚惚地陶醉了。池中的"粉红"为他洗浴完毕,重新着了纱衣,随着"翠绿"抚筝的音乐翩翩起舞,刘亦然躺在花瓣池中,看得、听得入了迷,暗自感慨,皇帝老儿也不过如此,他忍不住喊起了"娘子"。气氛达到高潮,两个"宫女"施礼道谢,褪去纱衣,一丝不挂,双双入池,搂着他、抚着他、吻着他,游动戏耍,水花飞扬,已分不清哪是"翠绿",哪是"粉红"了。等到上了贵妃床,赤裸裸的,不见"官人"与"娘子",只剩嫖客与妓女。

刘亦然快活了,尽兴了,疲惫了,瞌睡了,呼呼大睡。等到猛地一觉醒来睁开眼,左边不像乔晓娟,右边并非同雯雯,他左右推醒她们,不舒服地一摆手说,起来,起来,你们走吧。小姐临走时还说,大哥,再需要服务时,请按床头的红色按钮,随叫随到。刘亦然不耐烦地说,不用不用,快走快走。小姐从眼前消失了,他忽然感觉恶心,钻进卫生间劈头盖脸地洗了一通淋浴,穿上睡衣重新上床,一看表,才凌晨两点,他睡意全无,却变得心事重重。

在贵妃床上更适合想女人的事情。男人的一生,一半是女人给的,至少刘亦然是这样。他在贵妃床上关于女人的思绪中,不能不首先想到乔晓娟。刘亦然是在锦阳上煤技校时认识乔晓娟的。刚考上锦阳师范学校的乔晓娟小巧玲珑,腼腆沉静。刘亦然一眼就看上了,穷追不舍,终获芳心,可晓娟家里一听他是煤技校的,毕业了要当矿工,坚决反对。刘亦然毕业后回了矿上,两人一直藕断丝连。他调到矿宣传部换成干部身份后,再次发起攻势,晓娟家里又嫌他家在矿上,仍然不同意。等到乔晓娟毕业分配了,两人私订终身,背着家里人领了结婚证,生米做成了熟饭,刘亦然也在市里有了个窝。乔晓娟开始住单人宿舍，后来学校盖家属楼，乔晓娟分到了两居室。尽管两地分居，但两人小日子过得挺滋润。乔晓娟坐月子时，刘亦然刚当上矿宣传部副部长，整天忙工作，很少回家。调回锦阳市后，刘亦然浮在场面上，也是忙工作、忙应酬、忙交往，早出晚归的不顾家。乔晓娟属于贤妻良母型的女人，儿子一手带大，儿子学习一手辅导，家务一手操劳，相夫教子，任劳任怨，而且，在公公婆婆跟前十分孝顺，逢年过节去矿上，洗洗涮涮，手脚不停。刘亦然曾经十分知足，不只一次地对乔晓娟说，这辈子娶了你是我的福分，没有你，能有我的今天？

　　人生充满变数，福兮，祸兮，说不清。随着提拔、调动、步步升迁，刘亦然越变越强势，包括性欲在内的欲望越变越强烈。但乔晓娟始终不变地保持着教师、妻子和母亲的三重身份，改变的只是年龄和容貌。随着岁月的打磨，乔晓娟的脸庞少了红润与光泽，多了皱纹和稀少但却显眼的白发，就连乳房也不再饱满圆润，有点松软下坠。生过孩子后，肚皮也变得松弛了。最令刘亦然失望和不满的是，乔晓娟对性生活变得淡漠了，少了活力与激情。每次刘亦然想做那事，乔晓娟总是被动接受，就像不乐意地尽什么义务似的，动作迟缓，反应迟钝，而且拒绝接吻，不是嫌他烟味大就是嫌他酒味重。这些，都使刘亦然十分扫兴。老夫老妻的感情生活是平静而隽永的，而刘亦然却始终怀着一颗骚动勃起的雄野之心。他偶尔也玩小姐打野食，但那只是一时之爽，只有性没有情，过后又觉得没意思，有些后悔。于是，刘亦然很想找个情人。这种想法藏在他内心很久了，尤其是在当县长之后，直到碰上同雯雯。

　　躺在贵妃床上，刘亦然自然而然地想到了同雯雯——这个继乔晓娟之后，第二个令他倾心以爱的女人。他情不自禁地下床，把这豪华贵妃厅打量了一番，卫生间旁边是桑拿间，再一拐，除了小姐出入的侧门，竟然还有一道暗门，他把门一拉开，外边的灯居然亮了，原来是条通往楼外的逃生通道，很显然，是对付扫黄打黑突袭行动的。再看贵妃池，昨晚留下的残花废水，一片狼藉，他突然感觉这地方很龌龊，他一阵恶心，差点呕吐出来，心里顿时愤愤不平，想道，这样的好地方，应该让他跟同雯雯一起享用才对！与生人性交，与禽兽无异，只有性爱一体的享受才是他所渴望的，只要同雯雯能重新回到他的怀抱，一生无憾。

刘亦然猛地想起了给同雯雯写的信。从老父亲转院到治疗无效、抢救无果，再到咽气送回矿上，这半个月，刘亦然先是华塬、省城两头串，再是筹备丧事，忙得焦头烂额，心事全无，早把同雯雯抛到脑后去了。这会儿，他才想起那封未发出的情书。他走到衣柜跟前，打算把信拿出来细细品味一番，谁知情书早已不翼而飞，还有那几张私藏的估计金额较大的银行卡也不见了。刘亦然的脑袋"嗡"的一声，乱了方寸，他即刻断定，乔晓娟翻过他衣兜，信和卡落到她手里了。唉唉，这个多事的乔晓娟！刘亦然定住神，立马联想起出殡那日，妻子长跪不起，号啕大哭，原来是为这冤深似海？！还有，守丧那几日，妻子神志恍惚，对他爱理不理的，原来是为这心存芥蒂？！再有，他临走时给乔晓娟打招呼说，元旦放假可能回不去了，乔晓娟冷冷地答，爱回不回。原来是为这怀恨在心？！

刘亦然一下软瘫了。他十分清楚那封信的杀伤力，他还没认真考虑过跟乔晓娟过不过的问题，说离婚，那也只是等拥有同雯雯之后，看事态进展而定的远话。可为向同雯雯表衷心，信上居然提了"离婚"的字眼，这对乔晓娟的伤害肯定是巨大的。他懊悔透顶，如坐针毡，正在县长升书记的关键时刻，后院的火扑不灭，这对自己的伤害同样是难以估量的。刘亦然心乱如麻，在贵妃厅半分钟也待不下去了，他匆忙穿上衣服，披上外套，顺着逃生通道走向楼外，走进了一团漆黑的夜幕里。

5

这些天，康文逍遥自在。他对柯云他们说，你们都是忙人，不要过来了。我看看书，散散步，想想构思，有事我会找你们的。他把这帮人打发了，手机却没闲着，成了原姓人的热线了。

原丰跟他通过两次电话。原丰走遍世界，见多识广，回了趟华塬，对家乡生态环境，尤其对水泥粉尘污染多有感慨。康文跟他聊的就是这个。

尚武隔两三天一个电话，嘘寒问暖，抱歉地说忙得关照不上他，劝康文搬回原家滩去住。

尚青天天来电话，都是晚上十点整，很准时。康文猜出这会儿她正独自躺在床上。一想到她孑身一人，孤独寂寞，康文心里便不是滋味。尚青分明是想他了，却每次都说，我爸问你啥时候回来哩。康文说，我先在塬上待一阵子，调整调整思路，春节也快到了，我都给康健说了，放假回锦阳，在姑姑家过年。

精明的袁耀辉闻风而动。国家水泥产业准入门槛即将抬升，十万吨生产线最多能维持两年。他紧锣密鼓地筹备上大项目，他忙了，柯云也就忙了。柯云不来，同雯雯也就不来了。张明义严防死守去了，王林忙着年终决算、预算，唯有李娜每天下班过来陪康文吃晚饭，再陪康文拉一阵话，然后像风一样走了。康文在窑洞里待闷了，在电脑前弄累了，就拿个小板凳，带着《瓦尔登湖》靠在窑院向阳处晒太阳。天气好时，他拿着《瓦尔登湖》独自下沟到水库边，找个向阳背风的茅草地，躺在地上看会儿书，晒会儿太阳。水库背阴处结了冰，野鸭群聚集在向阳无冰的水面上，觅食戏耍追逐，离他很近很近，让他蓦然找到了亨利·梭罗在瓦尔登湖畔那融入自然、充满悠闲惬意的感觉。康文不愿去县城，主要是污浊的空气他受不了。在清静与浑浊之间徘徊，康文的心，也有时清净有时浑浊。自从跟原丰通过话，一股使命感驱使着康文，他急于了解华塬水泥粉尘污染的前因后果。

有一天，康文开车去了袁耀辉的厂子。柯云陪他顺着生产流程把车间挨着转了一圈。"耀辉"照着同雯雯做的治理方案，完成了污染综合治理后，情况好了许多。康文又想了解治理前的污染状况，于是，柯云带他去了任万能的厂子，同雯雯戴着口罩，塞给他们两个口罩，陪他们在生产区走了一遭。不比不知道，一比吓一跳。"万鑫"的污染情况的确严重，厂区一片乌烟瘴气，空中像飘雪花似的纷纷扬扬，他的车就停了个把小时，便蒙上了一层粉尘。

柯云说，收尘设施开着都这样，要是偷偷关了，更严重。

康文问同雯雯，你能帮柯云那边搞治理，为啥你这边不搞？

同雯雯说，治理方案早做好了，老板舍不得钱，观望哩。

康文忍不住拨通了任万能的电话。任万能一听康文在他厂里，不到一根烟的工夫，便急急忙忙地赶回来了。

康文半开玩笑半认真地说，万能，你这边比人家柯云那边的污染严重多了。人家都治理了，你咋不治理呢？说着，看了看同雯雯，又道，是缺钱，还是缺人手？

任万能慌乱地说，同总已经做好方案了，我马上照做，马上。

康文认真地说，今儿我要是以记者的身份来，非曝光你不可。

任万能面带愧色，道，那是，那是，康文哥手下留情嘛。

康文说，万能兄弟，把你厂子的污染治理好嘛，花钱就花钱，污染治好了，远的不说，就你们而言，工人们不遭罪了，你待着也舒心。

任万能说，好好好，冲着哥你这句话，我马上行动，同总，你给咱负责实施，保证春节后达标排放。

同雯雯笑着问，此话当真？

任万能说，军中无戏言。康文哥，过了春节，你再来看吧。

袁耀辉从外边回厂里了，在厂里等着康文。从任万能厂子出来，柯云笑着说，康文哥，我看，你比环保局局长还管用。

康文"唉"了一声道，到了这环境里，设身处地感受了，又是当记者出身，总觉得应该说些什么。

柯云说，最近搞年终考核，风声紧了，环保局的人都下去巡查蹲守了，像看犯人一样盯着这些厂子，情况还能好一点。

袁耀辉一见康文，就像见着老朋友似的，跟上柯云"哥"长"哥"短的，一团热情。提起他的大项目，他就眉飞色舞，滔滔不绝。原来，市水泥厂招商引资的日产熟料四千五百吨的大项目建成投产了，袁耀辉去看了，心热了，回来也下决心上个这样的大项目，把现有的厂子改成粉磨站。康文被袁耀辉说热了，也想抽时间去看看，袁耀辉说，中中，哥，你想去，现在就去。柯云也说，走就走。

三人出门时，康文顺手拿了桌上当日的《锦阳日报》。上车时，康文拉着袁耀辉跟他坐在了后座。康文是办报出身，浏览了一眼报纸，"华塬收入突破一亿五　增长幅度全市第一"的头版头条新闻立刻引起他的关注，他忍不住说，华塬县地方财政收入突破一亿五千万了，增幅还是全市第一！

袁耀辉脱口而出，那都是假的，骗人的。

康文愣住了，不解地问，假的？咋造假了？

袁耀辉说，县长挨着厂子跑，该今年一季度缴的，去年十一月都早早收了，这不是造假是什么。

康文不解地问，寅吃卯粮？为什么？

为了完成任务，争第一、树政绩嘛，柯云一语道破天机。

康文一言不发，心道，这个刘亦然，咋能这样呢？这事也弄虚作假？

参观了锦阳市第一条大型水泥生产线，康文很振奋、很受鼓舞，仿佛看到了华塬县城上空蓝天归来的景象，可他一回到塬上，想起刘亦然的那些做法，便心沉如铅，神色凝重。李娜推门进来时，闷闷不乐的他正坐在沙发上思考问题。李娜见状，二话没说，去厨房要了饭菜，让服务员送到了窑洞里。康文说他没胃口，李娜拿出几听罐装啤酒说，康文叔想家了吧？我陪你喝啤酒，解解闷。

康文也不反对，咕咚咚一口气喝了大半听，顿时心凉气爽，他忽然问道，上次去刘县长家，你随了多少钱的礼？

李娜说，人家都是几千几千的，我没办法，咱俩一人五百元，这是最少的。

康文又问，去的人多不多？

李娜说，人来人往的，都是待一会儿就走，说不清，从礼簿上看还真不少。听说前一阵子，刘县长住院，好多人都去看他了。

康文十分感慨，说，这不是以权谋私，变相敛财吗？李娜，你说说，刘亦然在县上口碑为啥不好？

李娜说，这人强势有魄力，得罪了不少人，大家背地里说他霸道、贪财，跟老板们不清不白，还有好大喜功，急着当书记哩！

康文唉声叹气地说，看起来，这人真变了。

康文平时很少开电视。吃饭时，李娜把电视开了，康文顺便看了看新闻。央视新闻联播完了，李娜把频道调到锦阳电视台，上面正在播放刘亦然的专访。刘亦然神采奕奕，大讲"华塬收入突破一亿五"的做法和体会。康文不愿听，谁知不经意调到华塬电视台，画面上还是刘亦然在唱主角。女播音员声音甜美地解说着：市考核组某某组长一行数人在华塬检查指导工作，听取了刘亦然县长的汇报，对华塬各项工作给予了充分肯定，我县有望全面完成年终目标责任考核……康文听不下去了，干脆关了电视。

这时的张明义也在看电视，他耐着性子看完华塬新闻，忍不住拨通了吴栓牢的电话，说，水泥粉尘达标排放，这么容易就实现了？糊弄谁呢，鬼才相信哩！

吴栓牢说，假的真不了，你等着，看谁脱裤子捂烟囱呀。

张明义看电视时，远在东河上游矿区的李铁也在看同一频道。就因为惦记着刘亦然，李铁突然对华塬的事感兴趣了，他也是看了锦阳台的专访后换成华塬台新闻的。往日瞅见刘亦然的形象他就来气，这会儿瞅见刘亦然摇头晃脑、侃侃而谈，李铁更是气不打一处来，嘴里骂骂咧咧道，不就是个破县长嘛，你以为你是总书记？看你的贪官贼样，我叫你张狂，我叫你威风，不捅你这马蜂窝，我就不是李铁，钢铁的铁。

李铁一不做二不休，在家里的电脑上打好一篇爆料文章，复制到优盘上，揣到怀里后，架着拐子出门进小酒馆要了盘花生米，喝了几瓶啤酒，壮了壮胆，这才拐入一家网吧。他先把爆料内容贴在贴吧，又在省市纪检部门的网站上举报了。李铁举报材料的标题是"华塬贪官刘亦然　葬父敛财近百万"，时间、地点、来宾人数、车辆数，基本准确无误，上礼钱数至少每人一千元，依据是某来宾（实为黄镇长）透露的信息，多的估计每人上万，依据是有人出门塞了鼓囊囊的大信封给被举报人。给纪检部门的举报材料，李铁用了假名字，留了假电话，并且特别强调说，是担心打击报复，只好如此。

李铁拐出门，自言自语道，唉唉，老同学，老同事，老邻居，你不仁，也别怪我李某不义了。

6

一股强冷空气袭来，气温骤降，渭北下了一场多年少见的大雪。天地之间一片白皑皑，雪过天晴，银装素裹，晶莹剔透。

学校放了寒假，过年的气氛越来越浓。康健放了假，来到华塬，在窑洞里陪康文小住了两日。到县上开会的尚青回塬上看望康文，又带康健在城里采购了年货，为康健买了身换洗的内衣、过年穿的外套和鞋子，被柯云他们开车送回原家滩了。萌萌早听说康健哥哥寒假要帮她辅导功课，天天念叨，都等不及了。

康文暂时走不了，报社那边听说他过春节不回去，派了一个副总编来看望慰问他，几个铁哥们儿也说要来，只等节前单位发了东西给他捎来。市委宣传部也通知他说，春节联欢团拜会要邀请他做特邀嘉宾，让他务必参加。曾智也说最近会抽时间过来看看。刘亦然想跟曾智见面，康文转告曾智了，曾智没表态，只说最近很忙。不过，康文对刘亦然了解越多，对促成曾智跟他见面的事越犹豫不决，他有点独善其身的意思，尤其是这几天，网上爆料的事情出现之后。

年终目标责任考核顺利过关，包括水泥老板们在内的一些人松了口气。刘亦然参加完县委常委会，研究了人事议题，回家给老婆下话摆平家事去了。环保局留了人值班，其余人置办年货、回去打扫卫生了，孙利给局里打了个招呼，也带着老婆、娃逛省城、办年货去了。就在这时候，网上李铁的帖子一石激起千层浪。帖子跟得快，链接长，评论转载，楼上楼下，前呼后应，发牢骚的、大骂的，什么都有，点击率飙升，刘亦然几乎在一夜之间成了网络"红人"。在华塬、在锦阳，这事一传十，十传百，百传千，茶余饭后，街谈巷议，闹得家喻户晓，引起了不小的震动。华塬不少去吊唁的人心神不宁了，就好像火药捻子燃到了自己脚底下，连办年货的心思都没了。张明义不在此列，他看到帖子，倒有点幸灾乐祸，立马给吴栓牢打了电话。吴栓牢也不在此列，他冷笑着说，看看看，狐狸尾巴露出来了吧，被我猜着了吧。若要人不知，除非己莫为，蚊子飞过去都有踪影哩。柯云看到后，给同雯雯打了电话，让她跟自己分享拍案惊奇。李娜看到帖子，急忙赶到下地窖，推开门就喊，康文叔，快开电脑。等不及康文动手，她就上前打开了电脑，输入关键词，把爆料帖子调了出来。

康文看完后一声不吭，坐在炕边上，耷拉着脑袋，抽了一支烟，这才站起来，走了几步，有感而发地吟道，大河东去，泥沙俱下，浪淘风簸，始见金矣。

李娜好奇地问，康文叔，咋突然吟起诗了？

康文说，嗨，是沙是金，浪淘风簸后才能知晓。刘亦然咋会变成这样？

李娜说，人又没长前后眼，别让他坏了你的心情。

康文郑重地说，你那个事，还是顺其自然，最好不要再找他了。

李娜顺从地说，这个我知道。

山雨欲来风满楼，华塬人还在私下谈论网上热，又有重大事件从天而降。省市环保监察部门联手，省电视台、省报记者随行，趁着夜幕降临，突袭华塬水泥企业，旋风似的破门而入，拍摄笔录，调查取证。除"耀辉"以外，包括"万鑫"在内，十几家水泥厂关闭除尘设施，夜间违法偷排，被环保执法突击小组逮了个正着。

这绝不是巧合。县长请假了，华塬处在今夜不设防的"真空"中，打的就是措手不及，抓的就是现行。

这也绝非偶然。入冬以来，对华塬粉尘污染的举报信、举报电话多了起来，省市环保部门接得多了，派人查过几回，可每次都走漏了风声，查而无果，不了了之。厅长纳闷儿，局长也纳闷儿，心想，要是没有"内鬼"通风报信才怪！年终考核，华塬水泥粉尘治理实现达标排放？这真是天大的笑话！厅长来气，局长也来气，认为这简直是奇耻大辱。民意更强烈，许多举报信、举报电话直指"达标排放"，人们质问环保部门，如此弄虚作假，你们是干啥吃的？！

责任重于泰山，岂容代人受过。厅长紧急召见局长，片刻拍板定案：精心策划，全力部署，攻其不备，狠狠地给它一下子，闹出个大动静来。省厅调遣精兵强将，夜宿锦阳。市局把孙利的疑似"关系户"排除在外，选派的检查人员一律交了手机，直到出发前行动目标都一直保密，两股执法队伍齐心合力，一鼓作气，拿到了华塬县水泥企业严重违法偷排的铁证。

十几家水泥企业乱了阵脚，刘亦然却浑然不知。别说这，就连在网上被惊天大爆料，刘亦然也蒙在鼓里。赶上丧父过"三七"，刘亦然回家两天，还没把恼怒的乔晓娟摆平，便跟脸色憔悴的乔晓娟回了矿上。乔晓娟要弄清丈夫外遇的全部，刘亦然满嘴的悔过，却避重就轻，不肯如实坦白，就连同雯雯姓什么，哪里人，在哪儿上班都一字不漏。乔晓娟不依，还跟他怄着气。

刘亦然回到矿上，也就回到了李铁的视线之内。见夫妇俩下车，老婆拉着脸，刘亦然旁若无事，李铁简直不相信自己的眼睛，怪了，网上那么大的动静，咋到他这里没一点反应？不可能！第二天中午，刘亦然两口子上车走时，李铁终于觉察到些许端倪，刘亦然脸色苍白，脚步慌乱，一个劲地催老婆快快快，老婆一着急，绊在了石子上，鞋跟都歪掉了。李铁断定有情况了。

李铁猜得不假。从墓地回来，刘亦然收到了办公室主任发的短信：

有人把你捅到网上去了，在百度输入你的名字，即可查到。好几天了，我才得知，速告。

父母家没有电脑，刘亦然也不会用手机上网，短信里也没说清捅的是啥事，他宛如惊弓之鸟，惶恐万端，饭也不吃了，喊了司机，叫上乔晓娟就火速上路，一路上直催司机，快快快。山路弯道多，阴坡处有积雪结了冰，司机说，路况不好，快不了。好不容易出了山，好不容易进入锦阳市区，红灯亮了，司机正要停，刘亦然发疯似的一摆手，吼道，过过过，闯红灯就闯红灯。终于到了自家楼下，刘亦然一挥手，对乔晓娟道，前头走，快开门。乔晓娟白了他一眼，加快脚步往前头走了。

刘亦然一瞅见电脑屏幕上的那些材料和评论，脸色瞬间刷白，就像被人放了血，瘫倒在座椅上，直哀叹，完了，完了。乔晓娟凑过来看罢，也成了蔫黄瓜，小心翼翼地问，这是谁干的呢？这么缺德。刘亦然狠狠地瞪了她一下，道，闹闹闹，家里闹，外头闹，我出了事，能有你什么好？乔晓娟不敢顶嘴，躲到内屋哭去了。刘亦然又惊又气，两手发抖，点了一支烟，叼在嘴里，却闻到一股怪味，原来慌乱中他没看清，把过滤嘴点着了。他气得把烟扔了，转过去想倒口水，却发现热水瓶是空的，他拿起水瓶"啪"一声摔在了地板上。乔晓娟闻声跑出来，赶紧烧上水，然后打扫地上的残渣碎物。刘亦然"扑通"一声坐在沙发上，再没起来，他竭力控制着情绪，从吴栓牢开始，逐人排查对立面，谁会跟他不共戴天？排来查去，没有结果。乔晓娟给他沏好茶，做好饭，端到跟前，他水喝了，饭没动。就在这时候，任万能来电话了。他拒接了，把手机撇在一边，那边又打过来，他犹豫了一下，还是拿起来接通了。

刘县长，大事不好了，省市环保部门突击检查水泥厂排污，挨个厂子过，还带着记者，我躲在厕所里给你报信，任万能拖着哭声说。

刘亦然啥也没说就挂了电话，又赶紧拨给孙利，问，你在哪儿？

刘县长，我外出办了点事，正在回家路上。

省市环保联合执法，华塬都闹翻天了，你还在外头逍遥？赶快回去，弄清情况，立即给我汇报。刘亦然气哼哼地训斥了一通，把手机狠狠地摔在了沙发上。

福无双降，祸不单行。刘亦然腹背受敌，三面夹击，怨怒丛生。这一回，他把问题归结到吴栓牢身上了。

刘亦然不知情，县上其他领导和部门领导都不知情。得到消息最早的是康文，柯云给康文报讯了，省报的两个记者也给他打了电话。记者们说，他们人到了华塬，参加环保重大执法行动，本来想抽空过来看看他，可现场指挥纪律严明，只好打电话问候一下。末了，还叮嘱他一定保密。康文即刻意识到，华塬要出大事了。

中午饭前，柯云、同雯雯、张明义、李娜，闻风而动，出溜溜地都来了。说不清是忧心，还是欢心；是关注，还是观戏。反正他们一个个都有些亢奋。

康文拿定主意了，认真地说，你们来了也好，一起吃饭吧，年前小聚一下，下午我得走了。

柯云奇怪地问，去哪儿？

康文答，回原家滩。

李娜问，不是说还有这事那事的要应酬吗，咋突然走哩？

康文说，华塬出了这么大的事，我们报社的记者也来了，少不了有人找我出面说情，我咋能摆平？还是躲得远远的好。

张明义显得特别兴奋，说，康老师走了好，你把手机关了，不蹚这浑水，就让媒体狠狠地曝光。哈哈，华塬的脓包终于要被人挤破了，华塬的黑盖子眼看要被揭开了，华塬的天快变了！

第八章　云谲波诡

　　华塬县翻了天了，省市环保突击检查小组突然袭击，给了刘亦然和华塬水泥企业一个措手不及，偷排水泥粉尘的企业当下被关闭，刘亦然弄虚作假的粉尘治理达标也曝了光，整个县城都沸腾了。对刘亦然他们而言，这一年的春节，是一个个不眠夜。

　　而对尚青他们而言，今年才真正有过年的热闹。原家人、康文父子共聚一处，其乐融融。原生茂拿出了一本《原氏家谱》，众人惊讶地发现，原氏祖先的理念，跟现代所提倡的生态理念，竟是如此地契合……

1

华塬的天说变就变。县城周围的十几家水泥厂接到违法偷排的"处罚单"和"停产治理通知书",只能偃旗息鼓,几十柱高烟囱消停了,烟消云散,大气浑浊度下降,能见度悄然好转。

突如其来的环保风暴成了人们新的关注点。等到省市环保执法小组撤离现场之后,消息不胫而走,传得纷纷扬扬,县城瞬间炸了锅,也许是事关切身利益,老百姓的关注度更高,更甚于前几天那个走红网上的爆料。

老百姓尚且如此,"局中人"就更不用说了。这天刚好是周末,张明义跟吴栓牢通了电话。晚饭前,他怀里揣着瓶陈年老酒,直奔县林业局家属院,叩开了吴栓牢家的门。吴栓牢换了新单位,精神头儿今非昔比,瞅见张明义从怀里掏出酒瓶子,便乐呵呵地说,兄弟,这儿还没你喝的酒?

张明义笑眯眯地说,我路上注意观察了,水泥厂一停,空气好像真变好了,今儿不分你我,咱弟兄俩为华塬变天一醉方休。

吴栓牢说,说变天为时尚早,可久旱逢甘霖,是好兆头。

吴栓牢叫老婆弄了几盘下酒菜,摆上茶几,两人早早坐在电视前,边吃边喝,边说边看,怪滋润的。

吴栓牢不解地问,你咋知道今晚省电视台要曝光他们?

张明义说,据可靠消息,刘亦然带人去灭火,在省报、省台都碰了钉子,我在省环保厅的朋友说的,今晚电视播放,明早见报。

吴栓牢愤愤地说,那天我说什么来着,秋后的蚂蚱,他们蹦不了几天了,看咋样!

张明义眯着眼狡黠地问,吴局,这马蜂窝该不是你捅的吧?

吴栓牢说,嗨嗨,你咋说话哩,我明人不做暗事,我要弄他,我就实名举报。

哈哈哈,张明义大笑。吴栓牢愣了一下,头一偏说,哎哎,你老弟,该不是你玩儿此地无银三百两?

张明义说,开玩笑,开玩笑哩,我在省厅的朋友说了,举报电话接二连三,举报信也不少。

吴栓牢说,有人点火,就有人浇油,外面人谁能说到点子上!

张明义脸微微一红,头扭到一边说,可不能低估如今群众的觉悟,他们的维权意识、环保意识越来越强了,看电视,看电视。

省台新闻联播开始了。两人放下酒杯筷子,瞪大眼盯着电视屏幕。曝光新闻终于出来了,男主播音色浑厚,语气凝重地说:

今日凌晨,我省环保部门突袭行动,重拳出击,华塬县十三家水泥厂违法偷排,被一举查处,予以重罚,所有涉案企业一律被责令停产治理。据了解,水泥产业是华塬县支柱产业,是地方财政收入的重要来源,支撑着当地经济四年翻了一番。然而,这里的水泥粉尘污染严重,也是不争的事实。较四年前关闭"十五小"时相比,有过之而无不及,当地群众饱受其害,怨声载道,反映强烈。经查实,华塬县水泥企业并未完成年底达标排放的责任目标,在年终目标责任考核中弄虚作假,蒙混过关。这一方面暴露了当地环保局疏于监管,另一方面反映出了当地政府发展思路上的偏差。本台将继续关注这一事态发展,予以跟踪报道……

记者现场采访了省市环保突击小组的带队负责人。负责人同期声说,华塬水泥企业肆无忌惮,违法偷排,性质严重,当地政府只要经济翻番,不要白云蓝天,对只污染不治理放任自流,负有不可推卸的责任。

在采访现场,有不少水泥厂周围闻声而来的围观群众,记者把话筒伸向人群,有人高喊,宁要蓝天,不要翻番……

画面里,浓烟滚滚的烟囱,浑浊不堪的车间,企业的厂门,接受问讯的老板……任万能在调查取证文书上签字时,双手微微颤抖,脸色很难看……

吴栓牢听完看罢，激动万分，手舞足蹈，高举酒杯说，好一个重拳出击，击中要害，过瘾！

张明义也举起酒杯说，想起那回咱被人家关在厂子里，要多难受有多难受。

吴栓牢神神道道地说，上次我说什么来着？你快熬到头了，我走了，没准儿就轮到你大显身手了，明义兄弟。

康文突然开着车回来了，尚青很惊讶。一听说他不愿蹚浑水，提前回来了，尚青舒心地说，回来了正好，就不用走了。这段时间，你跟康健就住在我这儿。你一个人待在下地窨里，实在叫人不放心。康文知道过年的时候，尚武一家要住在西寺，因此也没有异议，在尚青家住下了。

康文没有张明义他们那么兴奋。尚青陪他看完电视新闻，两人正议论着，康文忽然想起来手机还关着，他打开手机，就接到了柯云的电话。

柯云急火火地问，看到电视新闻了没有？

康文平静地说，看到了。

柯云说，康文哥，果然不出你所料。同雯雯说刘亦然打电话把任万能叫去塬上下地窨找你。服务员告诉他们，你拿着行李开车走了，可能回家了。他们一帮人就直接去省城了，听说在报社没找到你，很失望。

康文说，是吧，找到我也没用，这种事我无能为力。

柯云问，你们明天的报纸也曝光吧？

康文说，那得等到凌晨五点以后才能看到。

康健要给萌萌补课，梁琴也想让斌斌补补课，也来了尚青家。尚青把另一间屋收拾好，让三个孩子在那边做功课。康健的数理化和英语学得特别好，性情又温和，很快就适应了这从前没听说过的姑姑家。萌萌的初中课，斌斌的高中课，康健信手拈来，游刃自如，两个中学生对这位上重点大学的哥哥钦佩有加，三人相处得十分融洽，尚

青看在眼里，喜在心里。

康文看完电视新闻，要过西寺那边。尚青让嫂子在这边经管三个孩子，自己跟着康文去了西寺。回来后，她把小浴室收拾好，摆好换洗的内衣袜子，推开房门说，康文哥，你去洗澡，都准备好了。

上次康文走后，尚青为这屋里添置了书架和小衣柜。康文洗澡时，尚青把箱子里的衣服、书拿出来收拾停当，又帮他整了整床铺。尚青早都盘算好了，康文的长篇小说构思好了，就在这里写，她不想让他一个人孤鸟似的待在塬上，宁愿自己苦点累点。再说了，只要能天天看见他，尚青心里就是踏实的，高兴的。

次日天麻麻亮，康文就起床了，急忙上网打开省报电子版，《经济翻了番 灰霾锁住天》的曝光文章标题很有冲击力，配着照片发在头版显赫位置上。文章曝光污染企业违法事实的同时，深究违法偷排背后的症结，剑指地方政府环保不作为，一味追求经济指标，充当了污染企业的保护伞。

尚青起来得更早，她扫完院子，听见康文起来了，敲门进来，扫了一眼电脑上的标题问，登出来了？

康文点点头说，重磅炸弹！刘亦然的县长怕是坐不住了。

尚青说，从前也曝过光，过一阵子又老样子了。唉唉，要不是水泥厂污染，我妈的气管受不了，我爸也不会闹着回这里。

康文沉思着说，这回不一样，报道矛头直指县上发展思路的问题，上级环保部门重拳出击，重重拿起了，不可能轻轻放下。唉，实事求是地说，华塬粉尘污染问题，的确到了非解决不可的地步。

尚青忧心地说，但愿是个好开头。

康文问，康健给萌萌他们辅导得咋样？

尚青开心地说，挺好的呀，康健中学功课基本功扎实，又能举一反三，循循善诱，萌萌夸大哥哥一讲就懂，这几天进步很快，学习积极性一下子调动起来了。

康文说，那就好，那就好。提起儿子，康文动了感情，道，唉，康健这孩子可怜，从小就跟着爷爷奶奶，我也没咋操心，想起来我就很内疚、很自责，总觉得有点对不住他。

尚青一脸忧郁地说，康文哥，也该想想自己的事情了，总不能一直单身过，在省城那边有没有合适的人？

康文摇摇头道，尚青，不瞒你说，我叫婚姻弄害怕了，谈婚色变。

尚青不以为然地说，那还是没找下合适的。

也许是合适的没找到我，康文目光黯然地说，还是安心把书写完，以后再说。

尚青说，就住在这里写书吧，我好照应你。

康文不无悲观地感慨道，婚变几折肝肠断，天涯何处觅知音？

尚青听得一阵心酸，挪过身子面朝康文，拉着他的手说，找到合适的就找，找不到合适的，妹子照顾你嘛，说着，眼眶湿了。

2

春节临近了，办年货的、送年货的，人心忙乱。别说县城里车水马龙，行人匆匆，商场超市里人头攒动，就连原家滩这偏远小镇，赶上腊月里最后的集会，小街里也挤得水泄不通。康文躲在大山里，照样清静不了。

康文婉言谢绝了出席春节联欢团拜会的邀请。先一天，一位副部长代表宣传部带着部里发的年货和慰问品，赶到原家滩来看望他，坐了一会儿，饭也没吃就走了。逢集这天，报社副总编带着康文的三个铁哥们儿来华塬慰问、看望他。康文交代给柯云，本想让他指指路，谁知柯云开车带路领他们来了。柯云来了，同雯雯也肯定在车上。柯云的车在前，报社的商务车在后，费了好大周折，才穿过挤爆了的街道，把车开到尚青家门口。卸下领导慰问的、同事拿的、单位发的一堆东西，他们意外发现，集市上的农家猪肉、土鸡蛋、野鸡野兔，全是绿色食品，白面挂面，苞谷面饸饹，馋得人直流口水。匆匆向康文握了手报了到，其中一个贫嘴的说，老领导，让社领导先慰问你吧，我们扫山货去了。同雯雯眼热了，忍不住对柯云说，咱也买山货去，两人也出了门。副总编在院子里转了一圈，回来说，康老兄，找了这么个清静地方，过春节都不回去了，说是体验生活，我看这像远离尘世，隐居修行嘛！

康文解释道，父母到新疆过年去了，我就带儿子在他姑姑家。

尚青进来了，副总编"哦"了一声说，原来这是你妹妹家。

尚青大大方方地说，是表妹，说完，取了个东西进了厨房。

副总编平时跟康文关系不错，一阵嘘寒问暖，又聊了聊报社的事，康文问，前几天曝光华塬的文章，闹出啥动静了？

副总编说，嗨，动静大了，省长亲自做了批示，严肃查处，追究有关领导的责任，要求报社追踪采访，环保厅还要派调查组来深入调查目标责任考核弄虚作假的问题。

康文说，我猜也会这样，华塬的污染问题多少年都没解决，边治理边污染，始终没走出这个怪圈。

副总编是华塬邻县人，他问道，这儿有座朱雀寺，在渭北一带很有名，你去过没？

康文笑着说，就在后山上，还没顾得上去，听说寺院住持海空法师学贯古今，精通医术，道行甚深，我还寻思着找他聊一聊哩。

副总编说，今儿到这里了，我得上山还个愿。

康文问，你来过？

副总编摇摇头说，我考大学那年，我妈翻山越岭来烧香拜佛，我考上了，我妈又来还愿，还叮嘱我，日后有机会了，一定要到朱雀寺上几炷香。一晃几十年了，没想到今儿缘分来了。

康文说，好嘛，吃过饭，我陪你去一趟。

正说着，柯云跟同雯雯采购回来了。

康文像开玩笑似的地问，小同，媒体一曝光，你们老板坐不住了吧？

同雯雯笑着说，何止坐不住？罚了几万元，都快心疼死了。这又停产了，损失大了去了。

康文笑了，说道，那就借这时间抓紧治理呀！

同雯雯说，头天被查处，第二天就动了，治理工作不分昼夜，老板说春节也不能放假，说完扭身去了厨房。

柯云补充说，被处罚的厂子全动了，都来我们厂看过，雯雯搞的治理方案都被人复印走了，还都骂环保局那个谁把他们害了。

康文问，环保局那个谁呀？

柯云说，新局长孙利呗。

康文想起这个人了，不解地问，骂人家做什么？

柯云说，这事复杂，三言两语说不清，回头再说。

同雯雯收拾好餐桌，把凉菜端上来。副总编打电话催了半天，那几个人才大包大袋的回来了，把商务车塞得满满当当的。几个人进门就冲着康文嚷嚷，老领导，吃的是绿色食品，呼吸的是新鲜空气，喝的是纯净的山泉水，看看，你现在气色多好！

副总编开玩笑说，你们是看望领导来了，还是赶集来了？

那贫嘴记者说，第一，来看望领导，第二，来体验领导的绿色生活嘛。

大家围上桌，孩子们也回来了。萌萌瞅见门口的汽车，进院子就喊，妈妈，妈妈，谁来了？

尚青端着菜正要进屋，顺口说，你大舅单位上来客人了。

柯云一听，愣了一下，没吭声。同雯雯却记住了。

康文喊来康健跟报社的叔叔们问了好，萌萌和斌斌也一起来了。

听说副总编他们饭后要上朱雀寺，尚青说，早知道你们要上庙里去，我就不弄荤菜了。

副总编问，上庙里去，不能吃肉吗？

尚青解释说，这里有讲究，佛门忌讳杀生，一般上庙里进香前都不吃肉的，以表示虔诚。

那贫嘴记者一听说肉是野猪肉，夹了一大块，边吃边说，酒肉穿肠过，佛祖心中留，管他哩，我只管吃。副总编一脸的虔诚，果真没动一筷子肉，只吃素菜。

饭后，柯云有事，要跟同雯雯先走一步。尚青送他们出门，心里纳闷儿，这柯云，整天带着同雯雯，算什么？

康文要陪同事们上山。尚青说她早上瞅见父亲上山去了，她给父亲打了手机，人果然还在山上下围棋哩。尚青对父亲说，康文哥要带报社的客人上山去，你在庙里等着。

康文不解地问，为啥要生茂叔等呢？

尚青说，人们去了都想见师父，讨个吉言，让我爸引见引见。

康文恍然大悟。副总编在旁边听了，脸色顿时肃穆起来。

康文上了趟朱雀寺，对海空法师过目不忘。殊不知，海空对他的印象也不错。他们走后，海空告诉原生茂说，你们家的这位作家客人，善根深厚，以文济世，广行善事，只是家事不顺，婚姻多变。原生茂将信将疑，找个机会向尚青打问康文的婚姻，尚青照实说了。原生茂大惊，又上朱雀寺问海空说，师父那天说得真准，我咋就不明白，师父见人一面，便知人家坎坷之事呢？

康文密切关注着华塬局势的变化。柯云、张明义还有李娜，不时有电话传递信息，省调查组咬住年终考核达标排放造假不放，找过吴栓牢，也找过张明义。听说刘亦然被市纪检委诫勉谈话了，主要是为网上爆料的事。最后一次，李娜来电话说，刘亦然被停职了。紧接着，柯云说，刘亦然住院了。康文为刘亦然感到惋惜，可一想到这人的作为，倒也有些觉得他是咎由自取。他推测，赶春节后县上领导班子换届，一切将尘埃落定。不光是县长，那个病恹恹的书记多半也要走人了。

3

同雯雯很喜欢跟柯云逛街的感觉。随性、放荡不羁，简直爽极了。

腊月二十四，柯云给省发改委报送"耀辉"项目立项报告，同雯雯跟着来了。那回，在送报社的人去原家滩的路上，同雯雯说，节前咱去一趟省城吧，我去买几件衣服，柯云答应了。公私兼顾，到了省城，材料很快就送到了。柯云说，剩下的时间全归你支配。柯云路不熟，又怕交警，不大习惯在城市里开车来回串，便把车停在发改委大门外的停车场里，两人打的串场子逛商场。

城市大了，就像林子深了，隐蔽性很强。茫茫人海中全是陌生面孔，连个熟人的影影都见不到。溜马路、过斑马线、进出商场，上下电梯，同雯雯大大方方的，无所顾忌，挽着柯云的胳膊，贴着他的肩膀，柯云也乐见其为。两人亲亲热热的，俨然一对情侣。同雯雯是个购物狂，高档时装买了一件又一件。买衣服时，左比右比，试来试去，柯云很有耐心，跟着、等着、参谋着，也很有鉴赏力，只要他说好，同雯雯立马掏钱，眼都不带眨的。柯云暗自佩服她活得很潇洒，却找不到合适的词赞美她。

同雯雯问，过年也不给嫂子买身衣服？

柯云随口答话说，买嘛买嘛。

同雯雯说，那就买呗，我帮你参谋。又问，嫂子长啥样？

柯云瓮声瓮气地说，不胖不瘦，不高不低，不黑不白。

同雯雯乐了，说，你这人真逗，那就买不宽不窄，不长不短的。

在同雯雯的煽乎下，柯云第一回花大价钱给老婆、儿子买了衣服。给儿子买衣服时，同雯雯连同自己孩子的衣服一起刷了卡。柯云要给钱，同雯雯死活不要。拎着大包小包，同雯雯还不尽兴，挽着柯云进了一家知名品牌男装店。她看上了一套新款西装，要柯云帮忙试一试。

柯云纳了闷儿，同雯雯的老公在国外，过年回不来呀，便问，给谁买？

同雯雯说，给我哥。

柯云试了又试，直到同雯雯拍手叫好才停下，又配了件衬衣和领带，同雯雯刷了卡，三千多。柯云节俭惯了，心疼得直伸舌头，好呦呦，这么贵！

采购了一大堆，两人打的把东西送回了车上。柯云问，还干什么？

同雯雯不假思索地回答，咱看场电影去呗。

柯云也不反对。跟上同雯雯东奔西跑的，柯云感觉很舒心。他有足够的时间和空间欣赏同雯雯，包括她的笑容、步姿和甜丝丝的语调，这种机会在华塬是很难得的。进了影视城，同雯雯像欢快的小鸟儿，抢先买了电影票，还是情侣包厢的。进场前，同雯雯去了趟卫生间，回来时浑身都香喷喷的。包厢里看得见电影，看不见周围的观众。从前天天看电影的柯云，却没见过这种摆饰，磨磨蹭蹭的，有点紧张，同雯雯拽着他坐下，小声说，不就是看电影嘛，紧张什么？说完，把头靠在他肩膀上，两只手紧紧地握着他的手。同雯雯的手小巧玲珑，软绵绵的，柯云感觉十分好。影院里黑乎乎的，只有银幕上忽明忽暗的光，他偷偷看了一眼靠在他身上的同雯雯，是一副很幸福、很惬意的神情，柯云这才慢慢放松了。

　　从影院里出来，天已不早了。同雯雯问，你想吃什么？

　　柯云顺口说，咱去吃羊肉泡馍吧。

　　同雯雯摇头说，今儿别吃那个了，满嘴的糖蒜味，去吃肯德基，我请你。

　　柯云说不清、道不明，总觉得自己在同雯雯跟前，就像一只驯服的小绵羊。从肯德基快餐店出来，天色已晚，他急着开车上路，同雯雯说，你还想开夜车回去？算了吧，登记酒店住一宿，明天再回嘛。

　　柯云想了想说，还是回去好。

　　同雯雯撒娇似的说，那就回吧，反正今天你的时间全归我，这可是你说的。

　　柯云说，成嘛成嘛，咱开车上路。

　　同雯雯兴致勃勃的，一路上话题不断。

　　同雯雯问，那天萌萌咋把康老师叫大舅呢？

　　柯云心想，做不了夫妻做兄妹了。嘴里却说，我也说不清。

　　同雯雯说，最早，我感觉你跟尚青姐有故事。后来，我发觉康老师跟她有故事。是不是这样？

　　柯云犹犹豫豫的不想说。

　　你跟康老师那么多年关系了，肯定知道些什么，不想说就算了。我先告诉你个秘密，同雯雯说道，显得神神秘秘的。

　　柯云问，啥秘密？

　　曾智副市长的初恋是我大姐同芳芳。同雯雯说。

　　柯云闻则一惊，差点把车刹住了。

同雯雯说，我总算把这事弄清了。我大姐跟曾智是青梅竹马，后来他下乡插队了，大姐招工进了纺纱厂，直到他被推荐上了大学，两人仍保持着密切关系，甚至私订了终身。曾智大学毕业那年，突然变得淡漠了，他毕业后，两人就中断了联系。大姐心灰意冷，却不甘心。后来，大姐找了对象结了婚，这才死了心。几十年来，曾智欠大姐一个解释。唉唉，半辈子都过去了，大姐都过得不如意、不开心。前几日，曾智突然出现在大姐家里，带去了深深的歉意和懊悔。

　　柯云有些好奇，问道，曾智哥不辞而别？为啥？

　　同雯雯感慨地说，也许是碰上更有利于事业发展的对象了，也许是地位变了，大姐一个纺织女工，配不上他了。他们那一茬人，比你经历得多，比我经历得更多，他们背负着历史的沉重，还有政治的左右，想法比你复杂，比我更复杂。

　　柯云愣住了，看这女子平时没心没肺的，没想到还挺有思想的。他颇有同感地说，是啊，他们这些下乡知青，赶上了动乱年代，是从社会最底层走出来的，越是有人生追求，有政治抱负，越是在事业、爱情、婚姻的纠葛中挣扎，与康文哥相比，曾智哥算是幸运的，爱情失落了，可事业蒸蒸日上。

　　康老师怎么了？同雯雯问。

　　说来话长，一言难尽啊，柯云说。

　　柯云到底还是把康文不幸的婚姻、错过的爱情、追求的事业、坎坷的仕途，包括他对尚青的单恋，一股脑儿说给同雯雯听了。

　　同雯雯沉思片刻问，你说，他们现在还有可能吗？

　　柯云叹了一口气道，唉，我跟尚青这个年龄的人，咋能跟你、跟现在的小年轻们相提并论？至于康文哥他们，就更不用说了。想想也是，五十多岁跟四十多岁的人有差异，四十多岁跟三十多岁的人有区别，三十多岁跟二十多岁的人又不一样，每个年龄段都有自己的活法，这恐怕就叫代沟了，这社会变得也太快了。

　　同雯雯道，反正，你跟尚青姐、康老师他们都活得太累！

　　从省城到华塬，也就个把小时的路程。到了同雯雯家楼底下，同雯雯招呼着柯云把车停好，又吩咐他说，帮我拿东西，跟我上楼。

同雯雯回家先给柯云沏好茶，自己先浴室冲了澡，穿着睡衣出来，飞眼传情，不容分说地逼柯云也去洗澡，把他推进了浴室。柯云拗不过，只好顺从，从浴室出来，同雯雯又逼他换上新买的衬衣和西装。

柯云不肯，说，不是试过了吗？买回来了咋还试……

同雯雯怪嗔地打断他说，叫你试你就试嘛！

柯云穿好衣服，同雯雯又帮他打了领带，推他到大镜子跟前说，照照看，咋样？哎哟，简直帅呆了！傻瓜，这就是给你买的。

柯云诚惶诚恐，连忙说，我不要，我不要。说着就想脱掉西装。同雯雯突然伸手勾着他脖子，在他脸上吻了几下，低着头偎依在他胸口，结结巴巴地说，哥……我……想要……要你……柯云如梦初醒，恍若幻境，过电似的热血沸腾，压抑已久的冲动终于爆发了，猛地把这朝思暮想的女人抱在怀里，嘴唇贴向嘴唇，发疯似的狂吻起来。柯云与同雯雯化作了一对人名符号，活跃灵动的是一对如漆似胶的男女。女的蛇一般扭动的躯体，激情荡漾的唇语，充满期待的眼神，如饥似渴，面对这干枯土地的甘霖渴求，男的迸发出如火似焰的欲望。男女相拥相抱，挪向卧室，滚到床上，剥光衣服，钻进被窝。等到一场酣战告捷，那对彼此渴求情欲宣泄的男女悄然隐去，还原为躺在床上的柯云和同雯雯。

柯云瞅见两条光溜溜的身子挨在一起，羞愧难言，赶紧把头拧了过去。同雯雯把头贴在他背上，意犹未尽地说，柯云哥，你是好人，如今，像你这样的好人越来越少了。

柯云用被角捂着脸说，也许以前是，现在不是了。

同雯雯把他的头扳过来说，咋啦？做了这事就成坏人了？柯云哥，你也活得太那个了。我跟你不一样，我凭感觉。从在原家滩那天晚上到现在，交往这么长时间了，我觉得你人不错，跟你干什么我都愿意，说完，又亲了他一口。

柯云"唉"了一声，没吭声。

同雯雯问，那你想不想跟我好？说实话。

柯云还是没吭声，只是抚摸着她的脸蛋，梳理着她的秀发。

同雯雯又问，那为什么还为这纠结？

柯云喃喃地说，我本想保持单纯的朋友关系，这下性质变了。

同雯雯怪怨说，别说得那么沉重，往后朋友还是朋友，该叫哥时还叫哥。

4

城里人过年热闹在街上。满街的花花绿绿，满世界的爆竹声。

塬上人过年热闹在路上。塬上村落连村落，人口稠密，从大年初二开始，按风俗，先是给舅家、姑家、姨家、丈人家、老舅家、老姑家、老姨家拜年，接着是送元宵灯，给外甥、外孙、刚出嫁的女儿送花灯，早先是步行去，后来是骑自行车去，如今是骑摩托车，开农用车、微型面包车乃至小轿车去，路上车水马龙，来来往往。正月初五以后就开始送花灯了，五颜六色的花灯在风中飘舞，塬上长长的路成了花灯流淌的七彩路。华塬最有名的是腿子灯，狮子、老虎、马，四只蹄子前后晃动，富有动感。还有一种转灯，随风旋转，走一路转一路，更是充满灵动……满路上送灯人群的场景，一直要持续到元宵节前夕。

山里头沟深山大，人口稀少，居住分散，很难见到城里那种热闹、塬上那种热闹。拜年送灯的人们，被弯弯山路、密密梢林掩蔽了。稀稀落落的鞭炮声，被寂静的山沟、空旷的山野吞没了。不过，新春的祝福，亲情的传递，不分城里、塬上与山里，一样的永恒。山里人过年热闹在家里，在锅里，在脸上，在心里。

往年过年，尚青家冰锅冷灶，一日三餐都在父母那边吃。今年情况不同了，两边都得开伙。尚青、梁琴姑嫂俩忙得不可开交，煮肉、烙豆腐、炸丸子、泡豆芽、蒸馍、蒸碗子，全都在她家这边，给父母那边送去的，都是做好的熟食。尚青喊邻居过来帮忙杀了两只土鸡，连同亲戚送的几只野鸡一起，用开水烫了，开始拔鸡毛、清肠肚。康文挽起袖子要帮忙，尚青死活不让。康文从镇上走过，有认得的人主动跟他打招呼，知道这是尚青家的作家亲戚。有一天，有个店铺小老板探头探脑地拿着大红纸，想求康文为他写几幅对联，他畏畏缩缩的，怕被拒绝了失面子。尚青开玩笑说，你小伙儿真会找人，我哥既是作家又是书法家，在省城写字要钱的。康文笑着满口答应了。这一开头就收不住了，一家传一家，家家都来讨字。康文来者不拒，态度和善，结果，满镇上都贴着康文写的对联。

曾智得知康文在原家滩过年，腊月二十八这天，他下班后自己开车过来了。饭时已过，尚青要给他弄饭，曾智说，我们先去看看生茂叔，我今晚上不走了，跟康文喝几盅。两人回来时已是傍晚时分，尚青把凉菜、酒壶摆好，忙别的去了。

曾智说，一年又到头了，咱俩难得坐在一起，又是这么清静的地方。来吧，新年祝福全在酒里，喝醉了，就啥事都不想了。

康文一看便知曾智心里有事，逗趣说，老百姓有烦恼，做生意的也有烦恼。你们这些领导干部，也有烦心事？哈哈哈！

曾智感慨道，人非圣贤，孰能无忧？孰能无过？

康文调侃说，过而能改，善莫大焉！请问老兄，你过在何处？

曾智感慨道，喝酒吧，有些过能改，有些只能怨恨终生了！

康文问，刘亦然被停职了？

曾智点点头道，刘亦然还不是你介绍给我的，罚你酒。

康文说，人非圣贤，孰能无过？！我又没当过组织部长，把不好用人的关，一起喝！

尚青端热菜上来时，见两人正争执，便问，你俩咋喝得这么高兴？

康文打趣说，你曾智哥平时职务在身，装也得装得一本正经，面孔板久了，也难受哩，难得今儿回归自我了。

曾智反唇相讥道，你康文哥忧国忧民，整天郁郁寡欢，难得有今天的开心劲儿，尚青妹子，你也来喝几杯？

尚青笑着说，我不会喝酒，但我敬两位哥哥一杯，新年快乐！

尚青举起杯，曾智饶有兴趣地回忆说，尚青妹子，你还记得不？我跟你康文哥头一回喝白酒，还是在你家的下地窑里，任万能他大来答谢唱戏那回，你康文哥没能耐，都喝醉了。

康文顿时陷入了回忆，尚青心明如镜，喝完酒借故离开了。

曾智越喝兴致越高，拉着康文要比画几下，几杯酒下肚，他瞅了瞅外边，小声说，有个秘密告诉你，你知我知，等过一阵水落石出了，就无所谓了。

康文说，别卖关子，快说嘛。

曾智压低声音说，书记、市长都竭力推荐尚武做华塬县县委书记。一把手找我征求意见，我说，这个人选得很合适。

康文吃惊地说，不是才当局长吗？

曾智说，当了也可以调整呀，常委会上一口腔，说华塬问题成堆，新班子这次要选准人、配备强。

康文说，保护区建设正在节骨眼儿上，这么调整合适吗？

曾智诡秘地一笑说，车到山前必有路。别说尚武，恐怕连你也得出一身水哩。

康文听着诧异，连忙问，此话咋讲？

曾智打着哈哈说，我开玩笑哩！

这晚上，尚青安顿他俩在她家住。曾智进了卧室，把门掩上便问，这下我有话要问你，你带着儿子在这里过年，是不是跟那个燕芳，康健他妈掰了？

康文无奈地说，掰了，掰了好久了。

曾智开玩笑说，你这家伙，咋这么费老婆？

康文说，先别损我了，我想听你跟同芳芳的爱情故事。

曾智惊讶地问，你咋知道她名字的？

康文说，没有不透风的墙，人家同雯雯问过我的。

唉唉，不瞒你老弟，我就是为这事郁闷，憋得慌，就想找人一吐为快，想来想去，这话也只能对你说，等会儿慢慢聊。曾智说着，脸色凝重起来。

曾智与同芳芳的爱情故事谈不上凄美，但有点儿苍凉。两人从小在水泥厂福利区一起玩耍，一起上幼儿园，从小学到中学，同一年级同一班，在初中时就早恋了，缠缠绵绵，形影不离。曾智下乡时，同芳芳哭着送他，同芳芳招工进纺纱厂时，曾智送她上车，也忍不住落了泪。曾智上大学时，同芳芳每月都给他寄零花钱。大二那年的某个周末，同芳芳从另一座城市赶来看望他，两人在公园里搂搂抱抱，亲亲吻吻，趁天黑在小树林里，同芳芳把她的第一次给了曾智。两人海誓山盟，私订终身，曾智不让同芳芳再给他寄钱了，因为同芳芳说了要攒钱，等他毕业后准备结婚。那时候，曾智上了政教系学政治，满怀政治抱负，一心想留在省城进省级机关。在学校，他既是学生党支部的书记，又是校学生会副主席，也算个风云人物。可他与纺织女工的恋情，成了周围同学谈论的笑料，宿舍有人忠告他，以你的自身条件，完全可以找个更合适的。曾智淡淡一笑，不置与否，可内心渐渐地也陷入了困惑。尤其是得知在另一所大学里的康文被部长千金狂追不舍的时候，他深受刺激，羡慕不已，多少还有些妒忌，一起出来的康文如此，自己为什么不能有更好的选择呢？他构筑中的梦幻爱巢动摇了，对同芳芳的激情也开始减弱了。人一旦有了异心，言行骤变。曾智给同芳芳写信、回信的次数锐减，信中激情不再，沦为了客套。到了大四，他客观上忙于分配，主观上有意淡出，几乎没给同芳芳写过信。同芳芳属被动型的，也很有自尊，曾智不写信，她也不来找他，两人关系降到了冰点。越是这样，曾智越是难以启齿直言分手。等到分配了工作，一切就绪了，曾智更是愧疚万分，连与同芳芳见一面的勇气都没有了。他深知欠同芳芳一份情、一个解释，这思想包袱像巨石一样一直压在他的心里。尽管上班后工作一帆风顺，后来又调到了省委组织部，可曾智一直也没有谈恋爱、结婚的冲动，直到回父母家听说了同芳芳已经嫁人，他这才稍有安慰，谋划着组建家庭。在内心深处，他因背叛同芳芳而纠结不安，内疚自责，犹如梦魇缠身，备受折磨。随着时间的推移，事业的蒸蒸日上，曾智慢慢地尘封了这份情殇，可那天在塬上碰见同雯雯，得知同芳芳病退回到锦阳定居，他埋藏在心底的愧疚、伤感，甚至还有负罪感，全都涌上了心头。一个周末的傍晚，曾智打听到了同芳芳的住处，敲开了她的门……尽管她原谅了他，可看到她日子过得清清贫贫，满脸郁郁寡欢，他一点也没有轻松感，反倒增添了新的郁闷……

曾智说完了，起来披上衣服，抽了一支烟。

这么说，同芳芳现在过得不好？康文问道。

曾智点点头说，可不是，两口子都是工人，一个病退了在家，一个下岗了，在外边打零工，女儿在市上才上班不久，日子过得紧紧巴巴的，她看上去很不开心，人也显得老了许多……

康文半开玩笑半认真地说，难得老朋友你还能良心发现呀！

曾智感慨道，人要想一辈子顺心顺意，难哪！

第二天大清早，曾智走后，尚青进来收拾房子，康文问她，萌萌她爸啥时候回来？

尚青脸色变了，冷冰冰地说，想回就回，不想回来就不回来。

康文莫名其妙地问，都到年根根了，他该回来了。

尚青一脸木然地答，说是今年过年回不来了。

康文心里猛一惊，嘴里却无话可说。

5

听说女婿过年不回来了，原生茂心里很不爽，闷着头拉着脸，走在街上，也不答理谁。康文要开车送他回西寺，老人家犟得不肯上车，康文只好陪他走一走。

康文开导说，兴许矿上有走不开的事，如今当老板也不容易。

原生茂气哼哼地说，他能当老板？他不过是给老板跑腿的。

康文愣了一下说，要是这样，有时候更是身不由己。

原生茂说，康文呀，这人呀，马鬃穿豆腐——没法提。去年我就生了一肚子闷气，他腊月三十回来，到正月初二说是去锦阳看他父母，一走就没踪影了。算了，等尚武回来再说，等我见了高黑子再说。说着，径直走了。

原尚武是除夕后晌回来的，他带回来一样东西，令原生茂惊喜不已，屋里的气氛一下子活跃起来了。

222

春节前，尚武去了趟厦门。"原丰"公司的第一笔钱到账了，出于感谢，他带着些土特产，礼节性地拜访了原丰。原丰刚从台湾回来，他同父异母的兄弟给了他一本古旧不堪的《原氏家谱》，说是从父亲的遗物里发现的。父亲生前提说过这本家谱，但时间过太久了，之前没找到。原丰觉得这家谱很有价值，就给尚武复印了几份，让他带回去给族人看看，如果大家有兴趣，他就打算续写家谱。原生茂接到家谱，急忙戴上老花镜，左翻右翻，爱不释手。他卸下眼镜说，给尚青打电话，让他们早些过来。这东西还要你康文哥细细解读哩！

梁琴跟婆婆把饺子包好了。尚武买了一大堆鞭炮、花炮，让斌斌等着和大哥、小妹一起燃放，康文汽车刚一停住，斌斌就跑出去了。斌斌跟上康健补了几天课，实在坐不住了，知道爷爷这边有了宽带，跑回西寺，插空子就想上网。尚武见康文跟尚青进来了，朝后面瞅了瞅，问尚青，萌萌她爸人哩？

尚青没搭话，径直进了厨房。

康文小声说，听说矿上有事走不开，过年不回来了。

尚武眼睛一睖说，去年过年我都没见上，日子不想过了吗？老婆、娃都不管了？也太不像话了！

三个学生娃欢天喜地，在外面点燃了鞭炮、花炮，喊着让屋里的人出来看。原生茂摆摆手说，先不提这事，别坏了过年的好心情，出去看放炮吧。屋子里的人都出去了，唯有尚青留在厨房。

鞭炮花炮，响彻河谷，光彩四射，辞旧迎新，原生茂回到屋，心情好极了。尚武正跟康文拿着《原氏家谱》探讨续写家谱的可能性，老人家插话说，族里辈分最大、年龄最长的，要算你志俊爷了，可他大字不识一个。

康文说，生茂叔，盛世修志，您老德高望重，就把这事张罗张罗嘛。

原生茂说，这事是大事，得族里人一起商量，没想到，没想到，原丰回乡认祖归宗，还把姓原的祖宗老根子刨出来了。

尚武忽然想起了什么，便说，爸呀，快把你那宝贝石头拿出来让康文哥看看嘛。

原生茂于是站起来从柜子里抱出了镇宅石，康文把镇宅石翻来覆去地看了看说，还是块泰山石。

尚武问，泰山石做的镇宅石？

康文说，是的，泰山石自古都被认为是风水石，有稳如泰山，基业长青的吉祥寓意。镇宅石是用来镇宅守户、驱凶避邪、祈吉求福的，一般都刻有祈福吉言。

尚青把酒菜端上了桌。这顿年夜饭吃得很开心，聊的都是些开心事，后来又扯到了原丰的事上。原生茂之前只知道原丰给森林公园投资，具体是多少，他不清楚，现在猛一听投了几千万，老人家惊得目瞪口呆，感慨万端道，想当年，他爷吓死在土改分田地、分财产的现场，今天，他却捐巨资，大半个世纪的争斗，几代人的恩怨，就这样一下抹平了！好好好，现在好了，这一页历史揭过去了。

康文问，生茂叔，原丰他爷你能记得吧？

我咋不记得？虽然早都出五服了，可论辈分，我把人家叫哥哩，人家日子好，高骡大马，还有长工，出门腰板笔直，可对族里人倒不赖，原生茂指着尚武又说，你爷老念叨人家的好哩。

尚武问，爸呀，你记得原丰的父亲不？

咋不记得？原生茂说，文水比我大六岁，那年他穿着国民党军官服回家探亲，碰见我就叫我"生茂叔"，还跟我说话来着。我参军后有时还会胡思乱想，万一在战场上遇上原文水该咋办哩。

尚武说，这次我跟原丰聊了很多。他父亲一生最大的愿望是回原家滩，可惜没等到那一天。那年原丰带消息回去，他父亲把我爷他们的好刻在心里了，原丰把他父亲的托付也刻在心里了。

原生茂老伴插话说，都是一个老先人嘛，咋说骨血都是亲的，就像你外爷跟你七外爷一样。

尚武感慨道，原丰是有心人，一直在关注锦阳、关注华塬，经常从网上了解咱这边的信息，我刚到林业局，他就注意上我了。康文哥给保护区发文章，他也很快就看到了，人家心里装着原家滩呢……

不知不觉，央视春节晚会谢幕了。孩子们上了大炕和衣酣睡，屋里只剩下了大人们。梁琴身体弱，经不住劳累，尚青硬劝她也去歇着了。

康文拿起线装的《原氏家谱》影印件快速浏览，在附录中找到"重修宅院记"一文，一目十行，通读了一遍，果然找到了镇宅石的来历记载，康文朗朗读道：

洪武十六年，原氏重修旧居，有红嘴白羽大鸟自后滩而至，筑巢宅基地后古树之上。时逢前滩新垦百顷水田，稻谷连获丰收。前塬尚家堡老亲前来恭贺，老亲亦言，塬上夏秋两料收成甚好。故请朱雀寺方丈为镇宅石题字曰"白雀舞，原尚兴"……

尚青说，看来我七外爷说的原尚两姓祖上结亲是真的。
康文释然道，看来，原家滩从前有过朱鹮，八九不离十。
康文翻回家谱首页，见序言开篇写道：

参天之树，必有其根；怀山之水，必有其源。原氏家族，血浓于水；天涯海角，叶落归根……

又有《原氏家谱》姓氏溯源称：

原姓出自姬姓。周武王灭商朝，西周立。封周文王第十六子为原伯(爵)。史称原伯贯，受封于原国。原为姓，伯为氏。春秋时，原国为晋国灭。其后人以姬为姓，以原为氏……

康文又翻到有关家训的章节，念道：

原氏家族为躲避战乱，隐居沮河源头朱雀寺前，勤俭持家，乐善好施，崇尚山水，感恩天地，家风家训，传承后人。一粥一饭，当思来之不易；一草一木，念之秀山丰水；一泉一溪，护之洁净清纯；一鸟一雀，与之和睦相处……

康文再翻到后面一看，竟还有原氏护山公禁：

原氏自祖上迁徙于此，得益于林茂水长，安居乐业，本应感恩天地，护惜山水，然族内屡有不轨之徒，窃树折枝，毁林拓荒，放牧损树，族中长老议事，是以立此公禁：一议，窃树折枝者罚钱八百文，并罚劳役三日；二议，毁林拓荒者罚钱三千文，并罚劳役十日；三议，放牧损林者罚钱一千五百文，并罚劳役五日；四议，拿获者谢钱五百文；五议，送信者谢钱三百文。

永乐十八年四次庚子三月初

原氏家谱体现了儒家"天人合一"的思想，不乏朴素的生态观念。康文欣喜不已地说，这本家谱我得好好读一读。

原生茂敞露心扉，情绪激动地说，尚武，尚青，还有康文啊，你们听着，我活了大半辈子，这人啊，跟地上跑的、空中飞的、地里长的、水里游的，没啥两样，都是传宗接代嘛，出自泥土，归于泥土，从哪里来，回哪里去。说到底，我看还是血脉骨肉亲，故乡故土亲……

老伴打了个哈欠说，时候不早了，叫康文他们回去歇着吧。

尚青叫醒康健跟萌萌，出门上车走了，尚武瞅着他们的背影，脑子里闪过一个奇怪的念头，进门就说，萌萌她爸是不是不想过了？

原生茂说，坐下，坐下，我正要跟你说这事哩，过完年你给他打个电话，让他回来见你。过两天高黑子来了，我也要说道说道。

尚青他们回到屋，把孩子安顿睡了，自己却倦意全无。尚青说，哥，我睡不着，我调些凉菜，咱喝几盅，说会儿话。

康文说，我也睡不着，咱少喝些酒，多说会儿话。

话没少说，酒也没少喝，两人推心置腹，坐到天亮，彼此的婚史彼此都清楚了。尚青静静地靠着康文的肩膀，两人心心相印。

6

原尚武初二回单位值班,他《原氏家谱》不丢手,逐字逐句读完,陷入了前所未有的深思。

尚武在想,为什么祖辈的命运与国家、民族的命运息息相关,交织纠缠,都是同样的大起大落,大喜大悲?为什么家园毁灭、重建,亲人失散、重聚,唯一不变的,是脚下的这块土地,身边的山山水水?!"勤俭持家,乐善好施,崇尚山水,感恩天地。""一粥一饭,当思来之不易;一草一木,念之秀山丰水;一泉一溪,护之洁净清纯;一鸟一雀,与之和睦相处。"如此族风祖训,正如康文所言,充满了朴素的生态理念,值得发扬光大。镇宅石上篆刻的"白雀舞,原尚兴",不正是"天人合一"的警世谶言吗?原来朱鹮与老祖先有着如此悠远的渊源。

原尚武悟出来了,人对自然的依赖,才是永恒不变的;人与自然的关系,才是永恒的,超越了国家、政党、民族、信仰,乃至一切意识形态。尚武之所以得出这样的结论,是因为老父亲除夕晚上说到最后,发了句大大的牢骚:我算是看透了,无论是共产党,还是其他党派,无论是在大陆,还是在台湾,无论是中国,还是外国,无论是死了,还是活着,谁也离不开脚下的土地,头顶上的天!尚武茅塞顿开,眼界豁然开朗。但此时,他并不知"天降大任于斯人",新的领导岗位在等着他。

过年这几天,一想到家事,尚武就有点烦。梁琴服了海空的中药,气色好多了,可她这是老病,是生斌斌坐月子时落下的病根,尚武自己心里明白,也深怀歉疚。大兴安岭的冬天出奇地冷,零下三四十度,他也忙得顾不上家,梁琴独自在家,缺人伺候,出出进进,洗洗涮涮地受了寒,元气没恢复过来。天气稍微一变,她便头疼、腰疼、浑身疼,稍有劳累就撑不住了,她血压低,血糖低,干瘦干瘦的,一阵风都能把她吹倒。大医院去得多了,也查不出啥大病,就说身子骨虚弱,尚武也不咋信海空能把她医好。母亲说,这病要慢慢调理，别指望吃几服药就能好。正月里有不熬药的讲究，母亲要梁琴过完年再服药调理。儿子期末没考好，尚武觉着是他上网打游戏多了。大年初一，尚武跟斌斌谈了话，以康健的学业成功，萌萌的努力上进为例子，教导儿子绝对不能荒废学业。斌斌这孩子有点怕他，当面答应得好，但等他收假了，工作一忙，又顾不上管儿子了。那晚上跟父亲聊了尚青的事，他心里又多了一块疙瘩。不过，几天的观察下来，尚武发现了尚青与康文之间的某种默契，也联想到尚青不辞而别，康文说过都是他的错。尚武是明眼人，他辨得出尚青看康文的眼神可不是一般的眼神。他甚至胡乱猜想这俩人走到一起的可能性，尚青要真跟了康文，他心里的包袱就放下了。

　　正月初五过小年，柯云他们来给康文拜年，吴栓牢也跟着来了。

　　康文记着华塬有给外甥送灯笼的习俗，他特意让柯云在城里买了一对灯笼和蜡烛。华塬送灯有讲究，火罐灯是主灯，象征着红红火火，无论给谁送灯，火罐灯是必须送的，其他花灯再好看都属于配灯。康文记得华塬县城有闻名渭北的狮子、老虎、马之类的腿子灯，特意叮嘱柯云说配灯买只腿子灯。萌萌从小都是外爷给送灯，都是在原家滩集会上买的，只有普通花灯，四条腿晃动的老虎灯，她还没见过，听说是大舅专门让人给她买的，她高兴极了。尚青抱怨康文说，萌萌都多大了，还给她送什么灯？人家舅给外甥送灯，只送到十三岁。康文笑呵呵地说，从前没送过，今年补上。一大帮人在尚青家打了个转身就直奔西寺去了。梁鹏占用下地窑，原生茂不要租金，他过意不去，趁着拜年，带来了足够老两口吃一年的米面油。原生茂坚持不要，梁鹏坚决不依。高黑子也来拜年了，原生茂家一下子热闹起来。

　　原尚武看见吴栓牢，皱着眉头问，大过年的，你咋来了？

　　吴栓牢咧着嘴说，原局长，我可是空手来的，搭便车来的，顺便来看看你们，还有些工作上的事要跟你说。

　　高黑子关心森林公园的事，追着问啥时间动工。吴栓牢替尚武回答说，快了快了，过罢年，所有项目一起开工。高黑子高兴地说，那就快些干，东河人都迫不及待了。

　　上回同雯雯来时，听尚青说前滩瀑布结了冰柱，红崖玉冰，顶天立地的很是壮观。同雯雯说给柯云听，柯云很感兴趣，跟大家约好了拜年时来拍照，一举两得。这帮人是冲着瀑布冰柱来的，急着赶最佳光线，在饭桌上便没多纠缠，草草收兵。饭后，尚青带路，领着孩子们去了前滩，萌萌非要拉着大舅去，康文只好跟着去了。高黑子要起身告辞，原生茂说，等一等，我送你，还有话跟你说。梁琴沏好茶倒上水，跟婆婆收拾、洗涮去了，屋里只剩下了尚武和吴栓牢，两人边喝边聊工作上的事。

大年初一开始，尚青穿上了康文买的米黄色羽绒服，显得既年轻又漂亮。同样是去前滩，这回康文也好，尚青也好，心情都大不一样，显得淡定自如。孩子们在前面跑，柯云他们紧随其后，康文跟尚青走在最后头，正好说说话。

瞅着同雯雯跟柯云的热乎劲儿，尚青忍不住问，同雯雯咋整天跟在柯云屁股后头？老公、孩子呢？她不管家吗？

康文不以为然地说，她爱人在国外，孩子由婆婆带着，她活得挺潇洒。现在这社会，只要自己感觉好就行。

尚青看了康文一眼，欲言又止。

小路上有冰雪，萌萌不小心摔倒了，康健扶她起来，帮她打了打腿上的雪沫子。

尚青舒心地说，康健辅导萌萌后，萌萌的进步很大，过几天，康健要走了，萌萌有点舍不得。康健帮着给她注册了QQ号，两人说好在网上联系，萌萌说了，一有问题，就上网找康健哥哥。通过这次辅导，我发现城市和农村的师资力量、教学质量差异就是大。

康文说，等萌萌初中毕业，让她去省城读高中。

尚青意外地说，这孩子没出过门，我咋放心？

康文说，住我家呀，有我父母帮助照管，让孩子见见世面。

尚青说，我爸早说了，要萌萌去城里读高中，但我有些不放心。

康文说，我父母带孩子没问题，康健就是他们一手带大的。

前面的人已到了瀑布跟前，惊喜不已，抓紧拍摄，孩子们也乐不可支，溜着冰，抱着、围着冰柱玩得很开心。康文刚到跟前，手机响了，是任万能打来的，他人已经在尚青家了。

尚青在一边嘟囔说，他咋也来了？

唉唉，看来华塬的风向变了，康文说完，对柯云喊道，你们在这儿拍照，我跟尚青回去了，任万能拜年来了。

同雯雯赶忙说，任老板真会凑热闹，康老师，你别急着走，我给你们照张相。

尚青随声附和，把三个孩子叫过来蹲在前面，她和康文站在后面，米黄色羽绒服在冰柱的辉映下显得分外鲜艳。

同雯雯照完，把柯云和梁鹏叫过来，她站在康文旁边，柯云站在尚青旁边，让梁鹏帮忙拍照。

柯云又把张明义他们叫过来，让康健帮着拍照。

孙利被停职后，主持环保局工作的张明义情绪高涨，非拉着康文单独跟他合了个影才放行。

康文跟尚青赶回镇上时，任万能已等候多时了。

任万能一见康文就眉开眼笑道，康文哥，才打听到你在这里过年，要是早知道，我年前就来了。

女人在一起，消息传得快。那会儿，同雯雯在进厨房帮忙的工夫告诉尚青说，任万能的二老婆怀孕了，是男孩。任万能喜形于色，一高兴，给厂里工人每人多发了五百元的年终奖。

这会儿，尚青打趣说，任大老板，听说你家有喜事了？

任万能不无惊诧地说，你在山沟沟里，咋啥都知道？

尚青笑着说，你大老板树大招风嘛。

任万能露出窘相说，这事不说了，我来给康文哥拜年，顺便报告一声，康文哥，我们厂子治理好了，你年后抽时间去看看。

康文说，治理了就好，抽空我一定去。

老板们拜年，一般搁下东西就走。可任万能磨磨蹭蹭的，既不让给他准备饭，又没走的意思。他笑眯眯地问康文，听说你儿子也在这儿，还有尚青的女儿，咋都不见人呢，我给娃们发压岁钱呀！

尚青说，孩子们都出外走亲戚去了，谁知道啥时间回来，你老板是大忙人，心意到就行了。

任万能临走时，塞给康文一张购物卡，康文断然谢绝了。

第九章　黑马扬蹄

　　经济数字造假，粉尘治理造假，刘亦然黯然下台，但新任命的华塬县县委书记是原尚武，这让许多人都没有想到。原尚武担起重任，将粉尘治理和自然保护区、森林公园建设一肩挑，决心给华塬一片明净的天空，建一个生态强县。趁手的人不够，原尚武把目光转向了赋闲的康文……

　　康文和尚青谈开后，关系变得十分微妙，两人虽以兄妹相称，却也都无法坦然面对。多少年纠葛的情愫，谁都绕不开，却也谁都不敢轻易碰触……

1

　　新春伊始，万象更新。春节收假后，华塬的局势也明朗化了。刘亦然背上了行政记大过处分，引咎辞职。新县长上任那天，被任命为副镇长的李娜来原家滩报到，黄镇长为她搞了欢迎会。

　　李娜惦记着康文在原家滩，会上一打听，便与尚青搭上了话。会后，尚青把李娜领回了家。

　　康文惊诧道，李娜，你咋来了？

　　李娜见面就叫"康叔叔"，亲热得很。

　　尚青莫名其妙，问道，原来你们这么熟悉？

　　李娜笑呵呵地说，岂止熟悉？我就是在康叔叔的眼皮下长大的。

　　康文关切地问，提拔了？上任了？这么快？

　　李娜不无感激地说，还不是康叔叔威力大，一句千钧……

　　康文白了她一眼，说，话不能这么讲，主要还是你符合条件。

　　李娜压低嗓门儿道，我知道，那人被免了，新县长都来了。

　　康文喜忧参半，不便评论，倒觉得欠下刘亦然人情了。

　　李娜没进过山里，有山有水的，感觉很新鲜，但也抱怨镇政府的办公条件差，没有塬上好。康文提醒她说，山区条件艰苦，你得有吃苦的准备。

　　李娜满不在乎地答，我不怕，康叔叔，你能习惯，我就能习惯。

　　听说是康文哥同事的女儿，又是新来的副镇长，尚青对李娜格外热情，拉着她说，你康叔叔也在这儿，没事你就到家里来坐坐，初来乍到，人生地不熟的，需要啥，你尽管吭声。

　　李娜本来就是见面熟，这下可把尚青给黏上了，"尚青姐"长"尚青姐"短的，跟前跟后，话头不断，让尚青见识了城市女子的落落大方、热情奔放。但尚青一句"爱人在哪儿工作，孩子多大了"，却把李娜给问住了，她红着脸实话实说道，人家还没找下对象呢，哪儿来的孩子呀！

尚青赶紧说，对不起，妹子，怪我眼神不好。

李娜笑着说，咋能怪你哩？只怪月下老把我忘了。

趁尚青不在时，李娜也打破沙锅问到底，康叔叔，你咋带着儿子在这里过年，家里人呢？

康文面带不悦，喃喃地说，你这孩子，问那么多做什么。

李娜还问，康叔叔，我看尚青姐对你怪好的，啥亲戚呀？

康文有点不自然地说，表兄妹，能不好吗？

李娜愣了，道，哎哟，论班辈，我该叫人家原所长"婶子"哩。

康文答，那倒不必，各论各的，就叫尚青姐。

李娜口无遮掩，黄镇长这才知道，原尚青家住的不是一般人，是大作家、名记者、市委宣传部的挂职副部长，曾智副市长的铁哥们儿。黄镇长专门在小饭馆宴请康文喝了场酒，一个劲地道歉说，失礼了，失礼了。李娜是学计算机的，黄镇长说，财政所分给你管，市上要在咱镇上搞财政所规范化建设的试点，原所长那边，你多操些心，一定要给咱弄出亮点来。李娜满口答应，她跟尚青在财政所转了一圈，所里的几个人，她很快就都熟悉了。

过了正月十五，斌斌母子回了锦阳，康健回了北京，萌萌也开学了，康文要搬回西寺去住，尚青不让，又叫人把给康文准备的家具什么的都搬了过来，康文也不好说什么。

随着农村综合改革的深入，尚青他们的惠农"一折通"要全换成"一卡通"。目前，他们的"一卡通"发放还剩下最后几个村了，康文坚持要跟着去，尚青只好依了。自从除夕到初一的一夜厮守，这两人的关系变得很微妙，谁也不想让对方有些许的失望感。有一天下乡回来，尚青正要准备晚饭，李娜推开院门进来了，一见康文就说，康叔叔，你还开着私家车为我们跑公事呢。跟进厨房又说，尚青姐，明天下乡你带上我，我也去熟悉熟悉村上的情况。尚青笑着说，成嘛，也就剩下最后一个村子了。李娜又说，我听你们所里人说了，我康叔叔的私家车没少给镇上出力，为了公私分明，尚青姐，你们出个证明，我给黄镇长说，得给我康叔叔补贴些汽油钱哩！尚青笑了笑道，没那必要吧！

第二天去北梁村，康文受生茂叔之托，专门带上了《原氏家谱》，要跟原志俊老汉聊一聊。去北梁的路最远，路况也最差，七拐八拐的，一会儿上一会儿下，尚青不免为康文操心，捏了一把汗，心绷得紧紧的。李娜没经过这场面，吓得尖叫出声，不停地说，康叔叔，慢些，慢些。康文看了她一眼说，这孩子，别一惊一乍的，这就是山区，山区就是这环境，往后你要在这儿工作，就这点胆量？康文本想说，你尚青姐在这儿待了快二十年了也没抱怨，话到嘴边却没出口。李娜吐了吐舌头，不敢吭声了，双手死死地把着车扶手，到险要处更是眼都不敢睁。终于到北梁了，李娜下车长出一口气，自言自语道，哎呀，我的妈呀，这山顶顶上还有人住？尚青笑着说，咱山里就这条件，我来的趟数多了，步行也来过，骑摩托车也来过，这次是坐的汽车，不知好到哪儿去了。李娜听罢，皱起了眉头。

尚青指路，车又开到了原志俊家。原志俊老汉老远瞅见尚青就喊，大清早，喜鹊叫，原来是我侄孙女要来了。尚青把康文介绍给他，老汉说，这还要你说？一看穿戴，就知道是当领导的，领导我招呼，你给村长说一声，晌午就回爷这儿吃饭，爷给你们做好吃的。尚青他们要去村委会，李娜有些犹豫。康文说，快去呀，跟你尚青姐学学咋跟山区群众打交道。尚青她们一走，志俊老汉坐在灶火口，抓了一大把茶叶，烧了一壶酽茶，一边招呼康文喝茶，一边吩咐家里人准备晌午饭，让从墙上卸下了一吊子熏肉，杀了只老母鸡。老汉八十几了，说话刚刚的，蛮风趣。康文把家谱要点给他连读带解释一遍，说了原丰续家谱的设想。老汉说，事是好事，可我没那心劲了，为啥？早年家穷，我上人家门了。说着，老汉朝门外看了看，凑到康文跟前小声说，儿子、孙子不姓原了，亏先人哩，我这一门一支，在我手里断线了。唉，管他哩，只要有人抬埋我就成了。说完，又拉大了嗓门儿道，说是说，领导呀，我还是要参加，召集族里人开会的话，我也要去，为啥？真要续了，肯定得把我原志俊的大名写上嘛。雁过留声，人过留名，也不枉我在世上走了一回嘛。这话逗得康文直咧嘴笑。提起原丰回乡，老汉的话匣子打开了：财东家人读书多，明事理，这回原生财的孙子回来，拿捏得刚好，族里人都伸大拇指。听说他还给了政府一大笔钱？当初跟上我志祥哥安葬他爷的时候，我就知道会有这一天，多了个心眼，在坟前栽了棵楸树，要不然，荒坡野洼的，上哪儿找去呀？

说着说着话，饭时到了，老汉要去喊人，康文说打个电话就成了。尚青进门，闻到肉香味，笑着问，志俊爷，得是又杀鸡了？原志俊眯着眼说，领导来了，我侄孙女带人来了，咋样也得好好招待嘛。老汉盛来自家酿的苞谷酒，康文说要开车，尚青也说饭后还要工作，都不喝。老汉边喝边说，这酒人称跟斗酒，后劲大，少喝些没事，我顿顿都抿两口。尚青、小程他们端起碗吃得喷香，李娜左瞅右瞅，不动筷子。她从没见过这种自制的筷子，油黑油黑的，像是没洗干净，核桃木饭桌也油黑油黑的，跟塬上的农家没法比。康文看出她的心事了，使了个眼色让她快吃。尚青笑而不语。在回来的路上，康文禁不住说，李娜啊，入乡随俗，看来，你还得跟你尚青姐学学哩！尚青不以为然道，这有啥，慢慢就习惯了。

晚上，尚青对康文说，李娜这人蛮机灵的，当过镇妇联主任，跟群众打交道一套一套的。

康文说，大城市的娃，到这儿也不容易。

尚青说，我知道，听说她来的时候、提拔的时候，你都帮忙了？

康文说，报社子弟嘛，也就是关照关照。

康文惦记着尚武的工作变动，可没见动静，也不便向曾智打听。有天下午，尚武让他去林场场部，他步行去了，吴栓牢也在场。桌上摊开着一堆图纸。

尚武一见他，异常兴奋，拉着他说，康文哥，你看，这生态休闲山庄的图纸，是原丰找名人设计的，要重现原氏祖上"水过凉厅"的盛况。这是生态文明教育馆的设计图纸，原丰非常重视这个项目，说这是森林公园的点睛之笔，说游人不光要游山玩水贴近自然，还要受教育，明白一些道理，说生态休闲山庄只是提供立脚之处，滑雪场、人工湖只是提供贴近自然的条件，生态文明教育馆才是重中之重，要让游人把自我体验的东西升华到一定的境界,这才不虚此行。这个原丰啊,图纸审了又审,要建环幕放映厅,要建动植物标本厅,还要建什么人类与森林、人类与河流的演示厅,我的妈呀,我一听,头都晕了,人家却说,康老师是专家!

康文也晕了,道,你这侄子非同小可,我这点墨水怕是不够用了。

尚武说,筹建处马上要搬到东河村去了,我给栓牢说了,给你准备个办公室,基建有他顶着,森林公园的项目,尤其是生态文明教育馆,就像空酒瓶子,装什么酒,全靠你了,往后还要你多操心哩!

康文表态说,你的事就是我的事,屎壳郎支桌子,我也要硬撑着。不过,我来锦阳体验生活,还想写长篇小说哩!

尚武却说,市领导说了,你把这事参与到底,长篇也就有了。

康文听得云里雾里的,问尚武,你该不是有啥动静了?

尚武佯装没听见。

2

对求子心切的任万能来说,杨眉怀上男娃,简直是天大的喜事。从节前到节后,任万能一直处在亢奋之中,好久不唱戏的他晃着大脑袋,出入都哼着秦腔,一副扬扬得意的样子。

杨眉说是男娃,任万能有点不信,带着杨眉去省城医院找熟人照了回B超,眼见为实,欣喜若狂。从医院出来,他搂着有五个月身孕的小老婆坐在后座,也不顾忌司机瞅着笑他不正经,又是捏脸蛋,又是拽奶头,又是贫嘴贱舌地说些肉麻话,骚情得只差把杨眉叫妈了。他一口一个杨眉呀,小亲亲,你就是我老任家的大功臣嘛,你就是王母娘娘嘛,你要办蟠桃会,我上天给你摘仙桃去。说着,胡子拉碴地就往杨眉脸上蹭。到了在曲江的住处,任万能郑重地说,你现在就像大熊猫,是重点保护对象,要加倍照顾,要万无一失,只有待在我眼皮底下，我才能放心，你收拾东西回华塬吧。于是杨眉再想待也待不成了。

自从把杨眉接回来，厂子里反倒顺当了。任万能有事没事就往杨眉那儿跑，厂里的大小事全托付给了同雯雯，粉尘治理要花多少钱就花多少钱，他大笔一挥完事。这还不算，他给管理层开会宣布，我那个谁怀上男娃了，我老任家后继有人了，大家好好干，年底多发奖金。

他也没忘了回塬上把这喜讯告诉大老婆。不过，杨秀女听了，兴奋不起来，心里五味杂陈，脸上阴云密布。

任万能打算把杨眉接回家一起过年。杨秀女一口回绝说，那不成，城里人娇贵得很，万一有个三长两短，热了凉了的，我可担待不起。

任万能只好说，那过年我就得两头串了，你也甭多想。

杨秀女听着不顺耳，没好气地说，你不顾你大、你妈、你女儿了，就跟那卖×的过年，别回来……

任万能燥了，吹胡子瞪眼地说，不要张口闭口卖呀卖的，就是卖也卖给你男人了，人家把男娃怀上了，就有这能耐嘛。

一句话把杨秀女噎住了，张口结舌返不上言来。

任万能沉浸在传宗接代的喜悦中，外面的事无心顾暇，忽然听说刘亦然摊上事了，停职了，住院了，不由得大惊失色，就像没了主心骨似的。思前想后，他决定上医院看看刘亦然。

刘亦然住在锦阳市医院。任万能把车停在大门外，让司机买了水果篮和花篮，自己拎进病房。躺着打点滴的刘亦然瞅见他，有些意外、有些激动，侧了侧身子，吩咐老婆乔晓娟赶紧倒水让座。任万能瞅了瞅，刘亦然住的倒是单人单间的干部病房，却不见了堆满屋子的花篮、果篮、营养品，显得冷冷清清，空空荡荡的。刘亦然脸色苍白，有气无力的，拉着任万能的手感慨道，我在华塬这几年，没功劳也有苦劳，可有心来看我的，也就你任大老板了。

任万能好言安慰说，领导，心放宽，先看病。弟妹，你把领导照顾好。听说只是停职嘛，没事没事，谁还没个磕磕绊绊的？

乔晓娟在一旁嘟囔说，政府办公室派人来办了住院手续，就连个人影都不见了，把人不当人嘛。

刘亦然黯然失色地说，人走茶凉，世态炎凉，说那些有啥用？

任万能讨好地说，领导在华塬立下了汗马功劳，谁不明白？

刘亦然摇摇头，小心翼翼地问，最近有没有人去找你？

任万能明白了，也摇摇头道，没有，没有人找我，这你放心，我任万能绝不是落井下石之人。

点滴快完了，乔晓娟喊护士去了，刘亦然趁机问，那个谁最近咋样？

任万能明白他在问谁，便说，同雯雯好着哩。

刘亦然指着门外小声说，她逮着风了，跟我闹事哩！

乔晓娟领着护士来了，后面还跟着怀抱一束花的孙利。

任万能打趣说，哎哟，领导，孙局长也来看你了。

孙利一脸苦笑地说，不是局长了，停职了，不干了。

任万能是碍于面子才来应付的，不打算再出水了。瞅着两个停职的人同病相怜，场面尴尬，他趁机告了辞。出了门，他晃着脑袋大发感慨，当官的丢了权，就啥也不是了，咱咋就像个喂猪的呀，好不容易把人喂肥了，人家出槽了，往后的事情靠谁呀？任万能就是在那会儿想起康文的。

任万能给康文拜年的时候，刘亦然正在家里忆甜思苦，憋着一肚子闷气。这么多年，他刘亦然啥时候这么背运过？大过年的，门可罗雀，冷冷清清，就连他外甥也不见人影了。乔晓娟跟他拌了几句嘴，带孩子回娘家了，只剩下他一个孤家寡人，屋里一片死寂。他端出厨房里的剩菜，坐在沙发跟前自斟自饮，借酒浇愁。

刘亦然是听说被停职了，一时急火攻心，突然昏倒在地，被救护车送到市医院紧急抢救的。幸好只是轻度脑中风，没留下什么后遗症。他在医院里住到年跟前，出了院在家养病，就从未下过楼，鞭炮花炮响彻云霄的三十、初一也不例外。年前，市委组织部副部长到家看望他，告诉他他的问题还待查处，让他先治病，在家里安心调养一阵子。别的什么也没说。刘亦然心神恍惚，悲忧伤感，就像等待判决的囚犯，能安心得了吗？令他垂涎三尺的书记大位没影了，权倾一方的县长宝座也丢了。他自个儿明白,自己屁股底下不干不净的,生怕咳嗽带出伤寒,被一查到底,于是整日焦躁不安,坐卧不宁。医生要求他回家静养,可此时他如临鬼门关,岂能静养得了?从事业的巅峰坠入人生的谷底,刘亦然万念俱灰,甚至连死的心都有过。

谁要认为刘亦然在为自己的所作所为而懊悔反省,那就大错特错了。刘亦然只是为得而复失的东西沮丧恼怒。权欲、色欲、物欲是人世间最毒的毒药啊!此时的刘亦然简直鬼迷心窍,不可救药。刘亦然还在想同雯雯,这样的尤物得而复失,他想忘都忘不了,整个人都疯了,心都碎了!刘亦然念念不忘的还有:逢年过节,门铃声此起彼伏;省城住院,探访者络绎不绝;父亲丧事,祭奠者车水马龙……想到这里,他思绪略略停顿,不得不佩服孙利的精明透顶。唉唉,多亏孙利,要不是他主事礼房,如实如数收钱记账的同时,还做了一份假礼簿,网上曝光、纪委追查时,可就惨了。刘亦然也在为他在华塬的苦心经营、赫赫政绩愤愤不平,无论如何,经济翻番是谁也抹杀不了的。没有我刘亦然,工资都发不出去,欠下一河滩账,能有华塬今日的繁荣?他始终认为是吴栓牢捅了他的马蜂窝,一想起吴栓牢,他就恨得咬牙切齿。刘亦然觉得任万能还算有良心,此番住院,那么多受惠于他的老板中,唯独任万能来看他。他终于明白了,丢了官、没了权,就像脱去制服的警察,谁也不认你了。

客厅里没开灯,光线有点暗。外面传来零零星星的鞭炮声,刘亦然自己给自己倒酒喝,越是苦不堪言,越是不服气。他忽地站起来,想道,网上曝光的事也算是抹平了,其他的神不知鬼不觉,至于污染治理不达标,弄虚作假,充其量也就是工作中的失误嘛,能把我咋样?与其坐以待毙,不如绝地反击。想到这里,刘亦然眼前闪过一道光亮,精神头来了。他想起一个人来,这就是他曾在省医院高干病房看望过的那位副省级老干部。刘亦然冷门杀出,当了华塬县县长,都是这位神秘人物暗中相助做他靠山的结果,这也是他攀附权贵、疏远曾智的主因。这几年他用心经营,这条线一直没断,尽管是通过领导的心腹、省某基金会的秘书长间接联系的,但在关键时刻,还真管用。寻思着借拜年走一遭,给那秘书长通完电话,刘亦然脸上掠过一丝愁云,这个秘书长心重,礼轻了使不得,可给人家,还有老领导拿啥呢?从前送礼是公家开销,送钱送卡,都不是自己的。唉,眼下不仅要自掏腰包,招之即来的专车座驾也没了,行动都不方便!刘亦然拿起手机,想给主持工作的常务副县长打个电话,要辆车去趟省城,犹豫了半天,又把手机放下了。他一着急,在屋里转起了圈儿,忽然灵机一动,想到了任万能。

任万能刚从尚青家出来,手机响了。他一看是刘亦然,赶紧接起来说,领导,新年好!正说抽空给你拜年去哩,只是……

刘亦然有些自负地说,拜年就免了,凤凰落架不如鸡,人贵有自知之明,这会儿,我有事求你!

任万能说,领导有啥事,只管吩咐嘛。

刘亦然说,唉,背时了,没车了,想去趟省城,用用你的车。

任万能说,用车没问题,只是我在矿上,脱不开身……

刘亦然有点不高兴地说,不要你人去,我只要车。

任万能放心了,满口答应道,好好,啥时用,我叫车去你家。

3

县上来了个姓原的新书记,上任就先把环保局局长免了。消息不胫而走,越传越邪乎。有人说孙利拎着礼物去见新书记,被书记从办公室赶了出来。也有人说,孙利没拎东西,送的是装钞票的大信封。还有传言说,孙利也找过新县长,为他的被停职鸣冤叫屈,结果也碰了一鼻子灰……

至于黯然下台的刘亦然,关于他的传言更是满天飞,说他外甥以前从华塬水泥厂赊账倒贩水泥,他一下台,他外甥溜之大吉,水泥老板们讨债无门,都急红眼了。又说他迷恋上某个美女,朝思暮想,竟然得了相思病。还说他跟水泥老板搞钱权交易,不清不白……

高黑子老腔老调地说，风不吹树不摇，老鼠不拉空空瓢，这些事肯定假不了。

正在跟他商量事的吴栓牢随声附和说，我手底下的人，我清楚，本来就不是什么好鸟，若不是刘亦然，环保局局长能轮上他？这两人呀，屎对粪了，臭味相投，一路子货。

高黑子津津乐道，尚武一来东河，我就感觉他不是平庸之辈，是个干大事的人，副局长当成正局长，一转身又当了县委书记了。

原尚武突然当了县委书记，吴栓牢根本没想到。本想跟上尚武好好干一番事，没想到人家转眼就被委以重任了，他多少有些遗憾。不过，原尚武主政华塬，新县长他也打过交道，也很熟悉，人正派，务实能干，有这一对黄金搭档，不光对县上好，对保护区建设也好，这一点不容置疑。吴栓牢很关心县上的新动向，尤其是环保局那边，张明义能不能顺利扶正？想到此，他拨通了张明义的电话。

张明义的手机响了一声就被挂断了，接着短信发过来说，他正在开会。

吴栓牢也发短信问，扶正了没有？

那边回过来说，刚宣布了，书记、县长都来环保局了。

吴栓牢回过去说，看架势，你得拼命干了。

吴栓牢猜得没错。原尚武跟新县长先后走马上任，不约而同地把目光盯在了水泥粉尘污染上，在哪儿跌倒，就在哪儿爬起来。原尚武到任后，跟县长一起去了趟省城，与省厅调查组谈水泥污染治理的症结所在。调查组的同志说得很明白，是县上发展思路有问题，只抓经济，不管环保，水泥产业的结构调整、产业升级严重滞后，县环保部门迎合领导需要，渎职不作为，达标排放弄虚作假，蒙混过关。回来后，两人又见了市环保局局长，了解了一些情况，统一了认识。原尚武回来后快刀斩乱麻，主持召开县委常委会，做了决议，在全县干部会上宣布了对孙利的撤职决定。紧接着，尚武书记定下调子，其他人事安排，换届时再办。但环保局特事特办，抓紧考察，把人定了，把班子配备齐。县组织部在环保局搞了民主推荐，尚武打电话征求了吴栓牢的意见，局长人选锁定了张明义。组织部找张明义谈话时，也征求了他对副职配备的意见。公示结束、宣布决议这天，尚武跟新县长都来了，分别做了重要讲话，给环保局把担子压实了。不仅如此，县委、县政府还采纳了市环保局的意见，把煤烟粉尘治理办并入县环保局，把上下关系彻底理顺了。

张明义终于有了出头之日。千斤担子压在肩上，他底气十足，信心满满。新提的副局长和环境监察大队队长都是他可心的人，用着顺手。孙利不来上班，他睁只眼闭只眼。他把被孙利荒废的岗位责任制重新搬出来，补充完善，建章立规，调整股、室、中队负责人，全员竞聘上岗。他把从煤烟粉尘治理办过来的人一分为二，选能力强的人成立了煤烟治理监察中队，把其他一帮小年轻分到几个监察中队，以老带新，放到环境监察一线上去摔打。几十家水泥企业的监管任务，包干分解到了几个监察中队，落实了责任人，从中队到大队到局领导，自下而上，夯实了责任。短短几天，单位内部摆顺了，正气上扬，人心思干，面貌一新。

张明义腾出手来，把新年度的排污费按照产能规模，分解到各个污染企业，通知企业老板来开会，面对面地逐个落实，签订任务书。跟往年不同的是，今年他没有叫主管县长坐镇，更没惊动一把手。会上，任万能第一个表态说会如数上缴排污费，没麻达。袁耀辉更不用说了，但他对任万能的看风使舵嗤之以鼻，有些看不上眼。老板们一个比一个眼亮，没人打绊子，顺顺当当地把字签了。

张明义还有一招，在县电视台、县报天天打字幕登广告，公布环境监督举报电话"12369"，欢迎群众公开监督，举报有奖。举报热线24小时开通，随时有人接听，有人执法查处。群众积极参与，热情高涨，形成了一定的舆论压力，再加上环境监察大队白天围着厂子转，晚上搞突袭，水泥企业老板们压力空前，没治理好的抓紧治理，从前关闭除尘设施偷排的企业，如今也不敢轻易犯事了。

从来有恃无恐的任万能态度大转变，同雯雯看在眼里，忍不住想笑。任万能逢人就说，铁打的衙门流水的官，风水轮流转，没想到我尚武哥当书记了，咱说啥也不能给尚武哥脸上抹黑嘛。他本想带上礼物去县委看看原尚武，可又被外面的风言风语吓住了，只好求同雯雯说，你跟尚武哥见过几次面了，比我熟，咱俩叫上柯云一起去。同雯雯摇摇头，笑而不语。他又给康文打电话说，康文哥，你啥时间回来？咱约尚武哥一起吃顿饭嘛。康文以人家刚上任不便打扰为由拒绝了。刘亦然下台了，任万能心里猫抓猫挖的，虽然水泥厂顺大流跟着走，但他担心东河矿巷道的那些猫腻。那天给康文的购物卡没送出去，他有点儿发毛，坐不住了。

华塬县新班子拨乱反正，环保局换人如换刀，频频出手。柯云春江水暖鸭先知，尚武哥一夜之间成了县委书记，的确令他惊喜不已。柯云给尚武发了短信，表示祝贺。尚武回信说，谢谢，我抽时间来找你，有事。那天，袁耀辉从环保局开会回来，挖苦柯云说，看看你老同学任万能那熊样子，木猴挨鞭子——转得快。柯云一听就明白咋回事了。他给张明义打电话说，新官上任三把火，连朋友都忘了？请客请客，啥时间请？

张明义叫苦说，才刚上手，万事开头难。不过嘛，就这个周末，请大家在塬上喝酒。

柯云其实是最近有点心神不定，想找个机会跟大家聚一聚。

柯云明白了，他对同雯雯心怀眷爱，难以割舍，不见了想见，见了又有些后悔。每回跟同雯雯见面后回到家里，他都愧疚不安，老婆瞅着他说话，令他很不自然，他就像做错事的孩子，不敢正视父母的眼神。他越是内心纠结，回家表现越好，对老婆、孩子和颜悦色，百依百从。从前他很少干家务活，现在他眼中有了活，勤快多了。家中一团和睦，老婆对他更体贴了，但他反倒更自责不安。出门在外，他又收不住心了，几天不见同雯雯，就像丢了魂似的，见了面了才心情愉悦，海阔天空。

周末，张明义在下地窑请摄友们吃便饭。大家到了，就缺柯云跟同雯雯了。张明义给柯云打电话，却无法接通。不一会儿，同雯雯打的来说，柯云临时有事，让大家别等他。

张明义疑惑不解道，这人真是，嚷嚷着叫我请客，他却来不了。

同雯雯说，本来说好了，他去接我一块儿来。大清早他打电话来说临时有事，叫我先来，还说手机快没电了，回头再说，我也纳闷儿！

梁鹏打圆场说，柯老师从不失约，说有事，肯定有事。

张明义抱怨说，圈内人小聚，缺了他这领头羊，有些扫兴。

大家酒足饭饱，快撤摊子时，柯云开车匆匆赶来了。

张明义佯装生气地说，柯馆长，你咋回事？太不够意思了，罚酒。

柯云坐下喘了口气道，唉唉，计划没有变化快。尚武哥早上去"耀辉"了，你说我还能来吗？

张明义愣住了，问，你是说，原书记去你们厂子了？

柯云点点头道，大清早，他打电话说要去，我给雯雯打了个招呼，又通知了袁总，就赶紧朝厂里赶。我手机凑巧没电了，幸亏他人走到厂门口，叫袁耀辉碰上了，陪他进去的。

张明义好奇不已地问，大周末的，原书记到"耀辉"做什么？

柯云卖关子，说，跟你有关，你先喝杯酒，再听我慢慢细说。

4

原尚武坐了华塬县县委书记的位子，锦阳政坛说他是一匹黑马，本来名不见经传的，从部队转业没几年就副职升正职，局长变书记，所有人都没想到。

刚收了春节假，原尚武就被市委书记叫去谈话了。

市委书记开门见山地说，组织上经过反复斟酌，决定让你去华塬做书记，叫你来，是想听听你的想法。

原尚武一听就惊呆了，两眼睁得圆溜溜的，问道，书记，要我去华塬？书记点点头。尚武急道，书记，怕不行吧，保护区的任务还没完成哩。

书记一字一板地说，那有什么？还可以接着干嘛！根据华塬的实际情况，组织上考虑，一定要选个党性强、有原则、作风正派，具备生态环境观念的人统领全局。去马鬃梁考察后，大家对你的印象很深，又看过你的档案，觉得你是最合适的人选。

原尚武为难地说，书记，这担子太重，我有些担心……

书记笑着打断他说，带过几千人的部队，还怕管不好一个县？

原尚武想了想，站起来说，那我服从组织的决定，一定不辜负领导的期望，书记，您有什么吩咐，请指示！

书记摆摆手说，坐下坐下，我得给你交个底。华塬县前任县长是因为水泥粉尘污染治理不力被免职的。华塬县发展思路上有问题，经济上去了，污染严重了，群众多年来深受其害，怨声载道。再这样下去，还得了！这种被动局面，必须从根本上扭转。

原尚武一边听，一边在笔记本上记。书记慷慨陈词道，水泥产业要走出边治理边污染的怪圈，走可持续发展之路，市上的态度是明确的，立场是坚定的。要关小的，上大的，关立窑，治旋窑，集中煅烧，分散研磨，花大气力调整产业结构，加快产业技术升级。

原尚武是军人出身，对工业经济是门外汉，对水泥产业更是一无所知，听得似懂非懂，但是书记说的，他一字不落地记下了。

透过原尚武迷茫的表情，书记似乎猜出了他的心里在想什么，又说，不懂不要紧，在干中学嘛！重要的是要理顺发展思路。咱们锦阳的环境变迁你知道多少？上世纪八十年代被称为"卫星看不见的城市"，国家领导人来视察后痛心不已，做了重要批示。此后，搬迁煤台，修过境公路，减少扬尘，引进清洁能源，治理煤烟污染，关闭一大批污染严重的小水泥厂、小冶金企业，也在水泥产业结构调整上迈出了关键性的一步。市委、市政府几届班子一届接着一届干，这才成效显著。

书记说到这里，停顿了一下。尚武问，书记，市上对水泥粉尘治理，是不是有成熟的经验和做法了？

书记自信地说，是啊，市水泥厂招商引资，关小上大，周围的中小水泥厂改建成粉磨站，局面一下打开了。就水泥粉尘污染而言，华塬是最后的也是最难的治理重点。华塬水泥企业大都是民营企业，小而散，多而乱，调整产业结构，实施产业升级，需要智慧、勇气和毅力。前任班子最大的失误，就是贻误战机，拖了全市环境治理的后腿。从这个意义上讲,你也算是受命于危难之时。

原尚武心里敞亮了,充满信心地表态说,书记请放心,我们一定不辱使命,攻坚克难,啃硬骨头,把华塬的事情办好。

书记舒心地笑了,说,这就好。你知道组织上为什么选你去主政华塬吗?除了品质和工作能力,还有你生态方面的专长。华塬是锦阳的缩影,都是因煤而兴,都是资源型经济结构。不过,无论是锦阳还是华塬,都不能因资源枯竭而衰呀!锦阳与省城近在咫尺,利用丰富的生态资源,开发生态旅游的前景广阔,你搞的保护区森林公园项目就很不错嘛,市上把它列为重点项目了,你们要全力以赴。

一听书记提到保护区项目,原尚武有些不舍,刚要说什么,就被书记摆摆手打断了。书记说,你先别急,曾智同志提了个建议,我觉得不错,为了打破行政区划上的分割,保护区森林公园建设由市县联手一起搞,市上不求所有,只求所在,把这一片林地和管辖权都交给县上,以县上为主搞建设,筹建处主任你还兼着,再说了,森林公园投资方是你本家人嘛。这件事在市委常委会、市政府常务会上讨论通过就发文实施。

原尚武舒坦多了。

书记接着说,这样的话,华塬北有建保护区、实施生态保护,南有粉尘治理、改善大气环境两场大仗,打胜这两场硬仗,重建碧水蓝天的新华塬好家园,为全市可持续科学发展闯出一条新路子,就看你的了!

市委书记掏心窝子的话,令原尚武茅塞顿开,心明眼亮,深感责任重大,心里沉甸甸的。从书记办公室出来,他给曾智打了个电话。曾智在办公室里等他,他下了市委楼,又上政府楼,曾智见到他就直接问,见过书记了?

原尚武点点头,一屁股坐在沙发上,有点儿缓不过神来。半晌,才喃喃地说,怎么会这样?我真担心干不好哩!

曾智笑了,说,这恰恰说明书记慧眼识才,不拘一格,用人有方嘛。尚武啊,天降大任于斯人,你去华塬,我心里就踏实了。不瞒你说,这个位子多少人盯着哩。临到最后,省上还有不同意见。书记带我去了一趟省委组织部，要我举贤不避亲，要我去，我就去。再说了，咱也不是亲属关系。

原尚武明白了，心存感激。他惦记着书记交代的两大任务，总觉得自己对工业经济太过陌生，对搞党务，也不在行，便说，曾智哥，华塬的事情，往后你还要多指点。

曾智诚恳地说，这没问题，当书记一是要把握好大方向，二是要用好干部。这几年，整个社会风气变坏了，干部队伍的思想有些混乱，当务之急就是抓班子，带队伍，凝聚人心，弘扬正气。华塬的干部我知根知底，我可以给你们交个底。

尚武说，书记也说了，华塬的事情要多听听你的意见。

曾智谦虚地说，我不过就是待的时间长，情况熟而已。曾智详细地介绍了华塬的情况，干部队伍、地域经济、发展瓶颈、面临问题以及应对措施等。尚武临出门时，曾智又把他叫住说，康文挂职，在哪儿都一样。一把手的意思是变通一下，让他到华塬去做副书记，发挥一技之长，协助你们把保护区和森林公园的品质搞上去。

尚武意外一喜，连声说好。

从曾智那儿出来，尚武有些亢奋，有些沉重，也有些茫然，晚上回到家还有些反常。梁琴把饭端上来，他没胃口，说是困了想休息，上了床却睡不着。曾智说天降大任于斯人，可他做梦也没想到自己能这么快当上县委书记，总觉得有点像天上掉馅饼。原尚武是干出来的，他从没为提拔升职之类的事费过脑筋，他一向把组织信任、领导器重视为新工作岗位的动力。躺在床上不由自主地想华塬的事，尚武翻来覆去，越想越激动，大半夜的肚子咕咕直叫，一骨碌爬起来了。

梁琴莫名其妙地问，有啥心事了？睡不着？

尚武说，肚子饿了，想吃点东西。

梁琴热了饭菜，尚武说，反正也睡不着，你陪我聊一聊。

梁琴问，大半夜的，有啥事了？到底是兴奋还是郁闷？

尚武瓮声瓮气地说，我的工作可能要调整了。

梁琴奇怪地问，不是才当了局长吗？还要调整？到哪儿？

尚武感慨地说，很快你就知道了。转业回来后，两个知青哥哥没少帮忙。但我这辈子多亏了你，才有今天。往后家里的事你更要多操心了……

那晚上，两口子说了很多知心话，尚武却没透露要当书记的事，后来跟康文见面，也没透露一个字。直到他走马上任，梁琴才恍然大悟。

原尚武是个急性子，把环保局的班子定了后，他一边熟悉全面情况，一边安排换届。他急着想了解水泥企业，什么立窑、旋窑，干法、湿法生产，熟料粉磨……水泥咋生产的？污染咋造成的？治理从何入手？这些他一概不懂，全在脑子里打转转。宣布环保局班子时，他有意问过张明义，得知"耀辉"既是全县最大的，也是治理情况较好的水泥企业。周末，他给柯云打了电话，径直而去。

柯云瞅见原尚武跟着袁耀辉进来，本想叫"尚武哥"，话到嘴边，又咽了下去，改称呼说，原书记来了。

原尚武愣了一下，微微一笑说，对不起，柯云，上班太忙，只有利用周末来，让你们休息不成了。

柯云好奇地问，那你咋一个人？

原尚武说，我想了解些情况，自己来就成了。

袁耀辉连忙说，中中，原书记想了解什么？

原尚武说，先看看你们厂子，熟悉一下水泥生产过程，还有些问题需要请教你们。

袁耀辉说，原书记，先到我办公室稍坐，咱换了工装，拿了安全帽，我跟柯云哥带你去。

原尚武在屋里换工作服时，柯云抓紧时间回办公室把手机充上电，然后跟袁耀辉一起陪原尚武进了车间。

原尚武带着问题，有备而来，一路边看边听边问，问得很仔细。袁耀辉搞水泥的时间长了，又好动脑子，算个"水泥通"，他领会了领导意图，尽其所知，把生产流程的专业术语尽量讲得通俗易懂，末了，回到办公室，又一一解答了原尚武的疑难。原尚武大有收获，兴致颇高，听说袁耀辉要上大项目，还把厂址选在了矿山上，就要去现场看看。袁耀辉满口答应，亲自驾车，三人又上了一趟矿山。

从矿上回来，时候已经不早了，袁耀辉要安顿饭，原尚武谢绝了,说他下午还要去原家滩,上车就走了。

袁耀辉望着他的背影喃喃地说,哥,尚武哥人不错嘛,华塬大有希望了。哥把这线牵牢,有事咱就找他,中不中?

柯云乐滋滋的,嘴上没表态,心里早答应了。

在下地窖的饭桌上,柯云把原尚武去"耀辉"的事一五一十地说了,末了又满怀信心地说,不一样就是不一样,尚武哥主政华塬,肯定会大有作为的。还有,告诉大家个好消息,尚武哥说了,要咱举办原家滩森林公园风光摄影展哩!

5

清早起来,原生茂打完太极拳,回屋更衣洗漱,用过早餐,自言自语道,尚武说了要回来,咋还不见人影哩!老伴嘟囔道,路远嘛,也没这么快。原生茂不答理,出门直奔镇上,他要找康文。自从儿子在县电视台露脸,高黑子来又说了些这样那样的话,原生茂就一直有些心焦不安。

镇上不逢集,冷冷清清的,只镇政府门口有二女一男正在说什么。原生茂瞅见尚青在其中,想绕过去,谁知那男的远远迎上前就打招呼道,原叔,这么早就过来了?

尚青跟过来介绍说,爸,这是黄镇长。另一个女的也过来站在面前,口称"原伯伯",尚青接着介绍,这是新来的李副镇长。

原生茂瞅了瞅,客气了几句,拧身就走,尚青他们也跟了过来,老人家心里很不得劲。进了尚青家院子,原生茂先喊康文。

康文闻声出来问,生茂叔,你咋过来了?

尚青问黄镇长和李娜说,到家了,进去坐坐?黄镇长连连摇头。

李娜说,康叔叔,你忙你的,我们走了。

黄镇长和李娜走了，尚青不高兴地对原生茂说，人家黄镇长跟李娜陪你走一走又咋啦？

原生茂愤愤不平地说，不就是你哥当了书记嘛！多少年不见的人都来套近乎，我就是来跟你康文哥说道说道的。

康文笑着说，生茂叔，你也别太在意，自古子贵父荣，现今这社会风气，有人攀权附贵，趋炎附势，也很难免。

原生茂"唉"了一声说，我就是担心这，尚武一当书记，免不了有势利小人围着他打转转，请客送礼挤破门槛，要想堂堂正正做人，实实在在做事，难哪！我放心不下，要他回家一趟，给他叮咛叮咛，他说是今儿回来，没见人影哩！

康文理解老人的心事，宽慰说，生茂叔，尚武在部队历练了多年，回地方也有一阵子了，干得也不错嘛，要不市上领导能选中他？再说，身正不怕影子斜，他当这书记，人格魅力、魄力能力，绰绰有余。刚上任事多，我打电话问问看他回不回来。

康文打电话时，尚武正在"耀辉"厂里。他说，下午去东河，还有些事要办，办完事就回家。

原生茂听说尚武晚上才回家，坐不住了，转悠着走了。

尚青说，我爸这人真是，听说我哥当了书记，他倒上了心，愁得吃不下饭，睡不着觉，至于吗？

康文说，生茂叔人正直，他放心不下，也情有可原。

尚青说，市财政局要来人，我跟黄镇长、李娜就是在等着迎接。中午饭你去西寺吃，我给萌萌也说了，说完，急急火火地走了。

康文关上院门回屋。这几天，康文心里事多，晚上老失眠。生茂叔说了，原姓家族续家谱，他可以挑头，具体的还要康文多帮忙。尚武说了，森林公园筹建处给他留着办公室，硬件有吴栓牢，软件全靠他。这两件事都是大事，都在他脑子里装着。还有他的小说构思，也需要沉淀一段时间。不过，住在尚青家，康文常常忐忑不安。小家独院的院门一关，就他跟尚青母女俩。尚青觉得很自然，康文却觉得不自然，真要是表兄表妹的，那倒无所谓，可他跟尚青的关系有点"特殊"，况且，尚青跟那人的关系也降到了冰点。在家人、在外人面前，尚青表现得不卑不亢，平静如水。清早，尚青为他做好早餐，整理好床铺，收拾好屋子，才去上班。下班回来，又进厨房为他做饭。夜幕降临，她还为他烧好洗澡水，放好换洗的内衣，铺好床铺。尚青越是体贴入微，康文越是于心不安，恋情变亲情，恋人变兄妹，交织复杂，感情的度太难把握了。昨天晚上，康文竟然梦见尚青跟他钻在一个被窝里，两人赤身裸体，如胶似漆。事罢了，他推尚青快走，尚青不肯，三推两不推的，他惊醒了，就再也睡不着了，穿上衣服出来，在院里转悠了一圈。尚青那屋既没有鼾声，也没有别的动静，康文回到屋里，彻夜未眠。

康文正要上床补觉，院门响了。他开门一看，是李娜，两个大脸蛋冻得红扑扑的，站在外面直跺脚。

康文嘟囔道，听说市上要来人了，你咋又拐回来了？

李娜说，没事，他们还没到，我过来跟康叔叔聊两句。

康文郑重地说，李娜啊，你刚提拔，又在新单位，要把工作放在第一位。

李娜说，康叔叔，我知道，不会给你丢人，我来就说几句话。

康文问，啥话？你快说嘛。

康叔叔，弄了半天，原来新书记跟你还是亲戚，是尚青姐她哥呀！

康文慢腾腾地说，那又怎么样？

李娜说，我听说了，又惊又喜，康叔叔，你这屋挺暖和的。

康文不耐烦地说，大惊小怪，快回去上班。

李娜怪嗔地说，康叔叔，人家还不是想让你多关照关照嘛。

李娜一走，康文关上院门，忍不住进了尚青的屋。这屋进门是客厅，卧室在客厅一侧，跟康文的屋子背靠背，康文以前从没进去过。他好奇地推开门，瞅了一圈，大床、大衣柜、梳妆台、连着小书柜的写字台，看样子都是结婚时添置的，显得有些陈旧过时了，唯有那台电脑是新的。康文把目光停留在相框上，卧室光线暗，他打开灯还是看不清，于是从墙上取下相框举在跟前仔细看。相框装着尚青的过去，戴红领巾的学生照，尚武参军时全家人的合影，大学校园里的靓照，那张手捧小朱鹮的彩照摆在正中央，康文很意外。相框里找不见那人的踪影，只在相框外插着一张她母女的合影。康文猛地想起来了，急忙跑到客厅，原先唯一的一幅三口人的合影照不见了，墙上留下了相框大小的印痕。康文明白了，尚青不打算跟那人过了。他叹了口气，把相框挂回原处，这才感觉到这卧室里冷冰冰的，一片凄凉，冰冷与暗淡中，他嗅到了女人独守空房的滋味。康文没进过尚青家厨房，忍不住进去瞧了瞧，水池里早餐用过的碗筷还没来得及洗，他挽起袖子打开水龙头，水凉得刺骨寒，涮洗完了，他已经两手通红，疼得发麻。康文摇摇头回到自己屋里，把手放在暖气片上暖了暖，猛一下又想起了尚青卧室的温度，他跑到土暖气的小锅炉间一看，尚青走的时候把通往她房间的阀门关了，锅炉旁的铁丝上晾着昨晚他褪下的已经洗了的内衣、袜子。锅炉里添煤掏灰，尚青从不让他插手，康文眼眶一热，感到了纠结的心痛，回屋躺在床上，他眼前浮现出了尚青从早到晚操持家务的情景：扫院、烧锅炉、收拾房间、洗衣服，一日做三顿饭，还要涮洗，纤弱的身子挑着残缺不全的家，这一幕幕就在他眼皮底下发生着。而且多了个他，尚青又多了一份操持。康文鄙视自己的无能、累赘，内心充满了矛盾。筹建处搬到东河，有了他的办公室，可是，潜意识里他不想离开，他觉得有他在尚青身边，她至少不会孤单。还有天真无邪的萌萌，已经把他当成家里不可或缺的一员了……康文胡思乱想一阵，困意渐浓，昏昏入睡，直到"咚咚咚"的敲门声把他惊醒了。

尚青领着放学回来的萌萌进门，康文才知道自己睡过头了，连午饭也忘了去吃。尚青抱怨说，市局王林来了，吃饭时要叫你，我说你去西寺了。早知道是这，还不如跟我们一起吃哩！

康文睡得晕晕乎乎的，喃喃地说，睡过头了也不饿。

尚青从厨房探出头说，哥，你把碗洗了？山里水凉得浸骨头哩，谁让你动手了？

康文这会儿清醒了，一边朝厨房走一边说，从今儿开始，只要我在，你做饭，我来帮厨，我负责洗碗。

尚青不让他插手，他还是挽起袖子忙了起来。

饭做好了端上桌，萌萌狼吞虎咽地吃完，上网找康健哥哥去了。康文情绪不佳，没胃口，尚青见状，取了一瓶酒道，哥，我陪你喝两杯。

康文接过酒杯说，尚青妹子，这些日子辛苦你了，哥敬你，说完一饮而尽。

山里头太清静了，哥，得是最近待烦了？

没有，没有，我这人生来就好清静。

尚青若有所思地说，哥要有合适的人，我看还是成个家嘛，你一个人这么凑合着过，我实在不放心。

康文愁上心头，摇头说，不提这事，喝酒，喝酒。

尚青找不到合适的话题，康文也闷着头喝酒。尚青倒一杯，他喝一杯，一来二往，康文喝多了。尚青不让他喝了，他拿过酒瓶子，自斟自饮，尚青拦不住，急了，一把把酒瓶夺了过去。康文还要去拿瓶子，突然瘫软在了桌上，完全醉了。

尚青赶紧过来扶他，一个人再使劲也扶不起，她喊萌萌说，快来帮妈扶你大舅。

母女俩费了九牛二虎之力，才把康文扶进屋里，尚青烧了一碗醒酒汤，用勺子一点点喂他喝了，坐在床边等他醒来，心疼得眼泪哗哗流。

康文终于醒过来了，迷迷糊糊地看见尚青拉着他手，在床边流泪，忍不住也眼眶湿漉漉的了。

尚青万感交集，把康文搂在了怀里。可叹！饮食男女，人之大欲存焉。纠葛缠绵，又有谁能说得清道得明呢？

6

东河村外，大路尽头，筹建处蓝白相间的活动板房小院，被蓝白相间的围墙围着。大门外竖着两幅喷绘牌子，一幅是保护区建设规划图，一幅是森林公园景区建设规划示意图，高大醒目，展示着马鬃梁的美好未来。

康文醉酒、尚青揪心的时候，原尚武到了东河，召集筹建处开会，把开工事项商量妥了。

听说保护区要由市县合力筹建，吴栓牢喜出望外，这不是三倒油葫芦嘛，倒来倒去，又倒回来了。

原尚武笑着说，什么倒油葫芦，还不是为了事情进展快嘛。

吴栓牢解释道，我是说，我转了一圈，又回县上了。

省上审批的征用土地手续马上下来了。高黑子瞅见原尚武的汽车，尾随而来，进门先问吴栓牢，啥时间开工呀？村上的男女强壮劳力年后都没外出打工，我给村民们都把话放出去了，森林公园动工了，咱就在家门口干活挣钱哩。

吴栓牢说，马上，马上，你放心。原书记早都叮咛过了，森林公园所有施工队的普工优先用你们村人，不够了再从附近村里找！

尚武把事情安顿完，看了看给康文准备的办公室，又跟高黑子聊了些家事。

傍晚时分，尚武进了尚青家，张口就喊"康文哥"。

尚青迎上来小声说，哥，你甭喊了，康文哥中午喝多了，让他多躺一会儿。

尚武问，在哪儿喝的酒？

尚青说，在家里。

尚武埋怨道，你也真是，在家咋能让他喝多呢？

尚青脸红了，幸亏天已黄昏，尚武没看出什么。

尚武转身说，我先去咱爸那儿，今晚我不走了，跟康文哥住。

尚青追出来说，哥，你开导开导咱爸，你工作一变，先把他愁得吃不下睡不着了。

尚武稳稳地说，我知道了。

原生茂眼巴巴等儿子，有话要说。等回来了，还没开口，就被尚武几句话堵住了。

尚武进门先喊，妈，我还没吃饭哩，顺便弄点啥。然后直截了当地问，爸呀，听说你为我的事闹心，吃不好，睡不好？你到底操啥心哩？要操心的是我不是你，你要做的只有一件事，把身体锻炼好，把心情调理好。

原生茂哼哼唧唧地返不上言，嗫嚅道，我……就是……担心嘛。

你担心啥？担心我顶不住不良风气，担心行贿送礼把我打倒了？尚武说，你儿子，你不了解？直性格、犟脾气，随你了。我也都一把年纪了，还要你千叮咛万嘱咐？

原生茂困窘地笑了，说，不是，不是，你康文哥把续家谱的材料写好了，准备定时间召开族里人开会商量哩。

尚武没气了，憨憨地说，我本来要跟康文哥一起来，他喝多了。

原生茂急忙问，在哪儿喝多了？

尚武疑惑不解地说，在家嘛，这人，咋能在家喝多呢？

原生茂沉思片刻，皱着眉头说，唉唉，其实，你康文哥心里苦。

尚武不露声色地说，别说了，这我知道。

康文、尚青在厅房等着。尚武吃了饭赶过来，一见康文便问，康文哥，你咋把自己灌醉了？

康文咧着嘴只笑，不言语。

尚武说，我还想着晚上跟你喝几杯哩！

康文说，我没事，要喝就接着喝。

听说两人还要喝酒，尚青进了厨房。尚武小声问，康文哥，你个人的事有啥打算？

康文不正面回答，自我解嘲道，儿子成人了，我一人吃饱，全家不饿，要多自在有多自在，不好吗？

尚青端菜过来，瞅了康文一眼，幽怨挂在脸上。

两人喝酒时，尚青在一旁叮咛道，哥，你多喝点，别让康文哥喝了。

尚武说，不多喝，都不多喝，也就喝点儿酒说会儿话，晚上我跟康文哥还有事哩。

尚青说，黄镇长听说你来了，晚上要来见你，我没让。

尚武说，你做对了，往后有人托你找我办事，都别答应。

这还要你叮咛？尚青白了他一眼说，可黄镇长想请你明天有空了去镇上看看。上午我们开了会，财政所今天加班，他也在。

尚武端起酒杯说，这能成，我明天去，刚好还有保护区征地的事。酒罢，尚武又问，不是周末了吗？加班做什么？

尚青回答说，市财政局要在原家滩搞规范化试点，上午市局来人安排了这事。下一步，我们要按照新办法建立村级电子账务，实行"村财村用乡代管"。

春节时，在饭桌上，原生茂对尚青为村民办理"一卡通"大加赞赏，称这是政府为老百姓办的大好事，尚武记在心里了。这会儿兴趣来了，他刨根问底，尚青一一回答，康文也认真听着，两人只顾听，连酒都忘了喝。尚青介绍完了，起身说，你们要聊天，就不要喝酒了。

康文开玩笑说，尚武，你该不是馋酒了？

尚武点点头说，大兴安岭的冬天特别冷，喝几口酒能御寒。节假日战友们聚在一起，就是喝酒，用茶杯喝、大碗喝，那才叫畅快！我转业回来还没习惯，周末在家一个人，喝着也没劲。

康文笑道，不着急，往后迎来送往的应酬多了，有你喝的酒。

尚武慌忙摆手说，喝应酬酒感觉不好，我反倒有些烦。到华塬后，在场面上我滴酒未沾，他们都知道我戒酒了。

康文说，那好，今儿你放开，哥陪你喝几杯。

两人聊着天又喝了一阵，尚青去康文屋里把床铺好，催着他们收摊说，哥，你不是跟康文哥有事要说吗？别喝了，都几点了？

尚武答应道，最后一口，不喝了。

康文回屋上床，钻进被窝，开玩笑地问，尚武，当书记的感觉咋样？

尚武苦笑着说，除了林业方面，其他的我都两眼墨黑，经济不懂，党务不熟，方方面面的法规政策一无所知，要了解的东西太多了，啥都要从头学起，感觉脑子都不够用了。

康文说，不着急，慢慢来嘛，有事多请教你曾智哥。

尚武说，我见过他了。康文哥，说心里话，我总觉得底气不足。

康文奇怪地问，咋底气不足啦？

尚武敞开心扉说，你也知道，我生就的直脾气，在部队直来直去地惯了，在地方上未必能适应。猛一下到这位子上，我爸担心我随波逐流，我虽然埋怨他多此一举，可老实说，应对人际关系，我真不在行。我总在想，怎样才能出污泥而不染？怎样才能做到左右逢源，绵里藏针？

康文笑道，俗话说，邪不压正。冲着你刚才叮嘱尚青那句话，凭你这一身正气，我觉得你这书记能当好。处理人际关系方面，曾智很老到，你往后多跟他讨教。

尚武说，我知道，市上对华塬工作有要求、有期待，我压力大呀！

康文问，市上有什么要求？

尚武不紧不慢地说，一是水泥产业通过结构调整、产业升级，根治粉尘污染，实现可持续科学发展；二是建成原家滩保护区和马鬃梁森林公园，开发绿色产业。对此，我跟县长达成共识了，初步确定了"生态立县，工业强县，旅游兴县，果业富民"的总体发展思路，要在换届的政府工作报告上唱出去。

康文琢磨了一番说，围绕生态做文章，你们提的思路不错嘛！

尚武接着说，生态是旗帜，工业、旅游、果业，都必须是生态的、绿色的、环保的。具体讲，我们打算以沮河上下游为主线，在山区、塬区和川道三大区块，开发不同特色的绿色产业，主打经济林、绿色种养殖，把华塬当做完整的生态系统，边修复、边保护、边建设，在生态的旗帜下发展县域经济，造福华塬人民。

康文激动不已，忽地从床上爬起来道，好啊，弘扬绿色家园意识，建设绿色家园，这篇大文章做好了，那可是了不起的大手笔！

尚武诚恳地说，康文哥，生态方面你在行，你得为我们多出主意，多参谋参谋。

我只会纸上谈兵，森林公园的事，上次你交代了，我在心着哩，正从网上搜集相关资料，也跟原丰电话沟通过了，康文说。

康文哥，不光是这事，要让华塬上下形成家园忧患意识、绿色家园观念，不就得靠宣传教育，达成共识，凝聚人心吗？还得拜托你老兄挑头，先给全县干部洗洗脑子，灌输新的发展理念，尚武不紧不慢地说。

康文越听越糊涂了。

尚武笑呵呵地跳下床,从包里取出一份文件说,康文哥,从现在开始,你这市委宣传部副部长,改任华塬县县委副书记了,我得给你分些事管一管。

康文戴上眼镜,接过文件扫了一眼说,我只是为体验生活来挂职,咋调来调去的?这不又把我绑住了?我还要写小说哩!

尚武说,曾智哥都说了,华塬的事办好了,你的小说就更好写了。

康文"唉"了一声说,这肯定是曾智出的馊主意。

尚武摇摇头说,没准儿是一把手的意思,我到华塬主事了,你能不帮我?我刚才不是说了吗?你一去,我就有了底气。

康文却底气不足地说,好嘛好嘛,可别让迎来送往、上下开会、左右协调的事务把我缠住了。

尚武说,你放心,我考虑好了,你只协助我分管保护区这一块,另外,协助我抓一抓干部教育培训。不占职数的副书记嘛,日常事务不让你沾手。下周一,我先让他们给你准备办公室,往后城里、塬上、山里,你随便走动,想住哪儿住哪儿,没准儿对你体验生活还有好处哩!

康文无话可说了。

第十章　男女之间

尚青又哭了，康文心疼了，终于开始思考他们在一起的可能性。末了，他告诉尚青，只要她跟那人离了，他便跟她在一起，两颗久久渴望对方的心终于亲近了。但这久经波折的感情又横生波澜，热情明快的李娜大胆向康文告白，康文很是苦恼。

尚武让康文帮忙建自然保护区，自己则重点忙乎水泥产业升级改造的事情，首当其冲的便是任万能的厂子。任万能自打"二奶"杨眉给他生了个带把儿的，高兴得不知怎么是好，对于产业升级改造也表现得很积极……

1

原尚武书记亮相原家滩镇政府，带给了黄镇长和李娜意外的惊喜。

尚武处事，章法不乱、灵活。他原计划等省上的文件下来后再来原家滩镇政府，安排他们全力配合保护区、办好征用地等事宜，这会儿一听黄镇长他们都在，灵机一动，打电话把吴栓牢叫了过来。

大清早，尚武跟康文吃了早餐，走进了镇政府大院。头天晚上，尚青已经给黄镇长打过电话了，黄镇长做足了功课，他陪着尚武书记他们四处看了看，又走进了会议室。班子成员都到齐了，黄镇长向大家介绍了新任县委书记，尚武跟大家一一握了手。黄镇长又介绍康文，说了著名作家、著名记者，也没忘说市委宣传部副部长的头衔，尚武笑着更正说，不是副部长了，现在是咱华塬县县委副书记了。坐在对面的李娜瞪大了眼，心想，变化也太快了嘛，昨儿还悄无声息的，今儿成了副书记了。她在心里犯嘀咕，也乐开了花。黄镇长介绍了原家滩镇的基本情况，用眼神向吴栓牢致意，表达了对建保护区和森林公园的期待。尚武要求原家滩全力办好征用地手续，确保建设项目尽快开工，由吴栓牢主任负责与镇上的协调工作。最后，尚武还给了黄镇长一个大大的惊喜，尚武说，上次原丰来考察时，镇上出动摩托车四处接送人，原丰很感动，听说镇上没有汽车，他有意捐赠一辆，我打问过了，县里的乡镇也就你们没有小车，原丰公司委托筹建处经办给你们买辆车，具体的跟吴主任联系。有车了，征用地手续要加快，征用费兑现要及时，该是谁的就给谁，绝不能克扣截留，不能出问题。黄镇长乐得合不拢嘴，连忙说，原书记，请你一千个放心，我们全镇实行了涉农资金"一卡通"，给群众的钱直接打到卡上。市上正在我们镇搞试点。这方面，我们财政所走在全市前面，市上拨了一笔经费，搞基层财政所规范化建设，给财政所在院子里盖了座小楼，改善办公条件。原书记，要不要去财政所看看？

黄镇长陪同尚武走进财政所办公室时，尚青他们正在加班。尚武饶有兴趣地看了他们在电脑上的演示。有群众来补办手续，他站在一旁听完，没说什么，就跟大家告辞走了。李娜急着把尚青拉到一边说，尚青姐，报告你一个好消息，康叔叔成了县委副书记了！尚青愣了一下，问，谁说的？李娜说，原书记呀！在会议室说的。尚青从窗口一看，康文正"扑踏"着朝外走，她心乱了，待不住了。找了个借口回家了。

康文刚坐到电脑跟前，尚青冷不丁地推门进来了，劈头就问，哥，你得是要走了？到县上当副书记去？

康文笑着回答，也是挂职的。不过，得帮尚武做些实事。

尚青说，这么说，你不走了？

康文说，不走怕不行，尚武已经在东河给我准备了办公室，又要在县上安排办公室，看来不能在这儿常住了。

尚青撅着嘴说，我哥也是，昨晚喝酒时也没说这事。

康文说，没看出尚武这么沉得住气，昨晚睡下了才告诉我的。

尚青说，哥，我不想让你走，你不是要写作嘛，在这儿多好。

康文苦笑道，我现在是狡兔四窟，县上、塬上、东河，这里。不过，尚武说了，不让我介入日常党务事务，就协助他分管保护区建设和干部培训教育，来去自由，想来，开车就来了。再说了，你工作这么忙，萌萌今年又要中考，我在这儿也是你的累赘。

哥，你胡说些啥？尚青抱怨着，低下头，小声嘀咕，有你在跟前，我心里踏实，说完，脸上浮现出一抹淡淡的红晕。

康文心领神会，由衷地说，说心里话，我也不想走。

尚青问，我哥没说让你啥时间走？

康文摇摇头道，我得抓紧帮生茂叔把续家谱的会先开了。

两人正说着，门外有人喊，尚青在家吗？

高黑子来了，哥，你忙你的，别出来。尚青说完，便出门迎客去了。

高黑子搭吴栓牢的便车来的，先去了西寺，又拐到镇上给尚青提了一笼子土鸡蛋。尚青把他招呼到屋里，两人说了好一阵子话。听见尚青送客出门，康文忍不住跑了出来。舅舅肯定是为外甥当说客来了，康文急着问究竟，尚青回到屋里，沉默了半天，吞吞吐吐的，还是把实情说了。

尚武在电话里把那人训了一顿，高黑子也给他外甥打了电话。外甥当初下海时，高黑子就竭力反对，外甥不争气，做舅舅的也没法子。原生茂那天把话挑明了，大过年的人都不回来，你问问你外甥，这日子还过不过？高黑子有了压力，为这事还专门去了趟锦阳，要下了外甥的电话。去年春节，那人跟尚青拌了嘴，夸下海口说，不混出个人样来就不回原家滩。高黑子对尚青说，我外甥其实不是煤老板，只是他同学办矿，他跟上去了，也就是个高级打工仔。去年秋天，矿上死了人，摊子烂了，饭碗丢了，钱也没挣下，但大话吹出去了，他不好意思回来。高黑子八八九九，恳求尚青给那人打个电话，给他个台阶下。尚青心里坚决不依，碍于高黑子的面子，只一声不吭，高黑子到底没讨出个"肯"字，怏怏离去。尚青送出门，叮咛说，高支书，村上账务移交的事，还要在东河开头哩！高黑子满口答应。

尚青说着说着，眼泪哗哗地流下来了，她擦了把泪，起身出去关上院门，回来说，我哥上次还问我咋办呢。

康文问，尚武啥意见？

尚青说，我哥说，能过就过，过不了就算了。

康文又问，生茂叔呢？

尚青说，我爸的意思是看我哩！

康文再问，那——你打算咋办哩？

尚青眼泪又哗啦啦地涌了出来，坐到康文身边，瞅着他的眼睛说，哥，我不打算跟那人过了。这日子实在没法过了，你也看见了，我这不是活守寡吗？说着，把头埋进康文怀里呜呜地哭了起来。康文把她搂在怀里，心里有了主意，安慰说，尚青，别哭了，不过就不过了，日子还长着哩！

尚青哽咽着哭诉说，哥……你不知道……那就不是个男人……就算是花瓶……也该摆在我面前呀……萌萌他没疼过……没爱过……

他家人盼着要男孩……结果是女孩……他们嘴里没说……心不快……那人就不配给孩子当爸……你来这么长时间了……见过萌萌提说他吗……没有……孩子压根儿就跟他没感情……

尚青哭诉一番，两眼通红，康文心疼不已。

我心里的苦、心里的怨、心里的悔，只能跟你说了。末了，尚青抬头望着他，怯怯地说，哥，我不想让你离开这儿。

我又不是回了省城，还在华塬打转转嘛。好了，好了，我不在这儿住，但每个周末都回来，成不成？康文停顿片刻，掏心窝子说，好妹子，往后有我哩，我再也不离开你了。

康文紧紧搂着尚青，两人相互依偎着，尚青的心情渐渐平静了。

时间不早了，尚青起身出去，把院门打开，萌萌周末在学校补课，还要按时回来。尚青进厨房做饭，康文也跟了进去。

李娜旋风似的进了门，叫道，哎呀，尚青姐，你做饭呀？不要做了，黄镇长要请康叔叔吃饭哩！

康文闻声出来，把李娜拦在客厅说，你跟黄镇长说，不用了。

李娜还是挤进厨房去了，尚青头也没抬说，我这儿饭快好了，萌萌一会儿还要回来。

李娜还想说什么，康文一摆手说，去回话嘛，还愣着做啥？

李娜一走，尚青赶紧照了照镜子，眼眶还有些红，她忧伤地说，黄镇长那人我清楚，肯定还要来，我得再准备些菜。

黄镇长果然来了，进门就吆喝道，尚青，今儿我高兴，就想请康书记喝酒。李镇长说康书记喜欢喝啤酒，我让她买去了。正说着，李娜抱着一箱啤酒来了。遇到这种情况，康文反应迟钝、难以应付，尚青在厨房递话说，黄镇长，别在我家喝多了。李娜挽袖子去帮忙，黄镇长尴尬地说，今儿领导在这儿，我还能把自己灌醉？尚青又递话道，也不能让领导喝多了。

尚青把饭菜做好了，李娜端上桌。萌萌也放学了，尚青给孩子盛了些饭菜，送进卧室，远远地打招呼说，黄镇长，我今儿身体不舒服，就不陪你们了，李娜，你招呼，你收拾。

李娜答应说，尚青姐，你不管了，去歇着，这儿有我哩。

两个镇长一左一右，又说又笑，跟康文套近乎，尚青在卧室听得明明白白。猜得出来，镇上有了汽车，黄镇长高兴，康文成了书记，李娜快活。外面摊子散了，客人走了，尚青这才从卧室出来，眼眶还是有些红。

2

李娜成了尚青家的常客。李娜勤快有眼色，屋里屋外的帮着做家务，下了班就耗在这儿，洗澡也在这儿，有时饭也吃在这儿，跟大家有说有笑的，像一家人一样亲热。

县上宣布任职，康文去了趟华塬，副书记带套间的办公室只住了两晚就回原家滩了。李娜很惊奇，问，康叔叔，走马上任才两天，咋又回来了？

康文说，这算不上走马上任。其实，康文这两天跟县上几大班子领导见了面，也跟组织部、宣传部接上了头，商量了干部培训的事，准备搞几场专题报告会，他承担生态环境保护的讲题。城里空气环境不好，康文觉得呼吸不畅，嗓子发痒难受，柯云要来看他，他说有事，没让柯云来。

康文确实有事，原丰说计划清明节回来参加保护区项目开工仪式，康文急着帮忙召集原姓族里人商量续家谱，还要为博物馆项目准备一份文案，这些都要借清明时跟原丰沟通。他从县上回来，带了本《华塬县志》，要查找华塬县生态环境变迁的历史记载，为自己的讲座报告做准备。他跟生茂叔定下了召集族里人的日子，就把自己关在房子里，定在电脑前了。

那屋不时传来李娜咯咯的笑声，搅得康文心乱。李娜每次来总是先进他屋报个到，走时进他屋道个别，磨磨蹭蹭的，就想多待一会儿。康文烦是烦，却也不恼。他提了个上溯三辈人的家族成员登记表，李娜就搞出正式表格，打印了一大沓抱来征求他的意见。他交给她原姓户主名单，李娜就把人都通知到了。开会那天是周末，李娜把政府会议室收拾好，茶水准备好，把来人一个个领了进去。开会时，李娜做记录，把原生茂、康文、原志俊的话，还有其他所有人说的话都记上了。会开得一呼百应，大家同意续家谱，李娜便负责发表格，指导大家如何填写，由她负责按时间把填好的表格收集起来。康文很满意，夸奖李娜很认真，会做事。李娜高兴地说，康叔叔，往后要我干啥，只管吩咐。

康文吩咐道，没事别来回晃悠，帮萌萌补补功课呀，孩子这学期要中考了，在节骨眼儿上。李娜爽快地说，这没问题，我最擅长英语，数学也不错。

康文叮咛说，跟上你尚青姐多学学，山区工作也有它的特点。李娜谦虚地说，这我知道，尚青姐都说了，山区工作要过三关，吃饭关、睡觉关、山路关，我正在努力适应呢。

萌萌喜欢这位李娜阿姨，两人很快就黏在一起了。有时，李娜把她带到自己宿舍辅导；有时，干脆就让萌萌在那儿过夜。有一天，康文在电脑前忙活，李娜推门进来，拉着他的胳膊就朝外走。康文问，有啥事吗？李娜说，去了你就知道了。康文进了尚青那屋，吃了一惊。尚青化了淡妆，抹了口红，显得年轻多了、漂亮多了，当年的水灵与活泛劲儿出来了。康文多看了几眼，尚青有些羞涩，喃喃地说，李娜闹着玩儿哩，非要给我弄这个。李娜说，康叔叔，你瞧瞧，尚青姐稍一收拾，就像电影明星似的。尚青从未化过妆，从没买过化妆品，梳妆台上空空如也，康文是知道的。他点头赞美，暗自思忖，可不是，这年代，职业女性谁不化妆？真是委屈尚青了。尚青却摇头说，还是素面朝天，真实点好。

两天不见李娜来了，康文觉得奇怪。萌萌也问，咋不见李娜阿姨了？尚青回答说，李娜下乡去了。

筹建处那边正在筹备开工仪式，吴栓牢有事要跟康文商量。吴栓牢被提拔了，从筹建处办公室主任升为了筹建处副主任，副县级。刚好博物馆项目文案也需要查看设计图，康文打算去趟东河。尚青说，哥，等李娜回来让她照看萌萌，咱俩一起去，村级财务账目还要从东河开始办理移交手续呢。康文答应了。李娜回来,听说尚青要下乡,主动说,尚青姐,你走你的,萌萌有我照料。

那天尚青哭诉之后,康文一直在想他跟尚青的可能性。直到上东河的前一天晚上,康文终于拿定主意了,等尚青和那人断了,他就跟她一起过,白头偕老,永不分离。他觉得,这是对尚青最好的补偿,也是让尚青摆脱困境的唯一途径,他打算这次去东河就告诉尚青。做出了这个决定,康文如释重负,再看向尚青时,眼神变了,心情愉悦了,就像雨过天晴了。

尚青三上东河,这次心境大不一样。康文哥在身边,她就像吃了定心丸,有种背靠大树的感觉。康文开车,她坐旁边,小程他们坐后座。从公路岔口上东河,东河的道路拓宽了,足足有八九米,铺上了水泥路面,修好了排水沟,栽上了行道绿化树。两边山坡上栽了一行行油松,春暖乍寒,油松郁郁葱葱。汽车穿过东河村,进了水泥路尽头的筹建处小院。尚青忍不住感叹道,变化太快了。康文一语双关地说,这才是开头,好日子还在后头哩!

吴栓牢乐呵呵地说,康书记,终于把你盼来了。尚青妹子,一起去看看康书记的办公室。

大家跟着进了屋,康文说,吴主任,我要这办公室没用。

吴栓牢说,咋没用?你搞创作,这地方多清静!现在是临时活动板房,等办公楼盖好了,给你收拾个正式的。尚青在一旁听出意思了。

吴栓牢本来给尚青他们安排了吃住,可他们被高黑子留住了,两顿饭都在村里吃的,傍晚才回来。康文等不及了,一见尚青便说,咱出去走一走。

早春二月,夜寒风冷,头顶皎月当空,旷野一片寂静。康文、尚青并肩踏着月色,冒着习习寒风,沿着水泥路朝前走。

尚青问,哥,你事办完了?

康文说,完了,你们呢?

尚青说,明早上就搞完了。

康文又问,高黑子再没问那事?

尚青沉默了片刻说,问我打电话了没,我说没有,他不吭气了。

康文也沉默片刻，伸手握住了尚青的手。两人手拉手走了一阵，康文说，我考虑好了，等你跟那人了断了，咱一起过。

尚青一言不发地低下了头，康文感觉听到了她怦怦加快的心跳声。

康文接着说，尚青妹子，朝后看，这一天来得太晚了；朝前看，一切还来得及，日子长着哩！萌萌后半年就去省城上高中了，等我挂职结束，咱一起走。

尚青仍不说话，只是把康文的手握得更紧了，康文都能听到她急促的呼吸声。

康文突然停下脚步，一把把她揽在怀里，死死地抱住，尚青哭了，心酸而幸福的泪水夺眶而出。康文低头要吻她，却被她推开了，说，哥，我心里乱得很，萌萌都叫你大舅了，我也人老珠黄了。

康文把她拉过来抱着，情真意切地说，孩子叫了也能改，在我心中，你永远年轻漂亮。尚青这才送上了深深的一个吻，这是一个迟来的吻，一个意味深长的吻！尚青暗自拿定主意，尽快和那人做个了断。

从东河回来，康文着手准备讲座稿子，等着清明会原丰。尚青有了些许变化。从前顾及晚上起夜不方便，康文晚饭后都尽量少喝茶。尚青回来后买了新盆子塞在他床下说，哥，晚上起夜就用这个。次日天麻麻亮，尚青起来扫院子，推门一看，盆子是空的，没吭声。再到晚上时，尚青沏好茶送过来，又叮咛说，晚上就用那个。再次日，尚青进来把尿盆端出去倒了。每天，尚青睡觉前都进来叮嘱康文早些休息，两人抱着亲一亲，互道晚安，依依分手，缠缠绵绵，但两人像有着某种默契，始终没有越雷池一步。他们坚守着那份纯洁的爱，等待着真正属于他们的那一天。

李娜还是老样子，来去如风，对萌萌的辅导很精心。有天晚上，李娜带萌萌去镇上，晚上不回来住了。尚青道了晚安，回了自己屋，康文翻来覆去睡不着，感觉任何时候都没有像今天这样饥渴难忍，他真的好想好想要尚青。

有一天，尚青回来告诉康文，李娜回家了。

李娜从省城回来，一池平静的水面被打破了。李娜显得很兴奋，见了康文，眼神都变了。她给萌萌买了套辅导材料，给尚青买了套化妆品，放下后，又把尚青拉到卧室，神神秘秘地说，原来康叔叔早都离婚了，你知道不？

尚青猛一愣，略一慌，镇静地摇头说，我不知道，谁说的？

李娜说，报社的人说的，千真万确。你们是亲戚，能不知道？

尚青生气了，说道，不知道就是不知道嘛，这种事，你少说。

李娜不吭声，眼睛扑闪扑闪的，像在沉思，尚青似乎觉察到了什么。

从此，李娜进康文屋的回数多了，待的时间长了，话也多了，康文疲于应付，有些烦。

尚青提醒他说，李娜知道你离婚了，看样子对你有了想法。

康文不以为然道，她还是个孩子，咋可能哩！

尚青像是故意又像是认真地说，她真看上你了，倒也挺合适。

康文笑着埋怨道，胡说些啥嘛！

3

大清早，同雯雯去上班，刚走到小区外就被刘亦然拦住了。刘亦然竟然找到了同雯雯的住处。同雯雯不愿答理他，摆脱纠缠，跑到马路上拦了辆出租车，逃离了现场，又给柯云打电话，说下午要和他见面。

听说刘亦然开着小车去的，柯云想，他难道东山再起了？下午见过同雯雯后，柯云通过张明义打听到，刘亦然竟然当上了市政协副秘书长，柯云心里很不舒服。张明义在电话里发牢骚说，办丧事收礼事出有因，查无实证，因环保问题被免职，属于工作重大失误，给个处分，就又安排使用了。不过，他现在的职务是伺候人的虚职苦差，没权没势了，他得换个活法了。

什么换个活法？还不是一样缠着雯雯？柯云愤愤不平。他让雯雯报警，雯雯顾及名声，死活不肯。柯云纠结了一夜，一早就拨通了康文的电话。

　　原丰去欧洲的行程延长，没赶上清明节，也没回华塬。康文参加了保护区开工仪式后，直接回了县上，准备做那场专题报告。县委大院的办公室他待不惯，还是住回了塬上的下地窑。

　　柯云进门的时候，康文刚浏览完手机信息。李娜的短信让他惊讶不已，也不得不佩服尚青的敏感。短信这样写道：

　　康叔叔，你的情况我知道了，你看我合适吗？敬慕你的李娜上。

　　瞅见柯云，康文慌忙合上手机，心里还在抱怨着，李娜这傻女子，咋会有这想法？嘴里却说，柯云，你咋说来就来了？

　　华塬大打"生态立县"牌，在干部群众中反响强烈。为了配合县上发展战略的调整，让人们全面了解原家滩保护区的生态资源，为保护生态环境、建设绿色家园提供宣传舆论，县上计划举办"'华塬·家园'绿色生态摄影展"，并在"6.5"世界环境日那天隆重推出，在华塬和全市进行巡回展览，这任务自然落到了柯云头上。这事情意义重大，柯云想请康文帮忙策划，康文爽快地答应了。

　　康文让柯云先拿来摄影展策划书，一起商量着完善一番。康文正说话时，又收到了两条短信：

　　康叔叔，看到短信了没，你有什么想法？敬慕你的李娜。

　　哥，这几天可好？保重自己，少喝酒。想你的小妹尚青。

　　康文扫了一眼短信，把手机合上了，柯云走后，他立马拨通了尚青的手机。

　　尚青说，李娜这两天神不守舍的，老打问你啥时间回来，还问你是不是心上有人了，我说，我不清楚，问你康叔叔嘛。

　　康文唉声叹气地说，她连着发短信我都没回，这孩子中邪了。

　　尚青说，被我猜着了吧！李娜人倒不错，大城市来的现代女性，婚恋观超前，也很实际。

　　康文说，我也这么想。

　　尚青嘱咐说，看样子她动真情了，你也别太伤损她。

康文说，我知道。

尚青又叮咛说，你走得匆匆忙忙的，换洗内衣在锅炉那儿晾着，也忘拿了，你买件新的先用着。县上应酬多，少喝些酒，听见了没？

听见了，你放心，你也要多保重自己，康文听着，心里暖暖的。

尚青忧心地说，李娜都这样了，你咋能静下心。

康文去东河时带了行李箱，约好让小程用摩托车把尚青送到东河岔路口，等开工仪式后两人一起走。尚青要回塬上上坟，尚武正好也在东河，打电话让尚青不用去了，他去上坟。尚青说，咱妈把长钱祭品都准备好了，尚武吩咐她找几个族里人给原丰爷爷上个坟，尚青依了，自己带了几个人去给原丰的爷爷上坟。

在东河深情一吻，两颗心贴在一起了。尚青回来就给那人发短信提出离婚，只等回音。尽管还没到同床共枕的地步，可尚青备尿盆倒尿的举动，还是令康文有些愧疚不安。不过，这习俗对于康文来说并不陌生。康文挂了电话，在下地窑的院子里转悠着，回想起生茂婶天不亮就扫院子倒尿盆的情景了。在塬上，在渭北，甚至在更广阔的乡村，女人家早起扫院倒尿盆，是天经地义的古老习俗，可在当年的知青眼里却不可思议。

康文刚下乡那年，碰上生产队长的儿子结婚，全村小伙子都出动了，步行十几里路去接新媳妇、抬嫁妆，康文也跟去了。那年代农村并不富裕，还不敢奢望手表、缝纫机、自行车——"老三件"之类的时尚品，所谓嫁妆，也就是一对箱子，一个梳妆台，多床被子、床单、枕套，几对圆镜，几对花瓶。女方家光景好点的，多几床被子，多些闺房用品而已。这么多小伙子去，就是图个人多热闹。康文回来时，手里拿着一对圆镜子，半路上有个小伙子拿花瓶换了他的镜子，借太阳光照新媳妇的脸，惹得送女的人们一阵笑骂。抬嫁妆的人群在前面，送女的人们簇拥着新媳妇跟在后头，女方村子里能跑能走的都来"吃汤水"了。塬上把送女子出嫁叫"送女"，把参加婚丧嫁娶、祝寿、过满月摆宴席通称"吃汤水"。照镜子的俏皮鬼"调戏"了一路新媳妇还嫌不过瘾，让康文晚上一定要去"耍房"，也就是闹洞房，说那耍着才过瘾哩！曾智是知青组长，生产队长安排他主持婚礼。那时候的婚礼仪式很简单，来的人都等着"吃汤水"！女方和男方客人都吃完了，才轮到村上帮忙的人。康文跟曾智坐了席没走，等着看"耍房"。全村的小伙子轮番上炕，把新郎、新媳妇压在一起，像揉面团似的，新媳妇受不了，跳下了炕，有人猛一推把她推到了康文怀里，康文吓得直躲。塬上有说法，结婚三日无大小，新媳妇脸被摸了，手被拉了，腰也被捏了，还不能恼。有些耍房的小伙子动作猥琐，语言粗俗，把新媳妇整得直掉眼泪。有时耍房持续到快天亮，小伙子们还不愿走，还要躲在窗外"听房"。康文感慨地说，农村人结婚咋这么粗野。曾智却调侃说，咱是来接受贫下中农再教育的，咱权当受教育了。

第二天，队长领着男女社员们锄麦子。塬上有爷孙耍笑的习惯，一群年轻妇女在地头上休息时围着问，队长爷，你儿媳妇早上给你倒尿盆了没有？队长瓮声瓮气地说，倒了嘛。康文不解，身边人一说，他才知道塬上人有讲究，新媳妇过门头一天开始，天不亮就要起来扫院子，给公公婆婆倒尿盆，这是评判儿媳妇孝顺不孝顺、贤惠不贤惠的标准。有人又问，队长爷，听说昨晚你也挤在人堆里听房来着？队长耍笑说，去去去，你说爷去听你的新房还差不多。那妇女笑着扑上去把队长压倒在地，一群叫"爷"的妇女上去帮忙，有人压头，有人提腿，有人从裤腿朝裤裆里灌土，灌完了，还使劲抖擞几下。其他社员围着像看耍猴似的开心过瘾，康文却臊得闭上了眼。队长不臊不恼，嘴里嘟囔说，这群没大没小的瓜女子。

那天晚上康文睡着睡着，内裤湿了，从新媳妇大奶头拥到胸前，到队长裤裆里那玩意儿被土掩，对于他这未通男女之事的小知青来说，简直就是性启蒙。以致后来的两次新婚之夜，康文都想起了塬上新媳妇的大奶头，还有队长公公裤裆里的脏玩意儿。那晚尚青送尿盆时，康文就联想到了从前塬上古朴而传统的生活习俗。

这会儿在下地窨院子里，康文把脑海深处那点记忆翻腾出来了。由远而近，康文忍不住在心里批判，在贤妻良母的背后，实际上还是男权主义在作祟。另一方面，在妇女解放的旗帜下，女人往往又被捧上了天，至少他就是受害者。想到这里，李娜的名字跳了出来，康文摇摇头，一脸的苦笑。

李娜的短信，康文一直没回复。那天在政府礼堂做讲座时，康文在台上远远地瞅见了李娜。两人目光对视，李娜朝他挥了挥手。他猜想这女子会去找他，提早打好了回复的腹稿。果不其然，上午讲座一结束，下午李娜就到塬上去找他了。

李娜穿着一套浅灰色西服，有意把披肩长发盘了起来，进门叫了声"康叔叔"，语气有些矜持。康文招呼她坐下，她坐姿很端庄。康文看出来了，这孩子在竭力掩饰着青春年少的轻浮，让自己显得老成持重些，以拉近她与他之间的年龄距离。一想到她从前进门有说有笑的那股火辣劲，康文忍不住在心里笑了。他给她倒了杯茶水，坐在她对面，故意不开口。

李娜耐不住了，怪嗔地问，康叔叔，我发的短信，你咋不回？

康文这下子笑出声了，语气和善，却不无责怪地说，看看看，嘴里叫着叔叔，还产生那样的念头？这不乱了班辈吗？

李娜说，那我以后不叫叔叔了，跟上尚青姐叫你"哥"还不成？

康文慢条斯理地说，李娜呀，别胡思乱想了。你风华正茂，可你康叔叔多大年纪了？都快日落西山了……

李娜打断他说，年龄不是问题，爱情也不需要理由。

康文说，无论如何，这事不可能，这要是传到报社里，还不成绯闻了？你安心工作，日子长着哩，一定会找到属于你的爱人。

康文哥，李娜竟改口了，不依不饶地说，恋爱、处对象凭感觉，我从一开始就对你有感觉，听说你是单身，我的第一反应就是缘分来了，我不会轻易放弃的。

康文没辙了，喃喃地说，就算凭感觉，也是相互的。

李娜执拗地说，日子长着哩，我会等着你改变的。

康文还想劝说，李娜却站起来告了辞，说要回原家滩。

康文跟出来说，那我送你去城里坐班车。

李娜摆出一副轻松的样子说，不用了，我跟黄镇长他们都是坐筹建处吴主任的车来的，约好了，我在路边等他们。

康文把李娜送出下地窑，李娜挥手告别，还来了个飞吻，康文哭笑不得，望着她的背影自言自语，这孩子真中邪了。

4

这些日子，原尚武一直想找机会跟康文聊聊尚青的事。

开工仪式那天，尚武打电话说去上坟时，探了探尚青的口气，尚青说，已经给那人提出离婚了，态度很坚决。尚武心里有了底。他还没顾上找高黑子，高黑子却来找他了。

高黑子忧心忡忡道，尚武啊，这咋弄哩，听说尚青不打算过了。

尚武反问，高叔，你看他俩还能过下去吗？

高黑子"唉"了一声说，外甥不争气，舅舅说不起话嘛。

尚武说，你叫萌萌爸回来，让他俩去谈。能过就好好过，过不下去就拉倒。

高黑子说，唉唉，我心里清楚，这些年，实在是把尚青亏了，可是，孩子都大了，尚武啊，你还是劝劝尚青……

尚武打断高黑子说，高叔，舅舅管不了外甥，哥哥也做不了妹妹的主。他俩的事我清楚，挣钱不挣钱事小，男人没有担当事大。就这，我要去开会了。

高黑子没辙了。他心里很清楚，人往高处走，水往低处流。如今这原家兄妹都事业有成，自家外甥与他们的差距不是一点点，更没底气回来面对了。唉，自己的福自己享，自己的罪自己受，管不了啦！

尚武打算回塬上上了坟就去见康文。他买了祭品，独自去给外爷、外婆和舅舅上坟。像往年一样，坟前已经摆上了凉粉和炒菜，坟头还挂上了长钱，那个白胡子老汉依然拄着铁锨等在那里。

尚武客客气气地问，你是七老外爷吧？

老汉点头说，尚武啊，老外爷估摸着今年你要来，早早在这等着，就想看你一眼。听说你当了书记，我心里自豪啊！虽说你是尚家的外甥，可也是尚姓族里人的荣耀啊。好了，见见你，我心里就踏实了，你上你的坟，老外爷回去了。

七老外爷你走好，尚武说着，把老汉送出了墓园。

原尚武上完坟，寻思着咋对康文开口。尚武一直对妹妹怀着歉疚感，从内心希望妹妹的后半生能有个依靠，能够幸福。可是，摆脱了不幸福的婚姻就能改变命运吗？尚武当时听说康文又离婚的消息后，心里一震。跟康文父子一起过了个年，尚武越发坚信，妹妹要是跟了他，一切都会好的。起初，他还怀疑自己的假设，梁琴一句话把他点灵醒了。梁琴说，你就是粗心，没看出咱妹子瞅康文哥的眼神？没发现咱妹子对康文哥无微不至的照顾？没准儿是两个有情人哩！尚武想起在汉中喝酒时康文怨自己没留住尚青的话，觉得他们两人之间可能发生过什么。康文住在尚青那里，萌萌叫康文为大舅，还说，大舅要让她去省城上高中，这让尚武倍感欣慰。跟康文打交道久了，尚武对康文的人品、学识钦佩不已，他觉得，只要能促成尚青跟康文，他这个当哥哥的也就放心了。尚武思忖着，咋样跟康文哥提说这件事呢？

　　快走到下地窑了，尚武还没想好，一个电话却打乱了他的思绪。梁琴在电话里拉着哭声问，你在哪儿？快回来管管你儿子，他下午没去上学，跟同学钻到网吧去了。尚武一听，火冒三丈，扭头上车就直奔锦阳，叫了梁琴寻到网吧，把斌斌拎出来带回了家，不问青红皂白，先扇了几个耳光，然后坐在沙发上一声不吭，气得脸色乌青，浑身发抖。梁琴惊呆了，斌斌吓住了，斌斌过去拉着尚武的手直喊，爸，爸，你别生气，是我错了！

　　儿子逃学的风波过去了，康文做完专题报告去了厦门，尚武只能等他回来再说。保护区森林公园项目建设开工了，原尚武心里的一块石头落了地，但"耀辉"的新项目能否如期开工，又让他的心高高悬起，一忙起公事，私事也就丢到了脑后。

　　"耀辉"日产熟料四千五百吨生产线奠基开工这天，任万能的儿子呱呱坠地，都是天大的喜事，两家企业各忙各的好事情。市长亲自出席了剪彩仪式，"耀辉"的奠基仪式筹备得很隆重。

　　康文从厦门回来了，也参加了"耀辉"的奠基仪式。趁着仪式还没开始，尚武跟康文聊了几句。康文提起摄影展的事，尚武说，你上回的报告反响很好。这个你也好好抓一抓。华塬这地方，一提起生态环境，人们就抱怨水泥粉尘污染，但对北部山区的森林生态资源、生物多样性，人们知之甚少。必要的宣传造势还得有，让外边的人一到华塬,便知道有个原家滩自然保护区,是关中地区重要的生态屏障,还有个马鬃梁森林公园,值得一游,摄影展就是配合这个搞的。至于水泥行业,结构调整、产业升级势在必行,现在看着风平浪静,下一步,按市上的部署,按现有水泥产业准入政策,华源的水泥厂都得关拆,伤筋动骨,在所难免,触及好多人的利益,恐怕要风起云涌了。

仪式要开始了,尚武叮咛说,咱先开会,今晚好好聊聊。

康文也说,我见过原丰了,也有好多事想跟你说说。

在一片军乐声、鞭炮声中,原尚武他们陪同市长、副市长上台剪彩,奠基填土。尚武书记致辞称,"耀辉"水泥项目开工,水泥工业园区建设同步开始,标志着华塬水泥产业结构调整迈出了重要的一步。华塬的发展思路是:关小,县城周围的水泥厂一律关闭拆除;上大,紧挨矿山,就地取材,搞水泥产业园,新建项目一律进园区,由县上负责基础设施建设,实现水电路"三通"。曾智副市长代表市里讲了话,他充分肯定了华塬县建水泥产业园的发展思路。

袁耀辉本来安排了领导、来宾吃饭,可仪式一结束,领导出溜溜都走了,袁耀辉拦都拦不住。为了造声势,进行现场教育,所有水泥企业老板都被请来了。曾智走时瞅见了同雯雯,向她摆了摆手,同雯雯上前打了个招呼。

曾智问,任万能咋没来,派你来了?

同雯雯笑嘻嘻地说,我们任总有比这还大的喜事哩!

原尚武临走时跟袁耀辉叮咛说,你把康书记招待好。

袁耀辉连连点头道,中中中,俺知道,原书记,你放心。

康文也想走,袁耀辉说,哥,你走了,俺咋跟书记交代?

张明义打趣说,康书记,袁老板在华塬抠门儿是出了名的,你一走,我们这顿饭就混不上了。嘿嘿,开玩笑,开玩笑,柯云专门要你留下,说是有事,这会儿他正忙着打发记者哩。

同雯雯过来跟康文打招呼,张明义问她,最近,你老板逢会必到,今儿咋没来凑热闹?

同雯雯神秘地说,我们老板今早上生儿子了,伺候月婆子哩!

张明义愣了一下问,大老婆还是二老婆?

同雯雯怪嗔地说，明知故问，取笑我们老板嘛。

众人哈哈大笑。

康文左右瞅了瞅，王林、梁鹏也围上来跟康文握手寒暄。

康文笑着问，你们咋都来了？

大家说，我们给袁老板哄场子来了。

柯云借这机会把大家召集来，要商量摄影展的事。距离展出只剩下一个月了，入展照片已几经筛选。康文负责最后的把关，对马鬃梁的部分照片不太满意，另外还缺一些内容，要抓紧补拍。大家在饭桌上商定，尽快去一趟马鬃梁，康文也去。

说完了摄影展，康文关切地问，水泥工业园开工了，"耀辉"的大项目动工了，小水泥厂拆除有啥政策硬杠杠？啥时候开始呀？

张明义说，有呀！按照国家新产业准入政策，十万吨以下的都在拆除之列，华塬的十万吨厂子大都没有环评手续，这些没手续的，手续不全、治理不达标的，都要部署关拆，水泥老板们都着急了，不过也有个别态度消极，死猪不怕开水烫的。

康文转身问同雯雯，你们那儿打算咋办？

同雯雯说，我们任总也急了，他寻思着也上大项目，可几个亿的资金很难落实，他打算用煤矿抵押贷款呢。"耀辉"一动工，他更坐不住了。

张明义说，任万能都坐不住了，华塬的天真要变了。

柯云一见康文，就打听尚青过得咋样。康文含糊其辞，不愿多说。康文越是守口如瓶，柯云越是充满想象。柯云越是追问，康文越是归心似箭了。

仪式前，康文关了手机，开机短信提示，尚青来过电话。这些日子，两人约定每晚十点钟通电话，她白天打电话来，肯定有事。康文急忙拨过去，原来尚青在市财政局办事，碰巧李娜下乡去了，萌萌一个人在家，尚青下午得回原家滩。康文坐不住了，激动得心乱跳，兴奋得像个孩子似的。忽地，他又想起了什么，又给尚青打电话，要她办完事在原地等着，他去接她一起回原家滩。挂了电话，收拾了行李箱，康文开车就走，直向锦阳。尚青是被市局领导叫来汇报试点工作进展的，康文到时，尚青仍在汇报，康文在楼下等了一个小时。瞅见尚青的那一瞬间，康文的心突突直跳。尚青上了车，露出了从前的羞涩微笑，眼神含情脉脉。两人说了一路的话，回到镇上、进了小院，拎着行李进去，尚青顺手关上了院门。进了屋，两人同时扑向对方，紧紧地搂抱，深深地接吻，屋里的时间几乎都静止了。不知过了多久，康文松开尚青，取出了他送给她的特别礼物，尚青一瞧，心花怒放。原来，康文从厦门回来，记着做了一件事，找到了当年在朱鹮保护区拍摄的底片，找出尚青抱着小朱鹮的那张，放大装进了相框。他把它挂上墙，与墙上从前相框的边痕重合了。尚青瞅着照片悲凉地说，哥，看我现在老成啥了。康文指着照片由衷地说，妹子，你在我心目中永远是这样的。两人忍不住抱着又亲了一回，这才并肩而行，去西寺接萌萌回家。

半路上，尚武来电话了，问，康文哥，你不在窑里，去哪儿了？

我回原家滩了。

啊！说好了聊一聊，你咋突然走了？

康文正要说，尚青摆手示意他闭嘴。

5

任万能喜得贵子，如愿以偿，高兴得不知天高地厚了。

一连几天，任万能守在医院里陪着杨眉瞅着儿子，乐得合不拢嘴，没人时，就亲了杨眉亲儿子。他掰着指头一算，惊叫出声，儿子满月跟老父亲生日是同一天，他当下有了主意：把父亲七十大寿跟儿子满月一起过！搭台子，唱大戏，杀猪宰羊，宴请八方，红火一回。

孩子顺产，母子平安，大夫让出院。上午十点多，任万能带着月嫂和小保姆护送杨眉母子回到家，千叮咛万嘱咐，把一切都安顿好了，才兴冲冲地下楼，给司机一摆手，走，回塬上的家。

院里的大狼狗叫了两声，杨秀女便听见丈夫哼着秦腔进门了，即刻猜出那狐狸精把儿子生下了，喜也不是，恼也不是，纠结的心情全挂在脸上了。

任万能吩咐老婆说，你拾掇饭，我去后院走一趟。

杨秀女用鼻孔哼了一声，心里愤愤不平地骂道，挨刀的，肯定是给他大、他妈报喜去了。别看杨秀女嘴硬邦邦的，但只要丈夫跨进这个门，她便莫名其妙地兴奋起来。系上围裙进了厨房，她一边做饭一边想，可一想到那女人真的为任家生了儿子，不由得七分醋意，三分伤感，眼泪珠滴答滴答地掉在了案板上。

任万能从父母那边回来，杨秀女已经把面擀好下好了，炒了些葱花，打了两个荷包蛋，任万能吃了一碗油泼面，一碗酸汤荷包蛋面，毫无给老婆报喜的意思，打着饱嗝便往卧室走。一连几天没合眼，他困得眼都睁不开了，头一挨枕头便鼾声如雷。杨秀女弄不清自己猜对了还是猜错了，心里七上八下的，只好耐住性子干等着。

这一觉睡了几个小时，日头偏西，任万能翻个身睁开了眼，杨秀女没好气地说，在外头浪乏了，回来过瞌睡瘾了？

任万能咧嘴一笑说，春季里，人乏毯硬瞌睡多。你还不上来，还等啥哩！脱了上来嘛。

杨秀女如梦初醒，赶紧关了门，拉了窗帘，边上炕边脱光了钻进被窝，伸手就扒丈夫的衣服。两人把那事受受活活弄完了，杨秀女要穿衣服，任万能不让，又把她搂在了怀里。

杨秀女问，咋，没弄够，还想弄？

任万能说，睡着甭动弹，我有大事跟你商量……

杨秀女忽地坐起来问，得是那狐狸精生了？

生了生了，生了个带把的，任万能乐滋滋地回答。

回来装得没事似的，这会儿才说！杨秀女有些愠怒地说。

我要进门就说，你不高兴，我也扫兴，这事不也弄不成了嘛。

生了就生了，你老任家有后了，还商量啥哩？杨秀女一边穿衣服，一边不冷不热地数落。

任万能却兴致勃勃道，老天保佑，儿子满月刚好跟大的七十大寿同一天，我给大和妈都说好了，到那天，搭台子唱大戏，摆酒席请亲朋……

快甭张狂了，不清不白的，杨秀女"腾"的一声跳下炕，骂道，把丢人撂马当光荣哩，我不跟你丢人现眼，让人家指你脊梁骨，叫我在村里还活人不？

任万能边穿衣服边下炕说，好我的老婆哩，我都说过多少回了，连咱大咱妈的老脑筋都想通了，你咋还是这一根筋？这社会都到哪儿了？连刘县长也吃着碗里的瞧着锅里的哩！我做都做了，还怕人说？谁要说，那是嫉恨，是他没本事。

杨秀女固执地说，这事我不管，你跟你大你妈商量去，到那天，她来我走，我回娘家去。

任万能瞪着眼说，你敢！过年你不让杨眉回来，我都依了你，这回说啥也得听我的。说着，又换了笑脸，过来抱着杨秀女说，那天我要邀请县上的领导，还有当初救我命的那个作家，都是有头有脑的人。到时候，我跟你还有杨眉，咱仨同台唱《二进宫》，叫你美美地过一回唱黑头的瘾。今儿算我求你，下跪都成，你要是不答应，往后这日子就没法过了。

丈夫软硬兼施，杨秀女哭笑不得。门外汽车喇叭响了，司机来接人了，任万能理了理乱蓬蓬的头发，夹上包边走边说，这事你往开的想，往透的想，想不开等我回来咱再说。

任万能出门上车，一挥手说，回厂里，开快些。

为去马鬃梁的事，同雯雯跟柯云闹得不愉快。至少得两三天，带个女的，吃住行都不方便，柯云不打算带同雯雯。谁知同雯雯被摄影展煽火得热情高涨了，买了个长镜头，决心决意要上马鬃梁。柯云以任万能家里有事，厂子离不开她为由，婉言劝阻，可同雯雯使了性子，八头牛都拉不回来。两人说不到一块儿，不欢而散。柯云回去想了半天，又觉得自己有些过分，便给同雯雯打电话说，只要厂子能离开，任万能准你假，你就去。

同雯雯故意赌气说，我不去了，你不想让我去，我就不去了。柯云急了，又是发短信又是打电话，诚心诚意地道歉，直到同雯雯那边破涕而笑，才算罢了。

老板家中有事，同雯雯一直没好意思打电话请假，眼看明天就要出发，她有些着急了。就在这节骨眼儿上，好几天没露面的任万能出现在厂里，同雯雯喜出望外。

这段时间，任万能对同雯雯越来越器重了，虽说她是女的，可业务强，工作认真负责，又不多事，用着顺手。他外出时都把厂子托付给同雯雯，放心。

任万能刚到办公室，同雯雯便跟了进来。望着老板喜气洋洋的神色，她本想说，听说你老婆给你生了个男娃，又怕任万能脸上挂不住，便婉转地问，老板把家里的事都安顿好了？

生了生了，任万能晃着脑袋，毫无顾忌地说，生了个带把的。说着，喜得双眼眯成了一条线。

同雯雯说，四十得子，恭喜恭喜，老板可得好好请客哩！

那可不？任万能得意扬扬地说，满月时在塬上大庆一回。

任万能手舞足蹈，说了打算把儿子满月与父亲寿辰一起过的设想，同雯雯恭维说，双喜临门，是得大庆一回。趁老板在兴头上，她把请假去马鬃梁的事说了。不等任万能犹豫，她又补充说，这可是原书记亲自布置、康老师亲自抓落实的一项重要活动。

任万能一听这话，满口答应。这时，任万能桌子上的座机响了，任万能接完电话，脸色略显不快。他"唉"了一声说，同总，你提前下班回家吧，那个谁要来了。

同雯雯明白了，撇着嘴说，老板，你答应过我，要跟他说说，让他别再缠我了，记着。

任万能怏怏地说，我记着，记着哩，你快走。

柯云接了电话，刚把同雯雯从"万鑫"后门接走，刘亦然便开车进了"万鑫"的正门。

刘亦然好久没在华塬地盘上露面了。这回他不得不挨个给水泥老板们赔笑脸，给他外甥擦屁股来了。外甥赊销水泥，欠下好几家水泥厂的货款，几个水泥老板串通好到市政协找他去了，话说得客客气气的，都说是看在你刘秘书面子上，才让你外甥打条子拉水泥的，如果实在没办法，就只好找法院了，意在言外，绵里藏针。从前，这帮人都指望他罩着，没少给他塞钱、送礼。其中一个满脸横肉的老板临出门又转身回来，话里有话道，刘秘书长，你屁股一拍走人，我们可惨了，水泥厂眼看就要被关了，我们是哑巴吃黄连，有苦说不出。你外甥一拍屁股走人，我们找不到他，却能找见你。刘亦然满脸堆着笑，送走这帮讨债的，倒吸一口凉气，暗自叫苦不迭。他来不及抱怨世态炎凉、人走茶凉，心里犯嘀咕，可不敢咳嗽把伤寒带出来了。自从他出了事，就再也没见过外甥，电话也打不通了。他顾不上焦头烂额，老板们一找他，他急忙跑到姐姐家，才知道外甥已经好久没跟家里联系了，据说是带着一个小妹妹去南方了。刘亦然气得暴跳如雷，末了，只好自己挨家核实款额，承诺由他负责追回欠款。

刘亦然进东家出西家，堆笑脸说好话，到最后一家——"万鑫"时，已经筋疲力尽了，进门就软瘫在了沙发上。

任万能一听是这事，心里无奈，却装大度说，不急不急，你外甥有钱了结账，没钱了拉倒。

刘亦然感慨道，唉，在华塬一场，还是你老弟最够意思。

任万能笑着说，咱俩谁跟谁，我从来都把你当朋友哩！最近咋样？调到市上当秘书长了，吉人天相，前途无量嘛。

刘亦然尴尬地说，唉，灯没油，黑下了。

任万能说，人挪活，树挪死，再找人活动活动吧。

一句话点到了刘亦然的痛处。上次他借任万能的车去了趟省城，那边有人给锦阳打了招呼，才安排了他现在这位置。刘亦然不满意，又去找了人家几回，提出想回煤炭局搞老本行，人家答应了再做工作。但这些是见不得人的交易，刘亦然滴水不漏。

在任万能跟前，刘亦然虚张声势地说，组织上这样安排，对我不公，我找过市上一把手了，他答应让我回煤炭局哩！

任万能灵机一动说，刘秘书长，好久没一起喝酒了，晚上坐一坐？刘亦然点头说好，任万能又问，你说还叫谁呀？

刘亦然说，那就把孙利叫上。

上了酒桌，刘亦然不见同雯雯，提不起精神，没喝几个回合就有了些醉意，禁不住问，那个谁为啥没来？

　　任万能明说道，听说你要来，人家就提前走了，刘秘书长，人家还让我告诉你，往后别找她了，还是把她忘了吧。

　　唉，可我……忘不了呀！刘亦然舌根有些硬了。

　　孙利嘴无遮掩道，领导不知道吧，人家有相好的了。

　　刘亦然站起来，打了个趔趄，双眼放光，怒问，是……谁？

　　孙利看了任万能一眼说，任老板的同学，文化馆的柯云。

　　刘亦然说，搞摄……影的……柯……云？问着，忽然举起酒瓶子，猛灌一通，然后趴在了桌子上，烂醉如泥。

　　任万能白了孙利一眼，道，好好喝酒哩，胡说些啥！

6

　　春末夏初，正是翠枝拔节，植物疯长的季节。隔着车玻璃嗅到浓浓的草木气息，望着窗外的青山绿水，原尚武感觉好极了。上任小半年，事情总算摆顺了，他心情自然也好了。

　　又逢周末，尚武跟儿子认真地畅谈了一回，斌斌写了份远离网游，专心学习的保证书，他收了起来，这才动身上原家滩。汽车到岔路口，他本想拐向东河方向，直接去筹建处，忽然想到今天是周末，康文可能回镇上了，又让司机掉头改道。

　　尚青不在家，萌萌在学习，尚武摸了摸外甥女的头，关切地问了问她的学习情况，鼓励了她一番。

　　陪萌萌的李娜连忙沏茶倒水，尚武看着李娜面熟，却想不起她是谁。

　　李娜说，原书记，你忘啦，我上次跟康叔叔去过你家呢。我调到这里做副镇长了，上次你来镇上，咱们见过面的。

尚武想起来了，点点头问，尚青人哩？

李娜说，尚青姐在镇上加班。

尚武又问，康书记没在？

李娜答，没在，听说人在东河。

尚武脸板得展展的，不吭声了。李娜说，我去叫尚青姐回来，萌萌，收拾书，跟阿姨到镇上去。

李娜她们一走，尚武四处扫了一眼，即刻盯上了那张照片。这不是尚青吗？抱着啥鸟？尚武靠近仔细辨认，吃了一惊，这不是朱鹮幼鸟吗？！这是咋回事？尚青早都接触过朱鹮了？她咋从来没说过？尚武有点云里雾里的。

尚青回来，尚武追着问，尚青不想说，只是简单说了照片的来历，谁知哥哥来兴趣了，刨根问底，尚青低着头，就是不愿说。

尚武一急，挑明了说，尚青啊，你给哥还不说实话？你嫂子都看出了，你跟康文哥有故事哩！你若是跟那人断了，跟了康文哥，这不是天大的好事吗？我正要找康文哥聊一聊，把你后半生托付给他哩！你说了实情，我就晓得咋给人家开口了。

尚青又惊又喜，暗想，哥哥还有这心思？她沉默片刻，低着头红着脸，把她和康文之间发生的事都说了。

尚武闻则大喜，忽地站起来就朝外走。

尚青问，哥，你咋急着走哩？

尚武说，去东河，找康文哥去。

尚青赶紧叮咛，哥，你别提这事，要不，他会难为情的。

尚武扭头一笑道，废话，这还用你给我教？

这阵子康文守在东河，不单是为躲开李娜的纠缠，也是因为这边的事情实在太多，走不开。送走补拍照片的柯云他们，又有西北大学的教授带着一帮研究生来了。生态文明教育馆开始建了，展览厅里展什么，怎么展？环幕电影播什么，如何拍？生态教育围绕哪些话题，如何展开？他做了文案去厦门跟原丰交换意见，两人一拍即合，定下了原则：立足本土，就地取材，以小见大，突出生态教育功能，从人与森林、人与河流、人与自然的关系切入，以沮河流域为蓝本，追溯生态环境演变史、生态文明进化史。原丰说了，游森林公园，进教育馆，就像读一本乡土、自然、环境教材，学生去一趟，可以认识若干植物、动物包括昆虫，了解生态知识。这样，既传播了生态文化，弘扬了绿色文明，还让人流连忘返，感觉不虚此行。从厦门回来，康文跟西北大学联系好了，由保护区委托西北大学搞教育馆的软件建设，包括生物标本采集制作、撰写展厅文稿、专题片拍摄制作，等等。尚武来时，康文跟吴栓牢刚送走实地勘察了原家滩林区、草签了合作协议意向书的师生们。

康文正翻着看生态休闲山庄的设计图，见尚武推门进来，他兴冲冲地招手说，尚武来了，快来看，山庄的施工设计图出来了，体现了世界最先进的环保理念，采用了最先进的环保建筑材料，利用太阳能、风能发电、采光、供暖，又再现了"水过凉厅"的传统构思，利用泉水冬暖夏凉的资源优势，保暖降温，清洁能源，无污染、零排放。难怪原丰说，要体现节能环保的世界潮流，体现传统文化中的生态文明。

尚武也翻着看完，兴奋地说，这下好了，山庄再一开工，项目建设就全面铺开了。康文哥，上次我去得匆忙，也没好意思多问，你这次有没有去"原丰"公司？为我们捐助这么多钱，没有影响我这侄子的生意吧？

康文说，去看了，"原丰"公司很有实力，做得很大，捐款不会对他们有太大的影响。原丰很不简单，他大学学的是生物专业，在国外读的MBA，走遍世界，见多识广，热衷于东西方文化的比较，学贯古今不说，人家还有国际视野，有全球化意识，有勇于担当的精神。他侃侃而谈，令我茅塞顿开，肃然起敬。哎，对啦，上次来，原丰对华塬水泥粉尘污染感慨颇多，听说你当书记了，致力于粉尘污染治理，他感到很欣慰，让我给你带了份资料哩！

康文把资料取出来，尚武接过一看，是一份关于国际水泥产业耗能与污染物排放标准与数据的资料，尚武情不自禁地感慨道，我这侄子，真是用心良苦啊！说着，把吴栓牢喊来说，吴主任，山庄抓紧开工，我再叮咛一遍，厦门"原丰"的钱，要按专项资金单独设账，一分一厘都要花在实处，用在明处。我明天去工地看看。

吴栓牢拍胸膛，打保票，出门了又被叫回来，尚武说，晚饭弄两个凉菜端过来，我跟康书记喝两杯，聊一聊。吴栓牢满口答应。

酒菜端上茶几时，尚武从上到下打量着康文，好像从前不认识他似的。尚武拧开酒瓶盖，推开小酒盅，取了两个玻璃茶杯，咕咚咚倒了一满杯，双手举起，道，康文哥，我先敬你一杯，酒干心诚，说完，一仰脖子咕咚咚地喝下肚了，顿时红脖子红脸地喘了口粗气。

康文愣住了，问道，尚武，今儿有啥好事，还像在部队那么畅快喝？

尚武咧嘴笑着，又倒了两满杯酒，双目炯炯有神地瞅着康文说，哥，我先干了，一切都在酒中了。

康文莫名其妙，木木讷讷的，也端起杯子喝干了。

尚武喝足了，眼眶也红了，含着泪花动情地说，我唯有尚青这么个妹妹，这些年，她为家里付出得太多，为我分担的不少。她过不好，我心痛！这是我的一块心病！康文哥，从今往后，我把尚青托付给你了。说完，他握住康文的手，眼泪哗哗地流了出来。

康文恍然大悟，也动了情，一字一板地说，兄弟，你的心事，我明白；我的心事，你清楚，都在酒里了。

尚武释然了，频频端起酒杯。

两人喝得太猛，都有些醉了，说的却是心里话。

尚武说，想着是周末，我直接去了尚青家，你不在。我瞅见尚青抱朱鹮的照片了。周末了，你咋不去哩？

康文明白了，说道，兄弟，我也想去，尚青也不想让我走，可是那个李娜，唉唉……

尚武瞪大眼问，那个副镇长？她怎么了，她看上你了？

康文说，可不是嘛，这孩子，是我们报社的子弟，招公务员时，我找过曾智，也帮她跟刘亦然认识了，可这孩子这么黏着，我还看不透吗？她也许是想回省城，非要说爱上我了，可我有心上人呀。

尚武晕晕乎乎地说，有意思，半路杀出个程咬金，康文哥，你是不是动心了？你可不能把我们尚青给伤了。

康文也醉醺醺地说，兄弟，你也别把人看扁了，我说过了，一切都在酒里……

尚武了结了一桩心事，一觉醒来，精神焕发。他要去工地看看，而康文想去断欲崖。尚武说，一起走，看完工地，我陪你去。

按照曾智的建议，尚武他们要在断欲崖建碑亭、立警示碑。吴栓牢请康文撰写碑文并书法，还半开玩笑地说，这可是名人名迹，说不定会流芳百世的。

康文笑着说，我这拙笔哪能胜任这么神圣的任务啊。

昨晚与尚武把酒畅谈后，康文的心情格外地好。森林公园外的保护区综合楼、教育馆已经进入主体施工，脚手架已经搭起来了。公园内的人工湖和滑雪场所在地，大型工程机械正在施工，到处都是一片热火朝天的景象。公园旅游主道在分标段施工，路面已显雏形。吴栓牢介绍，尚武询问，康文也询问，三人走一处，看一处，施工点转完，已经半晌午了。尚武说，抓紧时间，去断欲崖。

筹建勘察时踩出的羊肠小道又被横生竖长的灌木杂草掩没了。康文举目四望，巨树参天，遮天蔽日，古藤缠绕，林下灌木草丛低矮密匝，是阴湿湿的寂静。康文从没进过华塬山区的原始森林，脚下踩了厚厚一层落叶碎枝，软绵绵的，咯吱作响，偶尔传来几声鸟叫，清脆悦耳。康文惊叹不已，原来华塬北部山区还有这么好的原始森林！将要走出密林时，粗大的树木变稀疏了，阳光斜射林间，像一缕缕金色的丝线透过林隙，使天地相连。阳光普照，红崖生辉，康文举起相机，频频按动快门。

吴栓牢说，快了，翻过这道山弯，前面便是断欲崖了。

断欲崖就在面前。娑罗树正逢花期，乳白色的花絮挂满了枝头。康文望了望山崖，瞅了瞅深谷，凝视着娑罗树，回味起那古老的传说，猛地一阵心灵震颤。断欲崖，娑罗树，一道深谷横阻，两树遥望凄苦，千年欲海沉浮，万古警世铭刻。康文顿生敬畏，仿佛聆听到了大自然的心声。他惊叹大自然的神奇造化，惊叹千古传说的神奇演绎，此地此景，正是"天人合一"的神来之笔，神来之境啊！

吴栓牢给康文介绍了断欲崖的景点规划：建一座桥，直通朱鹮观察站,设一道卡,游客到此止步,过桥进入保护区核心区的,只限于工作人员和前来进行科考观鸟活动的人员。

望着远方的朱雀寺,康文奇怪地问,从这儿不是能通到朱雀寺吗?断欲崖景点的寓意跟佛教思想息息相关,把生态旅游与宗教文化结合起来,不是更好吗?

尚武解释说,那是下一步要实施的。我们打算从对面修一条绕过核心区的旅游专线,这个项目还在论证规划之中。

就在这时候,尚青的电话来了,康文瞅了尚武一眼,走到远离他俩的地方才接通电话。

尚青问,我哥问你啥了?

康文答,没有啊!

尚青又问,那你说啥了吗?

也没有啊!康文使劲回忆昨晚的情景,又说,哎,对啦,我好像说李娜了。

尚青说,哥,你也真是,说这做什么。

第十一章　欲海沉浮

任万能双喜临门，想把老子的寿辰和儿子的满月一起办，热闹一番，他还准备了行头，打算到时和老婆一起登台过过戏瘾。但祸事来得太快，这边筵席还没散场，那边豹子沟已然出了大事。"豹子刘"在任万能的默然授意下，私自将豹子沟煤矿巷道拐到了马鬃梁保护区地下，不想巷道垮塌，"豹子刘"和另外两名工人被埋在了下面。

康文和尚青终于云开雾散，身心都结合在了一起，当李娜再次跟康文示好时，被康文断然拒绝了。

1

在"6.5"世界环境日举办的"'华塬·家园'绿色生态摄影展"反响强烈，大获成功。摄影展在县文化馆展出一周之后，又在市工人文化宫布置了巡展，开幕式时，曾智副市长和市委宣传部部长前来剪彩，原尚武和康文都去陪同了。

仪式开始了，同雯雯挤在台下的人群里，摄影展选了她的一张照片，她带姐姐同芳芳来看展出。同芳芳远远地看见了曾智，不愿停留，要走。同雯雯说，姐，你也真是，大路朝天，各走一边，管他哩。忽然，同雯雯想起了外甥女小敏工作的事。这孩子在那个单位出了点状况，待不住了，想调离。她便贴着姐姐的耳朵边说，咱小敏的事你去找他嘛，没准儿能帮忙哩。同芳芳直摇头。同雯雯说，你不去我去，我跟曾市长也熟着哩。

曾智在台上无意中发现了这姊妹俩。仪式一结束，他下来找了一圈，不见同芳芳人影，只有同雯雯跟柯云在一起，看见他还亲热地打了声招呼。曾智心里有些失落，调理了心情，找了个由头，出门上车给康文打电话道，最近忙什么？狡兔三窟，行踪不定，都找不着人了。

康文正跟生茂叔从朱雀寺朝山下走，曾智在电话里这么揶揄他，他忍不住哈哈笑了，说，文化闲人浪迹山野嘛，你最近可好？

我咋感觉你比我好，说话底气很足，是不是有啥好事了？

康文一愣，赶紧否认说，我远离尘世，能有啥好事？

哟呵，不食人间烟火了？哈哈哈。曾智笑着把电话挂了。

康文心怦怦直跳，这种事难道别人都有预感？为了给森林公园写警示碑文，康文从东河回来就拉着生茂叔去见海空法师，向他讨教佛教上的一些问题，海空赠送给他一本佛教小册子，他又跟海空切磋了一阵书法，临走，海空眯着眼说，施主这回的气色不错，一切随缘，随缘自在，任性逍遥，阿弥陀佛。康文惊诧不已，这和尚料事如神，难道真是修炼得天眼通了？

海空那样说，曾智这样说，生茂叔从朱雀寺回来也唠叨说，海空说得没错，康文，最近你的气色就是不错。山里空气好，水土养人，再待一待，回大城市都不适应了。尚青红着脸抱怨道，爸呀，你胡说些啥嘛。

尚武陪康文上断欲崖的第二天，尚青带着小程突然来了，是镇上的小车送来的。看到尚青"我来了，在村上"的短信，康文坐不住了，他心里急，脚步慢，"扑踏扑踏"地走进东河村委会，却没看见尚青。高黑子瞅见他，迎上前说，康书记，听吴主任说，你在这儿坐镇哩，忙得很，我没好意思打扰你，你来了正好，尚青他们来了，中午咱一起吃顿家常饭。听尚青说你爱吃搅团，我让屋里给咱做。

康文问，吃饭就不用了，他们来干啥？

高黑子说，为发放保护区征用地款，村上报了材料，他们逐家逐户核实来了，后晌要张榜公示哩！这年头，涉及群众利益，工作做细些好。上一回，为任万能的占地款发放不公，还闹了一场子事，差点儿出了人命。

康文对东河小煤窑的夭折略知一二，颇感兴趣，便问，听说任万能买的是你们村的小煤窑？

高黑子道，康书记，说来话长，三天三夜都说不完，这是东河人心上的一块伤疤呀，死了几个人，连我叔父也死在这上头了。

高黑子讲述东河矿难，康文掏出本子边听边记录，老支书高秉义的仗义为人令他十分感动。高黑子说着动了情，停下来擦眼泪，康文鼻子也酸溜溜的，忍不住问，有没有你叔父的照片？高黑子带他回家看了照片，一位基层村干部的形象在康文脑海里活跃起来，一心为群众办实事谋发展，仗义耿直，遭受挫折后，敢于担当，受不了良心谴责，一死了断，令人惋惜。康文想去高秉义坟上看看，高黑子带他去了，坟堆杂草丛生，连块碑也没有，康文心情很沉重。高黑子沉闷地说，叔呀叔，康书记来看你了。两人在坟前站了一会儿，去了当年出事的井口，回来路过任万能的井口旁边，康文隔着防风抑尘网朝里瞅了瞅，运渣矿车出出进进，洞口人来人往的。

高黑子喃喃道，这儿跟豹子沟是同一区块，都是马鬃梁煤田的边缘煤层，我最近留神听过，按说他们的走向应该是朝豹子沟那边的，可地下的放炮声，好像靠近马鬃梁那边了。

康文疑惑地问，你是说，他们越界了？

高黑子说，这个我说不清。不过，我有预感，任万能这儿迟早会出事的。

康文惊异地问，高支书，你咋这么说哩？

高黑子说，前头有车，后头有辙。你想想，这矿前头谁开谁倒霉，这不是天意吗？老天爷不开眼，谁拗得过？

康文沉思不语，心头掠过了一丝阴云。

这时，尚青来电话了。

康文接罢说，高支书，尚青他们要用电脑出材料，我得回去。

高黑子连忙说，我知道，他们要搞为村上出公布的东西，后晌，我还要召集村民开会哩！康书记，那就改日一起坐坐。

康文回去时，尚青他们已经在他办公室了。小程用他的电脑把核实了数据的资料制成表格，打印出来，征用地赔偿的户名、亩数、金额，包括村集体的相关数据都一目了然。打印完，小程回村委会张贴公告去了。

屋里就剩下尚青和康文两人了，他们对视一番，忍不住都笑了。

尚青一边动手收拾办公桌，一边问，昨天，我哥问你啥了？

康文憨笑着说，没问什么。

尚青又问，那他跟你说啥了？

康文支吾着说，他……他把你……后半生……托付给我了。

尚青顿时脸红了，怪嗔地说，说咱俩就说咱俩，你咋把人家李娜扯进去了？

康文一副窘样，说，酒喝多了，想到哪儿，说到哪儿。

尚青说，我让镇上的车回去了，下午你送我们回吧。

康文连忙问，李娜在吗？

尚青说，看把你吓的，李娜去市党校学习去了，去一个月哩！

康文松了口气说，这女子把人弄神经了。刚好，我想见一见海空，给断欲崖写碑文，得向他请教些东西。

尚青忧心道，你整天忙这忙那的，啥时候才写小说呀。

康文苦笑着说，没办法，手头的事一件比一件重要。

下午张榜公布、村民开会，尚青没去，她不想见高黑子。她给那人又发了短信，仍无回音，高黑子这次见了她，也只字没提。

中考快到了，康文操心着萌萌，尚青给他一说，他很欣慰，尚青说了，萌萌志向远大，要像康健哥哥那样，去北京上重点大学。这学期，萌萌的成绩突飞猛进，跃居年级第一。学校从网上搞来了省城重点中学的测试题，多次模拟考试，萌萌都遥遥领先。康文回去，把萌萌叫到跟前，夸奖了一番，大加鼓励。尚青说，还有康健一份功劳呢！康健在QQ上为萌萌辅导功课，没少花工夫。萌萌说，还有李娜阿姨哩！

康文已经跟父母说好了，让他们照料萌萌，上学的事也托付给了报社的小兄弟，只等中考后视成绩再做定夺。他拿定主意了，无论如何也要让萌萌去省城上高中。

康文不在身边的日子里，尚青心里空荡荡的，过得索然无味。把康文从东河拽回来，尚青情不自禁脸露喜气，脚下生花。她咋看咋觉得康文瘦了，晚饭炒了两个菜，炖了排骨汤。在饭桌上，她不停地夹菜，要他多吃多喝。吃罢饭，她早早烧了洗澡水，招呼着萌萌洗了睡了，便催着康文洗澡，并把干净内裤、背心放在了浴室。康文进去了，里面流水哗哗，尚青在外面心跳通通，久违了的欲望骤然升腾。哥哥关心她，支持她，成全她，让她很是感动，从给哥哥坦露心事的那一刻起，尚青便认定自己是康文的人了，这会儿她急不可耐，等着心上人来抱她、吻她，她憧憬着自己赤身钻在他怀里的幸福时刻。这一刻，她等待得太久了，一天、一小时、一分钟也不愿耽误了。有几次，萌萌跟李娜走了，她都期待着康文走进她的卧室……可是他没有。她不怪他，他做人太正了，总怕她心有不悦。在尚青胡思乱想的工夫，浴室的水停了，她羞得赶紧闪开了。

康文进了自己屋，桌上已经摆了沏好的茶，他从东河回来，进屋放下行李后就再没进来，这会儿，他左看右看，觉得哪儿有些异样，仔细一瞅，床铺像是宽了，他撩起床单褥子，发现单人床床板里头加了块木板，再一看，床上还多了一只枕头。康文一下明白了，又兴奋又紧张，心怦怦地跳，赶紧跑去看院门关好了没有。尚青那屋的灯黑了，浴室的灯亮着。他蹑手蹑脚地返回屋，伸手把灯关了，忽然又觉得不妥，慌忙又把灯开了。他打开电脑，却不知道要干什么。想起尚青独守空房，康文又一回倍生怜悯，觉得他是该付出点什么了。可又一想，自己几年不近女色，无欲无性的，活脱脱的中年鳏夫，谁为谁付出呢？再一想，曾智、尚武都跟他在这窄床上挤过，兴许是尚青……康文自嘲自责，羞愧难言，觉得是自己想多了，想歪了，只好又老老实实地坐回椅子上，把目光、精力转向电脑。

尚青轻手轻脚地进来，站到他身后，康文毫无觉察，直到尚青捂住他的眼睛，康文才如梦惊醒，浑身触电般地哆嗦了一下。尚青贴着他窃窃耳语，哥，我穿这好看不好看？

康文一转身，愣住了，尚青披着长长的秀发，身着那件宽松飘逸的真丝睡袍，康文忍不住脱口大叫，啊？天哪！好看，漂亮！

尚青连忙伸指头"嘘"了一声，朝墙那边的卧室摆头示意。

康文伸了伸舌头，定了定神，把她从头到脚看了个够，才猛一下抱起了她，发疯似的连转几圈。他转晕了，她也转晕了，双双倒在床上，深情地凝望着对方，轻柔地抚摸着对方，慢慢地，节奏开始快了、猛了，两人如饥似渴地一阵狂吻，亲得死去活来，两条光溜溜的身躯扭在一起，犹如树藤相缠，身心交融，顷刻间电闪雷鸣，暴雨如注，他和她，在高潮的一瞬间，不顾一切地叫出了声……

2

摄影展举办之后，马鬃梁引起了人们的关注和好奇，不少人在周末自驾车进山一睹为快。吴栓牢一边抓紧组织施工，一边谋划着将断欲崖景点早些建成,他催康文说,等你把碑文写好了,我就着手建碑亭、立碑石。

康文有些着急了,却一时找不到感觉。从朱雀寺回来,他读完那本佛教小册子,心里平静和净化了很多。他在安安静静的小院里来回踱着步子,把来华塬所接触的人和事梳理了一遍,由任万能想到刘亦然,又由他们联想到了自己。欲望,人皆有之,连自己也曾为提拔的事揪心过,他忍不住自嘲地笑了,断欲何其难也!突然,他灵感来了,为碑文起名《断欲歌》,打算把它写得通俗易懂,朗朗上口,便于传诵。

夜深人静的时候,康文伏案而作,尚青为他织着毛衣,静静地陪在他身边。他顺着思路问尚青,人都是有欲望的,你呢?尚青摇头说,我没欲望,我只有愿望。康文问,啥愿望?尚青答道,我的愿望已经实现了,一辈子在你身边嘛。康文心领神会,忽然间才思敏捷,灵感如潮,一气呵成:

断欲歌

断欲谷,娑罗树,凝望真似禅意书。
人生欲望人心腐,世出贪念世间污。
色是刀,财为斧,遍体鳞伤命呜呼。
名利犹如烟中雨,健康方为寿中夫。
心清舒,人欢聚,福是一生灾祸无。
无欲清廉官场煦,无欲公平商界殊。
贪欲重,终了苦,春夏秋冬心最孤。
天地因此失本色,家园落得满萎枯。
断欲崖碑刻警语,但愿神州和谐居。
善待自然常安抚,天人合一展宏图。

为了静下心写《断欲歌》,康文几天没开手机,李娜拨不通康文的手机,打电话问尚青,康叔叔在哪儿,手机咋关了?尚青有生以来头一回撒谎说,好像在东河吧,我也不知道。说完,自己都脸红了。柯云找不到康文,也给尚青打电话,尚青说,我让他给你回个电话。

摄影展大获成功，柯云欣喜不已，他召集摄友们在下地窖小聚，顺便商量出摄影集的事，一心想让康文参加，可是康文的手机关着，电话也没回过来。

张明义一来，就把柯云叫到一边，小声说，柯云，孙利到处说你跟同雯雯有一腿，局里有人知道咱俩关系好，给我透露了，你最近还是注意些，别让后院不安宁。

柯云气得脸色涨红，骂道，孙利咋这么坏？我跟他无冤无仇，他凭什么败坏我名声？

张明义说，这人心术不正，我猜这事可能跟刘亦然有关，这两人都有些不甘心，殊不知螳螂捕蝉，黄雀在后，水泥厂关闭拆除一动作，免不了有人跳出来跟他闹。

柯云说，别人跟他闹我不管，他凭什么这么说我？

张明义说，外边传言，刘亦然为同雯雯得了相思病，你跟刘亦然……张明义说着做了个双拳对撞的动作，道，就是这个嘛，孙利能不说你的坏话？好了好了，别心里搁不住事了。

柯云一摆手说，咱开始吧，今儿本来要请康老师参加，人家从头到尾帮了不少忙，可他的手机关机了，一直联系不上，我就有些郁闷，再加上……

再加上……张明义打断柯云的话，话到嘴边又咽了，哈哈大笑。

大家刚举起酒杯，同雯雯推门进来了，后面还跟着笑眯眯的任万能，众人愣住了，张明义却有些扫兴。

不等大家开口，任万能先说上了，早上厂里有些事耽搁了，同总说你们摄友们聚会，我送她过来的。柯云，今儿这顿饭算我的，我请大家，说着，拉了把椅子先坐下了。

张明义说，任老板，你是忙人，人送来了，饭就不用你请了。

同雯雯眉飞色舞地说，张局长，就给我们老板个机会嘛，没准儿大家还要敬我老板哩！

柯云一脸狐疑，看了看同雯雯，不知咋说好。

张明义心里抱怨道，马槽里伸进来了驴嘴——抢食，嘴里却问，同总啊，你这葫芦里卖的什么药？

同雯雯不答理张明义，急着问柯云，康老师咋没来？

柯云慢腾腾地说，联系不上人，来不了了。

同雯雯举起酒杯说，来来来，今儿我们老板请客，大家喝了这杯，我有好事宣布。

大家举杯了，张明义却磨蹭着说，说了再喝。

同雯雯不依不饶道，张局长不给面子？喝了再说。

众人饮罢，同雯雯兴冲冲地宣布道，我们老板答应出资赞助咱们的摄影集。宣布完了，她偏着头问，大家说，是不是好事？

众人惊喜。梁鹏说，好事，好事，柯老师正为这事犯愁哩！

王林也说，这下子大家真得敬任老板一杯酒了。

张明义将信将疑，问道，任老板，你咋舍得出这水哩？

任万能晃着脑袋睁大眼说，张局长，你可别门缝里瞧人，自从你当了局长，我啥钱没交？啥会没开？啥事没办？你凭良心说。

张明义尴尬地一笑说，这倒也是，来，我也敬你一杯。

柯云本来想找尚武书记从县上要些钱，后来听说刘亦然在任时寅吃卯粮，县里现在财政吃紧，再加上水泥厂马上要关拆，更是雪上加霜，便张不开口了。任万能冷不丁地冒出来解囊相助，柯云顿时喜上眉梢。他站起来提议大家为任万能敬一杯酒，自己带头一饮而尽，感激地说，老同学，这让我咋谢你哩。

任万能摇身一变，成了众星捧月的角色，不免扬扬得意，滔滔不绝地说，咱俩一起耍尿泥长大的，谁跟谁？上次原家滩中学的事，还不是你一手帮我的？我都记着哩！海空师父说了，要我道上存善，多做好事。我听同总说了，你们花不了几个钱，给个账号，明儿我就叫人把钱打过去。

任万能说完，柯云带头鼓掌。大家轮番给任万能敬酒，场上气氛和气又热烈，任万能就势拿出一沓请柬，一个一个发给大家说，下个周末，老父亲过七十大寿，我请客，不收礼。到时候搭台子，唱大戏，我带老婆也登台吼几嗓子。柯云，你一定要去。张局长，你给我个面子。大家都要去，大家能赏脸，就是最大的面子了。

张明义故意说，哎，不对吧，任老板，我咋听说你是给儿子过满月哩？

任万能红着脸笑了，说，嘿嘿，日子赶在一起了，一起过哩！

柯云愣了一下说，好嘛，我们都去道喜，给你哄场子去。

任万能掏出一份大请柬递给柯云说，我一心想请康书记，可就是联系不上，他的电话关机了，你得帮个忙，一定把康老师约来。

柯云满口答应说，好嘛好嘛。

这几天，任万能不停点儿地拨康文的手机，一心想把大红请柬亲自送到康文手中，可就是联系不上。听同雯雯说康文可能要回塬上，他兴冲冲地跑来了。早上，他开会安排了，厂里日常事务由同雯雯全面负责，等他把父亲生日和儿子满月一起过了，就腾出手来筹备大项目。为了给同雯雯鼓劲，他还在会上定下了买辆小车配备给她。同雯雯见老板在兴头上，顺口说了柯云出摄影集缺费用的事，任万能不假思索地回答，不就是十来万块钱嘛，事大了还在乎二两木耳？

同雯雯高兴地蹦起来说，那到农家乐了我就宣布了呀！

任万能说，没麻达，一会儿去了，咱把饭钱也一掏。

发了一叠请柬，请了一桌人，任万能兴致勃勃，左右开弓，轮番碰酒，大家满怀感激，也诚心想让他喝好。不一会儿任万能就有点头重脚轻了。酒过几巡，杨眉一个电话打过来，任万能只好匆匆告辞，临出门，他拉着柯云和张明义的手，千叮咛万嘱咐，老同学……张局长……一定去。出了门，他又挥手喊道，同总……把大家……招呼好……记着……结账……

任万能一走，张明义云里雾里的，一时缓不过神来，嘟囔说，这个任万能，太阳从西边出来了？

柯云说，人也在变嘛，我早就说了，人家能把事干大，肯定有过人之处哩！

张明义感叹道，这倒也是，不过，这人就是脑子转得快。

王林说，吃了人的嘴软，拿了人的手短，那天咱都去？

张明义说，去，白吃白喝白看热闹，你没听见嘛，人家还要上台唱戏哩，带大老婆还是带二老婆？

柯云瞪了他一眼道，这话说得，人不爱听，就冲着人家给咱帮了忙，咱也得诚心诚意去贺寿啊！搭台子唱大戏，这场面如今也不多见了，大家把相机带上，顺便拍些民俗照。

张明义怏怏自语，没想到你在这儿把我截住了。

同雯雯说，张局长，你咋吃谁的饭，砸谁的锅啊？罚酒罚酒。

张明义喝酒认罚，酒罢，他一本正经地问，同总，你们老板忙着过喜事哩，下一步厂子要关拆了，你们到底咋打算的？

同雯雯说，我们任总跟袁耀辉摽着劲哩！打算用煤矿作抵押，贷款上大项目，前期准备已经在做了，他把厂子交给我负责了，他专门跑项目，还给我配了辆车，下周，车就接回来了。

张明义愣了一下说，同总，你这也是喜事嘛，专车都配上了，得喝酒，大家跟同总喝一下。

大家酒足饭饱，又收获了意外惊喜，欢天喜地地走了。临出门时，张明义眨巴着眼说，同总，我先走了，柯云送你，往后你有车了，他想送也送不上了。

同雯雯结完账上了汽车，柯云坐着不动，同雯雯说，走呀。

柯云心事重重地问，去哪儿？

同雯雯兴致勃勃地说，到我家去嘛。

柯云摇头道，不去了。

同雯雯见他有心事，追着问啥事，柯云把孙利胡说八道的事说了。

同雯雯却说，管他哩，谁爱说啥让他说去，这事我想开了。

3

有一天，东河村有人在靠近豹子沟那面的山坡上采药，发现一只卧在树杈上的金钱豹，那豹子横眉竖眼，仰天吼叫，腹腔共鸣，就像拉大锯伐木头疙瘩似的，吓得他魂飞胆丧，落荒而逃。回来给高黑子一说，高黑子起身背着手就往前头走，回来报告的村民带上大黑狗在后面紧跟，直奔豹子出没地。豹子还在树杈上卧着，偶尔还叫几声。高黑子远远一瞅，认出它正是当年毁了"豹子刘"面容的那只豹子。他悄悄一摆手，领着村里人溜了回来。

高黑子一路纳闷儿，这豹子有年头不见踪影了，咋突然出现了？还扯着嗓子嗥叫？唉唉，马鬃梁东南方向地下在掘进放炮，西北方向山坡上的景区在施工，老豹子肯定觉得地盘被侵占，不安宁了，在发泄哩！向人示威哩！不过，像这样的吼声，听了让人心里瘆得慌，他从来没经历过。高黑子隐隐感觉到一种不祥之兆，便直接到筹建处给吴栓牢说了。吴栓牢立刻给原家滩林场林业派出所打电话，调了两个森警过来，一方面是保护施工队人员的人身安全，另一方面，让他们在去马鬃梁的路口上劝阻闻风而来的自驾车游客。打那天以后，夜深人静的时候，东河村时不时会传来老豹子的叫声，惊得村里的狗一阵狂吠。高黑子要求村民不要在豹子沟一侧的山林里活动，以防不测。

在豹子沟煤矿，一股流言闹得人心惶惶。矿工们议论说，有一天，"豹子刘"在山坡上又跟那头豹子打了照面，"豹子刘"瞪着眼，大有以命相抵的架势。老豹子咧着嘴，似乎在说，这回你还能逃脱？人与兽冤家路窄，各露狰狞，刹那间寒光对峙。就在这生死关头，一群下班工人过来了，老豹子见状，怏怏而去。

这消息没传到塬上，任万能也无心顾念。他把厂子托付给同雯雯，自己在塬上坐镇，从公司带来的一帮人分工明确，各司其职，搭戏台、撑帐篷、砌锅台、架帷帐、杀猪宰羊、采购烟酒，忙得一团火热。任万能抱个老板杯，叼着香烟，前院后院的，来回转悠，一副扬扬自得、目空一切的神情。前三十年看父敬子，后三十年看子敬父，任明昌也深感父以子贵的荣耀，只是不情愿大扑腾，一个劲儿地说，不要弄得太张扬了，差不多就行了。任万能嫌他啰唆，说道，我当家，你甭管，越大越热闹。

常言道，备席容易请客难。亲戚朋友一请就到，村里人白吃宴席看热闹，不请自到。让任万能上心的是，县上有头有脸的人物谁能来，谁不能来。请柬发了不少，落实的寥寥无几。尚武书记压根儿就没答应他。刘亦然嘴上应承，却没打算来，他才不情愿在华塬地界上抛头露面哩！县上一些有身份的人犹犹豫豫的，不说个"肯"字。康文也迟迟没说来不来。任万能坐不住了，赶紧打电话把柯云叫回任家庄，愁眉苦脸地问，老同学呀，你说，我整天在场面上混，大领导请不来，小领导不想来，为啥哩？

柯云说，你这会儿是灯下黑，想听真话吗？

任万能说，那当然，快说，快说。

柯云说，你把父亲生日跟儿子满月在一天过，按说也没啥。假若是你婆娘生的娃，你咋唱都是戏，可这……柯云犹豫片刻说，你这是人们说的"二奶"生的嘛，无论从法律上，还是从道德上，都是要受谴责的，康老师为啥犹豫，我猜，还不是这原因嘛。

任万能被点灵醒了，急得直跺脚，急道，唉唉，可是碌碡拽到半坡里了，这咋办哩？

柯云说，你就给老人家好好过个寿，至于满月，就不便声张了。

任万能想了想，觉得就是这么个理，赶紧说，好好好，照你说的办，只提过寿，只办寿宴，满月的事不提了，不提了。

任万能脑子转得快。他叮嘱柯云一定要把康文请来，然后急忙找手下人调整方案去了。

柯云打电话时，康文在东河筹建处，铺开纸墨正准备写字。

柯云近乎哀求地说，康文哥，任万能改变计划了，只过寿不过满月，你权当体验生活看热闹哩，给他个面子嘛，人家赞助了摄影集，我欠人家情，你不来，我没法交代嘛。

康文笑了笑说，那好，去就去。

吴栓牢在一旁问，还是任万能家那事？

康文点头说，可不是，他把柯云箍住了，柯云把我箍住了。

吴栓牢不屑一顾道，任万能这小子，有几个臭钱，就披着被子上天——张狂得没领了。

康文早把《断欲歌》发给了吴栓牢，吴栓牢看了转给原尚武，原尚武看了又转给曾智，大家都觉得还不错。曾智一锤定音说，这是作家创作的作品，不是咱改来改去的起草文件，咱只能欣赏欣赏，至于咋样定稿，那是人家康文的事。

吴栓牢心里有了数，碑文定下了样式规格，碑亭也就好设计了。因此，他想要康文把《断欲歌》写出来，横的、竖的，现场定了现场写。

小院里平静了一阵，又恢复了原样。李娜天天来，找机会跟康文搭讪，甚至把心事透露给尚青了，还要她做做康文的工作。尚青心里明得像一面镜子，却不便一语道破。她跟康文商量好了，两人的关系暂时不公开。李娜这样求她，她只好表示无能为力。李娜来坐得久了，康文心烦。有一回，他婉转地下了逐客令，但瞅着李娜不无困窘地离开，他心里又有些后悔，觉得这样让人家姑娘脸上挂不住。可隔了一天，李娜又乐呵呵地来了，康文简直无可奈何。所以，吴栓牢一打电话，他爽快应诺，给尚青打了声招呼，就驱车上了东河村。

一连几日，老豹子昼夜不分地嗥叫着，东河笼罩着一片恐怖的气氛。村民们传言，豹子沟的老豹子疯了。人们担心狂躁不安的老豹子夜晚进村，伤人、伤家畜。人们白天不敢进林子，日落关门闭窗，足不出户，羊圈、牛圈、猪圈也都关得牢牢的。康文来的那天晚上，就感受到了这种恐怖气氛，那沙哑而狂躁的豹子声阵阵传来，听得人心里冷飕飕的，他忍不住感叹道，唉唉，这不正是大自然用自己的方式向人类发出抗议吗？！

吴栓牢开玩笑说，豹子啊，我们是来保护你的，你可不能狗咬吕洞宾——不识好人心。

吴栓牢声称书法家喝好了才能发挥好，晚饭时，陪康文喝得晕晕乎乎的。吴栓牢说，碑文决定碑石，是横幅的还是竖幅的，写出来看效果再定。他还主张，碑文与书法做成一样大小，这样有利于后人拓片收藏。康文开玩笑说，我这拙文烂字还真能流芳百世呀？

吴栓牢逗趣说，咋不可能？是名人字画，内容好，书法又好。听说如今不少名作家都转行写字画画了，来钱快嘛。等公园一开张，《断欲歌》的拓片一出售，你名气大增，字就值钱了，往后干脆就写字得了。

康文也诙谐道，嗨，这主意不错，我咋就没想到？

吴栓牢在一旁帮忙铺宣纸，康文写了一幅又一幅，都不满意，都揉作一团撒在地上了。写着写着，康文没情绪了。吴栓牢见状说，康老师，今儿不早了，休息休息，明天再写嘛。

吴栓牢走后，康文给尚青打电话说了会儿话，然后关了手机，沏了杯浓茶，静静心，提提神，酝酿情绪，一口气写了十好几幅，又选出几幅比较满意的挂在了墙上。

尚青电话里只提说领导要来调研财政所规范化建设。第二天一早，康文才知是县长陪市财政局局长一起来原家滩了。他们上午在镇上调研完，检查验收了新建的财政所，下午来东河村，还要上马鬃梁，午饭就安排在筹建处。吴栓牢接到通知，张罗着在村里买土鸡蛋、找野猪肉，收山野菜，为领导们准备饭菜。

康文正在写字，县长、局长们推门来看望他了。昨晚上写的，今天一看，他仍不满意，这会儿情绪正浓。他凝神静气，挥洒自如，一纸端正的楷书，字字严谨，一丝不苟，颇有颜体风范。一帮人进来，对他点头打了个招呼，悄然围了一圈，等他收了笔，大家啧啧称赞。

黄镇长他们陪着来了，李娜凑上前说，康叔叔，原来你在这儿有这么个静身之地。

康文笑了笑，没吭声。

尚青在一旁不露声色，淡定如水。

4

一眨眼工夫，任万能父亲的寿辰庆典到了。这天是周日，天气晴朗，刮着微风，日头不那么炙热烤人，是个办喜事的好日子。

戏台子搭在任家庄村口的打麦场，舞台悬挂着"任明昌老先生七十寿辰庆典"的横幅标语，高音喇叭架在场畔老槐树上，一大早，播放了秦腔，又播放歌曲，呜哩哇啦，震耳欲聋，主持人还插空子在喇叭里通知事宜、通报情况，吵得地动山摇，整个村子仿佛都在摇摇晃晃地抖动着。

任家庄倾巢出动，大人们早早来到老任家帮忙，孩子们兴奋地满村奔跑。县剧团要唱大戏，任老板还管饭，周围村庄的人们翻沟越梁地来看热闹。村里村外，都是等着看戏、等着坐席的人群。

任万能识时务、急转弯，只字不提儿子满月的事。早有耳闻的村民们就想见一见任万能的二老婆长什么样，可前院后院、屋里屋外瞅完了，也不见他二老婆的踪影。原来，任万能将日子一分为二，今儿过寿诞，明儿过满月。这一临时调整，惹得杨眉在城里生闷气，可塬上的杨秀女开心了。这一调整，来的有头衔、有身份的人还真不少，大凡跟"万鑫"企业打交道的，诸如工商、税务、煤炭、建材、安监之类的部门几乎都来人了，小汽车出溜一辆，出溜一辆，把前院后院的巷道塞满了。任万能两口子一会儿在他家门前，一会儿在他爸家门前的大红灯笼下拱手迎客。柯云跟他的朋友们早早到了，背着相机到处找镜头。孙利远远瞅见同雯雯从一辆新车上下来，又发现挂着照相机的张明义也在村里转悠，就跟任万能打了招呼报了个到，溜走了。康文位居嘉宾之首，他刚一到，大喇叭里的主持人就通报了他的大名，还煽情地说，康文书记大驾光临，为寿诞增添光彩，令村野蓬荜生辉。任万能亲自迎康文进了自家客厅，安排同雯雯陪同招待，不离左右。

同雯雯一见康文便说，哎哟，尚青姐整天给你做啥好吃的了？看把你养得红润红润的。

康文有点不自然，敷衍说，是山里水土养人嘛。

同雯雯抱怨说，康老师乐不思蜀了，也不打算回塬上了？

柯云咧着嘴笑道，躲在原家滩，叫都叫不来，还玩儿关手机失踪，要没情况才怪哩。

康文脸更红了，连忙说，没有，没有。

主持人在大喇叭中邀请来宾入席就座了，任万能在门口等着，亲自陪康文入主宾席，坐在老寿星任明昌旁边，他满脸是笑，给老父亲介绍说，大，这位是我康文哥，当年在水库里救我的知青哥，如今，人家是省城的大作家，还是县上的副书记。

康文谦虚淡定，客客气气地向任明昌贺寿。任明昌一下想起来了，摸着胡须感慨地说，记得，记得，那次要不是你救了他，能有今天这场面？

康文也旧话重提，寒暄说，当时，你提着东西来道谢，还在下地窑唱戏来着，现在还能唱几声？

任明昌连连摆手，老了老了，咳嗽气短的，唱不动了。

任万能邀请张明义挨着康文就座，张明义很意外。任明昌的左侧是任万能的舅父、姑父、姨夫。康文是主客，同雯雯是主陪。同雯雯说，康老师，我们任总交代了，我今儿的任务是把你陪好。张明义逗乐说，康老师就交给我了，你把老板的长辈们招呼好就成了。

祝寿仪式开始了，任明昌坐上了张贴着寿字帷幕的太师椅，任万能一家四口、老任家本家晚辈、亲戚家的晚辈们，轮番上前磕头拜寿。"万鑫"的员工又是献花，又是送大蛋糕。在欢快喜庆的民乐声中，主持人手握话筒，即兴发挥，现场气氛高潮迭起。仪式结束后，寿宴开席，演出同时开始，打麦场戏台上的锣鼓家伙咚咚锵锵地敲响了。康文小声说，唉唉，搞得动静太大了。张明义不无嘲弄地说，老板烧钱哩，乡邻看戏哩，社会就像大戏台，这方唱罢那方登场，你看，任老板高兴成啥了。

从早上睁眼开始，任万能便处在高度的亢奋之中。眼前盛况空前，他心花怒放：这寿辰庆典办得，气势之磅礴，气氛之热烈，人脉之旺盛，别说任家庄，整个华塬的几道塬上，啥时候有过？谁人操办过？他自问自答，摇头否定，没有！从未有过！反正，我没见过。人们朝圣似的奔他而来，为他而贺，围着他转圈圈，他陶醉其中，有些忘乎所以、飘飘欲仙的感觉，表现出了前所未有的热情好客。认识的、不认识的，高贵的、卑贱的，同村的、外村的，本家的、外姓的，任万能见谁都一副面孔——三分笑七分乐。从迎客到磕头祝寿，再到敬酒行走席间，他始终满脸带笑，笑的时间久了，脸上肌肉都有些僵硬了。任万能敬酒寒暄时，还想着心事，尚武书记没请动，刘亦然没露面，他有些遗憾，场面上缺几个县级领导，美中不足。杨眉和宝贝儿子不在场，他心里隐隐不安，总觉得有些对不住杨眉。不过，有康文这样的人物在场，这分量也够了。矿上的几位副矿长、厂子里的几位副厂长给他敬酒时，他猛地想起刘强来了。本来说得好好的，刘强要来参加寿辰活动，可这家伙昨晚打电话说他不来了，巷道掘进只剩下最后百十米了，他要亲自带班，一举贯通，给老板一个大大的惊喜，用行动为老板父亲贺喜祝寿。任万能打心底里感激刘强的忠心赤胆。在他心目中，刘强就好比杨六郎，同雯雯更像穆桂英，这一男一女，一武一文，辅佐得力，是他任万能的福分！任万能在电话里安慰刘强说，今儿不来，明儿必须来，在我儿子的满月宴上，我给你好好敬几杯酒。在宴席上，任万能也没忘给同雯雯敬了满杯酒。任万能特别记着给康文连敬了三杯，康文说要开车，滴酒不沾，酒全让同雯雯代了。任万能竖着大拇指夸道，我们同总，嘿嘿，女中豪杰！

　　农村过红白大事，都是一拨一拨的流水席。演出间隙，大喇叭里喊着，戏台下、村子里，没有坐席的乡里乡党，快快前去坐席。来的都是客，只要走进任家前院后院，签上姓名，便有人安顿上席，酒肉管饱。宴席接近尾声时，现场主持人在席间吆喝道，各位嘉宾，亲朋好友，散席后请留步，任万能董事长偕夫人杨秀女登台献艺，敬请观赏。这时候，任万能夫妇已经在后台化妆、更衣完毕，准备登场吼秦腔，要把庆典活动推向高潮。

　　坐小车来的人大都走了，张明义他们也走了。康文本来也想走，可同雯雯连拉带拽，把他撺掇到了戏台下。柯云跟同雯雯，一左一右，陪他看任万能夫妻演唱。

　　杨秀女先出场，在秦腔《铡美案》折子戏中扮演包公，剧团演员为她配戏。柯云说，任万能的婆娘戏唱得不错。康文眼见为实，杨秀女果然有两下子，大脸盘扮黑头花脸，黑头墨面白月牙，浑身上下一锭墨，双目炯炯有神，架势大开大合，音色宽厚洪亮，演唱粗壮浑厚，赢得了一片喝彩声。台下人有所不知，杨秀女一为过戏瘾，二为出口气。这些日子，杨秀女为任万能儿子过满月的事一直在跟丈夫怄气，答应了又反悔，拒绝了又让步，心里纠结成一疙瘩乱麻，任万能变了计划，她这才欣然释怀。此刻女"包公"亮相，情不自禁地沉浸于角色之中，她把"陈世美"当成包二奶、生孽子的任万能，瞅一眼就来气，不铡不解恨，提袍甩袖，吹胡子瞪眼，把个包公演得威风八面，大义凛然，活灵活现。

任万能也是唱黑头花脸，可比他婆娘逊色多了。他原本想跟杨眉一起演唱折子戏《二进宫》，杨眉扮演李后，他扮演定国公徐延昭，同台亮相，美美地撒一回欢，可事不如愿，李后换了人，他一瞅见她就想起了"她"，一念叨戏中所言的"太子年幼，朝纲内乱"，便想起杨眉母子，莫名其妙地一阵悲怆，再加上唱功荒废已久，这大半天说了太多的话，喝了太多的酒，任凭他撕破嗓子，也吼不上去那激昂高亢的铜锤花脸腔，举足投手，有些乱了方寸。康文笑而摇头。柯云说，本想画龙点睛，结果画蛇添足，还不如不唱哩！

忽然间，"万鑫"公司的副总和副矿长从村里朝戏台后方一路奔跑。紧跟着，任万能的司机把车也开向了那里。同雯雯猛一愣，站起来也跑到后台去了。任万能还在台上声嘶力竭地吼着，急着禀报意外事故的人们像热锅上的蚂蚁。同雯雯一听说矿上出事了，一下子傻了眼。任万能下台，听说了消息，仿若晴天霹雳，把他吓得软瘫在地。手下人搀扶着帮他扒下戏装，一个劲儿地给他宽心开导。任万能终于缓过劲儿了，拿起一卷卫生纸一盒凡士林，边朝车跟前跑边吩咐留下的人收拾摊子，叮嘱他们不要声张，尤其不要告诉他老父亲。他又喊同雯雯到跟前，要她看着把康文送走，不要多说。他说完准备上车，边走边用卫生纸蘸凡士林卸妆……同雯雯一脸沮丧地回到台下，拉着哭腔说，矿上出事故了。

康文、柯云都傻了眼，难道真是乐极生悲？！

5

飞来横祸往往是有先兆的。黎明时分，消停了几天的老豹子突然又发出了刺耳的哀嚎声，声音撕破夜空，回荡在山谷里。村里的狗没完没了地狂吠，被窝里的人们被惊醒了，不寒而栗，惶恐不安，预感到要发生什么事。随着老豹子最为惨烈而绵长的一声嗥叫，地下传出一阵沉闷的炮声，山野间顷刻恢复了死寂，这里的黎明又静悄悄的了。

上午十点三十分，矿山救护车拉着响笛向橡树峁方向驶去。高黑子也从橡树峁那边得到消息，豹子沟煤矿掘进巷道发生重大塌方事故，三人深埋井下，其中还有"豹子刘"。隔着护网看动静的人越围越多，矿上管事的都去塬上祝寿了，留下主事的"豹子刘"深埋乱石堆，生死未卜。巷道口群龙无首，哭天喊地地乱作一团。有人在不停地打电话，可所有该打的电话都无人接听，所有该接电话的人都沉浸在庆典活动的狂欢豪饮之中，又有谁能料到，人世间还真有乐极生悲这种事呢？

十一点三十分，矿上有人爬过防护网一路小跑到筹建处求救。吴栓牢当即拨通了华塬县政府办的值班电话，并且特别叮咛，一定要派人去任家庄通知"万鑫"公司的老板任万能。高黑子这会儿也跑来筹建处了，在一旁直摇头说，我早有预感，近来老豹子一叫，我就想着可能哪里要出事了，看咋样？这回，偏偏把"豹子刘"给搭到里头了。

吴栓牢惊魂未定，感觉真有一股神秘的力量左右天地之间。他喃喃自语，哎呀，也许真是人在做，天在看，天怒人怨起祸端，任万能这回怕是惹怒天公了。

塬上不欢而散。柯云随同雯雯去了"万鑫"厂里，陪她一起在办公室等候消息，两人心烦意乱，郁郁寡欢，柯云坐着闷头抽烟，同雯雯不停地来回踱步子。

康文回到东河，赶往筹建处。一路上，马鬃梁的豹子叫声、高黑子的预感，不时在他耳边萦绕。吴栓牢告诉他，原书记和县长都赶到了现场，矿山救护队已经赶来了，井下三人被埋，营救正在进行。吴栓牢大发感慨道，简直太蹊跷，太不可思议了，井下出事，那只老豹子有预感？那只老豹子是在发威，还是在向人们传递某种信号？村里有些老年人说，老豹子就是山神爷的化身！

隔开斜井口与村子的防风网被拆了个大洞，洞外被铲车临时铲出了一条便道，各级领导的车，煤炭、公安、安监、医疗、救护等部门的特种车辆，都直接开进了现场，省市安监部门、煤炭安监部门都来人了。康文和吴栓牢直接去了井口。警察封锁了现场，斜井口只允许矿山救护队和抢险工人出进，东河村的人也被拦在了防护网之外。事故调查取证同时在进行，逃出来的当班矿工们被逐一问话，人还没救出来，可事故真相已几近明了。此前，刘强亲自带班，现场指挥，口称"眼往深的打，药往饱的装"，风钻手和炮手稍稍慢一些，刘强就会大发雷霆，骂人骂个狗血淋头，他吼道，就剩下百十米了，再放几茬炮就大功告成了，怕个毬！工人向调查人员抱怨说，"豹子刘"太疯狂了，要不是他，哪儿会有这场事故？

原尚武跟县长守在现场，脸色凝重，密切关注着救援进展。康文远远瞅见，也没过去打扰他们。倒是原尚武发现他，过来打了招呼，说了几句话，又吩咐吴栓牢说，这儿乱糟糟的，你把康书记领回去休息。

两人刚走出防护网缺口，柯云跟同雯雯也朝这边走来了。

康文问，你们咋也来了？

柯云说，雯雯放心不下，非要过来看看。

康文说，正抢险救人哩，暂时还没消息，就别去现场了。

吴栓牢也说，别添乱了，跟我们去高支书家等消息吧。

同雯雯问，我们任总在现场吗？

吴栓牢摇头说，矿上只有带班矿长在现场，其他人都在接受调查问询哩。

大家在高黑子家坐定，村里最年长的老汉也被人叫来了。这老汉曾给原尚武讲过穷进士与断欲崖的民间传说，高黑子让他说说山神庙的传说，老汉的话匣子一下子打开了。

传说，说不清多少辈人之前了，东河村最早那户人家逃荒来到这背风向阳的山窝窝时，一眼就相中了这块风水宝地，他们搭窝棚，开荒地，打算就此安身。谁知道发生了一桩怪事，白天开的荒地隔了一夜，草木复出，植被如旧，又开垦了一遍，隔一夜又恢复原样了。这户人家惊恐不已，当家的慌忙跪在地头，朝马鬃梁方向连磕了三个响头，口中祈祷道，山神爷保佑，我这穷苦人落难逃荒到此，只图养家糊口，有个安身之处。当晚，有个白胡子老人给当家的托梦说，难得你有虔诚之心，敬畏之意，山林之大，容得下大家，万物有序，与邻为善，切勿太贪心，有大家住的吃的，就有你住的吃的。说完，白胡子老人飘然离去。当家的从梦中惊醒了，慌忙跑出窝棚，却见一只金钱豹蹲在外边，他连忙下跪叩头，豹子跃身离去，他跟着走到一处崖畔上，豹子在原地转了三圈，眨眼消失得无影无踪。当家的恍然大悟，待天亮后，先在豹子转圈的地方搭了间窝棚，敬上山神牌位，叩头上香许愿道，山神爷保佑，等我收上几料庄稼，缓过劲儿了，盖房子时给你老人家盖庙塑身，年年敬奉，香火延绵，我有吃的住的，就有你吃的住的。这家人没有食言，他们开荒种地，连年好收成，盖房子时，盖了座青砖到顶的山神庙，请工匠塑了膝下卧着金钱豹的山神爷的七彩金身。东河村山神庙年代久远，几度翻修，可山神爷与金钱豹相拥而坐的塑像造型一如既往。最后一尊山神塑像在"文化大革命"中被红卫兵砸碎了，现存的山神庙只剩下残垣断壁，十分凋零。高黑子也说，他记忆中的山神塑像膝下卧着豹子。上辈人口口相传，墨守成规，他从小跟父亲上山打猎，从不伤豹子。豹子沟一带是豹子的领地，他们从不涉足。那次搭救"豹子刘"，父亲也只是朝天开枪，吓唬豹子而已。高黑子说，在祖祖辈辈东河人心目中，豹子是神圣不可欺的。

　　高黑子他们说完，吴栓牢直感叹，说，先前听人说了只言片语，没想到民间传说中蕴含着深刻的生态道理，康书记，我越想越觉得你的《断欲歌》意义重大！

　　吴栓牢说，任万能是动了不该动的，他十有八九把巷道打到保护区地底下了，我给尚武书记反映了，很快就会真相大白。

　　高黑子愤愤不平道，他任万能真要这样做，天理不容。

　　大家这么说，柯云跟同雯雯心里都不是滋味，也不好插话。吴栓牢站起来说，康老师，咱们走，回筹建处等消息去。尚武书记交代过我不要离远了，随时可能有事。

　　大家一路沉默，回到筹建处。背过吴栓牢，同雯雯这才忧伤地说，康老师，我有种预感，我们任总这回怕是在劫难逃了。

柯云说，秃子头上的虱子——明摆着，你那叫预感？

柯云要回去，同雯雯不肯。柯云坐卧不定，没事找事，想起一出是一出，说，康文哥，看看你写的《断欲歌》嘛。

康文把《断欲歌》取出来，大家看着消磨时间。突然，吴栓牢急火火地进来说，抢险结束了，三人无一生还，尚武书记他们马上要过来。

同雯雯连忙问，我们刘强刘总呢？

吴栓牢说，你说的是"豹子刘"？死了。

同雯雯忽地站起来，拉着柯云说，走走，咱们快回。

柯云问，咋这么急着要走？

我不好意思在这场合见人家原书记，同雯雯说完，又叮咛说，康老师，有了我们任总的消息，记着告诉我一声。

在筹建处会议室，省市县煤矿安监部门、市县煤炭部门、公安部门召开了会议，县上主要领导都参加了，会议认定，豹子沟煤矿橡树峁斜井掘进坍塌事故，为一起严重违章、违规操作的责任安全事故，同时，斜井巷道掘进有违法侵占国家资源的重大嫌疑。斜井被封了，煤矿被停产了，"万鑫"公司的董事长任万能、豹子沟煤矿主管安全和生产的两个副矿长当即被县公安局带走了。

送走省市部门来的人，原尚武一脸疲惫，推开康文屋门，长叹一口气，愤慨不已道，这个任万能，简直无法无天，给我捅了个大娄子。

康文急忙问，人咋处理了？

尚武怏怏地答道，收审了，先关起来再说。

是不是掘进越界了？康文问。

可不是！尚武气哼哼地拍着桌子说，刘亦然盯着保护区的地下资源，把这许诺给任万能了，我筹备保护区，刘亦然处处使绊子，结果没能得逞。没想到任万能胆大包天，在地底下捣鬼，不过，据说这是刘强的主意。

康文说，这些天，听了太多人称"豹子刘"的刘强的事情，我倒是对他有点感兴趣，可惜没来得及见上一面。

那次东河闹事，我跟这人交过手，不是啥好鸟，尚武说着摇摇头，叹口气，又道，这回他死得倒也壮烈，尸体抬出来时，有个年轻小矿工扑上前去，痛哭流涕，哭喊着永世不忘他的救命之恩。听说刘强死了，任万能也哭得差点晕了过去。

是刘强救了那个小伙子，尚武讲述了事情的经过：掘进掌子面放炮之后，刘强带着三个人撬动疏松的岩石，支护加固工作面，突然间，头顶上哗哗地落碎石，刘强惊呼"快跑"，猛地把身边的小年轻推出几米远，又伸手去拉另外两人，这小伙子得救了，但刘强他们却没能逃出来。

康文感慨不已，人性难测啊！

6

在父亲寿辰、儿子满月之日发生矿难，煤老板任万能乐极生悲，被刑拘收监，闹腾得动静太大了，成了华塬街谈巷议的热门话题。

人们还把目光盯在了任万能二奶生子的事上，县城里传言纷纷，绘声绘色，有人说是任万能的儿子命硬。小县城有点风吹草动，四邻皆知，任万能的二奶叫杨眉，是县剧团的演员，长得什么样，唱过什么戏，是哪里人，消息不胫而走。县剧团如今名存实亡，演员们靠走穴赶场谋生计，杨眉不是名角，没啥名气，离婚独身，傍上大款任万能，本想悄无声息地过好日子，可转眼间成了众矢之的，被人指指点点的，实在没法待下去了。

那天在返回途中，同雯雯收到了任万能的短信：

大妹子，我回不去了，厂里的事全拜托你了。请务必去杨眉处，说实情、多安慰。从前有亏欠你的地方，对不起。任万能。

任万能是在被刑事拘留、没收通讯工具之前发的短信。同雯雯得到消息，看着警车呼啸着从旁边驶过，像霜杀了似的，情绪低沉。

回去后，她叫上任万能的司机带路，找到了杨眉家。杨眉正在屋里生闷气，听见有人敲门，以为是任万能，撅着嘴不动弹，小保姆把门打开，杨眉一看是同雯雯，愣住了。一听出了大事，杨眉扯开嗓子号啕大哭，哭得天昏地暗，同雯雯费尽口舌，杨眉才止住了哭，转而念道白似的，数落起了任万能怠慢他们母子的七七八八，同雯雯听得有些不耐烦，找了个借口走了。

见丈夫戏妆未卸就急火火地走了，杨秀女便知大事不好，任万能被公安局带走的消息传来，她一下子跌坐在了地上，继而认定这儿子是祸根。过了好一会儿，她才长叹一声，咬住牙，没掉一滴泪，起身抹了一把脸，出门招呼人拆台子、撤帐篷、清理场子去了。天黑时，杨秀女打听到任万能关在看守所，第二天就跑去了，软缠硬磨，可人家就是不让见。她灵机一动，想起了柯云。柯云在电话里劝她先回去，说找熟人联系好了再通知她。

听说豹子沟煤矿出了事，刘亦然大吃一惊，一连几天没睡好觉，生怕牵连其中，想来想去，他在豹子沟煤矿兼并东河煤窑这件事上，好像没落下啥把柄，才稍稍有些放心了。不过，他跟任万能之间不清不白的那些事，总归是他的一块心病。

这段时间，刘亦然一心想东山再起，可事不遂愿，弄得他心力交瘁，度日如年。省上那边，他跑了好几趟，没少花钱，那个秘书长说，该说的话都说到了，市上那边回话说让等一等，目前时机不成熟。他大感不解，再三追问，秘书长直言不讳，不耐烦地说，网上告你的事愈演愈烈，得等平息了再说嘛，刘亦然蔫了，心里始终琢磨不透，到底谁跟我过不去呢？这事没着落，外甥更让他有气没处出，好不容易弄到手机号，他打过去说明事由，发了一通脾气，谁知道他外甥无赖地狡辩说，我没钱了，钱都投资了，要告让他们告去，只要他能找见我。刘亦然火冒三丈，外甥说，舅，你都是当过县长的人了，连这事都摆不平？再说了，该孝敬你的没少孝敬，你不帮我谁帮我？说完挂了电话，此后，那手机号便成了空号。刘亦然心事太重，影响得健康状况也不容乐观，他已经有过一次轻度中风了，高血压、糖尿病、脂肪肝确诊无疑，天天顿顿的服药控制血压、血糖，可右肋下的肝痛总是不见好转。他听人说朱雀寺的海空方丈精通中医，自制的治三高病的偏方药丸疗效显著，只是轻易不给人把脉看病，难得赐药予人。刘亦然原本打算让任万能陪他去，偏偏任万能出了事。有一天，他无意中在文件夹里发现海空作为宗教界人士，被列为市政协常委候选人，刘亦然把经办科长叫来，科长一听秘书长想找海空看病，满口答应，说为候选人这事，他找过海空，跟海空很熟悉，又说正好要去让海空填写相关表格，干脆一起走一趟。刘亦然大喜。

这天上朱雀寺找海空时，刘亦然叫上了孙利做伴。自从离开华塬，县上跟他密切联系的唯有孙利了，两人惺惺相惜，言语相投。华塬这边有动静，包括豹子沟矿难，都是孙利第一时间告诉他的。刘亦然心里清楚，孙利巴结他，是想为自己谋条出路。他走了，孙利落架了，再想重出江湖就很难了。难得孙利一片忠心，有天喝多了，刘亦然信誓旦旦地说，等我工作调整好了，第一件事就是把你调来，他吴栓牢能调走，你也能，说得孙利感激涕零。

汽车在华塬地界上颠簸，刘亦然心潮难平。孙利一路唠叨，他似听非听，到了东河岔路口便想起了森林公园，想起吴栓牢这小子竟然混成了副县级，在这山上弄事哩！在上山的路上，他又忽然想起康文了。自从他离开华塬，好久没跟康文联系了，听说他待在原家滩，待在哪儿，还在不在？刘亦然觉得康文这条线还不能断，还得联系联系，就打算下山时给康文打电话。

海空记性好，扫了刘亦然一眼便问，施主别来无恙？科长介绍说，这是我们刘秘书长。海空笑曰，认识，从县里到市里，领导高升了！刘亦然勉强一笑，表情很不自然。科长办完公事，说，我们秘书长还想请师父给瞧瞧病。海空打量着伸出手，一边给刘亦然把脉一边说，施主心事太重。摇摇头，海空又问，上次所赠之言可还记着否？刘亦然连忙说，记着，记着哩，患得……患……失……刘亦然记不住了，顿时红了脸。

海空笑道，患得患失皆空，平心静气养神，领导，这回可得牢记，多悟其中的道理。

刘亦然使劲点头。海空把完脉一言不发，摊开笔墨，挥毫而书，写下"手把青秧插野田，低头便见水中天。六根清净方为稻，后退原来是向前"的四尺整张书法，赠予刘亦然，又取出一包丸药递给他，念叨说，心病尚需心药医，记住老僧所言，若不然，药丸再灵也治不了病的，阿弥陀佛，善哉善哉！

刘亦然出寺院门时，跟原生茂打了个照面。原生茂进门问海空，刚才那不是从前的刘县长嘛，又找你问道来了？

海空摇头道，非也，是来求医把脉的。

原生茂逗趣说，哟呵，师父治病救人的营生也红火了。

海空气定神清，颇为无奈地说，宦海沉浮，阴晴无常，欲火攻心，又难以自量，非老僧所能医也，阿弥陀佛，善哉善哉！

刘亦然怏怏下山，闷闷不乐。

孙利感叹说，师父学问怪深的，字写得不错。

刘亦然没搭腔，给康文打了个电话，康文说自己回了省城，刘亦然寒暄了几句，怏怏不快地合上了手机。

康文是为萌萌上学的事回省城的。中考成绩出来了，萌萌一鸣惊人，以609分的总分名列全县第六名，尚青喜上眉梢。康文之前迟迟不回去，就等着这个。拿到成绩单，康文回省城陪父母待了两日，为萌萌联系好了父母家附近的重点高中，也就是康健的母校。以萌萌的成绩，学杂费都免了，也不收择校费。一切安排停当，康文给尚青打了电话，让尚青带萌萌去一趟，到学校办理录取手续，他在那边等着，等办完手续一起回华塬。离开省城大半年了，康文感觉有些不适应了。报社那帮朋友火烧火燎的，喊着等着要见他。这天下午，他从父母那儿回到报社，刚把车停在院子里，就被这帮人拉上另一辆车喝酒去了。

喝得晕晕乎乎的康文在院子里下车，从自己车上取下行李箱上了楼，正要掏钥匙开门，却见李娜站在门口。他猛一愣，问，李娜，你咋在这儿？啥时间回来的？

李娜笑嘻嘻地说，听说你也回来了，可就是不见人影，下午看见你的车在院子里，我猜着你晚上回来，就过来等你了。

康文开了门，李娜跟了进去。屋里大半年没住人，空气中散发着霉味，康文打开窗户透气，李娜二话不说，挽起袖子就上手收拾屋子。康文连忙说，不用，不用，我喝多了，要睡了。李娜不理睬，径直进卧室把床铺收拾了，说，康叔叔，你进屋休息，我收拾外面。康文拦不住，只好任她忙去，自己站在阳台上吸烟。李娜里里外外擦洗了一遍，又把地拖干净了，康文仍在阳台上动也不动，李娜便说了声"你早些休息"，轻盈而去。次日大清早，康文还没起床，李娜就在外面不停地按门铃了，康文无奈，起床开了门。李娜拎着早餐来了，一看便知是精心梳妆打扮了的，浑身香水味很浓，穿着轻柔质地的吊带衫，乳沟外露，乳房圆鼓鼓的，显得性感十足。康文心里一阵紧张，边吃边寻思咋样对付这难缠的女子。

　　李娜收拾了餐具，沏好茶递给康文，开门见山地说，听说你回来了，我也请假赶回来了，咱俩好好谈谈嘛。

　　康文认真地说，你这孩子，我不是说了吗，咱俩不可能。

　　李娜反问，为啥？你没看上我，还是另有人了？

　　康文站起来说，李娜，别胡思乱想了，回去好好工作，需要叔帮你的地方，叔一定尽力而为。

　　李娜也站起来了，突然扑过来，从后面把康文拦腰抱住，头贴在他背上，呼吸急促地说，人家就想跟你嘛。

　　康文猛地挣脱李娜，连退几步，气哼哼地说，你这孩子咋这样？不行就是不行嘛，快走，快回家去。

　　李娜猛地愣住了，羞得面红耳赤，哭着跑出去了。

第十二章　祸起萧墙

豹子沟煤矿出了事故，还涉及占用森林公园地下资源的账，任万能被拘押了，杨眉听说任万能垮了，把孩子扔给杨秀女，跑了。厂子、家里的事只得靠同雯雯撑着，她也很义气地一一承担了起来。

原尚武整治不合格的水泥企业，触动了各企业老板的利益，在张明义明里暗里的"煽动"下，老板们联名告发了早已寂然无声的刘亦然，牵扯出他在任上的贪污问题，纪检委随即成立了调查小组进行彻查……华塬局势一触即发，原尚武也忙得焦头烂额。

1

十万吨以下水泥生产线关闭的日子临近了，市县环保部门加大了执法力度，严防死守，昼夜出击，水泥老板们不敢胡作非为，生怕捅个娄子，换来一张罚单，或者停产治理通知书。大家生产一天算一天，能挣一个算一个，反正是秋后的蚂蚱——没几天蹦头了。不过，无论实力大小，老板们都想好了退路。

袁耀辉的大项目吸引了一帮颇有实力的水泥老板的眼球，有的几家联手，有的引进资金，又批下了三条同样的大项目，任万能若不是出事，也能赶上这趟车。还有几个老板选择在园区建粉磨站，投资压力不大，风险也小。剩下的几家挣几个算几个，抓紧收回货款，打算等拿到拆除赔偿款就收拾摊子，另谋生路。

眼看着人家上项目，同雯雯心里着急，却无能为力。这些日子，她感觉责任重大，从早到晚守在厂里，恪尽职守，生产、管理、销售井然有序。有空时，她也寻思着"万鑫"的下一步，上大项目显然是不可能了，煤矿停了，抵押贷款泡汤了，水泥生产线要是再一拆除，任老板就没猴耍了。她帮任老板想出个折中方案，就是建一座大型的粉磨站，得空她到工业园区看了看，在"耀辉"新生产线的附近选了一块地方，打算找机会跟任万能通通气。

矿难有了定论，擅自侵占国家资源一事，还在进一步调查，任万能关在看守所，一直未获准探视。同雯雯急着想见老板，只能给柯云打电话。柯云受杨秀女之托，也在为这事上心，在公安局托过人，人家说让等一等。这些日子，柯云在那边也盯着个厂子，又要忙出摄影集的事，从矿难那天分手后，两人就再没见过。有一天，张明义巡查路过"万鑫"，同雯雯邀请他进来喝口水。同雯雯提起这事，满脸愁云，张明义笑着调侃说，老板给你发多少钱呀？你这么死心塌地？

应人事小，误人事大，老板落难了，我总不能落井下石吧，同雯雯说着，露出妩媚的笑，拉着娇娇的声道，张局长，这事你想个办法嘛，冲着我们老板赞助摄影集的情，这忙你也得帮。

张明义一见美女抛媚眼，骨头都酥了，赶紧说，好好好，这忙我帮了，你可千万别放电，我可不想跟柯云争风吃醋。

同雯雯故作发怒，嗔道，谁跟你放电了？做梦去吧，想得美！

张明义想好说辞，立马给好朋友——看守所的强所长打电话，那边好像有些为难。张明义说，不就是担心串供嘛，我拿人格担保，厂子里有事要请示，家属要送几件衣服，你们的人守在当面还不成？

张明义一下搞定了，叫同雯雯和杨秀女马上去探视。同雯雯恭维地说，张局长，我看，你就是比柯云有能耐。她通知了柯云一声，让司机去塬上接杨秀女，大家一起去。

张明义说，那不还有二老婆吗？

同雯雯说，去去去，哪壶不开提哪壶。

张明义起身要告辞，同雯雯斜眼一睐，嘴角露笑说，你也去嘛，你人熟，去了事顺当。张明义只好点头。

大家一起去了看守所，任万能被带到了探视室。几日不见，任万能胡子拉碴的，脸有些浮肿，眼泡有些胀，老远瞅见张明义就打招呼道，张局长，没想到你也来看我，你大人大量不计前嫌，这让我咋谢你哩！

杨秀女一见男人这模样，眼泪哗啦啦地流下来了，开口先问，吃饱了没有，睡好了没有，挨打了没有？

旁边的民警有些不高兴。任万能赶紧说，都好着哩，好着哩，吃得好，睡得好，比住宾馆还舒服哩！

任万能这般落魄，张明义动了恻隐之心，听他说这儿比宾馆还好，又忍不住想笑。

同雯雯把厂子的事说了，又简要说了自己的设想，任万能百感交集，哽咽着说，刘总走了，就剩下你了，厂子的事，就按你说的准备，你办事，我放心。短信你看到了？那件事，我对不住你……

杨秀女在场，同雯雯只好含糊其辞道，收到了，你交代的事我都照办了。

任万能挤了挤眼说，拜托你了，多关照。

同雯雯嘴上答应，心里嘀咕，厂子能管好，杨眉我可管不了。

柯云上前安慰了几句，任万能把塬上的家里托付给他了。

探视之后，任万能的司机送杨秀女回了塬上。同雯雯心盛盛地要请大家吃饭，柯云说他要去省城联系摄影集印制的事，还要上原家滩接尚青母女一起去，康老师在那边等着。

同雯雯说，你不去也罢，我请张局长吃饭去。

张明义连连摆手，同雯雯眼睛一睒，张明义不吭声了。

去省城的行程是柯云跟尚青约好的。离开看守所，他直接开车去接了尚青母女。柯云路上想问点什么，但见尚青的脸板得平平的，他就没张口。

李娜挥泪而去，康文郁郁寡欢，却没忘做了件称心如意的事。柯云要他帮忙联系摄影集的印制公司，他委托给朋友去办了。柯云把人送到报社，拿了康文的条子就办事去了。尚青母女来到面前，康文满面春风，心里的不愉快一扫而光。

从毕业走后，尚青这是头一次进省城，左瞅右瞅，觉得省城发展太快，到处都变了样。萌萌是真正的头一次来，眼里充满了好奇和憧憬，像一只闯进百花丛中的小蝴蝶。康文在报社附近的酒店定了小包厢，要好好款待这娘儿俩。他要了瓶干红葡萄酒，给萌萌要了饮料，三人举杯，康文感慨万端，祝酒道，尚青啊，当初你是一个人离开的，现在你带女儿回来了，我赚了。有缘续缘，也算亡羊补牢，为时不晚，来吧，为全家幸福，干杯！

这番话尚青明白，萌萌却扑闪着大眼瞅瞅这个，瞅瞅那个，心里有些似懂非懂，好像预感到了什么。康文再举杯说，第二杯是为咱萌萌干的，萌萌啊，你考上重点高中，就离重点大学更近了一步，祝你再接再厉，学业有成。萌萌说，谢谢大舅。尚青望了女儿一眼，目光转向康文，抿嘴笑了。

康文给了尚青一个惊喜。回到康文家，尚青一眼就看见了挂在客厅墙上的那幅大照片，是她抱着小朱鹮跟康文的合影照。这就是康文办的那件称心如意的事。尚青感动得不知道说什么好。她把萌萌安顿在卧室睡了,出来问,哥,李娜是不是来找你了?

康文沉闷地说,可不是嘛,这下我把那姑娘得罪了。不过,这样也好,也算了断了。

康文说了事情的经过,尚青"唉"了一声说,我早料到了。那晚上李娜来找你,听说你回了省城,第二天就跟黄镇长闹着请假走了,回去后情绪低沉,像生了一场大病似的,听说她想要调离原家滩,唉唉,这女子也太直接了,看样子,人家一心一意地想跟你哩。

几十年恍若隔世,转了一圈回到了起点,开始了新的开始,尚青百感交集,躺在康文怀里,寡然无语,但却情意绵绵。大清早,康文带着尚青母女先去了父母家。萌萌拉着康文的手,大舅长大舅短的,把二老听迷糊了。萌萌亲亲地叫爷爷叫奶奶时,二老似乎又清醒了,他们把尚青仔细端详,显得异常亲热。从学校回来,康健的电话就来了,两个孩子在电话里嘀嘀咕咕地说了好一阵,萌萌喊道,大舅,哥哥要跟你说话。原来,两个孩子做了决定,康健再有一周就放暑假,他不让萌萌走了。康文对尚青说,这样也好,让孩子熟悉熟悉环境。你不是也正忙着筹备现场会吗?二老也说,留下好,留下好,这么乖的小姑娘在身边,多让人开心啊。尚青狐疑地问,萌萌,你真的不走了?萌萌天真地说,是呀,哥哥让我留下来陪爷爷奶奶,等他回来,还要帮我补课,还要带我出去玩哩!

尚青背过身说,看这孩子!

康文笑道,萌萌性格开朗,不像你。

康文带她们逛了一圈商场,给萌萌买了几身换洗的衣裙以及日用品,又给她买了个手机。康文看上了一套很显身段的时装,让尚青试了试,很合身,他就毫不犹疑地买下了。他又看上一件最流行的套裙,让尚青试过,又毫不犹豫地买了。他还觉得尚青缺双高跟鞋,也挑来拣去地买了。尚青急着给康文收拾房子,两人就把萌萌送回了二老家,尚青千叮咛万嘱咐,萌萌不耐烦地说,妈妈,你啥时候变得这么啰唆了?快去给大舅收拾屋子吧。

尚青整整忙了大半天,把床单、被罩、窗帘、台布全洗了,衣柜里的东西也全都翻了出来，把康文过时的衣服都打了包，又翻出前面那个女人遗留下的衣物，该扔的扔了，有用的也包起来，准备拿回原家滩送给村里的贫困户。末了，尚青把书房、客厅、卧室、厨房、阳台，旮旮旯旯都清理、擦洗了一遍。

康文乐滋滋地说，等你把那边了断了，我想办法把你调过来，把房子重新装修一下，添置一套新家具，往后，咱的家你做主。

尚青不无担心地说，省城这环境我怕都适应不了了。

康文正想说什么，刘亦然的电话来了，接完这个电话，尚武的电话又来了。

2

在尚武心目中，没有哪个家人能比尚青更令他揪心牵挂的了。妻儿在身边，他可以尽量抽时间关照他们。父母虽在原家滩，但身体康健，他也可以来来去去地照顾二老。妹妹却不一样了，但自从把她托付给了康文，他心里舒展多了。

外甥女考上省重点高中，是父亲打电话告诉他的。萌萌去省城办手续，一切安顿停当了，尚青才打电话告诉他。尚武满心释然，乐不可支，告诉尚青从省城回来路过塬上时给他打电话，他在下地窑等着。

尚武的领导联系点在李娜待过的乡镇，塬上跑的回数多了，乡情乡音倍感亲切。清明后回家那次，母亲抱怨说，本来想让尚青上坟去，给你七老外爷带些核桃、土蜂蜜，你又没让她去。尚武说，这还不好办？东西给我，放在车上，我抽时间去看看他。母亲说，你七老外爷家对你外爷家有恩，人一辈子要记着别人的好。父亲也附和说，可不是，人家原丰就是记着你爷的好嘛。东西放在车上，一直没机会，这天尚武下乡去塬上，又买了点东西放在一起，从镇政府出来给尚青打完电话，就先去看望七老外爷。老汉病了，躺在炕上，动弹不得，瞅见他就忧愁地说，尚武啊，你要是来晚了，七老外爷怕是见不上你了。尚武问了问老汉的病情，好言安慰，老汉开心地说，没事没事，你来了，老外爷的病就好得快些了。

从堡子里出来，尚武去了下地窑等着康文他们，心里一直想着外甥女，觉得她跟尚青小时候很像，有心劲，好学习。他记着小时候，自己宁可为馋嘴的妹妹上树下沟，摘淡柿、打酸枣、采梅子，却最不愿意尚青向他讨教学习上的问题。尚武隐约想起，倒是康文哥给尚青辅导学习的时候多。尚武感叹，这两人终于走到一起了，也许这就是缘分。尚武对康文心存感激，不光是因为这件事，也是因为从他转业到现在，康文真没少帮忙。尤其是现在，挂职的副书记替他分担着保护区的一大摊子事，让他省了不少心。

尚武正想心事，尚青推门进来了，一见他就先嚷嚷，哥，你得是又想跟康文哥喝酒了？马上要开现场会了，所里还有一堆事，我们得赶回去哩！

尚武先不接话茬，把尚青打量了一番，尚青脚蹬高跟鞋，身着新套裙，脸上红扑扑的，气色格外好，尚武心里偷着乐，嘴里却半认真半开玩笑地说，谁说要喝酒了？我外甥女考上重点高中这么大的事，我这当"二舅"的能不关心关心？哎，萌萌人哩？

尚青笑了，也逗趣说，留下不回来了，要等她康健哥哥哩！这女子性情野，我看是随了你，随了她"二舅"了。

兄妹俩左右调侃，惹得康文笑了。

尚武开门见山地说，康文哥，看到你们都这样了，我打心眼里高兴，不过，尚青，那边的事有没有进展？

尚青说，我发过几次短信，也给高支书挑明了，可那人一点反应都没有。

尚武说，这不行，当断不断，必有后患，你打电话叫他回来！

尚青说，我打了，起初人家不接，后来就打不通了。

那就更不行了，我等你们来，就是要说这事。我咨询过了，不行就起诉，走法律程序。我给你个电话，是县司法局局长的，回头你找他，他会帮你找个律师。尚武说着取出一张字条递给尚青，说道，这事就这了，我跟康文哥还有事要说。

尚青去窑院里转悠了，尚武抓紧时间就保护区的事跟康文交换了意见。康文问起小水泥厂的关闭拆除，尚武说，马上就实施，一场暴风雨就要来了。

尚武最后叮咛道，康文哥，我现在的位置很敏感，你身份也很特殊，咱俩的关系现在就更特殊了，尚青那边没了断之前，你俩还是注意一点好。

康文点头说，你放心，这我知道。

尚武问，那个李娜还不知道你们的关系吧？

康文说，是，不过我已经明确拒绝了她，把人都得罪了。

尚武说，我知道了。

康文从省城回来，李娜再没来过，他也再没进过镇政府，两人没打过照面。这种尴尬没有维持多久，在财政所规范化建设现场会之前，李娜调进县城，当了县妇联副主任。

李娜走的那天，康文有意回避，开车去了东河。镇上为李娜搞了个欢送仪式，在小饭馆里弄了两桌饭，镇机关干部、镇属单位的人都参加了。李娜的火辣奔放劲儿不见了，无喜无忧无表情，还有点摆领导谱的意思。黄镇长派车送她走时，尚青送到车前，两人倒也姐妹相称，拥抱惜别。车一走，尚青长出了一口气。

康文从东河回来，先去了趟镇政府。这些日子，他一直惦记着新建的财政所。黄镇长老远瞅见他就迎上前来说，康书记，有日子不见了，上午欢送李镇长，我说请你一起来喝酒，却听说你去东河了。

康文打哈哈说，最近事情多嘛，现在，我过来看看你们的新财政所。

黄镇长兴冲冲地说，从前两间办公室，如今一栋小楼，鸟枪换炮了，人家尚青的办公室比我的都阔气。

康文过去一看，镇政府院里竖起了一座小二层楼，一楼中央是业务大厅，就像银行的营业厅似的，有柜台有窗口，人手一台电脑，与县局通过互联网的内网联为一体，统一操作软件、统一运行流程，数据共享。哪个村、哪个人、哪笔钱、所里咋办理，县局一点便知道。

尚青他们刚搬进去，县局调来了一个熟悉业务的小年轻，他们正在忙着为现场会做最后的准备。尚青瞅见他，出来陪他上下看了看。营业厅两侧是档案室和所长室，二楼上有间小会议室兼图书活动室，其余是宿舍，楼上楼下，清一色的新办公家具，难怪黄镇长羡慕不已。

康文耳闻目睹，对财政所规范化建设的来龙去脉十分清楚，财政所从前收税，现在职能转变了，发钱管钱，推行农村财务综合改革，实行"一卡通"，惠农资金直对农户，又把村级财务统管起来，使"村财村用乡代管"，下一步还要搞"乡财乡用县监管"，所有涉农资金"一个漏斗朝下"。黄镇长称赞说，农村财务管理规范了好。又忧心不安地说，往后什么都在网上操作，财务制度严了，不符合制度的开支卡死了，就是镇上花钱，也要看尚青的脸色行事哩。尚青淡淡一笑，说，只要你镇长不违反制度就行。黄镇长送康文到大门外，叮咛说，康书记，开现场会时一定要来。

现场会这天，尚青身着新买的西服套装，化了淡淡的妆，身段窈窕，光彩照人，她现场给与会代表演示讲解、介绍经验。小程他们各守其岗，有问必答。尚青没见过大场面，多少有些拘谨，不过，都是他们亲身所为的事，她讲起来头头是道，现场会开得很成功。康文作为县领导坐在主席台上，心里有说不出的高兴。

小院彻底安静了。尚青一走，康文就关上院门忙自己的事。李娜把收集的表格都给了尚青，他得整理出个眉目。西北大学方面把教育馆所涉文字整出来了，他得一块一块地过目，提出修改意见。那帮人开始采集标本了，李娜走的那天他去东河，吴栓牢说，康书记，你过来待一阵子吧。康文回来对尚青说，尚武叮咛了，咱俩还是注意点好，要不，我去东河待一阵子？尚青撅着嘴说，屋里就剩下我一个人了，你忍心走？哥，你想多了，没人说三道四。康文想想也是，不言语了。东河那边有了事，他去就办，办了就回。尚青离不开他，他也离不开尚青，小院里盛满了他们恩恩爱爱的幸福。

山乡民风淳朴，山民厚道热情，小街上的人都认识康文了，老远看见他便跟他打招呼，邀请他回屋坐坐。姓原的人跟他也混熟了，大家对他不无敬意，他对乡邻也一团和气。谁家打了搅团，都惦记着给他送些过来。谁家有杏呀桃呀的，也忘不了拿些过来请他尝尝鲜。山乡小镇的质朴，独家小院的温馨，令康文陶醉其中，耕耘在其中，其乐融融。

　　有一天，康文从吴栓牢那里得知，省级自然保护区，省上无资金支持，运行费用得地方自行解决；国家级自然保护区，国家每年有200万的资金补贴。吴栓牢说，保护区建成后，要申请升格成国家级的，阐明原家滩森林资源的作用、地位、意义，至关重要。康文想了想说，这方面我思考得比较多，渭北森林植被是关中重要的生态屏障，一是对水资源的产出与森林的涵养作用，二是对抗沙尘暴的防风抑尘净化作用。我构思构思，写篇文章。吴栓牢高兴地说，康书记，尚武书记也是这意思，我就等你说这句话哩！

　　康文沉浸于文章构思之中，手机动辄忘开了，县上发生的一连串的事一概不知。柯云终于拨通他电话时，抱怨说，康文哥，你手机老关着，在QQ上也不露面。县上闹翻天了，你也不关心关心？康文开玩笑说，我都快把外面的世界忘了。

3

　　华塬出台了关闭拆除水泥生产线的实施方案，县上召开了动员大会，无环评、无手续的水泥厂将第一批被拆除，找刘亦然算账的几个老板首当其冲。县上的政策是早拆多补偿，他们决意另谋出路，配合拆除，等着领取补偿款。同时，他们联手行动，一张诉状把刘亦然甥舅俩告上了法庭。法院一看这起民事经济纠纷牵连前任县长，找借口推辞不予受理，几个人有气没处出，把怨恨集中在了孙利身上。孙利闻风躲着不闪面，几个老板在环保局守候，等不住了，就进张明义的办公室闹事。

　　张明义被闹得没法办公了，劝解说，孙利是环保局的人不假，可这事与单位无关。他被免职后就很少上班了，要找去他家找嘛。

几个人七嘴八舌，胡搅蛮缠，说，家里找不见。他是环保局的人，你就得管，他当局长把人坑苦了，接他的局长就得给我们做主。

张明义问，他咋坑你们了？

一个满脸横肉的老板骂骂咧咧地揭了孙利的老底，他个王八蛋，说有刘秘书长罩着，没麻达，他让我们把刘秘书长贴紧，一会儿叫我们去医院看望，一会儿叫我们去送葬，秘书长外甥赊账拉水泥，也是他拉的托，可刘秘书长屁股一拍走人了，他外甥跑得无踪无影，刘秘书长满嘴答应催水泥款，可到头来也是空头支票，我们只能找孙利了。

张明义明白了七八分，过去把门关上问，你们给刘秘书长他爸送葬去了？

这几个人异口同声，点头称是。

张明义故意说，我咋听说，纪检委查过了，每人也就几百块钱的礼，那算个啥。

几个人炸了锅，伸着指头，报了实数，声称是亲手把钱交给礼房的孙利手里的，还说任万能给钱的时候，他们也有人在场。最后，有人一激动，把去医院看望并送卡的事也抖了出来。

张明义明抑暗扬地说，你们可得想明白，受贿有罪，行贿也一样有罪，我看"唉"一声算了。

这都是孙利鼓捣的，论罪他也是索贿罪，他从我们几个这里也没少拿钱。这些人经不住煽风点火，一个个的火更大了。

张明义没想到孙利这么黑，推波助澜地说，你们这些老板，告状都不会告，刘秘书长是市上管的干部，有市纪检委。孙利是县上管的，有县纪检委。纪检委不办，还有市委、县委哩！前一阵子，网上举报刘秘书长给他爸大办丧事，你们知道不？听说查无实处，你们手里有证据，这时候找纪检部门，一告一个准嘛。

这帮人心里亮堂了。临出门，张明义挤着眼叮咛，我是为你们好，你们可千万不敢把师傅卖了。

张明义一番点拨后，几个破罐子破摔的水泥老板拿着实名举报材料，找县、市纪检委反映情况，还把举报材料寄给了县、市领导。

原尚武还没收到举报材料,这几个人就闯进了他的办公室,进门就齐刷刷地跪下了,办公室里的人拦都拦不住,尚武愠怒,义正词严地说,有事说事,来这一套干什么?起来,起来。几个人起来了,尚武安顿他们坐下,让他们说事,几个人七嘴八舌,把刘亦然和孙利的事一五一十全说了,末了,又递上了一份举报材料。

尚武耐着性子听完,眉头凝成了一疙瘩。他对这几个人说,小水泥厂关闭拆除,是按国家的环保政策实施的,合法合理,你们能配合,我得谢谢你们。至于你们反映的问题,我会认真对待,实事求是予以查处,这个你们放心。这几个人一走,尚武把材料细细地看了一遍,大笔一挥,批示道,县纪检委、监察局联合办理,一查到底,绝不姑息迁就。随即,他把纪委书记跟反贪局长叫来当面布置。纪委书记连忙说,原书记,我正准备给你汇报哩,举报人我们见过了,材料也收到了,可牵扯到刘秘书长,我们有些吃不准……

什么吃不准?原尚武怒目而视,照你的意思,还要网开一面?

纪委书记赶紧解释说,我不是这意思,而是县级干部归市上管……

那有什么?原尚武吩咐道,先查咱管的干部,就查这个孙利,及时给市纪检委汇报、通气,必要时联合办案嘛。

还没等县上行动,市纪检委就找上门了。原来市委领导也有批示,要求对此事立案查处。县、市纪检委分别召开常委会做出了决议,上下一碰头,成立了联合调查组,先拿孙利开刀。

法院有人给孙利漏风说水泥老板们在到处找他,孙利如同惊弓之鸟,惶惶不可终日。这天,他被突然出现的调查组从家里带走了,安顿在沮河水库的宾馆里,宣布对他进行"双规",让他待在房子里写交代材料。孙利的手机被收了,出入有人跟着,房外有人监视,身陷囹圄。他明知情况不妙,心虚腿软,却屎壳郎支桌子——硬撑,一连几天,拒不交代。调查组办案有一套,不紧不慢地跟他耗着,"坦白从宽,抗拒从严"给他提醒着。又耗了几天,孙利的心理防线崩溃了,经不住三盘六问,赖不过铁打的证据,把自己的事全交代了。调查组顺藤摸瓜,问起刘亦然葬父时他坐礼房记礼簿,还有刘亦然与水泥老板之间的事，孙利叫苦不迭，又硬扛了几天，扛不住了，数核桃倒枣，该说的不该说的全说了。孙利造假礼簿让刘亦然蒙混过关，自己却留有真礼簿的复印件，调查组带他回家拿来跟上次见过的假礼簿一比较，假礼簿上登记了几万元，真礼簿上登记有好几十万元。调查组里有人想不明白孙利为啥要留底子，有人说，这叫留一手，抓着刘亦然的把柄，以备后用，孙利这人真够阴的。真礼簿上没有那几个实名举报人，没有举报材料中提到的任万能，再一查，企业老板的名字几乎都不在上头。孙利又交代，县上老板都去了，没上礼簿的，可能直接把钱给刘亦然了。调查组派人去县看守所提讯任万能，任万能如实交代说自己给了五万元，那几个举报人每人给了两万。调查组分头约谈了其他老板，一来二去，刘亦然借办丧事敛财的事铁证如山，李铁在网上反映的问题坐实了。

调查组去环保局查账，把孙利任内的财务、账表、记账凭证全抱走核查他交代的有关问题，张明义装着一无所知。调查组的人一走，他悄悄给吴栓牢打电话说，孙利、刘亦然可能出事了，要保密。吴栓牢开玩笑问，该不是你捅的娄子吧？张明义赶紧撇清说，水泥老板们把他们告下了，咋会是我哩？话答得一点底气也没有。

张明义也不消停，同雯雯求他帮忙为任万能办理取保候审。豹子沟事故案子理清查明了，任万能一问三不知，把巷道掘进擅自拐弯侵占国家资源的事推给死无对证的刘强了。案情调查结束，案卷移交县检察院，进入了起诉、审理、判决阶段。"万鑫"以水泥生产线关闭拆除、煤矿事故善后离不开任万能为由，向检察院提出了取保候审申请。张明义四处奔走，眼看就要把事办成了，谁知节外生枝，坏了好事。调查组掌握了刘亦然和老板们之间权钱交易的蛛丝马迹，决定从任万能身上打开缺口，一个电话过去，任万能不得保释了。张明义没辙了，同雯雯也灰心丧气，又去了一趟看守所。

这些日子，同雯雯都快撑不住了。"万鑫"三条十万吨水泥生产线被排在第一批关闭拆除，当家的关在看守所，她实实做不了主，硬着头皮找尚武书记陈情。尚武觉得这也是个事，指示有关方面，"万鑫"的情况特殊，押后拆除。同雯雯缠着张明义，急着把任万能捞出来，不光是因为粉磨站项目急着要上，还操心着早拆多补偿的优惠政策一定得赶上趟。张明义奚落她说，任万能上辈子积啥德了，摊上你这么个忠心耿耿的打工仔。同雯雯有口难辩。杨眉也到厂里找了她几回了，任万能拜托她多关照杨眉，可去了杨眉家一次，她就再没去登门，她打心底瞧不起这女人。杨眉一来就找她，又哭又闹的，抱怨任万能把她们母子不当人看。同雯雯劝她去看守所探望探望任万能，可杨眉睖着眼说，我看他，谁看我呀？同雯雯一听，心都凉透了。同雯雯烦杨眉，却对杨秀女深怀同情，有一天，她还叫上柯云一起去塬上看望任万能的父母、妻女，连柯云也被她这举动感动了。

厂子停产了，工人放了假，只留下管理层看守摊子，厂区冷冷清清的。这天，同雯雯从看守所回来，忙着传达老板的指示，她回了一趟办公室，掩上门，又去会议室主持开会。大家关心任万能的情况，任万能又给大家交代了许多事，会开完时，天都快黑了。同雯雯推门进办公室，见沙发上窝着个人，她顺手开了灯，就看见刘亦然站起来朝她走了过来。同雯雯猛地一愣，沉着脸道，你咋在这儿？你想干什么？

刘亦然冲她一笑道，雯雯，想你了，来看看你，说着就要伸手拉她。

同雯雯朝后退了几步，怒不可遏地说，这儿不欢迎你，快走！

刘亦然猛一抬腿，冲过去把门关上，转身"扑通"一声跪在地上，苦苦哀求说，雯雯，你不要这样，我求你了，雯雯，我实在忘不了你！咱俩肯定有误会了。

瞅见刘亦然这死皮赖脸的模样，同雯雯直恶心，她从桌上拿起包边走边说，无赖，没见过你这样的无赖，你走不走？你不走我走了。她从他身边绕过去时，刘亦然扑上来抱住了她的腿，拉着哭腔说，雯雯，求求你，我就想见见你，咱好好谈谈，一日夫妻还百日恩……

同雯雯拼命挣也挣不脱，勃然大怒，挥手一巴掌，重重扇在刘亦然脸上，把他眼镜都打掉了，同雯雯扯着嗓子大声喊，耍流氓了，快来人呀，有人要流氓了……

刘亦然没想到她来这一招，慌忙爬起来夺门而逃。

楼内有人闻声跑出来，见一个男人的身影在楼梯处消失了。同雯雯站着直发呆，见众人进门，她含着泪水说，无赖走了，没事了。

同雯雯拿起手机，想给柯云打电话，想了想，没拨出去。

4

华塬粉尘污染治理进入了攻坚阶段。在第一批水泥生产线拆除现场，吊车、装载机等大型机械正在紧张施工，房塌烟囱倒，满眼尽是狼藉。

东边日出西边雨，排在最后一批拆除的"耀辉"厂子里机器轰鸣，生产繁忙。这么多厂子拆除了，水泥市场紧俏了，"耀辉"的厂区大门外，装水泥的大车排起了长龙，水泥供不应求。柯云在办公室忙得团团转，张明义进门时，柯云正在给等了几天都装不上水泥而发牢骚的大车司机作解释说好话。

张明义笑着说，哟呵，生意这么好，都断货了？

柯云放下电话，苦笑着回答，最后的疯狂嘛。

张明义在屋里踱了几步，过去把门关上，神神秘秘地问，最近有没有感觉到什么不寻常的？

柯云听得云里雾里，摇头说，我不明白你指的是啥。

张明义说，最后的疯狂呀！小道消息满天飞，你没听到？

柯云叫苦说，我最近被厂里的事缠得住住的，哪有工夫外出嘛。

张明义说，孙利被双规了，你不知道？

啊！真的吗？柯云吃惊地问。

水泥老板们告到纪检委了，都立案调查了。

啊？柯云脱口惊叹一声。

最近没见你那个雯雯？张明义又问。

咋说话哩？柯云瞪眼说，她不是跟你在活动任万能取保候审的事吗？

看来你是真的啥也不知道，张明义慢腾腾地说，刘亦然去厂里找雯雯了，挨了一耳光，眼镜都摔碎了。

这无赖又去了？找打，柯云骂完，奇怪地问，你咋知道的？

我巡查路过"万鑫"见雯雯时听说了。张明义解释完，喃喃自语，你说这人真是，火烧屁股了，他咋一点都没察觉到？还有这雅兴？

柯云问，孙利出事，牵扯出刘亦然了？

是的，外面风声四起，他竟然一点也没听到。张明义说着，讲了事情的经过，柯云这才知道华塬风雨欲来、暗流涌动。

纪检委调查组这次行踪缜密，口风很紧，找谁谈话都首先强调谈话内容不得外泄，这是组织纪律。被约谈的干部们心有余悸，守口如瓶，但那些老板们才不管纪律不纪律的，一不留神就说漏嘴了。外面的风言风语就是这样来的，在小范围内快速传播着。但刘亦然的确一点也没闻着风，他过去在华塬太过强势，得罪了不少人，虽然没少给人办事，但那都是有回报的，事过两清，没几个像孙利那样的铁腿子。况且，人走茶凉，没人愿意给他通风报信蹚浑水。这天傍晚，他挨了同雯雯一耳光，摔碎了眼镜，有凶气没处出，回家先把乔晓娟训了一顿。

刘亦然进门时，她瞅着异样，便关心地问，眼镜片咋碎了？

跌跤摔碎了，刘亦然气哼哼地回答。

走路咋不小心点儿？乔晓娟怯怯地抱怨说。

人倒霉了，喝口凉水都塞牙缝，咋小心？刘亦然瞪着眼训斥说。

乔晓娟不吭声了，把饭端上了桌。

刘亦然怏怏不快，端起碗埋头吃饭，忽然"咯噔"一声，咬着了没捡净的碎石子，他一摔筷子，大发雷霆，做的啥饭嘛，要人命呀？

乔晓娟气得眼泪哗哗地流，伤心道，你在外面不顺心，回来就拿我们娘儿俩出气，你都让那个雯雯狐狸精闹神经了！

乔晓娟冷不丁捅到了他的痛处，刘亦然满腔怨怒，忽地站起来，挥手就是一巴掌。乔晓娟愣了一下，发疯似的扑过来跟他厮打起来。乔晓娟一把抓破了刘亦然的脸，嘴里歇斯底里地吼着，还敢打我？这日子没法过了！上初中的儿子也不愿意了，"啪"一声摔了碗，指着刘亦然咆哮道，你还是领导哩，竟然搞家庭暴力！你们打，我走了，说着一摔门出去了。乔晓娟惊呆片刻，忽然清醒了，不顾一切地追了出去。

家中风云突变，一桌残羹、满地碎片，刘亦然呆若木鸡，脸色煞白，不由得心火涌头，血压骤升，头晕目眩，他踉跄着挪动到沙发上，瘫软如泥。

乔晓娟跑出门，一夜未归，刘亦然守在家，通宵未眠。与其说他是被同雯雯打了一耳光，不如说是被乔晓娟打灵醒了，他感觉眼前一片漆黑，就像当年在井下巷道里，又像置身悬崖，一步之差，就将粉身碎骨！刘亦然闭上了眼，黑暗中，同雯雯消失了，乔晓娟却变得清晰了。他猛一睁眼，挂在墙中央一家三口的照片勾起了他万般记忆，家事如潮涌，亲情润如酥，当然，最令他揪心感动的，莫过于他陪在乔晓娟产床边等着她生孩子，乔晓娟守在他病床边为他端水递药的场景……刘亦然悔恨交加，终于记起来海空的逆耳忠言，他突然捶胸顿足，喊道，你刘亦然要是把家也丢了，那可真的是退无所守，一贫如洗了！刘亦然一夜煎熬，向天忏悔，经历了良知复苏的不眠之夜！

若不是那个秘书长电话传喜讯，刘亦然不会心血来潮，跑到"万鑫"去找同雯雯的。自从上朱雀寺向海空法师求医，服了那些丸药，他的身体状况有了些好转，他理解海空说的"心病尚需心药医"，是让他调整心态，看淡世事。他努力过，尽量不去想职务调整的烦心事。最近，他的右眼皮老跳，人说左眼跳福，右眼跳灾，不知为什么，他总觉得是一种不祥之兆，忍不住又给秘书长打了电话，声称最近事不多，想去看看老首长。秘书长回话说，事情快有眉目了，让他等候佳音。刘亦然转忧为喜，高兴不已，一高兴又想起了同雯雯，一想起同雯雯，就控制不住自己了。任万能被关了，听说同雯雯在厂里主事，他抱着希望、怀着侥幸，闯进"万鑫"，径直上了楼。同雯雯的门开着，他暗喜天赐良机，想着至少两人可以开诚布公地把话说开，消除误会，没准儿还能重归于好。刘亦然没想到自己多情，同雯雯无情，没想到会那样！一路上，他都快把同雯雯恨死了。

这一夜，刘亦然走过了一生，从在矿区上学到在华塬落马，许许多多的人和事浮现在眼前。他最先想到了李铁！两人从小一起耍大，一起上煤技校、下矿井，形影不离，算是最要好的朋友。论学习、论智商，自己不如人家，可李铁人实诚，缺心眼，安于现状。两人从井下巷道开始，就分道扬镳了，朋友情分就随之断了。刘亦然有些忐忑，扪心自问，自从走出矿井，自己就有点儿看不起人家了，两人形同路人。刘亦然猛然想起来了，给父亲办丧事时，李铁架着双拐行礼送花圈，自己居然没顾得上答理，是有点太过分了。刘亦然由此意识到，自己有些官架子，有些势利，有些不近人情。

这晚上最令刘亦然揪心的是没处理好他跟康文的关系。康文当初给曾智引荐自己时，自己心里感恩戴德，这可是步入仕途的关键阶梯啊。平步青云了，他却把帮忙的人淡忘了，尤其令他懊悔的是，康文来锦阳了，自己居然没能抓住机会把关系调整好，他揣摩，自己几次打电话，人家都不冷不热的，没准儿是对自己有看法了。回想起在华塬工作的几年，自己以及下属得罪了不少人，刘亦然静心痛思，明白自己太锋芒毕露、太过强势、不容人、不服人、不让人。比如，在处理吴栓牢的问题上就太冲动，太感情用事了。唉唉，说到底，还是太把权力、把县长官帽当回事了，帽子一摘，啥也不是了，反倒落下一身的不是！刘亦然想，假若时来运转，这些教训不能不引以为戒了。

这晚上的刘亦然良心发现，想明白了一些为人处世、居家的道理，但却谈不上深刻反省，他没触及问题的要害。次日，他告知单位说自己身体不适，没去上班，去乔晓娟娘家赔着笑脸，给他们娘儿俩说了一箩筐好话。把乔晓娟接回了家，他又是一番赔情道歉。脸上的抓伤隐隐作痛，乔晓娟给他敷上药，难免自责后悔，陪他去配了一副新眼镜，夫妻俩重归于好。乔晓娟为他做了一桌菜，又陪他喝了几盅，饭后一起坐在沙发上，乔晓娟靠着他的肩膀，一脸的幸福，他的感觉也出奇地好。

刘亦然想起孙利了，孙利的手机始终关机，他感到有些疑惑。他又给康文打了电话，说是想找机会好好聊一聊，康文答应了。他打算回矿上看望母亲，见一见李铁，他还惦记着任万能在看守所怪可怜的。殊不知，一张无形大网已经悄然张开，朝他撒来……

5

现场会之后，各县区的基层财政所陆续来参观学习，尚青把时间花在迎来送往上，有点烦。康文安慰她说，你工作都做到那儿了，人家来学习也很正常嘛。锦阳报社记者上门采访尚青，被她断然拒绝了。康文开玩笑问，为什么拒绝呢？我也是记者嘛，被人拒绝的滋味可不好受啊！尚青淡定地说，管他哩，我不想让身外之物打破内心的平静。

实际上，尚青急着了断那事，心里并不平静。她给司法局局长打了电话，那边一听她名字便知咋回事了，很快就帮她找下了最得力的律师，律师也很快跟她联系上了，来原家滩详细问了情况，回去写起诉书去了。尚青忐忑不安，康文安慰她说，走法律程序，按部就班，你只能积极配合，耐心等待。尚青有些想萌萌了，康文说，等我把手头这点事忙完，咱们赶在开学前去省城就是了。除了上班，康文简直就是尚青的一切。她陪康文去北梁村见了原志俊，等康文把原姓人家之间的宗亲关系理清了，续族谱的事才暂且告一段落。康文又着手写关于渭北森林资源作用的文章，尚青白日做一日三餐，伺候周到，夜晚陪伴康文，卿卿我我到天亮。

有个周末，尚武突然回来了。尚武这次回来，情绪不高，就想跟康文喝酒。他把梁琴母子安顿在西寺，独自过来见康文。尚青开玩笑说，是不是又要跟康文哥喝酒呀？尚武有点不耐烦地回答，是是是，快去准备嘛。尚青把菜端上桌，尚武摆摆手说，今儿就我跟康文哥，我俩还有话要说哩。尚青只好说，那你们俩喝酒，我去西寺了，别让康文哥喝多了。

尚青一走，尚武把院门关上道，康文哥，咱俩放开喝，敞开聊。

康文要用酒杯喝，尚武不让，拿来两只玻璃杯，都倒满了。

康文笑着问，尚武，最近又馋酒了？

尚武咕咚咕咚地喝了一大口，长出一口气说，郁闷啊！

康文奇怪地问，不是干得挺好的吗？水泥厂拆除，保护区建设，一片热火朝天的，咋又不开心了？

尚武"唉"了一声说，事情都顺当着哩，除了这两大攻坚硬仗，农业产业结构调整，也在按设想的山区、塬区和川道三大区块，开发不同特色绿色产业，发展经济林、绿色种养殖，规划也做出来了，该争取的项目也争取到了，后半年就可以全面实施了。咱就是干事的人，喜欢干实事，可工作不光是干事呀！

康文听出尚武遇到烦心事了，只管陪他大口大口地喝酒。不一会儿，尚武喝到兴头上，话匣子打开了。原来尚武在为孙利的案子闹心。尚武说，管人比干事难多了。这个孙利，在我手上被免了，又在我手上被"双规"了，拔出萝卜带出泥，真要把刘亦然带出来，别人咋看我？好像我有意跟前任领导过不去似的。

康文安慰尚武说，管他哩，要牵扯进去，那也是他自找的。

尚武凝重地说，后任翻腾前任的不是，毕竟犯忌讳，讨人嫌。

康文问，这么说，孙利的问题也不小？

尚武点点头道，刘亦然恐怕也一样，领导跟企业老板走得太近，肯定有猫腻嘛。孙利当副局长时就吃拿卡要，当局长后更是肆无忌惮，自己贪，还给领导拉托儿，排污费该多收却少收，自己从中贪一点。他这回全交代了，说是说如数退钱，争取宽大处理。可钱退给老板了，亏的是国家。不说了，不说了。

两人又喝了一阵子。尚武有些高了，嘴把不住门了，牢骚满腹，滔滔不绝地说道，现在这啥风气嘛，你不喝酒，嗜酒的人不舒服；你不收礼，贪财的人不以为然；你坚持原则，别人却觉得你不通人情。大家对你敬而远之，你鹤立鸡群，不就成孤家寡人了吗？这差事不干不知道，一干吓一跳。下面好摆置，我不喝，他们不敢请我喝；我不收，他们不敢给我送。过去大吃大喝，公款消费成风，现在，我们借推行"乡财乡用县监管"，严格经费开支，利用制度管钱、管人，在县上，我跟县长以身作则，尽管有意见的人不少，可明着乱来的少多了。可对付上面可就难了，哥，不瞒你说，接待上面时我就得喝酒，不喝不成呀。过去人家来，吃、喝、玩、洗、唱一条龙，现在到你手上，若要不安排，肯定惹人嫌，你不会打麻将不会唱歌，勉强说得过去，你说不会喝酒就太那个了。唉唉，这风气啥时候才能改变呢？要是有下辈子，我还当兵钻山护林子去。

尚武走后，刘亦然的事让康文多想了一想。刘亦然几次打电话说要见他，他有些为难。不见吧，面子上抹不过去；见吧，说什么？打从了解了刘亦然的根根梢梢，康文在内心深处不免为他感到惋惜和悲哀。不过，站在作家的角度，他倒想走进他的内心世界。这一天，刘亦然的电话又打来了，说是要陪同市人大代表、政协委员考察森林公园建设项目，等结束了就赶到原家滩来见他。康文灵机一动，回复说，我刚好也要去东河，咱就在东河见面吧。

康文这阵子没来，森林公园变化不小。人工湖的拦水坝已经完成了水泥浇筑，蓄水形成了湖面。通往断欲崖的林间小道打通了，碑亭的地基也挖好了。吴栓牢真是个干事的，他不知从哪儿弄来块大石头，上薄下厚，上小下大，呈不规则的长方形，四侧缓坡而落，顶端状似驼峰，表面光滑圆润。吴栓牢选了它做碑石，凿平正背两面，正面刻碑文，背面刻断欲崖的传说故事，那故事也是康文整理的。康文去时，石头就堆在筹建处的院子里，两个平面已经凿平打磨好了，《断欲歌》也刻好了，石匠挥动凿石工具，正在背面刻写传说故事。

康文下了车，吴栓牢兴冲冲地说，康书记，看看这石头咋样？

康文绕着石头转了一圈说，不错不错，这比方方正正的碑石强多了，拙中藏秀，浑然天成，你从哪儿弄来的？

吴栓牢得意地说，这叫磐玉石，还有些说道哩，咱华塬就有啊！哈哈，这下子让你流芳百世了。

康文无奈地一笑，问，市上的人大代表、政协委员来考察，到了没有？

吴栓牢奇怪地问，你咋知道？还没来哩，正在路上。

康文说，刘亦然要陪同他们来，约我在这儿跟他见个面。

他咋也来？吴栓牢拉着脸，欲吐又咽，喃喃道，他不是都……

康文佯装不知，有意把话岔开了。他知道这两人有过节，却没料到他们竟然水火不容。考察队伍说到就到，市人大副秘书长带队，由吴栓牢出面接待。人大副秘书长介绍政协副秘书长时，刘亦然伸出手来，吴栓牢理都没理，刘亦然很尴尬，康文都看在眼里。人大、政协的考察活动由吴栓牢陪同，刘亦然借口和康文有事，没跟他们上山，留在筹建处跟康文说话。

好久不见，刘亦然消瘦了，脸色憔悴，底气全无。康文萌生怜悯，有意打破困窘，问道，到新单位了，工作咋样？忙不忙呀？

刘亦然不回答，满怀歉意地说，康老师，这些年慢待你老兄了，对不起，请你见谅！

康文有些感动，他招呼刘亦然进办公室，给刘亦然倒茶让座，又安慰他说，现在这社会，其实，做什么都无所谓，只要自己舒心就行了。

刘亦然大发感慨道，天堂与地狱，看来也就一步之遥。康老师，你不怪罪我吧？这些日子，不知道为什么，我就想见你一面，推心置腹地聊一聊，今儿你骂我也成，训我也成，我真的无地自容。

康文的心特软，一听这话，忍不住动情了，随声附和道，世事纷纷扰扰，着实浊清难辨，只要问心无愧就好。

刘亦然恼怨地说，可我内心有愧，也有怨呀！力没少出，事没少办，可到头来落下一身不是！在为人处世上，我想了很多，的确有欠妥当之处，可有些方面，我还是没想明白。

康文瞅见刘亦然神情沮丧、眼神茫然，便开导他说，这年头出力不讨好是常有的事，只要没装进自己的腰包，淡定应对就是了。

刘亦然猛一愣，低下了头。这时，报社副总编打来电话，刘亦然的细微表情变化，康文没发现。副总编说要来朱雀寺拜见海空法师，啰里啰唆个没完，刘亦然见状便出门去了。电话终于通完了，康文见刘亦然不在，出去一看，刘亦然正站在大石头前看《断欲歌》。

刘亦然进来后，表情怪怪的，眼神游离，还有些发呆。康文猜想，怕是石头上的文字刺到他的痛处了。果然，刘亦然怏怏地问，康老师，外面的碑文是你写的？

康文点点头说，公园有个断欲崖景点，我也是顺着这个话题瞎写的。康文说完，顺便讲了断欲崖的传说。

刘亦然看似心不在焉，其实都听进去了。他脸色涨红，喘气急促，踉踉跄跄地站起来道，康老师，对不起，我感觉不舒服，我得走了，回头再约你。

康文急了，赶紧问，要紧不，要不先躺一会儿？

刘亦然挣扎着摆摆手道，不用不用，我车上有药，说着，有气无力地喊了司机，钻进车内仓皇而去。

康文愣住了。

6

杨秀女在电话里拉着哭声喊，柯云兄弟，出大事了，你快回来。

柯云急忙问出了啥事，杨秀女不愿明说，只一个劲地催他快些。柯云打电话叫上同雯雯，两人连忙回去了。到了杨秀女家，一眼看到杨眉的小保姆撅着嘴站在大门外，同雯雯就明白了七八分。两人进到屋里，见炕上躺着个婴儿，杨秀女开口就骂，好兄弟哩，好妹子哩！你看那个卖×的叫保姆把娃给我抱回来了，你说，这到底咋弄哩！

同雯雯听着不顺耳，心想，这人咋这么粗野呢？她急忙把小保姆叫进来问话。小保姆支支吾吾，半晌才说明白了。原来，杨眉这些日子不是发脾气骂任万能，就是给省城打电话，孩子全由小保姆喂养。这天，杨眉把自己的东西打包收拾好，装进楼下一辆省城来的小汽车，把娃塞给小保姆，拦了一辆出租车付了车费，直接把小保姆他们送到了任万能家。

同雯雯把小保姆拉到一边问，来接她的那人你见过？

小保姆怯怯地点点头。事情明摆着，杨眉在省城那边早都挂上人了。杨秀女骂道，你叔出钱雇的你，那卖×的在外头勾勾搭搭，你咋不跟你叔说？吃里爬外的货！

小保姆"哇"的一声哭了。

杨秀女恨得咬牙切齿，骂道，那卖×的还把省城房子的房产证拿走了，这房子在我大女子的名下，这下要不回来了。任万能这老嫖头，挨刀的，弄的这叫啥事嘛。走走走，把娃抱上寻他去，看他咋办哩！

柯云觉得也对，叫杨秀女抱上娃，大家正要出门，外面传来了一声咳嗽，任明昌拄着拐棍进来了，颤巍巍地说，寻啥哩寻？这孩子咋样也是老任家的骨血嘛，你不想养了，我跟你妈养。老汉说完，探过头把孙子看了又看。

杨秀女不吭声了，哭丧着脸不动弹了。

同雯雯说，去去也好，任总早都想见他儿子了哩！

任万能一听杨眉跟人跑了，大吃一惊，气得直跺脚，把儿子从杨秀女手里接过去抱在怀里，亲得没完没了。杨秀女在一旁又气恼、又心痛，骂道，亲亲亲，亲你个头，你说这事咋弄哩？

任万能一脸无奈地说，生娘不亲养娘亲，你把他给咱往大的养嘛，你白捡了个儿子，有啥不好？她要把娃带走了，那我才要疯哩！

杨秀女瞪眼说，啥白捡的？那卖×的，把省城的房子也霸占了。

任万能唉声叹气地说，一套房换个带把的，我看也值。说着，又亲了一下，把娃递给杨秀女。

同雯雯要说厂里的事，任万能却说，我没心思管了，你看着弄吧。他把柯云叫到跟前，小声说，你去找找尚武哥，要审要判快一些，我在这待得够够的了。

临走时，任万能给杨秀女挥手叮咛道，把娃管好，让小保姆就留在家里给你打下手，等我出来了，回去看你们娘儿俩去。

把杨秀女母子送到塬上，在返回途中，同雯雯感慨地说，我们任总咋一下豁达了，超脱了？

柯云漫不经心地说，处境变，人也跟着变嘛。

同雯雯怪嗔地说，难怪你对人家不闻不问的了。

柯云红着脸低头不语。

同雯雯说，拐到梁鹏那儿，中午你请我吃饭。

柯云说，那就把张局长也叫来嘛。

同雯雯瞟了他一眼，道，叫上就叫上。

张明义一叫就到，还带来了重磅消息，刘亦然被"双规"了。

刘亦然从东河回去，直接住院了，他的确受了些刺激。吴栓牢拒绝握手，倒是在他的料想之中，无意中看了一遍《断欲歌》，就像照了一回镜子，左一个贪，右一个欲，如针如刺，让他浑身难受。再一想康文说的那些话，就像摸透了他的根根底底，让他心里头更不是滋味。一紧张，一着急，心跳加速，血压上升，感觉像要犯病，他赶紧返回锦阳，住进医院，一边打着点滴，一边想着那一屁股的烂事。这回，他最担心的是任万能，任万能要是把不该说的说了，足够他喝一壶的。刘亦然这回有预感了，晚上合眼就做噩梦，白天有人一推病房门，他就紧张，好像随时有人要找上门来。他拉着乔晓娟的手，眼泪汪汪地托付说，我要是出了事，你把儿子培养成人。乔晓娟黑搭糊涂地说，大夫都说了，这回不要紧，住一阵子就好了。刘亦然只好说，你记住我的话就是了。这天，调查组推门进来时，刘亦然正在打吊针，听说是纪检委的，他的脸"刷"的一下就白了。来的人见点滴还有少半瓶，便说，不急不急，等针打完了再说，我们在外面等一会儿。天要塌下来了，刘亦然慌作一团，拿出手机急忙给那秘书长发了个短信：

我出事了，不想连累别人，快救我，千万千万。刘亦然。

刘亦然被调查组从医院带到孙利待的地方，宣布"双规"决定。手机一被没收，刘亦然把希望全寄托在那个短信上了。调查组重新问他办丧事收礼的事，他开始嘴硬邦邦的，人家义正词严地说，孙利早就在这儿了，都交代了，你还有啥可说的？说着，把礼簿复印件朝他面前一摆，他当下傻眼了，软瘫了。

这年头，老百姓一提贪官就来气。刘亦然被"双规"的消息，一阵风似的刮过华塬刮过锦阳，成了人们茶余饭后的议论热点。华塬城里人现在体会深刻，十几家水泥厂拆除过半，县城周围的空气质量发生了根本性好转，久违的蓝天回来了，夜晚的星星出现了，人们享受其中，自然而然又把刘亦然与粉尘污染联系在了一起，谴责刘亦然的不是，大骂官商勾结，说原来这才是环境污染的毒瘤，又称赞这届县领导生态立县，治理污染，决策英明，为群众办实事、办好事。除了骂刘亦然，孙利暗藏证据，把大老板出卖了，一时间也成了众矢之的。

远在矿上的李铁也听到了，兴奋之余，他又心虚不安，悄悄拐到刘亦然家外面待了片刻，心里头像猫抓似的，怎么也乐不起来了。

吴栓牢也一样，他那天陪代表委员们从山上下来，听说刘亦然看罢碑文，借病而逃，忍不住说，康书记，你这《断欲歌》还真有杀伤力！这天，一听刘亦然被收拾了，吴栓牢从朱鹮观察站修路工地返回路过原家滩时，又上尚青家找康文来了。

康文沉重地问，刘亦然出事了？

吴栓牢沉闷地回答，可不是，到底还是出事了。

康文叹了口气说，那天跟我说了些心里话，我看他有些醒悟。

吴栓牢"唉"了一声，喃喃道，悔之晚矣！唉唉，你看这事弄得，尚武书记心里也不好受。

康文木然地说，这我知道，我心里也不舒服。

毕竟与刘亦然交往久了，听说他出了事，康文一直情绪低沉，懒得动笔。尚青着急了，说，哥，我看你这几天咋心事重重的，赶咱后天走能写完不？

康文心不在焉地说，刘亦然出事把人心都搅乱了，没事，写不完，去了也能写，回来也能写嘛。

尚青见状说，我爸叫咱俩过去吃顿饭，我想你忙着，没吭声。

康文奇怪地问，生茂叔咋想起叫咱俩吃饭呢？

尚青直言说，我爸知道咱俩的事了。你看我哥嘛，我哥、我嫂、我妈、我爸，一个传一个，家里人都知道了。

啊！不是说保密吗？康文有些慌了，说，我咋好意思见生茂叔？

尚青豁然地说，对家人还保啥密？你赶紧换身衣服，打起精神来，从今儿起见了我爸只能叫"叔"，不能叫"生茂叔"了。

康文打起精神说，听你的，先叫叔，后叫爸。

尚青心里甜滋滋的，帮康文换上西装，打了领带，自己也穿得洋洋气气的，一起出了门。

这一阵子，原生茂心情格外好，华塬电视新闻他一天不落地瞅着，看得出来儿子风风火火，干得还不错。女儿把财政所也搞出了名堂，开了现场会。外孙女被省上的重点高中免费录取，吃住也被康文安顿好了。听说了尚青跟康文的事，他更是喜出望外。不过，县上接连出事,他也才听高黑子说了。高黑子有日子没来了,他明确表态,舅舅做不了外甥的主,尚青跟外甥过不到一起就散伙,这样对尚青更好。原生茂一方面为尚青的归宿开心,感叹不是一家人不进一家门;一方面又为尚武的处境担心,想等着见了康文说道说道。

康文来了,原生茂瞧着瞧着就乐糊涂了,瞅瞅这两人,出双入对的多般配,都是好气色,瞧着瞧着,老人家脚底下乱了,嘴里有些语无伦次了,只剩下一脸的笑眯眯。尚青跟母亲包饺子,母亲千叮咛万嘱咐道,尚青,这回去了,记着给康文的父母买见面礼,买四样,一身衣服配上鞋帽袜子。这回去了,记着收拾屋子、拆洗被褥,早起晚睡进厨房,伺候人家几天。人家照料萌萌,一定要把生活费留下。叮咛了又抱怨说,我说的这些,本该上一回送萌萌时就办了,唉唉,我知道得晚了。抱怨完了,母亲又叮咛说,走的时候,记着带些山里的土产,菜园里的南瓜、豆角、柿子、茄子都摘上些,反正有车。尚青用心地答,我知道了。

原生茂乐得乱了方寸,康文倒心里踏实了。他要陪原生茂出去走走,原生茂跟着出了门。他讲续家谱的事,原生茂似乎不感兴趣,他又说矿难、刘亦然出了事,老人家似乎也没听进去。就在他纳闷儿的时候,原生茂突然问,康文,尚青那事啥时候能了结?

康文明白了,说,尚青起诉了,如果对方不同意,半年后才能再起诉,咋样也得拖一年多。

原生茂摇头叹气地说,归根结底,是我拆散了你们!尚武在县上,这事闹得动静大了不好,你还是想办法把她调走吧,先调到市上,等你回去时,带她一起走。

康文满口答应道,叔,你放心,我知道了。

第十三章　多事之秋

　　水泥产业升级改造终于走上正轨，袁耀辉日产四千五百万吨的水泥厂很快可以投产，水泥工业园区的建设也如火如荼，原尚武在这方面可以松一口气了。但在人事处理方面，他依然胸口压着大石，刘亦然的贪腐案磕磕绊绊，总算有了点进展，孙利的事也好不容易才勉强解决，原尚武感到了前所未有的无力感……

　　康文这边倒是越来越滋润，他和尚青的事已然明朗，给保护区写的文章、资料也已具雏形，生活就像华塬的天空，逐渐向他展颜……

1

这一年秋季雨多，连阴雨一下多日，刚晴了一半天，又积云成雨。华塬城里人幽默了一把，说，水泥污染祸害了几十年，老天给咱冲污洗尘，打扫卫生哩！

雨下个没完没了，几条在建的大水泥生产线、多个新建粉磨站的施工大受影响。"耀辉"开工早，厂房车间主体已经起来了，因此虽然室外施工停了，室内还在加班加点地赶工期。袁耀辉头戴安全帽、身披雨衣、脚蹬雨靴，现场指挥，现场监工，跑前跑后，浑身水淋淋、泥巴巴的，指手画脚，嘴里还不干不净地训了这个训那个。

"耀辉"旁边的"万鑫"粉磨站因下雨停工了。同雯雯不放心，过来看看，远远瞅见袁耀辉便打了声招呼。袁耀辉闻声便喊，美女，进来坐坐嘛。同雯雯让司机把车开了进去，袁耀辉亲自跑来开车门撑雨伞，陪她穿过雨地，进了他的临时办公室。

同雯雯开玩笑说，袁总，雨里来雨里去的，不怕淋感冒了？

袁耀辉说，俺给俺干工程哩，俺不操心，谁操心？俺给原书记拍了胸脯的，明年"五一"点火试生产，宁叫挣死牛，不叫停住车。

同雯雯说，那就让手下人忙嘛。

袁耀辉说，能指挥动的，俺不放心；放心的，俺指挥不动。

同雯雯知道他在说柯云，却故意问，你说谁呢？

袁耀辉说，俺哥呀，人家是秀才，给多少钱都不下这苦。

同雯雯反驳说，这几个月，柯云给你盯着老厂子，又是生产经营，又是关闭拆除，也没少下苦呀！

谁让他是俺哥哩！袁耀辉嘿嘿一笑，说道，美女，到俺这儿来干嘛，俺就缺你这么个人才。俺后来才发现，你这妹子真不错，懂技术，会管理，敢负责，一身侠气。

同雯雯头一偏问，想请我？先说给多少钱。

袁耀辉说，肯定比任老板给得多。

同雯雯故意问，多多少？十块八块也是多，跳槽划不来。

袁耀辉认真地说，俺是认真的，只要能把你挖过来，咋都中！

同雯雯笑着摇头道，现在不行，等我们任老板出来了再说。

袁耀辉高兴地说，中中中，一言为定。

煤矿目前怕是开不成了，"万鑫"只有建粉磨站了，同雯雯觉得意思不大，也想挪一挪，但绝不是现在。她忽然想起了什么，说，袁总，"万鑫"粉磨站建在你隔壁，指望着你们给供应熟料哩，这事咱说好了的，你得恪守承诺哟！

袁耀辉咧嘴笑道，中中，俺就纳闷儿了，你咋对任老板这么忠心？

同雯雯说，挣人家钱，就得为人家着想。人落难了，弃他而去，等于落井下石，这种缺德事，我绝不会做。

袁耀辉竖起大拇指说，好好，忠义侠胆，女中豪杰，够意思。

前塬雨多晴少，后山阴雨绵绵。高黑子被雨下烦了，嘟囔道，村里还有好多事哩，这老天爷，都不下来看看，涝成啥了。东河村真是时来运转，那天，黄镇长来东河下乡，在村里转了一圈，皱着眉头抱怨这里脏乱差，又说，东河可不是从前的东河了，森林公园开张了，游客来了，这样子给原家滩镇丢脸面嘛！他在村上的农家乐吃饱喝足了，吩咐高黑子说，报个修路整村容"一事一议"项目，你们出劳力，向财政上申请些钱，把东河好好整治整治，这事尚青管着哩，你具体找她，就说是我说的。

没多久，这个项目批下来了，紧接着，县上安排的经济林项目也下来了，都等着要实施。但老天雨下个不停，把高黑子急坏了。吴栓牢更着急，天天盯着天气预报。施工停了，工队窝在工棚，工期延误不说，景区的施工点面临水毁、滑坡、泥石流之类的威胁，等雨停了，他还得带人上山逐一查看。

雨季时山里雾大，马鬃梁锁在云雾中，东河也一片雾蒙蒙，天地之间浓成了一团水雾。雨霾天时间长了，令人压抑郁闷，这天，吴栓牢要去朱鹮站工地查看灾情，顺便叫了高黑子说，没事跟我去一趟原家滩，到现场看完了，咱去生茂叔家看看。

见吴栓牢两人进门，原生茂眯着眼问，哟呵，下雨天咋跑来了？

吴栓牢笑嘻嘻地说，下雨没事干，我们过来陪你老喝几盅。

原生茂不慌不忙地说，喝几盅就喝几盅，不过，我不能多喝，说着，就吩咐老伴弄凉菜。

吴栓牢说，把康书记也喊过来嘛。

原生茂瞅了高黑子一眼，说，不要叫，甭打扰他，康文忙着写书哩。

尚青家也有人，是柯云。

这些日子，康文越来越感觉活出人味儿了。栖身山野，独居为安，关着门忙自己喜欢的事。吃喝拉撒睡，啥心也不用他操，啥活也不让他干。尚青说了，哥，你忙你的写作，萌萌不在身边了，我除了上班，就是伺候你。尚青这话是在省城说的。这回去省城，康文体验了家有"贤妻"的滋味。去的时候，尚青拎出大包小包的塞满了后备箱，还让康文把车开到西寺，在菜园子里摘了一堆瓜菜。康健带着萌萌去报了名以后，尚青为康健从头到脚买齐了，还亲自送他上火车回学校。俩孩子姑姑、大舅的叫，可康文父母心里已经明白了几分。尚青陪着康文的母亲上了趟街回来，给二老也从头买到了脚。在那边住了几天，尚青天天下厨房、搞卫生，把该拆该洗的都忙完了。把那边收拾了，两人回到报社这边，尚青独自出门，买了套床上用品换上，又买了毛线，说回去要给这边的二老织毛衣。尚青上街回来说，哥，我碰见李娜了，说了一会儿话。康文说，她是不是猜到什么了？尚青说，不知道，管她哩！几天下来，康文感慨颇深，晚上早早地把尚青搂着睡了，在枕边说，尚青啊，我咋感谢你哩？这下子我算是活出人味儿了。尚青枕着他胳膊、摸着他下巴说，哥，是你让我活得像个真正的女人，往后妹子把你伺候得好好的，你一心无挂地搞创作。两人搂在一起，都很感慨，康文心里明白，尚青属于贤妻良母型，从前的不幸让她压抑了多少年，现在，总算回归了、释放了。两人窃窃私语，尚青一句话又把康文给逗笑了，尚青羞答答地说，我妈还叮嘱我去了记着给老人倒尿盆哩……

"耀辉"的老生产线拆除后，柯云负责留守，阴雨天待着，无所事事，实在无聊，他拿起电话想跟雯雯联系，想了想，又放下了。他拨通康文的电话，听说康文在原家滩，他说了声"我来看你"，开车就走。

柯云一直关注着尚青跟康文，可这两人滴水不漏，探不出水深水浅，他隐隐感觉这两人有故事了，就想来弄个究竟。这回，康文实话实说，柯云很是释然。

尚青回来，前后瞅了瞅柯云，问，柯云，咋就你一个，雯雯哩？

柯云红着脸说，最近各忙各的，好久没跟她联系了。

尚青又问，柯云，你想吃啥？哥，你说吃啥？我给咱做去。

康文说，这天阴凉阴凉的，我跟柯云喝点酒。

尚青做饭去了，康文问起了同雯雯。

柯云感慨道，同雯雯，真是红萝卜拌辣椒——吃出看不出。拆了三十万吨的旧生产线，开工建六十万吨的新粉磨站，豹子沟伤亡的善后也是她处理的，没看出她有这么大的能耐！任万能让我去找尚武哥，我没好意思去，她却跑去了，又是办取保候审，又是请辩护律师。这回，任万能亏得有雯雯了！

两人正说着，黄镇长拎着瓶酒进了门，扯着嗓门儿说，尚青，这天凉飕飕的，我来陪康书记喝几口。

尚青开玩笑说，混饭就说混饭来了，找啥借口。你来得正好，我老同学也来了，大家一起热闹热闹，但是不准喝多。

饭桌上，柯云问，康老师，最近写什么哩？

康文说，写了篇关于渭北森林资源地位与作用的论文，给了西北大学校刊。教育馆的文字材料也不少，还要再修改，瞎忙。

黄镇长接住话茬唠叨说，保护区把原家滩也带起来了。镇上原来房子破破烂烂，街道坑坑洼洼，下雨满地泥，刮风漫天土，没人重视，没人管。还是这一届班子好，办实事，重民生，赶上小城镇建设，借着建保护区的东风，我们这回要拓宽街道，铺路面、装路灯、建公厕，天晴了就开工实施。眼下房子最好的是财政所，下一步，邮电所、税务所、信用社、供销社都要统一规划，旧房子拆了重建，镇政府也要盖办公楼哩！

柯云顺便给黄镇长送了一本摄影集。

黄镇长翻着一看，原家滩风光占了一大半，他高兴地说，这不是给我们原家滩做宣传吗？柯老师，等保护区建成了，你就能来这儿拍朱鹮了。镇上跟保护区签了协议，对水稻种植户进行绿色种植培训，过一阵儿水稻收割了就开始。保护区还要组织村干部和种植户代表去朱鹮保护区考察学习，我也跟着去，陕南我还没去过哩！

大家边聊边喝，一瓶酒见底，黄镇长又喝多了。

送走柯云，康文收到了李娜的短信：

康老师，衷心祝愿你们幸福。敬慕你的学生李娜上。

2

豹子沟煤矿重大事故案终于尘埃落定了。

宣判那天，天还在下雨，同雯雯去旁听，一边坐着她为任万能请的律师，一边是柯云和杨秀女。杨秀女抱着四个多月的儿子盼盼，她为儿子起这乳名，意在盼丈夫早些出来，抱儿子来，就想让丈夫看一眼，可瞅见丈夫穿着囚服、戴着手铐，被警察押着，她心里便难受。她在下面闭着嘴哭，任万能却在上面咧着嘴乐，辩护律师告诉他了，等到了劳改场所，再想办法办个保外就医，把他弄出去。同雯雯跟他目光对视那一刹那，任万能努了努嘴，同雯雯领会了，转身跟杨秀女一嘀咕，杨秀女便把儿子朝任万能举了起来。任万能看见了，露出微笑，又向同雯雯点头致谢。

法官宣判了。任万能把非法越界掘进的责任推给了刘强，却把伤亡事故责任一屁股坐了，以重大责任事故罪获刑三年。任万能听了，显得十分轻松，当庭表示不上诉。从同雯雯她们身边走过时，任万能微笑点头，摆手示意。

经历了一场突如其来的打击，任万能从心底感激同雯雯，若不是人家在那儿撑着，"万鑫"早都垮了，若不是人家四处奔走，说不准他还得被羁押多久。患难之交，没料到还是个女的！

就连柯云、袁耀辉，还有张明义和他的朋友强所长，也都对同雯雯刮目相看，敬佩有加。同雯雯隔三岔五地找任万能请示，跟看守所的强所长也熟了。起初，强所长是看张明义的面子，后来便是冲着她这人开绿灯。案卷移交检察院，要请律师，同雯雯一张口，强所长便热心帮忙。任万能被押送劳改煤矿的第三天，同雯雯在酒店定了包间，招呼强所长、陈律师、张明义还有柯云一起吃饭。

同雯雯这天穿着时尚艳丽，淡黄色吊带衫，白色七分裤，紫红色高跟鞋，淡绿色宽松式薄纱外套，化了淡淡的妆，光彩照人，满屋生辉。

张明义进来，眼前一亮，打趣道，哟呵，同总惊艳迷人，秀色可餐啊！

同雯雯把他安顿在强所长旁边，说，今儿你是主陪。

张明义纳闷儿了，心想，这个同雯雯，啥时候跟强所长混得比我还熟了？

柯云最后一个到，张明义拉他坐在旁边，小声嘀咕说，柯馆长，我咋看咱俩都快出局了。

同雯雯听见了，瞟了他们一眼说，柯云介绍我认识了你，你介绍了强所长，强所长介绍了陈律师。我们老板在看守所亏得强所长关照，大家都是朋友了，请你们陪陪强所长、陈律师，还亏欠你们了？

张明义赖赖地狡辩说，我啥也没说。

女人扎在男人堆里本来就抢眼，今儿又是美女设宴请客，与其说是四个男人围着美女团团转，不如说是美女把四个男人拨得转圈圈。同雯雯频频举杯，敬了这个敬那个，语气诚恳，说话入情入理，笑声悦耳动听，男人们岂能不俯首称臣？

张明义就好在女士跟前撇腔斗嘴，席间，他又拿任万能说事，明知故问地找乐子，问道，同总，听说你们老板的二老婆跟人跑了？

同雯雯反驳道，跑就跑了，鸡飞了蛋没打，儿子还在哩！

张明义又故意说，这么说，大老婆白捡了个儿子养着？

我们老板要的就是这效果，咋啦？同雯雯说着头一偏，说，张局长，我们老板落架成啥了，你咋还拿他穷开心？不地道，罚酒！

张明义只好就范，小声跟柯云说，这女子咋一夜间成精了？

柯云笑着附和说，可不是嘛。

同雯雯瞟了他俩一眼说，你俩又说我坏话了？一起罚。

柯云喝了酒，抱怨张明义道，看你这张嘴，把我都连累了。

同雯雯跟所长、律师客客气气的，却拿张明义、柯云当马仔使唤，非要他们轮番给所长、律师敬酒碰杯。

所长喝多了，透露了不少信息，说若不是与刘亦然有牵连，这案子早结了，调查组不准任万能取保候审，却还是没从他嘴里掏出想要的东西，调查人员很恼火，也很无奈。

柯云跟张明义也喝多了，出门便被同雯雯拦住了。同雯雯说，明儿是周末，我要去劳改矿把我们老板安顿好，见了矿领导，肯定要喝酒，你俩再去帮忙陪陪酒，顺便看看我们老板嘛。两人稀里糊涂地答应了。次日一早，"万鑫"的车开到楼下，同雯雯在电话里催着他们上车出发，两人这才明白过来，但已不好反悔了。

张明义开玩笑地问柯云，咱俩啥时候沦为马仔了？

柯云眯着眼回驳说，我看你就好这个调调。

这天，同雯雯身穿玫红色小西服套装裙，头发高高盘起，项间纱巾飘飘，端庄典雅，气质高贵。劳改矿的监狱长迎上前，握着她的手热情地说，曾市长给我打过电话了，我就没出去，等着你们！

张明义低声嘀咕，什么什么？曾市长？打电话了？

柯云说，这不明摆着吗？雯雯为这事找过曾智市长了。

张明义佩服地说，没想到，雯雯的社交能力这么强！

从劳改矿回来这天晚上，柯云彻夜失眠了。任万能飞来横祸，却挖掘了同雯雯的潜能，这社会可真历练人！从前，自己只是倾慕她的漂亮迷人，欣赏她的热情大方，现在，他对她更多的是敬慕。前些日子，柯云有意疏远她，若即若离，可看到她跟张明义走得近了，又不免萌生出些许醋意。袁耀辉的赞不绝口，加剧了他内心的矛盾与忐忑。虽然很少见面，但两人的电话联系多了。

柯云想了一夜，次日下午，直接开车去了"万鑫"。

同雯雯有些意外，问，你咋来了？

柯云红着脸说，过来看看你。

同雯雯不无奚落地说，连着两天在一起，还没看够？

柯云支支吾吾，不知说啥好。

同雯雯娇滴滴地抱怨道，人家最难之时，你躲得远远的，看把你吓成啥了，生怕把你家搅乱似的，你放心，没那回事。

柯云满口否认道，没有没有，前一阵子，你忙我也忙嘛。

同雯雯说，还狡辩？去原家滩看望康老师，你咋不叫我？

柯云问，你咋知道我去了？

同雯雯说，尚青姐在电话里都告诉我了。

柯云感慨道，雯雯，经过任万能这番事，大家都对你刮目相看，袁耀辉都夸你是女中人杰，我也打心眼里佩服你。

同雯雯也感慨地说，说心里话，我不待见任万能，典型的暴发户土财主嘛。可人家信得过咱，对咱也不薄，拿人薪酬替人管事，我这人又心软，看见任万能可怜巴巴的，他老婆哭鼻子掉眼泪的，就想帮帮他们。"万鑫"树倒猢狲散，任万能已经为过去的错付出代价了，咱也要看人家好的一面嘛，人落难了帮一把又有何妨！

柯云说，你这人真是敢爱敢恨，敢当敢为。

同雯雯放了个飞眼，撒着娇说，谁说我敢爱了，我爱谁了？

柯云返不上言来，脸"刷"的一下红了。

听柯云说了，康文也想去看看任万能。

康文对监狱一无所知，早就想去一趟劳改矿，于是，他给曾智打了电话。去的时候，尚青买了一条烟、一袋水果，让他给任万能带上。尚青说，同学一场，算是我的一点心意。

康文去了劳改矿，监狱长陪他参观，犯人吃的住的，娱乐学习的，该看的都看了。他说起任万能，监狱长说，你放心，曾市长交代过了，市长妹妹也来过了。过失犯罪嘛，又是华塬知名企业家，我们就没让他下井，只在监区打杂，都安顿好了。康文愣了一下，同雯雯是曾智的妹妹？嗨，也对。康文听说同雯雯想给任万能办监外就医，便试探着问，像任万能这样的，能办监外就医？监狱长说，只要患有符合条件的疾病，就没问题。去了一趟监狱，康文收获不小。感触最深的，还是他与任万能的那一番交谈。

他跟任万能是在监区内见的面。任万能吃惊地说，康文哥，你咋跑到这里头来了？

康文拿出尚青带给他的东西，任万能一脸困窘地说，谢谢尚青还惦记着我。谢谢大家这么关照我。

康文好言安慰，说，事情已经出了，要坦然面对。

任万能说，唉唉，我知道，世上没有后悔药嘛。

康文试探着问，假若放你出去，你最想做的是什么？

康文哥，不怕你笑话，我最想回去见我大我妈、我老婆我娃，任万能说着，脸色沉重起来，还有，想去刘强他们的坟上磕几个响头，再有，我还寻思着咋样谢谢我们同总哩！

康文又问，出事前，伤过刘强的老豹子现身山林，昼夜哀嚎，你听说了没有？

任万能头摇得像拨浪鼓，疑惑地问，还有这事？

康文把事情从头到尾一说，任万能惊呆了，半晌才冒出一句，唉唉，老天爷惩罚我哩！

康文掏出烟，递给任万能一支，自己也点着，叹了口气问，我也是局外人。不过，我就想知道，巷道掘进拐到保护区底下，这事你真的不知情？

任万能犹豫了一下，把椅子朝前挪了挪说，康文哥，我不把你当外人，主意是刘强出的，我是老板，我不点头，他敢生整？可是，我要承认，事就大了。不过，推给刘强，我心里也觉得亏欠呀！

康文想了想又问，听说调查组找你问刘亦然的事，你矢口否认了？为什么？

任万能哭丧着脸说，这事打死也不能说。康文哥，今儿我给你说了，你可千万不能说。这年头儿你不出水，人家凭啥罩着你、关照你？刘亦然挡着筹建保护区，就是想让我吃这块煤田哩！这些年，我真的没少喂他，可人家也没少给咱办事嘛，我绝不能落井下石。再说了，他受贿我行贿，他进去了，我也得加罪，保他不就是保我嘛！

康文摇摇头，无话可说，心中是百味杂陈。

3

连阴雨终于结束了。雨后放晴，天空湛蓝湛蓝的，棉花团似的白云缓缓掠过，地上云影也跟着缓缓移动，空气清新，呼吸舒畅，这景色，这感觉，真是令人心旷神怡！人们感叹嘘唏，享受着大自然的惬意，难得陶醉一回。

柯云看过天气预报了，天不亮就爬起来，背上相机爬上县城北边塬畔的制高点，等到日出之后，拍摄了华塬县城的俯瞰全景，记录了蓝天白云下美丽纯净的瞬间。这是他应《锦阳日报》之邀而摄的，他又把从前在同一地点拍摄的县城污染全景照片找出来，一并发给报社，第二天，便配着记者采访的文章见报了，整整发了一版。

县宣传部又要他拍摄水泥工业园区建设的一组照片，柯云轻车熟路，这天又出现在了水泥项目的基建工地上。

袁耀辉在熟料库脚手架上远远瞅见他，又是招手又是喊，柯云没看见也没听见。袁耀辉急了，从高处跑下来叫住他，嘟囔说，哥，我那么大声地喊你，你没听见？咋把你是"耀辉"的人都忘了？到门口也不进来看看？

柯云难为情地一笑说，我正在为拍照踩点，没听见。

袁耀辉抱怨说，踩点也得先在咱这儿踩，拍照也得先拍咱这儿嘛，俺在这儿大干快上，哥你倒是游手好闲，像个甩手掌柜似的。

这是宣传部布置的任务，你以为我是闲人？柯云说。

我这也是县上下的任务，市领导要来视察工地，我正忙着赶进度哩。袁耀辉又问，哥，你没听说任万能啥时候保外就医？

柯云问，你咋关心起这事了？

袁耀辉诡秘地说，咱到"万鑫"的工地问你那个美女去，俺跟她说好了，等任万能回来了，她就过咱"耀辉"来。

这事同雯雯告诉过柯云了，柯云却佯装不知，故意说，兄弟，你挖我同学的墙角，不地道嘛。

袁耀辉狡辩说，"万鑫"就剩下粉磨站了，像美女这样的人才，窝在那儿大材小用了，咋，你不愿意？

与同雯雯约会后，柯云淡定多了，坦然地说，老板说了算。

袁耀辉怪笑着说，看看看，哥，你偷着乐哩！柯云没答理他。

两人没走几步，袁耀辉老远瞅见有小车驶入"耀辉"的工地大门，连忙说，不去了，我看像是原书记的车，就是就是。

柯云便说，那你快去，我忙我的去了。

袁耀辉边走边回头，问，书记哥为工程进度都急上火了，你不见见吗？柯云摆摆手走了。

袁耀辉说得一点不错，尚武最近的确急上火了。一季度的财税收入去年就被收了，三季度全县的财税收入大幅下降，四季度，水泥行业几乎颗粒无收。县财政空前吃紧，工资都发不出去了。壮士断腕，必有阵痛，尚武书记压力空前。县委、县政府召开全县领导干部大会，尚武在会上说，这是华塬为治理环境顽疾必须付出的代价，这也是黎明前的黑暗。全县水泥产业升级、结构调整正处在最艰难、最关键的时期，尚武要求全县开源节流，勒紧裤带，压缩行政支出，保障项目建设，齐心协力，共克时艰。

下午，县委常委会上有如何加快水泥项目建设的议题。上午，原尚武又跑到水泥工业园来了，一见袁耀辉就问，下雨影响大不大？

俺下雨没停工，室外不干室内干，没啥影响。袁耀辉甜嘴甜舌的，叫道，好我的书记哥哩，你三天两头来，都快成俺"耀辉"的人了，书记哥，你放心，俺明年"五一"点火试产，绝不拖延一天。

尚武最近有些劳累过度，牙龈肿痛，口舌生疮，嗓子有些沙哑，他叹了口气说，不急不由人嘛，耀辉啊，你这儿开工早，进度也没耽搁，我就指望着你这儿快些建成投产，扭转局面哩！

袁耀辉说，书记哥，你甭上火，等俺建成投产，周围的几个粉磨站也都建成了，水泥产量上去了，财税收入也就来了。

尚武从"耀辉"出来，去了园区管委会的临时办公点，园区负责人和张明义在等着他，大家把项目进度及存在的问题一一做了汇报。

张明义汇报说，按照"环境评价法"的要求，园区环保设施要同时设计、同时施工、同时验收，这方面目前有些滞后，有些进展慢，有些没开工，也有私自改动环保设施的个别现象。

尚武皱着眉说，这不行，你们环保局盯住，管委会配合，这个关一定要把好。

管委会负责人反映，我们这些人都是搞行政的，做协调、促进度没问题，可是隔行如隔山，图纸也看不懂，很难发现问题。

尚武若有所思，把这一条记在了本子上。

座谈完后，尚武又去看了看现场，临走时叮咛说，你们把材料再整理一下，下午在常委会上做专题汇报。

下午召开的县委常委会前面开得很顺利，研究完人事任免，接着重点研究加快水泥项目建设的议题，园区负责人汇报完，张明义接着进去汇报，常委们很快达成了共识。张明义出来时，见纪检委副书记、县纪检监察局局长、县检察院长三人在外面等候，会议最后一项议题是关于孙利案子的。常委会的分歧就出在这个议题上。

孙利和刘亦然的案子分别在县上、市里进入司法程序。孙利以受贿、索贿、贪污罪被刑事拘留，案子移交给县检察院。县纪检监察部门向县委常委会提交了对孙利党纪行政处理的议题。这议题尚武事先跟县长和纪检书记沟通过，没料想，会上有人觉得对孙利进行"双开"的惩罚过重，以其认罪态度好，有检举立功表现，如数退还赃款为由，提议保留其公职，给其一条活路。同意"双开"的人却认为，孙利虽然涉案金额不大，但情节严重，手段卑劣，影响极坏。常委们意见不统一，各执一词，同意"双开"的占了少数，最后，大家的目光集中在了一把手的脸上。原尚武绷着脸一声不吭，会议室的气氛瞬间冷凝了。

纪检委书记和县长先发言，阐述了自己的观点。原尚武觉得火候到了，清了清嗓子，口气坚决地说，案情大家都清楚了，索贿、受贿，情节严重，贪污公款，中饱私囊，手段卑劣，这样的害群之马，留在干部队伍里也是祸害！几万元都要依法追究刑事责任，几十万元还能网开一面？至于你们说的有立功表现，退还赃款之类的，那是法院量刑考虑的事，今儿开党的会议，保持党和干部队伍的纯洁性，坚守党的纪律，才是会议的第一考量。大家还有什么不同意见？书记一锤定音，会议迅速形成了决议。

原尚武郑重地重申，处理孙利这件事不得外传，既然形成决议了，就要集体负责，这是党的纪律。

县长跟着出来，一起进了尚武的办公室，两人都郁郁寡欢。

县长发牢骚说，县财政捉襟见肘，各项开支都在压缩，人大那边却报来外出考察、申请经费的计划，我没批，肯定把人给得罪了。

尚武纳闷儿地说，县上的困难他们不是不知道，为啥非要这时候去呢？回头我给他们解释解释。

县长笑了笑说，不用了，说说而已，加快水泥产业项目建设的事，我明天就召开政府常务会研究部署，这个你放心。

尚武不解地说，怪了，会上咋还有人为孙利开脱？

县长拧着眉头说，县上的情况复杂，哪知道谁跟谁是啥盘根错节的关系哩！别看你是华塬人，从一定意义上来说，咱俩都是外来户。最近下面出现了一些不同的声音，咱不能不警惕啊！

尚武喃喃道，唉唉，看起来身正不怕影子斜，还不够啊！

市委一把手到华塬水泥工业园调研，曾智、原尚武和县长一起陪同。书记看了现场，听了汇报，非常满意，扭头小声对曾智说，实践证明，市委的决策是正确的，这两人干得的确不错，为全市水泥粉尘治理打赢了收官之战，全市水泥产业升级取得了阶段性战果。县长在汇报中提到县财政拮据，按照市上规定的拆除补偿款未能全部兑现，书记当场表明态度说，市上将通盘考虑，从不同渠道予以支持，帮助华塬渡过难关。尚武很是释然，把书记送上车走了，又把曾智叫到一边说，水泥厂你熟悉，帮园区找个有专长的人嘛。

曾智问清缘由，顺口就说，你们有现成的人呀！

尚武问，谁呀？

曾智说，同雯雯啊，在任万能那儿当副总的那个，你认识的。

尚武说，认识，认识，可她在"万鑫"……

曾智打断他说，"万鑫"就剩粉磨站了，她说不想待了，等任万能出来，她就辞职，"耀辉"那边也要她去。我让她来找你吧。

尚武满口答应。送走曾智，正要离开，远处等着的张明义急忙跑过来喊着说有事。

尚武停下来问，有啥事吗？

张明义低声说，原书记，我考虑再三，还是觉得应该告诉你。

尚武有点不耐烦地说，你快说，啥事？

张明义说，下边传言说，你在常委会上扭着把孙利"双开"了。

原尚武一听，脸色变了，禁不住连连咳嗽，摆摆手说，我知道了，扭身走了。

4

那晚吴栓牢接了张明义的电话，心里头结着个疙瘩。次日一早，他打听到尚武书记刚住院了，便急急火火地下了县城进医院。

原尚武正在打吊瓶，县长也在场，他也听到传言了。尚武昨天听罢张明义的话，生了一肚子闷气，晚上睡不着，烟一根接一根的抽多了，咳嗽起来便止不住，呛得脸色涨红，支气管发炎了，早上便住进了医院。吴栓牢来之前，两人想来想去，觉得反对开除公职的都不像泄密之人。县长主张查一查，尚武摇头说，牵连好几个人，弄不好很被动，先放一放再说。

你也是最近太劳累了，县长话音未落，吴栓牢就进门了。

尚武惊异地问，你咋来了？

吴栓牢头一偏说，我来看领导呀！

尚武淡淡一笑说，我没事，有啥好看的。

县长说，原书记是劳累过度，住院挂针、歇几天就好了。

吴栓牢眨眨眼，诡异地说，怕是有啥解不开的心结哩！

尚武猛的一愣，沉下脸道，你这吴大炮，乱说些什么。

吴栓牢咧着嘴笑了。

三人没说几句话，电话一个接一个地打来询问书记的病情，有人正在来医院的路上，尚武有些烦了。

吴栓牢说，原书记，不信你等着，看望的、请示的、借着看望请示的、趁着请示看望的，一会儿就热闹了。

尚武一脸无奈，喃喃自语道，这倒也是。

吴栓牢说，原书记，叫我说，还是把针拿上、药带上，到马鬃梁去静养几天，那儿也能挂吊瓶，安安静静的，你放松放松，顺便在工地上走一走。自从项目开工，你还没去过工地哩！

县长愣了一下说，哎，这个主意不错，你的气管发炎了，到林子里呼吸呼吸新鲜空气，好得快。

吴栓牢挤着眼说，说不准，我还能帮领导解开心结哩！

尚武看了他一眼，心动了。

果然不出所料。不一会儿，人大主任*、政协主席、副书记、副县长接踵而至，人来得不断线，几大班子里有人拎着水果、花篮什么的，尚武也不好说什么。个别部长、局长闻讯也来了，不过，他们惧怕书记，都空手而至。尚武哭笑不得，心烦意乱，等吊针挂完，忽地爬起来就说，走走走，上马鬃梁。

县长说，走吧，走吧，刚好快周末了，去了多歇几天，我给县委办公室打个招呼，就说你上森林公园了。

原尚武一路上闷闷不乐，闭着眼想心事，不时地咳嗽几声。起先，他纠结着孙利的事，他觉得，班子里有不同看法，这很正常。但是，把会上强调了不得外传的事传出去，这就很不正常了。这要是在部队上，犯在他手里，非得一查到底，严肃处理。然而，这是地方上，什么组织纪律呀，原则呀，说起来像一块铁，做起来却似乎像一坨泥。有些事得重重拿起，轻轻放下！后来，他反思自己的坚持与执着，觉得隐隐约约有一种曲高和寡的悲凉。可不是吗？班子里一团和气，大家对他尊敬有加，不远不近；部长、局长、乡镇书记、镇长们对他敬而远之，公事公办。他与大家，尤其缺少像跟吴栓牢这样融洽坦荡的交往。工作开展没得说，市领导嘱托的两大任务进行顺利，可就是这种与同事、与下属之间的生分与距离，令他多少有些失落与挫败感。

---

* 正确称谓应为"人大常委会主任"，本书为保持原汁原味，使用人们在日常生活中的习惯说法。

尚武睁开眼时，汽车已经拐上东河的坡道了，他前瞅后看，这路，这树，这山坡上的绿化映入眼帘，让他沉闷的情绪活跃了。转业到林业局，负责筹建处工作，他就是从这里迈开地方工作第一步的，他倾注心血的原家滩自然保护区、他一手构想的马鬃梁森林公园，眼看就要从梦想变成现实了。想到这里，尚武一下子释然了。

远处山坡上有人在栽树，车拐了个弯，只见高黑子挂着镢头站在路边。尚武让司机停下车，他下了车，高黑子笑嘻嘻地喊，原书记，听说你要来，我在这儿等着哩！

尚武亲热地说，高叔，喊啥书记？就叫名字嘛，你咋在这儿？

高黑子说，强壮劳力上工地了，我跟拿得动镢头的老婆子、老汉们栽树哩！吴主任说你的车在后面，我等着跟你打个招呼嘛。

尚武笑着上了车。

吴栓牢把房子收拾好了，午饭安顿好了。尚武想去工地上看看，吴栓牢不让，说，急啥哩，既来之则安之，先歇着，吃过饭，睡上一觉，我再带你去。

午休起来，吴栓牢陪着尚武去了附近的基建工地。生态休闲山庄的六幢"水过凉厅"式两层庭院，三层集会议、就餐等多功能为一体的综合楼，生态文明教育馆，主体都起来了，已进入室内施工阶段；院内道路、亭阁、小桥、流水、喷泉，以及绿化、路灯等建设也全面铺开了。保护区机关综合楼完成了主体，辅助设施也开始施工了。吴栓牢说，这几处工程年内竣工没问题。

尚武满心欢喜，兴致勃勃地要上山，吴栓牢回绝说，请你来，主要是打针、吃药、养病的，工作是次要的，你回去休息，到野外散散步，呼吸呼吸新鲜空气。明早挂完吊针，身体好点了，我再带你上山。

尚武没辙了，悉听君便。

吴栓牢又弄来中药偏方，让人把中药熬好了。第二天一早，东河的乡村医生来给尚武把吊针打完了。午休起来，吴栓牢陪他去了人工湖工地。尚武的咳嗽明显减轻了，只是上山时稍稍有些喘。尚武原本心情就不平静，当他看到人工湖那一汪碧水时，激动得差点要跳起来，脱口道，不错不错，高山平湖，栓牢，你干得不错嘛。

吴栓牢"嘿嘿"一笑道，还不都是你构想得好，领导得好！

游船码头和绕湖道路正在施工。吴栓牢从附近的工棚里拿来两把小椅子，让人沏了壶茶端过来，两人坐在湖边，喝着茶引出话题。吴栓牢说，原书记，孙利的事我听说了，急着想见你一面。县上的人际关系错综复杂，我就想跟你交个底。

尚武饶有兴趣地说，好哇！

吴栓牢问，孙利出事前，被水泥老板们告到法院，你知道不？

尚武点点头。吴栓牢接着说，法院不受理，既顾忌刘亦然，也为保孙利哩！你不知道吧，法院副院长既是孙利的姐夫，又是常委会做记录的小马的舅父，小马还是县人大主任的表侄子，当初，人大主任是在刘亦然手上把小马安排进县委办的。刘亦然在任时谁都不让，唯独对人大主任惧让三分。我这么一说，你就明白了。这一次，我估摸着他们私下把能找的人都找了。不信，你等着，孙利不从宽处理才怪，不过，一个"双开"就把小伙的前程断送了。

尚武如梦初醒，愤愤不平道，这些人咋会这样？

吴栓牢又说，原书记，这会儿，我把你不当领导，当朋友，我斗胆问你，有没有人找你安排子女、提拔干部之类的？

尚武说，有是有过，我一个也没答应。

吴栓牢说，我猜你就没办过。人家刘亦然截然相反，办事收礼落人情。所以，你这样不粘锅，关键时刻难免有人说三道四。

尚武由衷地说，栓牢，谢谢你坦诚相告。

吴栓牢"唉"了一声，说，原书记，无论人品、能力、素养、魄力，我都非常敬佩你，你是干事业的，跟着你干事，舒心，难得有像你这样的好领导。唉唉，这社会，好人不见得有好报，不说了。

吴栓牢戛然而止，神色忧郁。尚武心沉如铅，从内心里感激吴栓牢的坦诚和率直，佩服他的一针见血，也想起了当初老父亲的担忧。两人沉默片刻，吴栓牢说，原书记，走，回去歇着，等你病好得差不多了，咱把康书记叫过来，一起上断欲崖看风景去。

康文来时是周末。尚青听说哥哥病了，在东河挂吊针，非要来看看。他们到时，尚武还在挂吊针。康文在半道上接到了柯云的电话，不一会儿，柯云、同雯雯也赶来了。高黑子听说要来人，也来了，还专门在农家乐安顿好了午饭。屋子里一下来了这么多人，尚武笑着说，我没事，我没事，这咋又搞得像住院似的？

吴栓牢说，大家关心你，人之常情嘛，亲情、友情，会聚一团，决不像有些人，借生病住院敛财哩！

尚武白了他一眼说，别扯那些没用的。

一连两天的思前想后，情绪沉淀，尚武感觉好多了，尽管尚存疑惑，但他感觉坦坦荡荡，无畏无惧。有天晚上，他想起在病房里，人大主任瞅县长那怪怪的眼神，禁不住冷冷地笑了。这会儿，大家围坐一圈，让他倍感欣慰。

尚武跟同雯雯多聊了两句，请她来为园区负责环保设施的技术把关。同雯雯满口答应说，去没问题，原书记，你放心。不过，等园区建好了，我还是要回企业，我都答应人家"耀辉"的袁老板了。

柯云笑道，雯雯看不上机关那点工资，在企业能挣大钱哩！

尚武说，好嘛，你只要盯着把环保设施建好就成。

尚武打完吊针，大家一路步行着去农家乐，刚坐定，张明义坐着梁鹏的车也赶来了。

大家想喝苞谷酒。尚武也馋酒，尚青说，哥，你不能喝，你打吊针呢，喝酒会出事的。

尚武困窘地一笑，说，我不喝，看着大家喝，我也就醉了。

吃了顿饭，上了趟断欲崖，原尚武的心里敞亮了，病也好了。

饭桌上的话题老是围着保护区建设和水泥"关小上大"打转转，就像提前举行庆功宴似的。尚武明白大家有给他宽心的意思，但他不愿听，他不耐烦地说，行了，行了，别给我歌功颂德了。张明义说，原书记，你要听了城里老百姓的一片赞誉，便知我说得一点不为过了。吴栓牢也说，保护区基础设施建了一多半，森林公园明年"五一"开园迎客，这都是事实嘛。

其他人都走了，康文留了下来。次日再上断欲崖时，两人去了滑雪场工地，高高架起的载人索道，宽阔的滑道，还有配套建筑物都建好了。站在正在刷漆的断欲亭下，尚武也开起了玩笑，说道，这下子你可流芳百世了。

康文笑着说，哪能跟你比？昨天在饭桌上，大家说得没错，为官一任，造福一方，老百姓心里自有丰碑哩！

这天晚上，尚武给康文倒了一肚子苦水和委屈，康文也发泄着自己对社会关系网的愤慨和无奈。末了，他嘱咐尚武说，无欲则刚，无私无畏，走自己的路，让别人说去嘛！

尚武从马鬃梁回来，底气十足，浑身正气，迅速查清了常委会议题外泄事件，外泄者小马被以违反组织纪律，不适宜在要害岗位工作为由调离了。

5

任万能保外就医回来那天，正是孙利案子的宣判之日。果然不出吴栓牢所料，孙利犯有贪污、受贿与索贿罪，却因退赔、检举等立功表现，被从宽处理，判处有期徒刑两年，缓刑三年。判决一出，舆论哗然，社会上说啥的都有。尚武书记保持了沉默，不作评论。张明义在背地里牢骚满腹，直言有人徇私枉法。至于举报、告状的几个水泥老板，孙利的钱不管是索贿的还是受贿的，都上缴国库了，老板们钱没要回来，人没扳倒，更是耿耿于怀，蠢蠢欲动。

孙利缓刑释放了，人却不见踪影。任万能保外就医回来，弄不清是肿了还是胖了，脸大得像盆子，胡子拉碴的，双目无神，脸色蜡黄。杨秀女一见，搂着他号啕大哭，惊得大狼狗汪汪直叫，差点把缰绳都挣脱了。任明昌在院里咳嗽一声说，人回来了，比啥都好，号啥哩？不怕邻家笑话？杨秀女擦擦眼泪，止住了哭。任万能慌忙去见过父母，任明昌谆谆教导说，早就跟你说了树大招风，你不听，安安生生过日子，比啥都好！任万能点头称是，回屋把儿子亲了又亲，抱着不丢手，仿佛大难一场，却又保住了命根子似的。这晚，他搂着杨秀女和儿子香香地睡了一大觉。第二天,他先去了刘强坟上,长跪不起,大哭一场,然后拿着保外就医手续去公安机关、镇政府、司法所挨个报到,见人就点头哈腰赔笑脸,又是递烟,又是点火,昔日狂劲全无,满脸都是谦卑。办完这些事,任万能又回到家里抱儿子。他吩咐同雯雯安排答谢酒席,就在塬上的农家乐,那儿僻静不张扬,毕竟不是啥光彩事。

这天,任万能早早地在农家乐候着,同雯雯也提前来了。任万能请的人有柯云、张明义、强所长、陈律师。任万能还特别叮嘱柯云,一定要把袁耀辉请来。袁耀辉困惑地说,俺跟他素无往来,俺不去了吧?柯云睒着眼说,这个面子也不给哥?袁耀辉"嘿嘿"一笑道,中,中。

任万能站在农家乐大门外一一迎接客人,弯腰低头,轻声轻气,开口便是"戴罪之人,谢谢关照",一见穿警服的强所长,他差一点本能地喊出"报告"来。大家觉得他有些滑稽可笑,却也萌生出了怜悯与同情。在酒桌上,任万能挨个儿敬酒言谢,好话连连,不过,谁都感觉得到,任万能是发自内心的,态度是诚恳的。大家好言开导,给他宽心。任万能禁不住眼圈红了。

张明义说,任老板,最该谢的是谁,你知道不?

任万能憨呼呼地答,就是你张局长嘛。

张明义摇头说,你最应该谢的是人家同总啊!

任万能由衷地说,说的是,说的是,同总,大妹子,前前后后的都多亏你了,说着斟了满杯,双手举起。

同雯雯也不推辞,喝了酒,扫了张明义一眼说,其实,你最该谢的是张局长,他热心帮忙介绍了强所长,强所长又热心引荐了陈律师,几经周折才有今天,饮水思源,你给张局长端三杯。

任万能慌忙把酒壶拎过来,张明义连喝三杯,嘟囔说,还有强所长和陈律师哩!

任万能连连说,必须的,必须的。

给袁耀辉敬酒时,任万能恳切地说,袁老板,我听同总说了,粉磨站就建在你新厂子的隔壁,往后多多关照。

任万能对柯云说，老同学，你嫂子让我代她给你敬杯酒哩。

任万能频频举杯，喝多了，话也多了，动情地说，戴罪之人，悔过自新，我在号子里睡不着，想来想去，鸟为食亡，人为财死，钱是啥好东西？钱是王八蛋嘛！想我任万能轰轰烈烈一场，到头来却两手空空，还是家人亲、朋友亲、同学亲。柯云老同学，没想到，康文哥能进监狱里头来看我，尚青还给我捎了东西，要不是路远，我今儿也想请他俩来的！任万能说到这儿，两行眼泪哗啦啦地滚了下来。

袁耀辉趁大家忙着敬酒，端起杯子对同雯雯不无隐晦地说，美女妹子，你把粉磨站建在我隔壁，拆了墙就是一家人，俺有承诺，你也有承诺，啥时兑现呀？

同雯雯笑嘻嘻地说，袁老板，没办法，计划不如变化快。

袁耀辉酒也不喝了，一脸的狐疑。

同雯雯咯咯笑着说，你急啥？心急吃不了热豆腐嘛。

袁耀辉似乎听明白了，喝了酒，乐呵呵地说，中中中。

任万能待在塬上陪老婆逗儿子。同雯雯一天几个电话地催促，才把任万能叫到公司来了。同雯雯陪着他去粉磨站工地上转了一圈，任万能高兴得不得了，掏心窝子地说，大妹子，你真是我的救命菩萨！我看，往后这粉磨站就交给你经营算了。

同雯雯笑而不语。回到公司，她把手头的事逐一给任万能交代了，十分难为情地说，任总，我想辞职，不干了。

任万能傻了眼，连忙问，袁耀辉挖你了？

同雯雯赶紧说，不是不是，我想换个环境。

任万能急道，不成不成，大妹子，你走了，我咋办哩？我知道我欠你跟弟兄们几个月的工资了，我也在想办法兑现嘛。

同雯雯知道，"万鑫"账上最近已经没钱了，但她肯定地说，不是钱的事，任总，我知道咱"万鑫"虽然面临困境，但还是有后劲的，豹子沟煤矿迟早还要开，老厂子的几十亩地，县上另有开发规划，会有一笔补偿。再说，粉磨站建成了也就有收入了。我就是不想干了。

任万能眼睛都发直了，只急得说不出话来，就差给同雯雯下跪了，他憋着气说道，大妹子……刘强……走了……你……要再……走了……

同雯雯涨红着脸说，实话告诉你吧，县上让我到水泥工业园区去，尚武哥找我谈了，你说，我咋推辞？

任万能愣了好久，呆如木鸡，半天才结结巴巴地问，真……真是……这……这样？

同雯雯点点头。任万能"唉"了声说，大妹子，我还能说啥哩？

同雯雯诚恳地说，我对"万鑫"还是有感情的。任总，你放心，用得着我的时候我尽力帮忙。

任万能想通了，大度地说，水往低处流，人往高处走。我原本还寻思着好好谢你哩，是这，那辆车你开走，算公司给你的奖励。

同雯雯也没多推辞。过了两天，她开着车到园区管委会报到，角色瞬间转换，成了园区环保设施建设的监理工程师。她把各个项目的除尘设施、污水处理等设计图纸收集齐了，按照图纸要求，盯着各个工地采购设备进行施工。

同雯雯以新身份出现在"耀辉"的施工现场时，袁耀辉愣住了，有些失望地说，美女，闹了半天，原来你另谋高就了。

同雯雯笑着说，什么高就？我给园区帮一阵子忙，等项目建成验收，就没我的事了。

袁耀辉偏着头问，美女，照这么说，你答应俺的事还算数？

同雯雯说，袁老板，你急啥？你的厂子还没建成哩。

袁耀辉咧着嘴说，嘿嘿，这倒也是。

同雯雯开车出了这家进那家，很快就跟项目老板、工程监理、甲方代表们熟了，谁家有技术上的疑难问题，她都热心帮忙，严格把关，毫不含糊，大家也都很尊重她。同雯雯惦记着一手搞起来的粉磨站，到"万鑫"工地上去得最勤，可她始终没在现场碰见过任万能，是个新来的老头在负责。有一天，"万鑫"的工地停工了，老头说是因为资金断线了。她想给任万能打电话来着，可又觉得爱莫能助，十分揪心。

天气渐渐冷了，工地上在加班加点地赶工期。"耀辉"开始安装设备了，袁耀辉有事就喊同雯雯帮忙，对她言听计从，十分赏识。

尚武书记有空也到园区看看，同雯雯有时也陪同着。对同雯雯的工作，尚武很满意，园区负责人在他跟前直夸同雯雯业务强，很敬业。尚武一去，总是先到袁耀辉那儿。有一天，袁耀辉鼓足勇气说，书记哥，你越来得勤，俺压力越大。今儿快到饭时了，你给俺个面子，让俺请你吃顿便饭嘛，原尚武答应了，袁耀辉格外高兴，赶紧叫来柯云、同雯雯和张明义，一起去塬上的农家乐吃了顿饭，还喝了几杯酒。尚武叮嘱袁耀辉说，你是园区的领头羊，抓紧，再抓紧，明年"五一"前一定要投产。省上部署排污企业安装在线监测设备，张明义刚从省上开会回来，他要"耀辉"先搞起来，袁耀辉满口答应了。尚武了解了一下在线监测，就是在排污口安装监测摄像头，二十四小时监测、记录排污数据，他感觉很不错，可囊中羞涩，只好答应等明年财政状况好转了，再给县环保局投资建设在线监测网络平台。张明义心里有了数，逐个做工作，与新的水泥企业达成安装在线监测意向，先把这件事搞起来。这样，同雯雯负责的环保设施施工中，又多了新的内容。

听说森林公园招聘管理人员，外甥女小敏也愿意去那儿，同雯雯正准备找曾智副市长，任万能打来电话了。任万能在电话里拉着哭腔说，大妹子，你再去求一回曾副市长，求他关照，把豹子沟煤矿启封了吧，要不然，我就死定了。同雯雯答应了。因为说了任万能的事，同雯雯找曾智时，也不好意思说小敏调动工作的事了。

任万能只打电话不见人影，孙利却像幽灵似的现身了。有一天，张明义瞅见孙利走在街上，头缩在衣领里，样子很狼狈。

6

一夜秋风一阵凉。华塬县上又接连出事了。

某乡镇财政所长被群众联名举报了，此人用假名字办理"一卡通"，侵吞涉农补贴，还把常年不归的打工族的"一卡通"据为己有，贪污金额不大，可性质恶劣。县农综办某副主任利用项目审批、实施、验收吃拿卡要，贪得无厌，借着某项目验收，想敲老板最后一把，口张得太大了，老板忍无可忍，一怒之下，实名举报，把项目实施前后的一串肮脏事全抖搂出来了。此人去年就让人举报过，被刘亦然捂住了。市调查组闻讯而来，查实了李铁瞅见的给刘亦然塞厚信封的正是他，刘亦然案情又有了新的突破。

受水泥老板告孙利的启发，这些举报者不光上纪检委，还直接找书记、找县长，事一出来，就放不下了。不出半年，又有两名副科级干部被"双规"了，这在县上掀起了不小的波澜。尚武书记十分恼火，在常委会上拍了桌子，怒道，华塬的干部队伍咋搞的？怎么老出这种事？前面有车，后面有辙，要严肃处理，依法惩办，绝不姑息迁就。

原尚武书记铁面肃贪，威严骤起，干部队伍震动不小，也有人怀着阴暗心理说风凉话，啧啧，原书记的刀子也太锋利了。

这天，市委开完常委扩大会，原尚武被曾智叫到了他办公室。

曾智沏了杯茶，关上门问，咋样啊？是不是有压力了？

尚武无奈地说，可不是，都是撞到枪口上的，不查就是不作为，一查就得罪人。华塬干部里咋总出这种事呢？

曾智淡淡一笑，说，脓包熟透了，凑巧让你赶上了，这不怨你，华塬前几年的确有些乱。

尚武感慨道，上任时我爸不放心我，蛮担心的，我却不以为然。现在看来，老爷子的担心不无道理呀。

曾智哈哈笑了，说，你干得好着哩，市上的主要领导都相当满意，大气污染这个华塬最大的难题让你们破解了；保护区与森林公园，在你们手上也快建起来了，比我在华塬干得好多了。与这些相比，其他鸡毛蒜皮的事，不值一提，你说，是不是？

尚武笑了，说，你也太谦虚了。

曾智又透露了一些华塬人际关系鲜为人知的事，然后顺口说，任万能的煤矿我打过招呼了，启封生产，小伙子这一跤摔得不轻，企业嘛，能让活，就不让死。还有，雯雯干得咋样？

尚武说，人家乐意来帮忙，干得不错，反响很好。

曾智又问，那——她最近没找你？

尚武摇摇头，问，有啥事吗？

曾智犹豫片刻，还是照直说了，雯雯的大姐是我的同学，她有个女儿前年招考进了市上的事业单位，单位有个男孩老缠她，孩子经常受骚扰，不愿意，不想待了。森林公园正缺人，我寻思着把这孩子调去算了，我让雯雯尽快找你，也算给我同学有个交代。

尚武没多考虑，一口答应了。

同雯雯送外甥女去森林公园报到时，自己开的车，谁也没叫。听说这孩子学的财会，吴栓牢很乐意接收，看孩子怪机灵的，又是这种关系介绍来的，他对同雯雯也十分热情。把人安顿好后，同雯雯独自去了原家滩。

《从原家滩保护区看渭北森林生态屏障的作用与地位》一文在西北大学校刊刊登后，康文的"渭北生态屏障说"引起了学术界的关注。康文顺着这个思路，再次修改教育馆的解说文案。《原氏家谱》影印本将作为实物展出，康文将其中的精华也写进解说文案了。瞅着他整天忙这些，尚青忧心地问，哥，你整天忙了保护区的事了，小说啥时候才写呀？康文笑着说，不急不急，等保护区建成了，华塬粉尘污染治理了，我的小说也就快了。

康文工作累了，就出门溜达一圈。街道拓宽了，铺上了水泥路面，路灯也装了，行道树也栽上了，是清一色的娑罗树。这天，他正在街那头走着，后面传来了几声喇叭声，他扭头一看，尚青家门口停着一辆红色越野车，同雯雯正从车窗里探出头向他招手。

康文正想找机会跟同雯雯聊一聊，他摆手打招呼，过去瞅了瞅车内，问，雯雯，咋就你一个？

同雯雯笑眯眯地答，我一个呀，去了趟东河，拐过来看你们。

康文招呼同雯雯进家，泡了杯茶，两人聊了起来。

康文感觉同雯雯与从前截然不同了，健谈而坦诚，似乎专为交流而来。他提了个话头，她滔滔不绝，讲了自己的身世经历，说了与柯云的结识与交往。同雯雯说，认识柯云之前，自己与外面的人很少交往，外面的世界精彩得令人向往，却让她迷失过、受伤过，直到柯云的出现。从同雯雯略显无奈的语气和眼神中，康文觉察出了她与柯云关系的非同一般。

两人聊得最多的是任万能。同雯雯把"万鑫"在矿难之后的情况和盘托出，她直言不讳地说，以前的任万能人不咋样，我看上的是他给的高工资，但是社会在变，人也跟着在变，任万能现在大变样了。同情弱者是人的本性，大家都在帮他。我这人心软，最有同情心，人落难了扶一把，胜造七级浮屠。说着说着，同雯雯左一个"曾智哥"，右一个"尚武哥"，末了，还把曾智与大姐同芳芳的恋情，曾智为她外甥女调动工作的事，无一遗漏地倒了出来。康文暗自惊叹，这女子咋一夜之间出脱了？！

尚青下班回来，奇怪地问，雯雯，咋就你一个？柯云没来？

同雯雯只笑不答，瞅瞅尚青，看看康文，似乎明白了什么。

同雯雯吃完饭走了，尚青疑惑不解地问，雯雯这回来咋这样？

康文说，嘿嘿，只能说雯雯经历的事情多了，历练出来了。

尚青进门时满脸的凝重被同雯雯冲淡了。县上又"双规"了两名干部，康文听同雯雯提说到了。尚青把话题转到这上来，闷闷不乐，有点儿为尚武担心。镇上干部议论这事时，还有意识地躲着她，好像怕她告密似的。

尚青叮嘱康文说，这事千万不要让我爸知道，免得他操心。

这我知道，康文安慰说，尚武走得端行得正，还怕人嚼舌头？

天凉了，尚青操心着萌萌，打算周末自己去趟省城。

康文斜着眼开玩笑问，你走了，我咋办？我不去，你咋去？

尚青认真地说，哥，你忙着写东西，我不想耽搁你时间嘛。

康文笑着说，日月常在，何必忙乎？

康文在父母家打了个照面，被尚青打发回家忙自己的事去了。康文在家忙了一天，把修改好的文稿发给西北大学的撰稿人，松了口气，又给曾智打了个电话。曾智说，我也在省城，我过来找你。康文没想跟曾智在家里见面，谁知曾智径直上楼敲门进来了，给了他个措手不及，尚青正在回来的路上呢。

这房子曾智并不陌生，只是有些年没来了，他进门就像侦探似的左顾右盼，一脸狐疑地把目光盯在康文跟尚青抱着小朱鹮的照片上，叫道，哎，这好像是尚青嘛。

康文慌了，赶紧说，这都是很早以前照的，留个纪念。

曾智屋里屋外地转了一圈，朝沙发上一躺，腿伸得长长的，一本正经地说，不对呀，康文，你老实交代，屋子这么干净整齐，床上也是崭新的，是不是金屋藏娇，家有贤妻了？

康文急了，连忙撇清说，没有，没有，老伙计，你想多了……

话还没说完，就见尚青用钥匙开门进来了。

康文面红耳赤，尚青也愣住了，红着脸问，曾智哥，你咋来了？

曾智恍然大悟，哈哈大笑一通，拿起电话给楼下的司机说，你先回宾馆，晚上十点来接我。

康文听出音了，眉头一皱，计上心来，吩咐没来得及换拖鞋的尚青说，你去买些菜，你曾智哥来了，晚饭咱在家吃。

尚青红着脸一走，康文如实招来，和盘托出。

曾智睃着眼说，原来是这样！我就说嘛，你小子狡兔三窟，先在锦阳、后到华塬挂职，却老在原家滩打转转。最近我没少给你打电话，想跟你聊一聊，可你老是关机，原来是坠入情海了！这个尚武啊，也学得精透精透的了，这么大的事，半个字也没给我透露。好了好了，尚青的调动包给我了，先调到市上，再调回省城。康文，我上辈子欠你的了？看来这回，婚礼主持人又非我莫属了，哈哈哈！

尚青把饭做好了，却羞得钻在厨房不出来。康文进去小声劝，尚青小声问，你是不是啥都说了？

康文又小声答，你曾智哥也不是外人，不说不行啊！

曾智在客厅里大声吆喝说，尚青啊，你们的婚礼主持，你的工作调动，都包在我身上了，还不来端一杯酒？

曾智沾酒就醉，断断续续地说了些话，康文听明白了，刘亦然的案子基本查清了。可上面有人说情，市领导压力空前，放也不是，判也不是。竟然还有人给刘亦然做工作，曾智耿耿于怀，借酒解闷。

第十四章　天地良心

　　产业升级改造后的水泥厂终于走上正轨，水泥工业园区很快收工，森林公园如期开张，原尚武的前期目标圆满达到，如释重负。然而，公事圆满，家事未满，儿子的猝然出走给了尚武一记当头棒喝，他深深责备自己对家庭、对妻儿的亏欠。

　　任万能早已敛了性子，在同雯雯的鼎力帮助下，守着粉磨厂，守着家庭乐呵生活。而刘亦然，在经历了大起大落后，终于有所醒悟。

　　而这里人们的喜怒哀乐，起起落落，分分合合，全都化作了康文笔下的铅字。

1

  岁月如梭，眨眼间，春节又过去了。

  这一年零五个月，五百二十六天，对于肩负两大使命的原尚武来说，那可是一天一天奔波过来的，寸时寸金，争分夺秒啊！尚武有记工作日志的习惯，大年三十晚上，他一页一页地翻看了自己的日记本，自己都被自己感动了。

  去年春节之后的正月末，尚武正在办公室忙着，有个自称是其表舅的人被工作人员领了进来，尚武认出他是七老外爷的孙子，赶紧让座。来人有些紧张，结巴着说，我爷快不行了……就……想见窑里我姐。

  尚武愣了一下，马上明白了，即刻给康文打电话。他自己把手头上的事处理完，也叫了车上了塬。尚武几乎是跟母亲他们同时进七老外爷家的。老汉不能说话了，母亲拉着他的手说，七爷，我来了。老汉睁开眼，握着本家孙女的手，把原生茂一家看了看，在康文脸上停留了好一会儿，微微一笑，合上了双眼，寿终正寝。母亲泪流两行，老汉的儿子说，窑里他姐，甭伤心，你七爷就等着见你一面，你们一家都见了，他走得放心，走得高兴。原生茂对儿女们说，你们忙你们的去，我跟你妈留下，看着把你老外爷安葬了。老汉的孙子一听这话，赶紧在堡子外自己的新家里给他们安顿了住处。尚青要留下陪父母，康文自然也留下了，两人住回了下地窑。

  尚青跟那人刚刚办了手续，协议离婚，心里像卸下了一块儿石头，一下子轻松了。起初法庭发出传票，被告没有回音，手机也打不通，为此，律师去了趟陕北，找到了那人的矿上。春节前，律师和法庭派的人带着原告的委托书、离婚协议书又去了陕北，没费吹灰之力就把事办了。康文跟尚青商量好，等康文挂职结束，两人都回了省城，再作长远打算。

尚青的工作调动落实了。市财政局成立了农村财务管理局，副县级建制，王林被提拔成了局长，点名要尚青去他那里，调令已经发出了。康文和尚青在下地窑里商量如何安顿家，两人走到这一步了，尚青再也不想跟康文分开，相互牵挂了。她想先在锦阳安个家，要把康文一日三餐、洗洗换换的生活料理好，好让他一心无挂，完成小说写作。在尚青心目中，康文的小说就是他俩爱情最好的见证。正说着，原生茂老两口来了，柯云跟王林也来了。

看到下地窑的变化，原生茂老两口很惊奇，尚青和梁鹏陪他俩上上下下地看了看。老伴说，我看咱俩啥时间也回来住几天，这儿住着也怪好的。原生茂说，好嘛。康文在窑里很是坦然，看样子，他跟尚青的事，王林知道七八分了，他也不忌讳。王林急着让尚青报到上班，康文一说后顾之忧，柯云眼前一亮，说，康老师，这事简单得很，交给我好了。康文问究竟，柯云说，我下午给你回话。原生茂他们进来了，话题转到了七老外爷的丧事上。老汉的丧事五天后举行，尚青母亲说要给她七爷摆饭，梁鹏说，这事简单，婶，你别管，交给我了。柯云对原生茂说，这事交给梁鹏了，康老师忙，这几天，我陪你到县城走一走。

所谓"摆饭"，是华塬乃至渭北祭奠亡者的传统祭品，老舅家、舅家、女儿、孙女等，下葬前一天下午要用扁担挑着"摆饭"来参加祭奠仪式。尚青母亲一番说道，康文总算搞清楚了。亡者老舅家、舅家摆的叫"吃饭"，名曰十二皿，十二碗荤素菜，染得五颜六色的；女儿家的"摆饭"最隆重，"吃饭""看饭"二合一，"吃饭"很讲究，"看饭"更讲究，一曰"十二相"，上面插着十二属相的彩色面塑，二曰"十三花"，插着十三个美女彩色面人，俗称为"一吃一看"；孙女家只摆"看饭"，碗里的东西不甚讲究，重在外观。尚青母亲要给七爷摆"看饭"，梁鹏满口答应。

柯云要带原生茂出去走一走，原生茂答应了，叮咛说，不要惊扰县上，不要告诉你尚武哥。

柯云说，你老放心，我知道。

原生茂今天的这身行头很不一般。春节时，尚青去省城，专门为老父亲买了西装、皮鞋。临走时，原生茂死活不穿，让老伴去翻出了离休时穿的那身灰色中山装，又把那时穿过的旧皮鞋、戴过的帽子都找了出来。尚青抱怨道，放着新的不穿，干啥非要穿这老古董？原生茂还戴着一副石头镜，尚青上下一打量，说，爸，你戴啥墨镜哩！

原生茂笑了，说，你哥在县上，不要让熟人认出我来，省得惹麻烦。

柯云忍不住笑了，说道，叔，你这身打扮，就像从电视剧里走出来的，尚青，你咋不给叔弄身好行头？

尚青苦笑一声，道，弄了人家不穿嘛。

原生茂心盛盛地要上街转转，他背着手，撑着墨镜，把当年住过的、上过班的地方都走了走，柯云、尚青左右陪着，熟人倒是不少，都是跟柯云、尚青打招呼的，原生茂一个熟人都没碰着。原生茂想去塬上看看，柯云开车陪他走了一回。柯云拉着原生茂去了他提到的所有地方。每到一处，柯云都陪老人走走停停，听老人指指点点，还给这父女俩拍照留念。从前公社的老房子早拆得没影儿了，修水库时住过的一排排土窑洞也已淹没在漫山的洋槐林里，原生茂一路感慨道，变了变了，啥都变了。

在从县城返回的路上，柯云突然问，叔啊，你感觉空气好了没？

原生茂愣了一下，木讷地说，哦，哦，好像……变了。

爸，你把眼镜摘了看嘛。尚青说完，对柯云说，我们回去说县城的环境变好了，我爸还不咋相信哩！

柯云把车停在俯瞰县城的塬畔上，原生茂摘下眼镜，远处近处，天上地上地瞅了一大圈，长出了一口气，什么也没说。背着手上车后，他说还想去水泥工业园看看。走了一路看了一圈，原生茂面无表情，只淡淡地问，原先的水泥厂都拆了？

柯云回答道，拆过两回了，你老在县上时的小水泥厂，在曾智哥手里拆除了，后来再建的水泥厂，是在尚武哥手里拆除的。

老人家一脸的欣慰，嘴上没有言语，心里却有些"洞中方一日，世上已千年"的隔世感。他回去便对老伴说，你说回塬上住，我看也能成，山里、塬上来回走动，想在哪儿住就在哪儿住。

一个是老书记，一个是知青，原生茂跟康文被尚家堡的老熟人视若稀客，两人这家走走，那家看看，乐此不疲。老外爷下葬前一天下午，原生茂连着几天转悠累了，在住处歇息了，康文却饶有兴趣地参加了整个丧事的仪式。

办丧事请吹鼓手是渭北的古老习俗。华塬人称吹鼓手为"门上"，亦叫"鬼子"。唢呐是吹鼓手主打的乐器，常常吹奏的有"雁落沙滩""祭灵"之类的传统曲牌，配以缓慢沉重的打击乐，乐声委婉悠扬，苍凉悲伤，催人泪下。康文很庆幸自己赶上参加了这么古老而庄严的葬礼，长了见识，开了眼界。"家祭"的场面最大，吹鼓手们吹吹打打，哀乐忧伤，孝子们披麻戴孝，男的拄着孝棍，女的面蒙麻制眼罩，哭诉着缓慢行进。康文被这种悲壮恢宏的场面感染了，震惊了。尚家堡里大都是姓尚的，老汉辈分高，全村人几乎都是孝子，吹鼓手后面的孝子队伍前不见头，后不见尾。哭得最伤心的是老汉的儿女们，"大呀""大呀"地叫着、哭诉着，一把鼻涕一把泪。"家祭"前，老汉的儿子对尚青母亲说，窑里他姐，你就甭去了，走一大圈子，得好一阵子，你劳不下来。尚青母亲说，没事，我能成。送葬的队伍宛如一条白色的长龙，在村子里缓慢行进，举村哀鸣，年近七十的老汉儿子被两人搀扶着，哭得声嘶力竭，尚青和康文扶着痛哭的母亲，他们用这种最传统的方式寄托生者对逝者的哀思和尊重。

"家祭"好不容易结束了。尚青对康文说，我哥没来，"拧饭"只有你去了。康文说，我去我去。梁鹏准备的"十三花"就在村外等着，康文过去举着大花圈，跟在吹鼓手后头一路走来，把"看饭"献上灵堂。"奠酒"时，康文代表尚武跪在灵前三叩首，从司仪手中接过一杯酒，双手举起，洒在了地上。"奠酒"过后是"钉材"，就是钉棺材，棺材放在灵堂帷帐后面，"钉材"前，老外爷的主要亲属轮流进去跟遗体告别，而且只能看，不准哭，眼泪掉进去是犯忌讳的。尚青搀着母亲也去跟七老外爷做了最后的告别。告别结束，舅家和老舅家的人轮流进去，拿起斧头象征性地敲击三下，这就是华塬讲究的"三斧头"。要钉棺材时，哀乐响起，吹鼓手拼命地吹吹打打，男女孝子跪成一片，齐声痛哭，康文也跟着哭了。后边就剩下"守灵"了，儿孙跪在两边，亲戚们坐在灵前吃着喝着，掏钱点曲牌让吹鼓手一曲一曲地吹，尚青一看已是凌晨两点，叫了康文，把母亲送回住处。原生茂说，明早上送葬，你们都别去了，我一个人去。在回下地窑的路上，康文感慨地说，震撼，号啕哭诉，惊天动地，这种直白的情感宣泄，淋漓尽致，太震撼了！

次日，原生茂送葬回来，喃喃地说，我就说村上年长点的熟人咋不见了，原来都在墓园那儿歇着哩！

2

"五一"节前，"耀辉"水泥日产四千五百吨熟料生产线建成试生产。"集中煅烧，分散研磨"，"耀辉"和新建成的两家粉磨站的水泥产量比关拆之前多了许多，原尚武长出了一口气。

与此同时，马鬃梁森林公园在"五一"黄金周前一天开园迎客。除了生态文明教育馆尚在装修布展，断欲桥还在施工，其他项目都建成了。这天，省级原家滩自然保护区、省级马鬃梁森林公园同时挂牌成立，两块牌子一套人马，副县级建制，吴栓牢被市委组织部任命为了保护区管理局局长兼森林公园管委会主任。市上在东河举行了隆重的挂牌暨开园仪式，省环保厅、林业厅的厅长，市县几大班子的一把手都去了，康文联系的省报、省电视台都派人参加了，原丰也派人出席了开园仪式。只有康文不想去，尚青也不让他去。

康文不想凑这热闹。"耀辉"投产、保护区挂牌、森林公园开园，他都没出席。为七老外爷送了葬，尚青到新单位报到上班，他们把家先安在了锦阳。房子是柯云帮忙找的，是袁耀辉的空房，三室两厅，家具、电器齐全，离市财政局很近，小区环境也不错。康文要付房租，袁耀辉赖赖地说，钱俺不要，俺要名哩！康文愣了。袁耀辉

"嘿嘿"一笑，说，哥，听说你要写书，书里头有俺的影影就成了，康文笑了，不置可否。康文把手头的零碎活忙完了，静下心来，进入了长篇小说的构思和创作中。

森林公园开园前，原丰回来了一趟，原丰见了尚青就叫姑姑，弄清康文他们的关系后，他又要把康文叫姑父，康文不好意思，连忙摆手说，不叫不叫。尚青怪嗔地说，看把你吓的，人家原丰叫你，你就答应嘛。原丰在爷爷的坟上看到零零散散的长钱，便问，尚青姑姑，去年清明有人来上坟了？尚青答，我哥吩咐我和族里人一起来的。原丰听得心里热乎乎的。原丰看望原生茂时，原生茂问，原丰啊，爷问你，续家谱的事咋朝下进行呀？族里人打问这事哩！原丰说，爷，我和我姑父商量了，等他把小说写完了，由他给咱执笔整理。原丰看望原志俊时，原志俊也说，原丰，老爷问你，新家谱啥时候能出来？老爷我怕等不上了。原丰说，老爷你放心，快了快了。

原丰行程紧，三人同行，来去匆匆，直接去了东河。原尚武赶来，亲自陪同他把森林公园建设项目齐齐看了一遍，利用多媒体演示了生态教育馆解说文稿和实物标本等，原丰看了很满意。当他看到《原氏家谱》被列为实物展出，家谱中体现生态文化的内容也写进了解说文稿时，禁不住眼眶湿了。在断欲崖前，断欲亭下，原丰把《断欲歌》细细读完，感慨地说，地上森林植被保护了，地下煤炭资源保住了，就是积德行善、造福子孙后代，尚武叔，这是我一生花得最有价值的一笔钱！这也是你一生做得最有意义的一件事！森林公园，尤其是教育馆，就是要把生态文明理念传承下去，发扬光大。这是留给子孙后代无价的精神财富啊！原丰对《断欲歌》的书法甚感兴趣。吴栓牢说，就让康书记给你写一幅得了。原丰惊喜地望着康文说，姑父，你得给我写一幅。康文一脸困窘，吴栓牢先是一愣，继而恍然大悟。尚武邀请原丰参加开园仪式，原丰委婉地谢绝了。临走前，尚武陪他到工业园区走了一遭。旧貌换新颜，原丰惊叹不已，又感慨一番说，高耗能、高污染产业在发达国家是被限制淘汰的对象，在发展中国家却成了摇钱树，尚武叔，我给你的材料你看了吧？我认为，华塬水泥产业还将面临新一轮的结构调整、产业升级。尚武说，你说得对极了，作为资源枯竭型城市，锦阳要走的路还长着哩。

原丰对康文说，续家谱时，可要把尚武叔的业绩写进去啊。康文笑着答，我知道，还有你哩！

告别原家滩，意味着新生活开始了。尚青很满意，很知足，内心充满了阳光，这就是她想要的生活，这就是她期盼的幸福。尚青别无他求，她很珍惜这迟到的爱情。她最大的愿望是让康文衣食无忧，全心全意地完成长篇小说创作，带着沉甸甸的作品凯旋。康文伏案而作，聚精会神，键盘敲打声就像节奏明快的音乐，尚青有时默默地陪在旁边，陶醉其中，有时掩上书房门，坐在客厅，静静地织着毛衣。送走原丰，从机场回来后，尚青让康文关了手机，柯云他们只好跟她联系，她闭门谢客，能推就推。同雯雯打电话说要过来看看，也被她婉言谢绝了。

3

又一个春节后，清明前，华塬水泥工业园区的水泥项目全部竣工试生产，全县水泥产量翻了近两番，预计全年地方财政收入能够翻一番，突破3亿元。尚武的心里踏实多了。

同雯雯把大部分精力都放在了"万鑫"粉磨站的设备安装调试上。"万鑫"拖了园区建设项目的后腿，也拖住了急着把园区工作告一段落的同雯雯。

袁耀辉一见同雯雯就咋呼，美女大妹子，啥时间来上班呀？俺都快急疯了。

同雯雯笑吟吟地说，袁总，你急，我更急，你以为我不急着挣你那份高工资去？

其实，同雯雯更为任万能着急。好不容易把豹子沟煤矿启封了，一场事故又让他元气大伤。这边急着用钱，资金缺口大，等着挖煤、卖煤挣钱建粉磨站，恐怕要到猴年马月去了。她一个劲地催任万能，任万能却说，不急不急，车到山前必有路。任万能不愧是老江湖了，他思前想后，急中生智，下了狠心，找了个山东的老板，闪电式地把豹子沟煤矿卖了，还卖了个好价钱。

任万能毕竟是从跟煤矿打交道起家的，对煤矿感情深厚。可他也栽就栽在对办煤矿太有想法了。煤矿没了，他心里酸溜溜的。那天，跟山东老板交接完手续，他带着那两个一起被刑事拘留过但没判刑的副矿长来到事故现场，冲着被封的巷道口，烧了几炷香，磕了几个头，算是告别仪式。任万能想起了豹子的传说，又到山神庙上了三炷香。

东河村容、村貌大变样，森林公园的游客络绎不绝。休闲山庄建筑古朴，环境幽静，任万能感慨万千，临时决定登记个房间住一宿，到森林公园看看再回去。任万能上了马鬃梁，来到断欲崖，下属给他逐字逐句读了断欲亭下石头上的文字，他忽然感觉心里轻松了，喃喃自语，不后悔，不后悔，煤矿没了就没了，咱人活蹦乱跳的，比啥都好哩。说着，他掏出手机给同雯雯打电话说，同总，我们正在森林公园的断欲亭哩！这地方真的很美！同雯雯在电话里抱怨道，火都烧屁股了，你还有心思游山玩水？任万能哈哈大笑，说，大妹子，等我回来你就知道了。

"万鑫"停工多月的粉磨站起死回生了，两个副矿长被任命为副总，守在工地上抓施工。任万能有交代，技术上的事找同总。他懒得理事，待在塬上，扶着儿子蹒跚学步。儿子这么大了，还没个大名，任万能找柯云给娃起名，柯云想了想说，"天人合一"，家园祥和，就叫任天一，好写好记，有点意思。任万能说好。柯云问他粉磨站建得咋样，任万能"嘿嘿"一笑说，他们招呼着正建哩，具体啥情况，我也说不清。

任万能不理事，矿长出身的副总是门外汉，同雯雯腾出手来，成了"万鑫"最后施工的主持者。她没黑没明地忙了几个月，累得浑身都快要散架了。她要粉磨站赶在县上召开表彰会之前开机试产。

任万能原以为同雯雯会在园区谋个一官半职，没想到，同雯雯到底还是跳槽进了"耀辉",他虽然惋惜,却也想得很开。任万能执意要为同雯雯送行,袁耀辉要为同雯雯接风,事情凑到一块儿了,袁耀辉一拍大腿说,俺做东,叫上任万能、吴栓牢,三合一,好好聚一下,庆贺庆贺。柯云要去塬上的农家乐,袁耀辉摇头说,找个上档次的,配得上俺美女副总的。柯云就把聚会定在了梁鹏在城里的老店。

吴栓牢离开环保局后就再没进去过,张明义邀请他回局里转转,陪他看了在线监测网络平台,他感触颇深,喃喃自嘲说,没想到你在这儿把事弄成了,天网恢恢,谁想日鬼都不成了。

张明义说,你不一样把事弄成了?保护区、森林公园都建成了,副县级也当上了。

吴栓牢说,我那是钻山沟守边关哩!

两人说说笑笑,走进酒楼包厢,袁耀辉咋咋呼呼地说,环保局的新老局长都来了,梁鹏,你看着安排,拣最好的上。梁鹏说好。

话音未落,任万能推门进来了。吴栓牢明知故问道,任大老板,稀客啊,你咋冒出来了?

任万能尴尬地一笑,拍了拍袁耀辉的肩膀,说,大老板在这哩!我如今连这都算不上了,说着伸出小拇指晃了晃。

大家推举吴栓牢坐主座,吴栓牢故作不满,说,当我是傻子?你们一边欢送,一边欢迎,主角是人家同雯雯,女士优先。

同雯雯把吴栓牢推上主座,娇娇地说,我不管,反正我得挨着你吴局长坐。

这顿饭气氛融洽,大家只顾说话了,酒没多喝。起初,众人众星捧月似的赞美同雯雯,同雯雯一笑了之,毫不在意。话题一转,大家又围着吴栓牢转。吴栓牢商量说,要把摄友们聘请为环保志愿者,他们为森林公园做了准确定位,引领游客通过开展生态旅游,亲历亲行,享受大自然,接受生态环保意识的教育。吴栓牢介绍说,不光要组织各种宣传环保与游客互动的活动,生态文明教育馆马上要开张了,需要做的事很多,光靠保护区的人手根本拿不下来。

吴栓牢说的,柯云很感兴趣,兴奋不已。

袁耀辉故意皱着眉头说,吴局长,俺哥整天痴迷给鸟照相,把厂子的事不当回事,你再要拉他入伙,俺更指望不上他了。

吴栓牢笑着说,你现在不是有雯雯了吗?

同雯雯立马声明,我也是摄影圈的人,从前在"万鑫",我们任老板可是大力支持我的,如今到你这儿,你也得支持!

袁耀辉哈哈一笑说,俺开玩笑哩!你问俺哥,没有俺的全力支持,他能成照相专家?

话题又转到了尚武书记身上,大家似乎有说不完的话,敬佩之意溢于言表,半晌不吭声的任万能也有感而发,大唱赞歌。

袁耀辉掏心窝地说,要不是书记哥,俺能有今天?

正在这时候,上洗手间回来的同雯雯进来了,满脸愤怒,眼含泪花,气得说不出话来。她擦着眼泪说,那个谁嘛,原来环保局的孙局长喝醉了,瞅见我,朝地上吐唾沫,还骂我。

你说是孙利?柯云忽地站起来,脸色"刷"的一下变了。

张明义也站起来了,怒道,这货咋是这?说着就要出门。

任万能抢先一步说,你们不方便,都别动,我去看看。

孙利被人扶着正要下楼梯,任万能拦住他说,孙利,你咋回事?喝醉了还欺负人?

孙利翻着白眼强辩道,我骂那……婊子……碍你……啥事?

任万能猛地一拳,打得这家伙从楼梯上滚了下去。两个搀扶他的人也喝多了,吓得拉起醉汉落荒而逃。

任万能回到包厢说,大妹子,我一拳把他从楼梯上打下去了。

吴栓牢沉着脸,把梁鹏叫来,问是咋回事。物以类聚,人以群分,这几个货搅和在一起,不是好兆头啊!

张明义说,不管他,泥鳅翻不起大浪,蚍蜉撼不动大树。

一段不愉快的插曲,弄得大家都不爽。袁耀辉要去结账,梁鹏说任老板结过了。袁耀辉睖着眼问,这成啥了,俺请客,你结账?

任万能说,应该的,应该的,如今我还要扒着你的锅舀饭哩!

袁耀辉"嘿嘿"笑着说,你放心,有俺美女在,能让你吃亏?

同雯雯转怒为喜,"扑哧"一声笑了。

4

快放暑假的时候，康文的小说终于脱稿了，他把书稿发给出版社，浑身轻松得像卸了盔甲解了沙袋，活蹦乱跳的，满屋子打转转。尚青炒了几个菜，两人开了瓶红酒庆祝了一番。吃过饭，两人溜达到尚武家去了。

梁琴一个人在家，郁郁寡欢，情绪很不好。斌斌去年高考的成绩不理想，没上二本线，尚武想让他上个大专算了，梁琴不依，非要他补习一年再考，斌斌不情愿，却也拗不过梁琴。今年刚刚考完，成绩还没出来。梁琴说，这孩子就想去当兵，跟我磨了一年嘴皮子，我看他今年高考也没多大希望。康文问，尚武晚上几点回来？梁琴"唉"了一声说，他那人你还不清楚？我都半个月没见他人影儿了。

康文惦记着生态教育馆的布展，尚青说，想去你就去吧，早些回来，周末咱还要去省城。

康文兴冲冲地来到东河，直接去了教育馆，里里外外地看了一遍，展厅布置好了，环幕电影厅正在调试机器，听说第二天就试开馆了，县中学还要组织学生来参观，康文满心欢喜，但吴栓牢情绪不高。

康文奇怪地问，吴局长，事业一帆风顺的，还有不顺心的事？

吴栓牢"唉"了一声说，曾市长一个电话，把刘亦然塞到保护区来了。

康文大吃一惊，问，刘亦然放出来了？

官丢了，没判刑，听说是因为身体不好。吴栓牢停顿片刻说，刘亦然不知中啥邪了，就想来保护区，曾市长也很为难，市委领导拜托他帮忙说情，叫我把人安置了。

康文还是弄不明白到底咋回事。

吴栓牢慢腾腾地说，那人来报到了，我差点儿没认出来。干瘦干瘦的，失了形，背都有些驼了，他说要来保护区，方便找海空师父瞧病，说是医院治不好。唉唉，我一看他这落魄的样子，再大的气也消了。我问他想干啥，他说，只要离寺院近点儿就成。我问他还有啥想法，他说，别的啥也不想了，只想把病看好，把身体养好，多活几年，看着孩子长大成人。你听听，这哪像曾经叱咤风云的刘亦然说的话？

康文听得一阵悲凉，问道，你把他安顿在哪儿了？

吴栓牢喃喃地说，安顿到朱鹮保护站了，在从前林场场部的院子里，离寺庙近，条件也还好。

康文左思右想，拨了刘亦然的手机，却被告知号码是空号。

教育馆试展这天，保护区几乎全员出动，搞接待服务，提供安全保障，康文留神了一下，不见刘亦然踪影。康文郁闷了好半天，忍不住拨通了曾智的电话。曾智知道内幕，却不能说，只在电话里告诉康文说，我说过了，上面有人说情，他人也病得不轻，前程毁了，身体垮了，这样的处理对他来说，已经够难受的了。

返回锦阳时，康文有心拐到原家滩镇，走到小街尽头又停了下来，朝小河对面的半山坡上张望了一会儿，掉头走了。

刘亦然刚放出来就回矿上了。

李铁架着双拐从自家门前的坡道走下，远远望见个熟悉的身影迎面而来，却一时想不起来是谁。那身影低头爬坡，显得很吃力，瘦高瘦高的，背有点驼。眼看到跟前照面了，李铁这才认出是刘亦然，躲都来不及了，急中生智，转身要朝岔路拐去，还没转过身，就被刘亦然叫住了。

李铁，老同学，你到哪儿去？刘亦然有气无力地问。

李铁躲不过去了，佯装着刚才没看见他，说道，哦，是亦然嘛，你咋瘦成这了，刚回来？

刘亦然掏出烟递过来，帮李铁点上火说，回来看看老娘，你咋样？生意好吗？

李铁有些心虚，有些无地自容，慌乱地说，好好，咱们回头再聊，我去上门修电视，人家等着哩。

刘亦然惨笑一声道，你忙，回头咱老同学聚一聚，我请客。说完，脚步沉重地向上走去了。

李铁在原地没动，瞅着他的背影，满脑子疑惑，咋放出来了？没事了？人咋失形成这了……

　　从前的场部用作朱鹮保护站，地方绰绰有余。站上的编制有八人，眼下缺编，连站长在内才三人。朱鹮还没放飞，业务尚未开展，院子里一片清静，柳树台村里的鸡鸣狗咬都听得到。康文跟曾智通电话时，刘亦然刚从海空那儿回来，路过村卫生站抓了中药，正在屋里清洗药锅，准备熬药。

　　刘亦然来时，乔晓娟跟来了，帮着把屋子里外收拾得干干净净，把床铺铺好，把带来消遣的闲书摆上桌子。海空赠的那幅《插秧歌》装裱过了，他把它挂在墙中央，没事时瞅着发呆，琢磨"患得患失皆空，平心静气养神"的话。站长说，来年插秧时朱鹮就来了，刘亦然等着插秧时，现场感悟墙上那幅墨宝的含义。从院子后门出去，山道弯弯，林荫如伞，站长说，从这儿上去十五里路，就是断欲崖了。刘亦然每天坚持在这儿爬山，一天比一天爬得远，但还没爬到断欲崖那地方。转眼到了周末，乔晓娟坐班车来了，还送来了做饭的餐具、灶具，住了一宿，帮他洗洗换换，又坐班车走了。

　　这天从海空那儿瞧病回来，刘亦然情绪不错，海空似乎知道点儿什么，一番好言嘱咐，大意是，脉象好些了，再调整调整心情，静下心来，不要胡思乱想，多在林子中走走，爬爬山，呼吸呼吸新鲜空气，好得就快了。

　　刘亦然无所事事，心若秋水。看书、爬山、熬药、睡觉，不愿想从前过五关斩六将的事，更不愿想被"双规"被刑拘的事。外面的疑惑他深埋心底，知道是那个短信起作用了。刑拘后，乔晓娟来探视，他把那个关键的手机号码塞给她，让她去了趟省城……就在审与不审，判与不判，上下左右胶着为难的节骨眼儿上，刘亦然又犯病了，而且病得几乎要出人命……

　　刘亦然刚来没几天，任万能来看他，让他很意外。他有些兴奋，也有些感激，忍不住想起了那个缺德的孙利。不过，刘亦然心性已衰，几近麻木，感激的感激不起来，怨恨的也怨恨不起来。

　　任万能热乎地问，你的手机号咋成空号了？

　　刘亦然面无表情，像是没听到。

任万能也是过来人，他以自己为例子，说了许多安慰的话，还说他打了醉汉孙利一拳头。刘亦然只静静地听着，依然面无表情。任万能给他拿了条烟，他没要，说是戒烟了。茶叶他也不要，任万能硬放下了。任万能上车时，他本想问什么，话到嘴边又咽了回去。

这天正熬药的时候，他最不愿意见的孙利带着两人忽然出现在了他面前。这两人他认得，一个是在他手上提的农综办副主任，一个是在他手上调进县委办的马什么。刘亦然低下头不予理睬，孙利说，老领导，你误会了，我也是被逼得昏了头，看看你现在，咋样都比我好，我俩还在缓刑，公职也没了，工资也没了，咱都是拴在一根绳子上的蚂蚱，我们找你……刘亦然起身瞪了他一眼，一声不吭，穿过后院小门，朝山上缓步走去了。孙利他们吃了闭门羹，尴尬透了，跟出来望着他的背影，不知所措。

偏偏就在这时候，吴栓牢坐着车从大门进来，目睹了这一情景。孙利他们见有人来，低头缩脑，仓皇钻进自己的车里逃离了现场。吴栓牢顺着药味走进刘亦然的房间，电药锅还在咕嘟咕嘟地响着，他立马猜出了八九分，眉头结成了一疙瘩。

吴栓牢专门去了趟华塬，没见上尚武书记，只好找张明义。他愁眉不展地跟张明义说，尚武书记拴下对头了，看样子，孙利这帮人死猪不怕开水烫，想闹腾点事出来，你想法子留意着。张明义说，这事不难办，这两人都在缓刑期间，公安上管着哩，人家有办法。

5

原尚武在两个除夕夜翻日记的时候，梁琴都在他耳边叮咛着同样的事。头一年梁琴说，过完年，斌斌高考，你得把他抓紧些，我实在拿他没办法了。尚武说，我知道，你放心。结果自己没顾上管，儿子也没考上。第二年梁琴又说，过完年，儿子又面临高考了，你再撒手不管，就把娃耽搁了。尚武又答，这我知道，你放心。结果还是没顾上管，儿子考得咋样，他也压根儿顾不上问。

儿子第二次备战高考时，尚武又是最忙的时候。水泥工业园区建成后，省有关部门在华塬召开了锦阳市水泥粉尘治理总结大会，对锦阳"关小上大""集中煅烧""分散研磨""治旋关立"，在产业升级调整中根治污染的做法给予了高度肯定。会一结束，原尚武和县长去林业厅签订了朱鹮放飞的合作协议，去朱鹮保护区进行相关对接后，回来又忙着筹备朱鹮放飞活动。同时，在马鬃梁召开渭北森林植被保护的学术研讨会也早在筹备之中。这两件事同时进行，目的是为申报国家级保护区做准备。前一件事他亲自抓，后一件事由康文协助抓。

放飞活动和学术会在同一天举行，上午是朱鹮放飞仪式，下午是学术会开幕式。尚武在东河坐镇指挥，康文回去把尚青接了来，共同见证这一象征他们爱情的朱鹮放飞。活动场面很大，省上领导来了，省市各大媒体记者蜂拥而至，省电视台的转播车也来了，要进行现场实况转播。仪式在西寺村前的河滩举行，尚青陪父母亲挤在台下人群中，康文被请上了贵宾席。三十四只朱鹮成功放飞，有的在空中盘旋，有的飞向上滩方向。柯云他们也来了，追着朱鹮频频拍照。尚青瞅来瞅去，没发现同雯雯，就在这时，尚青收到了同雯雯的短信，她一看，脸色变了，告诉父母说有点急事要办，从贵宾席上急急火火地把康文叫了下来。

康文一听，拉上尚青开车就走。尚武家出事了。高考成绩前一天公布了，斌斌又没考好，跟母亲顶了几句嘴，一夜未归，梁琴气得心慌气短，呼吸紧促，跌倒在地，病痛恍惚中只拨通了同雯雯的手机。同雯雯开车赶去，直接把梁琴送到了医院，办了手续住了院，这才给尚青发了短信……康文他们赶到医院时，梁琴有气无力地说，快告诉尚武，去找斌斌。康文安慰了她几句，出来了，同雯雯也跟出来了。康文说，先不要告诉尚武，他在那儿是台柱子，说了他也回不来，先找孩子。同雯雯一听立马打电话，把能发动起来的人全都发动起来了。尚青拉着康文去了斌斌的学校，找他的班主任老师……

原尚武从东河回来，坐在梁琴的病床前，万箭穿心，悔愧难言。斌斌一直找不见踪影，尚武也几天都水米未进。

乐极生悲，祸不单行。吴栓牢他们担心的事情真的发生了。网上曝光了举报华塬县县委书记原尚武的帖子，说他借建森林公园谋取私利，有经济问题；说他与同雯雯关系暧昧，有作风问题；说他将同雯雯的外甥女调入马鬃梁森林公园，以权谋私；说他工作作风霸道，在华塬一手遮天，顺他者昌，逆他者亡……

举报材料寄到省市纪检委，省纪检委派调查组来了。市上明知这是故意抹黑，也得配合调查。原尚武被约谈了，该调查的也调查了，所谓联名举报人的名字根本查不到，属匿名信。经济问题子虚乌有。所谓作风问题，原尚武在调查组面前笑了，说，我相信组织，你们可以调查，我爱人还在住院，我得照顾，我儿子离家出走了，我还得找儿子，就这事，我得走了。调查组揪住他把同雯雯外甥女调入森林公园的事不放，追问他和同雯雯的关系，为什么帮她。原尚武回答，没有为什么，工作需要，说完，一摔门走了。曾智闻讯，面见调查组说，这人是我给原尚武打招呼让调的，她是我从前对象的女儿，我欠人家一份情。从前对象的妹妹就是同雯雯，是我把她介绍给原尚武，也是我推荐她去工业园区的，这就是所谓的作风问题？太可笑了。要处分就处分我。我要在市委常委会上把这事说明白，不能冤枉人家原尚武。

事情水落石出了，调查组走了。市委书记大怒，要查谁告的黑状，查出来严惩不贷。听说原尚武家里出了事，他亲自到医院来看望他们夫妇。梁琴忍不住抱怨说，你问问他嘛，我们娘儿俩在他心目中，哪有他的保护区亲？哪有他的"关小上大"重要？儿子学业荒废了，至今找不见踪影，家里都这样了，还有人诬陷他，还有没有天理公道？书记有点尴尬，曾智在一旁连忙解围说，弟妹呀，你说的，我们都清楚，你的心情，我们都理解，公道自在人心，书记就是来主持公道的呀！好了好了，弟妹安心养病，尚武抓紧找孩子，县上的事先放一放。

斌斌失踪的第七天，尚武突然接到牙克石的老战友的电话，说，斌斌人在牙克石，闹着要参军，我让孩子先待几天，亲自给你送回来。尚武心里的一块石头落了地，浑身都软了，瞅着躺在病床上的爱人，想着出走的儿子，一句话也说不出来了，愧疚啊，愧疚，瞬间凝成了一生一世的痛……

尾 声

一年后，春天。

某个周末，柯云、张明义、任万能还有袁耀辉，四人同时收到了同雯雯的邀请，叫他们到她家做客，大家互相没通气，出现在同雯雯家楼下，碰到一起时，四人都感觉很意外，只能面面相觑。同雯雯从楼上窗口探出头，摆着手说，还愣什么？都快上来吧！四人上了楼，同雯雯开门迎接，身后站着一个男的，后面还跟个小男孩，同雯雯笑嘻嘻地介绍说，这是我老公、我儿子。四人一愣，目光互视，都没出声地笑了。在饭桌上，张明义透露了一个惊人的消息，以诬陷罪等被判刑的孙利，在劳改矿一次井下事故中丧了命。

尚青那人找上门来，想见女儿，被尚青一口拒绝了。康文夫妇俩纠结了一夜。康文劝尚青说，人家要是想见女儿，就让人家见见嘛。尚青反驳说，凭啥？不尽当爸的责任，就没见孩子的资格，我告诉他了，等女儿上了大学，由孩子自己决定认不认你。

某天，杨秀女买菜回来，却见杨眉正用钥匙开她家的门，锁子换了，开不开，杨眉气得直跺脚。杨秀女冷冷地说，你个卖×的，还有脸在这儿？快滚，我喊人了，说完，扯着嗓子大喊，快来人呀，来小偷了，快来人呀……邻居闻声开门探头，杨眉扭头就走。晚上，任万能回来，杨秀女一个字也没给他透露。

朱鹮放飞后，原生茂老人几乎天天跑到后滩水稻田等朱鹮飞过来。有一天，水田里稻农正在插秧，他看见地埂上坐着个戴眼镜的男子，头顶着草帽，目不转睛，瞅着稻农插秧劳作。原生茂从他身边路过，从水面上认出了这张熟悉的面孔。

秋天，尚青收到了萌萌寄来的照片，她跟康健和斌斌一起，站在八达岭长城上，充满青春活力，神采飞扬。康健和萌萌还在继续求学，斌斌如愿以偿参了军。

山里朱鹮舞，塬上喜鹊叫。这一年风调雨顺，沮河流域的庄稼长得都出奇地好……